Morris L.West
Der Turm von Babel

Roman

IN MEMORIAM STANLEY L. BARTLETT
meinem ersten Verleger und guten Freund,
einem seltenen und edlen Mann

Obiit 1966

Viele großmütige Freunde in mehreren Ländern haben mir ihre Zeit,
ihr Wissen und ihren Rat zur Verfügung gestellt, während ich dieses
Buch schrieb.

Manche kann ich nicht mit Namen nennen. Manche haben viel
gelitten. Alle müssen anonym bleiben.

Ich sage ihnen hiermit meinen Dank und bete darum, daß Friede
in ihre Häuser einkehren möge.

Lizenzausgabe 1991 für
Manfred Pawlak Verlagsgesellschaft mbH, Herrsching
© Droemersche Verlagsanstalt Th. Knaur Nachf., München/Zürich 1968
durch Vereinbarung mit Paul R. Reynolds, Inc., New York
Titel der Originalausgabe »The Tower of Babel«
© 1968 by Morris L. West
Ins Deutsche übertragen von Erika Nosbüsch
Printed in Germany
ISBN 3-88199-812-8

VORWORT

Es gilt immer noch als chic, vom sogenannten »Generationsloch« zu sprechen – von dem Abstand nach Zeit, Erfahrungen und Gepflogenheiten, durch die sich die Angehörigen verschiedener Altersgruppen voneinander unterscheiden. Wenn sich diese Lücke überbrücken läßt, werden diese verschiedenen Altersgruppen nur um so reicher.

In der Literatur gibt es ein ähnliches Loch. Bücher, die einst viel gelesen wurden, werden nicht mehr aufgelegt und büßen einen Teil ihrer Bedeutung ein. Dies hat manchmal einen triftigen Grund: die Standpunkte können zu provinziell geprägt sein, um bei der neuen Generation das Interesse wachzuhalten. Andererseits bedürfen Werke von Wert und Verlegerischen her einer regelmäßigen Überholung, damit ihr Reichtum neuen Leserkreisen zugute kommen kann.

Hierin liegt die Bedeutung von Unternehmungen wie den Pawlak-Ausgaben. Ihre Herausgeber sind wie Architekten, die einen alten, vergessenen Platz in einer obskuren Kleinstadt heranziehen und ihm wieder jene Schönheit verleihen, die von den Erbauern früher einmal geschaffen worden war. Sowohl Leser wie Autoren profitieren von deren Unternehmungsgeist.

August 1990

*Und sie sprachen, wohlauf, laßt uns ... einen Turm bauen, des
Spitze bis an den Himmel reiche ... Da fuhr der Herr hernieder, daß
er sähe die Stadt und den Turm, die die Menschenkinder bauten.
Und der Herr sprach: Siehe, es ist einerlei Volk und einerlei Sprache
unter ihnen ... Wohlauf, lasset uns herniederfahren und ihre Sprache daselbst verwirren, daß keiner des anderen Sprache verstehe ...
Daher heißt ihr Name Babel, daß der Herr daselbst verwirrt hatte
aller Länder Sprache ...*

Genesis 11/12

Erstes Kapitel

Sha'ar Hagolan

Der Beobachter auf der Hügelkuppe lehnte sich gegen den knorrigen Stamm eines Olivenbaums, prüfte sein Funkgerät, öffnete die Kartenmappe auf seinen Knien, stellte das Fernglas ein und begann mit einer langsamen, peinlich genauen Betrachtung des Geländes vom südlichen Zipfel des Sees Genezareth bis zu den Ausläufern des Sha'ar Hagolan, wo der Yarmuk nach Südwesten biegt und in den Jordan mündet. Es war elf Uhr vormittags. Der Himmel war klar, die Luft nach den ersten herbstlichen Regengüssen frisch und rein.

Er betrachtete zuerst die östliche Hügelkette, die von Norden nach Süden die Grenze zwischen Syrien und der entmilitarisierten Zone von Israel bildet. Die Berge erhoben sich kahl und braun. Es waren keine Hirten zu sehen. Keine Schafe, keine Ziegen. Das Dorf, das wie ein Haufen weißer Steinklötze an der Bergflanke lag, war ausgestorben. Er verharrte lange bei den Ruinen unterhalb des Dorfes, weil die Syrer dort gelegentlich Soldaten postierten, die das Tal beim geringsten Anlaß mit Maschinengewehrfeuer bestrichen. Heute waren auch die Ruinen leer. Daneben lagen die Schützengräben – eine langgezogene Zickzacklinie von Narben im südlichen Abhang, die die Australier im Krieg von 1918 gegraben hatten. Die Gräben lagen auf israelischem Gebiet, aber manchmal benutzten Plünderer sie als Ausgangsstellung für nächtliche Raubzüge gegen den Kibbuz. Eine kleine Herde Damwild äste friedlich zwischen den oberen und unteren Schützengräben. Er beobachtete sie längere Zeit; es waren sehr scheue Tiere, die eine Bewegung oder ein Laut sofort verschreckte. Dann wandte er seine Aufmerksamkeit den Weingärten am Südende des Tals zu. Die Rebstöcke standen braun und dürr in der späten Herbstsonne. Sie boten keinen Schutz für Mensch und Tier.

Nördlich von den Weingärten lagen die beiden langgestreckten Äcker, die durch einen schmalen Streifen Grasland voneinander getrennt waren. Der bräunliche Grasstreifen konnte nicht gepflügt werden, weil die Kartographen und Zeichner der Waffenstillstandskommission ihn aus irgendeinem idiotischen Grund nicht als bebau-

9

bares Land bezeichnet hatten. Es hieß daher, sich dem Feuer der unsichtbaren Schützen auf der syrischen Seite aussetzen, wollte man auf dem Grasstreifen graben oder gar ihn überqueren. Yigael arbeitete gerade auf dem ersten Acker; er fuhr einen neuen Traktor, und die Egge wirbelte eine hohe graue Staubwolke in die Luft. Yigael war sein Bruder, und mittags würde er die Wache übernehmen, während ein anderer Mann den Traktor fuhr. Weiter nördlich lagen die Bananenplantagen, die sich grün und üppig fast bis ans Ufer des Sees erstreckten. Nachts waren sie ein gefährliches Gebiet, weil sie guten Schutz boten, aber tagsüber waren die Hügel dahinter auch den verwegensten Guerillas zu nackt und ungeschützt. Es sah ganz so aus, als würde es wieder einmal ein ruhiger Tag im Tal von Sha'ar Hagolan. Er trank einen großen Schluck aus der Wasserflasche, schaltete dann das Funkgerät ein und gab einen Bericht an den Militärposten gleich hinter der entmilitarisierten Zone.

Der Traktor überquerte das Feld, drehte um, fuhr bis zum anderen Ende und drehte wieder um. Das Tal widerhallte vom Dröhnen des Motors, und die Staubwolke flimmerte wie Bodennebel in der Sonne. Die letzte Furche brachte den Traktor nahe an den Grasstreifen. Beim Wenden kippte er seitlich in einen Graben, und einen Augenblick lang sah es aus, als würde er umfallen. Aber Yigael war ein guter Traktorfahrer. Er gab Gas, riß das Steuer herum und richtete den Traktor wieder auf, indem er ihn direkt über den Grasstreifen fuhr. Der Beobachter sprang auf und wartete mit angehaltenem Atem auf das MG-Feuer. Es kam keins. Yigael fuhr den Traktor mit Vollgas über den schmalen Streifen zum zweiten Acker. Immer noch keine Schüsse. In fünf Sekunden war er gerettet.

Dann explodierte die Mine; der Benzintank ging hoch, und Yigael wurde wie eine Stoffpuppe mit brennenden Haaren und Kleidern in die Luft geschleudert.

Tel Aviv

In seinem großen kahlen Büro im vierten Stock des Dienstgebäudes saß Brigadegeneral Jakov Baratz, Leiter des militärischen Geheimdienstes, an seinem Schreibtisch und las den Bericht über den Zwischenfall, der gerade hereingekommen war. Er teilte seinem Adjutanten die Koordinaten mit. Der junge Soldat markierte die Stelle auf der Landkarte mit einem kleinen roten Kreuz in einem Kreis und machte dann eine Eintragung in die Liste, die er in der Hand hielt.

»Das ist der vierte Zwischenfall im Revaya-Sha'ar-Hagolan-Gebiet. Zerstörung einer Pipeline, Zerstörung einer Pumpstation. Vernichtung von drei Wohnhäusern und einer Wasserpumpe, und jetzt dies.«

»Vier Zwischenfälle in neun Monaten«, fuhr der Brigadegeneral fort. »Lauter Ärgernisse, die uns zu militärischer Aktion in einer entmilitarisierten Zone provozieren sollen.«

»Was machen wir jetzt?«

»Wir? Nichts.« Aus Baratz' Stimme klang bittere Ironie. »Kaplan in Tiberias hat der UNO-Waffenstillstandskommission bereits telefonisch und schriftlich Bericht erstattet. Morgen wird das Memorandum bestätigt werden, und die Waffenstillstandskommission wird eine formelle Untersuchung anordnen. In vier bis sechs Wochen wird die Kommission einen formellen Bericht vorlegen. Darin wird festgestellt werden, daß eine oder mehrere unbekannte Personen auf einem Stück Land im Sha'ar-Hagolan-Gebiet, das die Bezeichnung ›Grüner Finger‹ trägt, eine Mine unbekannter Herkunft legten. Man wird ferner feststellen, daß ein israelischer Traktor auf das obenerwähnte Stück Land fuhr und explodierte. Schlußfolgerung: Eine oder mehrere unbekannte Personen haben sich durch Minenlegen in einer entmilitarisierten Zone eines illegalen Aktes schuldig gemacht; ein Israeli, der bedauerlicherweise dabei den Tod fand, beging einen illegalen Akt, indem er mit einem Traktor auf das obenerwähnte Stück Land vordrang. Erforderliche Aktion: keine.«

»Aber wir tragen mal wieder die ganze Schuld, wie üblich.«

»Wie üblich«, sagte Baratz sarkastisch. »Aber streng juristisch gesehen – und die Waffenstillstandskommission ist eine Organisation, die sich strikt an die Gesetze hält – sind wir die einzigen, die identifiziert werden können. Wir haben einen toten Mann auf der Türschwelle liegen.« Er machte eine Pause und fügte dann ruhig hinzu: »Die Liste wird immer länger. Von August letzten Jahres bis Oktober dieses Jahres hatten wir siebenundvierzig Sabotageversuche. Wir haben aber auch eine neue Regierung in Jerusalem. Sehr bald wird jemand anfangen, nach Vergeltung zu schreien. Ich kann nicht sagen, daß ich es ihm übelnehmen würde. Aber jetzt nicht, noch nicht.«

»Wann?«

Baratz hatte Mitleid mit ihm. Er war sehr jung, sehr ungeduldig und immer noch ein Neuling im kalten Geschäft des militärischen Geheimdienstes und der politischen Manöver.

»Wann? Das entscheiden nicht wir. Das entscheidet der Premierminister in Jerusalem mit dem Kabinett und den Stabschefs. Wir liefern Informationen, Beurteilungen, Ansichten über mögliche Konsequenzen. Und wir hoffen zu Gott, daß wir wenigstens zur Hälfte recht haben. Aber wenn Sie mich fragen, was uns zu Gegenmaßnahmen zwingen könnte, dann würde ich sagen: alles, was zum Beispiel hier passiert ...« Sein knochiger Finger zeigte auf den breiten Landkeil zwischen der südlichen Grenze Libanons und der östlichen Grenze Syriens. Er war dicht mit Kreuzen und Kreisen bedeckt, die von Metulla aus nach Süden den Jordan entlangliefen. »... Oder hier, in der Ebene von Sharon, oder in der Shefelah oder am Toten Meer zwischen Ein Gedi und Arad. Es ist das Ganze, an das wir denken müssen, immer – das Ganze!«

»Heute morgen wurde ein Mann getötet, ein friedlicher Bauer. Ist er nicht auch ein Teil des Ganzen?«

»Wir haben sechs Millionen Menschen in Vernichtungslagern verloren. Israel ist auf ihrer Asche erbaut. Vergessen Sie das nicht.« Dann fragte er etwas freundlicher: »Haben wir Nachricht von Fathalla?«

»Noch nicht. Seit einer Woche ist kein Funkspruch von ihm gekommen, und wir konnten ihn auch nicht erreichen.«

»Ich weiß«, sagte Baratz bedrückt. »Ich mache mir Sorgen um ihn. Geben Sie mir Bescheid, sobald Sie mit ihm Kontakt haben. Das ist alles.«

Der junge Mann salutierte, ging hinaus und schloß die Tür hinter sich. Baratz betrachtete die Landkarte mit den roten Flecken, die wie Blutspritzer aussahen, und den geheimnisvollen militärischen Zeichen, die die Geschichte des täglichen Kampfes ums Überleben erzählten.

Die Landkarte war ihm vertraut wie seine eigene Haut, und er reagierte sofort auf jedes Jucken und Brennen, das sie befiel. In seinen unruhigen Träumen war diese Karte manchmal wirklich eine Haut, eine lebendige menschliche Haut, straff gespannt über das schmale Stück Land zwischen Ägypten und Jordanien, Syrien, Libanon und dem Meer. Auf dieser Haut bildeten sich plötzlich Schwellungen und Beulen, aus denen Legionen von Soldaten-Ameisen brachen, die die Haut bald völlig bedeckten und sich durch sie hindurchfraßen bis auf den Grund. Dann waren die Ameisen verschwunden, der Boden blieb mit Knochen bedeckt zurück, und darüber tönte die Stimme des alten Propheten:

Und des Herrn Hand kam über mich, und er führte mich hinaus im Geiste des Herrn und stellte mich auf ein weites Feld, das voller Totengebeine lag. Und er führte mich allenthalben da durch, und siehe, des Gebeins lag sehr viel auf dem Feld und siehe, es war sehr verdorrt. Und er sprach zu mir, du Menschenkind, meinst du auch, daß diese Gebeine wieder lebendig werden ...

Dann wurde es still in seinem Traum, und er wartete auf die Verheißung, die dem Klagelied folgte. Aber zu der Verheißung kam es nie, und er erwachte schweißgebadet und erschrocken, denn er wußte: wenn die Ameisen über das Land herfielen, würde es nie mehr eine Wiederauferstehung geben, und das Haus Israel wäre für immer ausgelöscht.

Laut und schrill läutete das Telefon. Er ging hastig zum Schreibtisch.

»Hier Baratz.«

»Jakov, hier ist Franz Liebermann. Ich war gerade bei Hannah.«

Eine kalte Hand krampfte sich um sein Herz. Er spürte, wie er zitterte. Er packte einen Bleistift, um das Zittern zu unterdrücken, und der Bleistift brach in seiner Hand entzwei.

»Wie geht es ihr? Was meinst du, Franz?«

»Ich glaube, du solltest sie eine Weile bei uns lassen, Jakov.«

»Wie lange?«

»Einen Monat. Vielleicht auch zwei oder drei. Sie ist diesmal auf einer langen Reise. Wir werden versuchen, ihr zu folgen und sie zurückzubringen, wenn sie bereit ist zu kommen.«

»Kannst du nichts machen?«

»O doch! Es gibt natürlich Möglichkeiten, sie zu behandeln, aber garantieren läßt sich nichts. Das weißt du.«

»Ich weiß es. Sei gut zu ihr, Franz.«

»Wie zu meiner eigenen Frau«, sagte Franz Liebermann.

»Wann kann ich sie besuchen?«

»Ich werde dich anrufen. Hab Vertrauen zu mir, Jakov.«

»Ja, wem sonst sollte ich vertrauen.«

Er legte den Hörer auf und starrte lange auf seine Handflächen, als könnte er aus ihnen die Zukunft seiner Frau, seine eigene und die Zukunft all derer lesen, für die er in einer zwielichtigen Welt einsam Wache hielt. Aber das Weissagen aus den Handlinien war eine magische Kunst, und an Magie glaubte er genausowenig wie an den Gott seiner Väter, der gelassen in seinem Himmel sitzen konnte, während sechs Millionen seiner Auserwählten auf entsetzliche Weise den Tod fanden. Es war die Ironie seiner Situation, daß in ihm, einem Treuhänder der Kontinuität Israels, diese Kontinuität bereits gebrochen war. Die Hände, die vor ihm auf dem Tisch lagen, waren für kein Priesteramt gesalbt. Keine Prophezeiungen waren in ihre lederartigen Innenflächen geschrieben. Sie erflehten keinen Segen von einem schweigenden Himmel. Es waren Handwerkerhände, die Holz und Metall bearbeiten konnten. Es waren Soldatenhände, die ein Gewehr zu zerlegen und schneller wieder zusammenzusetzen vermochten als die meisten anderen. Es waren Liebhaberhände, die Hannah einst zu triumphierender Ekstase erweckt hatten, aber jetzt nicht die Kraft hatten, sie vor der quälenden Rückkehr in die Vergangenheit zu bewahren. Einen Augenblick lang überkam ihn tiefe Verzweiflung, doch dann kehrte langsam die Disziplin zurück, die er ein Leben lang geübt hatte, und er begann wieder klar zu denken.

Fathalla war seine größte Sorge: Selim Fathalla, dessen arabischer Name Geschenk Gottes bedeutete, der in Damaskus ein Import-Export-Geschäft betrieb, mit Syrern in hohen Stellungen befreundet war, und der täglich sein Leben riskierte, weil er in Wirklichkeit Adom Ronen hieß und ein israelischer Spion war. Jede Woche schickte er auf dem einen oder anderen Weg einen Bericht aus erster Hand. Die Wege waren sehr unterschiedlich. Jeden Tag nahm Fathalla zu verschiedenen Zeiten und auf verschiedenen Wellenlängen per Funk Kontakt mit Tel Aviv auf. Manchmal brachte ein israelischer Pilot von Cypern einen verschlüsselten Brief mit. Ein anderes Mal überraschte der Fahrer eines Konsulats, der täglich durch das Mandelbaumtor fuhr, seine Freundin in Jerusalem mit einem Geschenk aus Jordanien. Gelegentlich kam der Bericht aus Rom oder Athen, denn Fathalla war ein erfinderischer Mann mit Sinn für Humor, und seine ganze Sorge galt der Sicherheit seines Netzwerks. Seit zehn Tagen hatten sie nichts mehr von ihm gehört, und Baratz machte sich Sorgen.

Damaskus

Er konnte sich nicht erinnern, wie lange er krank gewesen war. Die Zeit war eine unberechenbare Dimension geworden, die ihn eine Weile festhielt, ehe er wieder zurückglitt in die ruhelose Ewigkeit von Fieber, namenloser Angst und verworrenen Träumen. Die Zeit war das Sonnenlicht, das durch das geschnitzte Gitterwerk der Läden fiel, der Umriß der Tamariske draußen vor dem offenen Fenster und das Minarett der Moschee dahinter. Die Zeit war ein weißer Mond am blutroten Himmel. Die Zeit war das Gesicht einer Frau und die Berührung ihrer Hand und der Duft von Rosenwasser. Aber die Symbole waren ungenau. Wenn er versuchte, die Bilder festzuhalten, verschwammen sie vor seinen Augen und gerieten in Unordnung. Bis jetzt – bis zu diesem Augenblick, da er angstvoll, aber ruhig dalag und spürte, wie die Welt um ihn sich festigte.

Als erstes wurde ihm sein Körper bewußt. Er war kühl und trocken. Er spürte keine Schmerzen, nur eine eher angenehme Schwäche. Die Bettdecke fühlte sich frisch an. Das Kopfkissen war weich. Als er die Augen öffnete, sah er zuerst die große gepunzte Kupferlampe, die in der weißen Wölbung der Decke hing. Jedes Ornament, jede Figur war ihm aus hundert Nächten vertraut, in denen er wach gelegen und nachgedacht hatte. Es war also ausgeschlossen, daß er sich täuschte. Wenn die Lampe da war, war er auch da.

Direkt dem Bett gegenüber lag die Fensternische mit den Seidenvorhängen, in der ein Diwan und ein mit Perlmutt eingelegtes Taburett standen. Die Läden waren heruntergelassen, und das hölzerne

Schnitzwerk hob sich dunkel vom blauen Himmel ab. Links von der Fensternische hing in der Mitte der weißen Wand die große blaue Fayenceplatte, die er aus Isfahan mitgebracht hatte. Alles war da, war bekannt und beruhigend, die Buchara-Teppiche, die glänzenden Kacheln, die auf Elfenbein gemalten Miniaturen, der Krummsäbel in der goldenen Scheide, den er bei Ali dem Schwertmacher gekauft hatte. Dann hörte er schwach, aber deutlich den Ruf des Bonbonverkäufers und danach das jammernde Wehklagen des Muezzins, das die Lautsprecher auf dem Minarett verzerrten. Plötzlich war Selim Fathalla kindlich glücklich, denn er lebte und lag in seinem eigenen Bett, in seinem eigenen Haus in Damaskus.

Es war seltsam, wie sehr er an der Persönlichkeit hing, die er darstellte, wie er sich an ihr erfreute, wie fleißig er darum bemüht war, sie zu stärken. Sie war keine Maske, alles stimmte an ihr, sie war ein in sich abgeschlossenes Ich, ohne das er sich verloren und einsam gefühlt hätte wie ein Bruder, der seines Zwillings beraubt ist. Das andere Ich – mit Namen Adom Ronen – war ebenso abgeschlossen in sich selbst. Sogar ihr Zwillingsverhältnis war vollkommen, und wenn die Interessen des einen die Ruhe oder die Sicherheit des anderen bedrohten, kam es zwischen ihnen zu brüderlichem Streit. Ihre Auseinandersetzung war ein Spiegelgespräch, bei dem immer die Angst zugegen war, daß der Spiegelmann eines Tages verschwinden könnte oder daß der Mann vor dem Spiegel weggehen und sein Ebenbild für immer in die Glasplatte gebannt zurücklassen könnte. Und beide hatten sie das gleiche Problem: Mit jedem Monat wurde es schwieriger festzustellen, wer das Ebenbild war und wer der Mann.

In dieser schäbigen, unlauteren Stadt war nur Selim Fathalla wirklich: Selim Fathalla, der Verschwörer aus Bagdad, der in Damaskus auftauchte, als die Baath-Partei im Irak unterdrückt wurde, und bei seinen syrischen Kameraden um Asyl bat. Er trug Briefe bei sich von Parteiführern, die sich, wie man wußte, versteckt hielten, und von alten Freunden an der amerikanischen Universität von Beirut. Er brachte auch Geld mit – ein großes Guthaben bei der Phönizischen Bank. Er besaß einige Kenntnisse des Import-Export-Geschäftes, die er sich auf der Rashid Street im alten Bagdad erworben hatte. Wegen der Briefe und des Geldes wurde er, wenn nicht mit Wärme, so doch wenigstens ohne allzu großes Mißtrauen aufgenommen. Da er liebenswürdig und großzügig war, schuf er sich schnell Freunde. Da er ein wagemutiger Kaufmann und obendrein ein linientreuer Baathist war, erwies er sich bald als nützlich für die Regierung, die die Industrie enteignet, die Landwirtschaft sozialisiert und den Kaufmannsstand abgeschafft hatte, und die nun vor dem Problem stand, ihre nationalen Produkte auf dem freien Markt zu verkaufen.

Selim Fathalla trug seinen Erfolg nicht auffällig zur Schau. Er wußte, daß man als Gast bescheiden sein mußte, wollte man nicht den Neid des Gastgebers erwecken. Deshalb kaufte er sich im alten Teil von Damaskus in der Nähe des Bazars ein Haus, hinter dessen schmucklosen Wänden er in unauffälligem Luxus lebte und Freunde aus der Partei und der Armee und Diplomaten aus Moskau, Prag und Sofia zu Gast hatte. Letztere schätzten ihn als gutunterrichteten Bekannten und kundigen Führer durch die Hintertreppenpolitik der arabischen Welt. Er war ein guter Moslem – wenn auch nicht übertrieben fromm. Aber man sah ihn oft genug in der Moschee, und er hatte genügend Freunde im Ulema, die an seiner Strenggläubigkeit keine Zweifel aufkommen ließen.

Er verliebte sich in seine Sekretärin und machte sie zu seiner Geliebten. Heiraten würde er sie allerdings nicht, da sie halb Französin war und außerdem Christin. Eine Ehe mit ihr hätte bei allen Anstoß erregt, die seinen guten Geschmack bei Frauen lobten. Er liebte den Handel und machte gern Geschäfte – welcher Iraker tat das nicht? –, aber er war nicht so habgierig, daß er sich Feinde machte, und nicht so dumm, die Regierung zu betrügen. So kam es, daß schließlich sogar der gefürchtete Safreddin, der Leiter des syrischen Geheimdienstes und Chefpräsident des Militärgerichtshofes, Vertrauen zu ihm hatte.

Adom Ronen, der Spiegel-Zwilling, befand sich in einer gänzlich anderen Lage. Er war weder froh noch zufrieden und fand es gelegentlich schwer, sich selbst zu respektieren.

Er war ein Gefangener in diesem weißgekalkten Zimmer. Eigentlich war er auf einen weit kleineren Raum beschränkt, auf eine winzige Kammer, kaum größer als ein Kleiderschrank, die hinter der Fayenceplatte versteckt lag: Hier schrieb er seine Berichte, fotografierte Dokumente und bewahrte die belastenden Geräte auf, mit de-

17

nen er arbeitete. Von hier aus betrachtete er spöttisch die wilden Paarungen des Selim Fathalla und dachte an seine Frau und sein Kind in Jerusalem. Hier erlebte er jeden Tag die Tragödie der Spaltung: ja, er war gespalten und geteilt, und der eine Teil war des anderen Feind.

Adom Ronen war ein Gettojude aus Bagdad, der den Exodus seiner Landsleute organisiert hatte, selbst jedoch nie dazugekommen war, weil er nie ganz sicher war, wie weit er ihn wünschte. Er war ein Zionist, der das Haus Israel zu langweilig fand, um darin zu leben, sich aber dem Wagnis verpflichtete, es zu beschützen. Er war ein Abenteurer, geschlagen mit missionarischer Inbrunst, ein Zyniker, den Schuldgefühle plagten wie verborgener Aussatz.

Er war es, der Selim Fathalla erschaffen hatte und mit der amoralischen Gelassenheit beschenkte, die ihm half, alles zu ertragen. Er war es, der insgeheim Pläne entwarf und Ränke schmiedete, während Fathalla seine syrische Geliebte streichelte oder mit Safreddin im Namen Allahs Geschäfte besiegelte. Und trotz allem liebte er Fathalla, und Fathalla liebte ihn. Aus Gründen der Vernunft und des schlichten Überlebens waren sie aufeinander angewiesen. Wenn Adom Ronen die Belastung unerträglich fand, verführte Fathalla ihn zu satirischem Zeitvertreib. Wenn Fathalla ruhig schlafen konnte, dann nur, weil Adom Ronen über seine Gedanken und seine unbedachte Zunge wachte. Aber Selim Fathalla war in Damaskus an Malaria erkrankt und hatte acht Tage im Delirium gelegen, so daß keiner von ihnen wußte, was er gesagt hatte und wer es gehört haben könnte.

Er schob die Bettdecke zur Seite und setzte sich auf. Er fühlte sich benommen, aber kräftiger, als er erwartet hatte. Er stand auf und lehnte sich an die Wand. Als er sicher war, daß er nicht das Gleichgewicht verlieren würde, ging er langsam zum Fenster, öffnete die Läden, setzte sich auf den Diwan und blickte in den Garten hinaus.

Die Blätter der Tamariske hingen schlaff in der stillen Mittagsluft. Vor den grauen Mauern blühten die Geranien in Feuerfarben. Der Rosenstrauch vor dem Fenster stand schon zur Hälfte in Blüte. Aus dem Maul des Kreuzfahrerlöwen floß ein dünner Wasserstrahl in das Steinbecken. In der Mitte der kleinen Rasenfläche kniete Hassan der Gärtner wie auf einem Gebetsteppich, zupfte Unkraut aus und schnitt das Gras mit einer Schere. Der Straßenlärm und das Geschrei

18

vom nahegelegenen Markt drang nur schwach herüber. Der häusliche Friede war zumindest noch unversehrt.

Als er den schwachen Rosenduft einatmete, dachte er an Emilie Ayub und wünschte, sie wäre bei ihm, würde ihn baden und massieren und seinem ausgebrannten Körper die Leidenschaft zurückgeben. Aber sie kam erst, wenn er sie rief, denn das war die Rolle, die er ihr zugewiesen hatte. Sie war die verschwiegene und immer bereite Geliebte, die nur für ihren Mann da war und sein Ansehen unter seinen Moslembrüdern wahrte. Die Rolle schien sie zufriedenzustellen, während sie für ihn alles andere als befriedigend war. Aber er wagte es nicht, ihr eine größere Rolle anzuvertrauen, denn es war besser, die geistige Einsamkeit zu ertragen, als das Geheimnis der Zwillinge mit jemandem zu teilen und damit den Hals zu riskieren.

Das Klopfen an der Tür schreckte ihn auf. Er brauchte eine Weile, bis er wieder ruhig war, und dann rief er: »Herein!«

Die schwere Tür öffnete sich knarrend, und die alte Farida ließ Dr. Bitar in das Schlafzimmer. Bitar war ein großer geschmeidiger Mann, der ihn immer an ein Bambusrohr erinnerte, das sich im Wind bog. Sein Gesicht war lang und schmal und weich wie das einer Frau. Seine Hände waren zart und ausdrucksvoll und immer sehr gepflegt. Seine Stimme paßte eigentlich nicht zu seiner Erscheinung; er hatte einen lauttönenden tiefen Baß, der besser zu einem Opernsänger gepaßt hätte als zu einem Arzt. Sein Eintreten hatte etwas Theatralisches. Er schickte die alte Frau mit einer großen Geste aus dem Zimmer und blieb dann mit gespreizten Beinen stehen, um seinen Patienten prüfend zu betrachten.

»So, wir fühlen uns heute besser! Wir haben kein Fieber mehr! Wir glauben, wir seien vollkommen wiederhergestellt!«

Fathalla sah ihn lächelnd an und antwortete: »Ich fühle mich sehr schwach – und ich stinke wie ein Bettler aus dem Bazar.«

»Nehmen Sie ein Bad, mein Freund. Essen Sie nur leichte Sachen und trinken Sie viel. In zwei Tagen sind Sie ein neuer Mensch.« Mit der gleichen dramatischen Berechnung betrat er den Alkoven und ließ sich Fathalla gegenüber nieder. Er ergriff sein Handgelenk, fühlte den Puls und nickte weise. »Gut! Etwas schnell, aber gut. Sie wissen natürlich, daß Sie für immer infiziert sind. Wenn Sie weitere Anfälle vermeiden wollen, müssen Sie ständig Paludrintabletten nehmen. Ich hab' Ihrem Mädchen das Rezept gegeben. Sie bringt sie Ihnen heute abend mit.«

»Wann kann ich wieder an die Arbeit?«

Bitar zuckte die Schultern. »In ein paar Tagen – es sei denn, Ihre Leber hat was abbekommen, aber das glaube ich nicht.« Dann sagte er etwas gedämpfter: »Sie reden im Schlaf, mein Freund. Das ist gefährlich.«

Fathalla blickte erschrocken auf. »Was habe ich gesagt?«

»Sie nannten Namen – Jakov Baratz und Safreddin und andere, die wir beide kennen, aber lieber nicht hören. Sie sprachen von der Ermordung eines Königs und von einem Mann auf Cypern, der Botschaften schickt, und noch von anderen Sachen.«

»Hat mich sonst noch jemand gehört?«

»Ihre Frau, Emilie Ayub. Sie war während des Fiebers Tag und Nacht bei Ihnen.«

»Wieviel hat sie verstanden?«

»Ich weiß nicht. Ich habe sie nicht gefragt, und sie hat nichts dazu gesagt. Es steht fest, daß sie Sie liebt, vielleicht ist das genug.«

»Habe ich von – anderen Frauen gesprochen?«

»Ich habe nichts gehört. Und sie? Ich hoffe nicht.«

»Ich habe Angst«, sagte Selim Fathalla.

»Gut!« sagte Dr. Bitar. »Wenn es Sie vorsichtig macht – gut!«

»Haben Sie noch andere Neuigkeiten?«

»Nicht direkt. Sechs Zeitungen griffen König Hussein an und nannten ihn ein Werkzeug in den Händen ausländischer Imperialisten. Angesichts dessen, was wir bereits wissen, ist der Zeitpunkt bedeutsam. Außerdem hat Safreddin mich zweimal angerufen und nach Ihrem Gesundheitszustand gefragt. Ich habe ihm gesagt, ich würde ihm sofort Bescheid geben, sobald Sie imstande sind, Besucher zu empfangen.«

»Soll ich ihn anrufen?«

Bitar überlegte einen Augenblick, dann spreizte er in einer Geste die Gleichgültigkeit ausdrückte, seine weichen Hände. »Wie Sie wollen. Es wäre eine Gefälligkeit, die Ihnen eine kleine Information einbringen könnte.«

»Dann wollen wir es gleich tun«, erwiderte Fathalla.

Er ging leicht schwankend zum Telefon und wählte die Privatnummer des Leiters des Zivilen Geheimdienstes. Ein paar Sekunden später hörte er die bekannte monotone Stimme.

»Hier Safreddin.«

»Hier ist Selim Fathalla.«

»Ja, wie geht es Ihnen!« Safreddin wurde sofort herzlich. »Sie waren sehr krank, Doktor Bitar hat es mir erzählt. Wie fühlen Sie sich?«

»Etwas schwach. Aber das Fieber ist vorbei. Sie müssen in diesem Land wirklich mal was gegen die Malaria unternehmen.«

Es war ein schlechter Scherz, aber offenbar gefiel er Safreddin. Er lachte und antwortete freundlich: »Ich studiere gerade das neue Programm. Ich werde eine Fußnote hinzufügen, daß wir es uns nicht leisten können, gute Freunde wie Sie zu verlieren.«

»Doktor Bitar hat mir befohlen, noch ein paar Tage im Haus zu bleiben. Ich überlege, ob Sie vielleicht vorbeikommen und eine Tasse Kaffee mit mir trinken könnten.«

»Natürlich, ja. Sagen wir morgen vormittag gegen zehn.«

»Ich werde Sie erwarten.«

Dann kam eine lange Pause, und das Krachen in der Leitung klang gedämpft, als hätte sich eine Hand über die Muschel des Telefons gelegt. Schließlich wurde die Hand weggenommen, und Safreddin sprach wieder.

»Da wäre eine Sache, über die ich Sie bitten möchte nachzudenken, mein Freund. Vielleicht können Sie uns helfen.«

»Gern«, sagte Selim Fathalla ungezwungen. »Was kann ich für Sie tun?«

»Wann schicken Sie Ihre nächste Lieferung nach Amman?«

»Da muß ich nachsehen, aber ich glaube, am Mittwoch, dem fünfundzwanzigsten. Weshalb?«

»Wir möchten, daß Sie etwas von uns mitschicken.«

»Und was ist dieses Etwas?«

»Waffen«, sagte Safreddin freundlich. »Gewehre, Handgranaten und Plastiksprengstoff.«

»Oh ...!« Fathallas Überraschung war echt, aber er betonte sie noch besonders. »Wir können weiße Elefanten mitnehmen, wenn Sie wollen – und falls Sie unsere Abfertigung an der jordanischen Grenze arrangieren.«

»In diesem Fall ...« Safreddin beließ es einen Augenblick bei dem begonnenen Satz, als wolle er sich an den Schluß nicht binden. »In diesem Fall, mein Freund, sind wir unter Umständen bereit, von einer Zollabfertigung abzusehen.«

»Oh!« sagte Selim Fathalla wieder. »Dann sollten wir die Sache zusammen planen. Lassen Sie mich darüber nachdenken. Ich will versuchen, mir bis morgen ein paar Vorschläge für Sie zu überlegen.«

»Sie sind ein guter Freund«, sagte Safreddin höflich. »Ich möchte Ihnen sagen, daß wir sehr viel Vertrauen zu Ihnen haben.«

»Ich bin entzückt, das zu hören«, antwortete Fathalla.

Als er den Hörer auflegte, merkte er, daß seine Hände zitterten und klebriger Schweiß auf seiner Stirn stand. Als er Bitar erzählte, was Safreddin von ihm wollte, pfiff der Arzt leise durch die Zähne. Dann schwieg er. Fathalla sagte:

»Es stinkt. Die Sache stinkt wie ein Misthaufen.«

»Ich weiß«, sagte Dr. Bitar. »Es gibt mindestens hundert Möglichkeiten, Waffen nach Jordanien zu schmuggeln, ohne die Grenzbehörden einzuschalten. Safreddin hat sie alle schon mal benutzt. Weshalb braucht er Sie dazu? Und weshalb redet er so offen darüber?«

Alexandria

In der Westkurve der Grande Corniche von Alexandria, in der Nähe des Palasts von Ras-el-Tin, lag eine Villa in einem Garten mit Palmen, Rasenflächen und Blumenbeeten. Auf den ersten Blick machte das alles noch immer den Eindruck von Reichtum und Luxus, obwohl die Glanzzeit der Villa vorüber war, seit ihr griechischer Besitzer sein Vertrauen in Nassers Regime verloren und beschlossen hatte, sein dezimiertes ägyptisches Kapital im Stich zu lassen und in Europa von seinen Papieren zu leben. Der Garten begann jetzt zu verwildern, die weißen Gartenmöbel verrosteten, die Markisen waren ausgeblichen, den Rasen durchwucherte Unkraut, und abgefallene Datteln verfaulten in der Sonne.

Am Tag nach dem Zwischenfall von Sha'ar Hagolan gingen zwei Männer durch den Garten. Der eine war ein kleiner wendiger Bursche mit arglosem Gesicht und milden Augen; er sah aus wie ein Bankier oder ein höherer Beamter. Sein Name war Idris Jarrah. Und er war auch wirklich etwas wie ein Beamter, nämlich Leiter der Operationsabteilung der Palästinensischen Befreiungsorganisation. Seine Nationalität war unbestimmt. Er war Palästinaaraber, in Jaffa geboren. Seine Heimat war jetzt von einem Volk besetzt, das er haßte, von einer Nation, die von Rechts wegen, wie er meinte, keine Existenzberechtigung besaß und deren Vernichtung er sich zum Ziel gesetzt hatte. Auch urkundlich war er eine zweifelhafte Person, denn er besaß mehrere Pässe: einen ägyptischen, einen griechischen, einen syrischen, einen libanesischen, einen jordanischen und einen italienischen. Sein Begleiter war ein großer grauhaariger Mann Anfang Fünfzig, dessen Name sorgfältig geheimgehalten wurde. Er war das Oberhaupt des Planungsstabs der gleichen Organisation.

Der Tag war warm und angenehm. Aus Afrika blies ein lauer stetiger Wind, der einen beißenden Geruch nach Sand und den modrigen Ausdünstungen des Maryut-Sumpfes mit sich trug. Die Palmzweige knackten, und als die beiden Männer über den Kiesweg gingen, wirbelten die welken Blätter zu ihren Füßen in kleinen staubigen Strudeln dahin. Der ältere Mann sprach sehr nachdrücklich und unterstrich seine Worte mit heftigen Handbewegungen. Idris Jarrah redete leise und ohne jede Gestik. Er war ein Mann, der ein Dutzend verschiedene Existenzen führte und gelernt hatte, was Anonymität und Beherrschung wert waren. Der Namenlose sagte:

»Diese Sache in Galiläa war ein Blödsinn! Eine sinnlose Provokation, die nur die öffentliche Meinung in Israel verhärtet und Syrien zu einem Zeitpunkt ins Scheinwerferlicht rückt, zu dem wir es dort nicht haben wollen.«

»Stimmt«, sagte Idris Jarrah freundlich. »Aber solche Sachen passieren. Die Mine lag wahrscheinlich schon seit Monaten dort.«

»Wenn Sie nach Damaskus kommen, sprechen Sie mit Safreddin darüber. Erinnern Sie ihn nachdrücklich an unsere Abmachungen. Alle Zwischenfälle müssen in Zukunft auf die jordanische Grenze beschränkt bleiben. Machen Sie ihm klar, daß Ägypten nach dem gegenseitigen Beistandsabkommen keine Schritte unternehmen muß, wenn Syrien einen israelischen Angriff provoziert.«

»Ich werde das tun. Das neue Programm erfordert sowieso eine

Konzentration unserer Kräfte in Nablos, Hebron und am Toten Meer. Wir werden dort alle Hände voll zu tun haben. Safreddin wird vollauf mit der anderen Sache beschäftigt sein.«

»Wann will er anfangen?«

»In zwei Wochen. Er wartet darauf, daß ich das Geld nach Jordanien bringe.«

»Ist Khalil vorbereitet?«

»Safreddin sagt ja. Aber ich werde selbst alles überprüfen, bevor ich das Geld aushändige.«

»Diesmal muß es funktionieren«, sagte der Namenlose in plötzlichem Ärger. »Eine weitere Säuberungsaktion in der jordanischen Armee würde uns ein ganzes Jahr zurückwerfen – wenn nicht mehr.«

»Ich weiß«, sagte Idris Jarrah. »Wenn Khalils Plan irgendwelche schwachen Punkte aufweist, bin ich ermächtigt, die ganze Aktion zu verschieben. Ist das richtig?«

»Richtig. Und jetzt zum Geld. Wir haben zweihunderttausend Pfund Sterling bei der Pan-Arabischen Bank in Beirut auf ein Konto unter Ihrem Namen deponiert.«

Idris Jarrah blickte überrascht auf.

»Bei der Pan-Arabischen Bank? Wir haben doch sonst immer mit Chakry gearbeitet?«

Sein Begleiter lächelte dünn und humorlos.

»Ich weiß. Wir haben beschlossen, andere Arrangements zu treffen. Ihr derzeitiges Guthaben bei Chakry beträgt siebenundfünfzigtausend US-Dollar. Wenn Sie in Beirut sind, heben Sie das Geld sofort ab und zahlen es auf das neue Konto ein.«

»Gibt es dafür einen Grund?«

»Viele. Erstens ist Chakry für seine Schuhnummer zu groß geworden, und zweitens müssen die Libanesen lernen, daß sie nicht weiterhin Profite machen können, während wir anderen die Risiken tragen.«

»Und siebenundfünfzigtausend Dollar sollen ihnen das beibringen?«

»Kaum. Aber vielleicht fünfzig Millionen.«

»Das scheint ein interessanter Monat zu werden«, sagte Idris Jarrah mit schwachem Lächeln.

24

»Ich hoffe, Sie bleiben so lange am Leben, daß Sie auch was davon haben. Wann reisen Sie ab?«

»Heute nachmittag drei Uhr. Das Schiff liegt im Hafen. Ich werde morgen vormittag um elf Uhr in Beirut sein.«

»Amüsieren Sie sich gut«, sagte der Namenlose gleichgültig.

»Inshallah«, sagte der mondgesichtige Beamte.

Beirut

Wenn Nuri Chakry gut gelaunt war – und Zuversicht und Humor waren seine gewinnbringendsten Eigenschaften –, sprach er gern von sich.

». . . So was wie Glück gibt es nicht. Charakter ist Schicksal. Wir handeln, wie wir sind. Wir bekommen, was wir verdienen. Ich zum Beispiel bin Phönizier. Ich liebe das Geld. Ich liebe den Handel. Feilschen ist für mich ein amüsantes Spiel, das Risiko so berauschend wie Haschisch. Wenn ich früher gelebt hätte, hätte ich unten am Hafen in einem kleinen Schuppen gesessen und Gold gegen Silber, Kamelhäute gegen Eisenäxte und Öl gegen die Linsen der Pharaonen eingetauscht. Ich bin ein Händler. Für mich gibt es nur einen Grundsatz: Mache nie Geschäfte mit einem Händler, der gerissener ist als du.«

Was er sagte, stimmte. Alles, was Chakry sagte, stimmte, denn er hatte es sich zur Regel gemacht, in geschäftlichen Dingen nie zu lügen. Das Problem für die, die mit ihm zu tun hatten, war, zwischen der poetischen und der eigentlichen Wahrheit zu unterscheiden und immer daran zu denken, daß das, was ungesagt blieb, manchmal wichtiger war als das, was er lebhaft und überzeugend vorbrachte.

Chakry war Phönizier insofern, als er in einer Stadt lebte, die einmal phönizisch gewesen war. Doch wer tief genug in den Akten grub, erfuhr, daß Chakry ein in Acre geborener Palästinaaraber war, der das Land 1948 beim Einzug der Israelis verlassen hatte.

Es gab manche, die behaupteten, noch tiefer gegraben und entdeckt zu haben, daß er in Wirklichkeit ein abtrünniger Jude sei, der an den Börsenberichten mehr Gefallen gefunden habe als am Talmud und der es vorziehe, auf dem freien Markt zu schachern, statt sich

dem bürgerlichen Sozialismus des neuen jüdischen Staates zu unterwerfen. Aber selbst seine Feinde neigten dazu, das als Verleumdung
zu betrachten, von Leuten ausgestreut, die er bei seinem schnellen
spektakulären Aufstieg von der Leiter gestoßen hatte.

Daß er das Geld liebte, stand außer Zweifel. Daß er den Handel
liebte, war ebenfalls eine feststehende Tatsache. Als er nach Beirut
kam, besaß er so gut wie nichts, aber mit Betteln, Borgen und Bluffen gelang es ihm, sich in einer Seitengasse in der Nähe der Hafenan-
lagen als Geldwechsler niederzulassen. Das Geschäft ging Tag und
Nacht. Seine ersten Kunden waren Seeleute, Zuhälter, Prostituierte,
Hotelportiers, Nachtklubschlepper, Schmuggler, Hehler und Ver-
käufer von zweifelhaften Antiquitäten. Keine Währung war so
schlecht, daß er nicht noch einen Profit herauszuschlagen wußte,
kein Geschäft so unbedeutend, daß er nicht als Zwischenhändler
aufgetreten wäre – vorausgesetzt, die Provision war angemessen und
wurde von beiden Seiten bezahlt.

Er kaufte alte Münzen von den Bauern, die sie auf ihren Feldern
gefunden hatten, und von den Arbeitern bei den Ausgrabungen in
Baalbek und Byblos. Er säuberte sie und verkaufte sie über internationale Sammlerzeitschriften zu hohen Preisen. Er entwickelte einen
hervorragenden Blick für Antiquitäten und ihren begrenzten, aber
einträglichen Markt. Er war in der Tat ein Händler – mit viel Sinn
für das angenehme Leben und intuitiver Kenntnis der Mittel, mit
denen die Macht arbeitet.

Als erstes lernte er, daß schnelle Kommunikation der Schlüssel
zum Erfolg ist. Eine phönizische Goldmünze war auf dem Samtkis-
sen eines Händlers in Byblos vielleicht hundert Dollar wert. In New
York würde sie den vierfachen Preis erzielen. Thai-bahts standen in
Beirut unter pari, aber in Bangkok konnte man damit Rubine, Sa-
phire und Gürtel aus gewebtem Gold kaufen. Eine Pfundnote aus
Ostafrika konnte man auf dem europäischen Markt mit fünf, manchmal sogar mit zehn Prozent Rabatt kaufen, aber wenn man sie nach
Kenia zurückbrachte, bekam man den vollen Wert in Sterling. Daher
saß Nuri Chakry in seinem schäbigen Büro und träumte von Schif-
fen und Fluglinien, von Telefonkabeln und Fernschreibern – und
einem ganzen Spinnennetz von Verbindungen, über das er jeden Tag
mit allen Märkten der Welt verhandeln könnte.

Er erfuhr bald, daß Geld und Furcht zusammengehören: Wer Geld hat, hat auch Angst. Die Reichen leben in ständiger Angst vor Steuereintreibern, Sozialreformern, Revolutionären, Politikern und verlassenen Frauen. Für diese verängstigten Millionäre, für die Öl-scheichs aus Kuwait und Saudi-Arabien, die syrischen Kaufleute mit ihrer Furcht vor Enteignung, für die griechischen Reeder und texani-schen Millionäre war Beirut ein Paradies.

Daher schloß Nuri Chakry eines Tages sein Büro am Hafen, steckte seine Träume in die Brusttasche eines neuen Anzugs und gründete die Phönizische Bank. Da er tüchtig war und mutig und bereit, den reichen Männern dabei zu helfen, in Ruhe ihren Lastern zu frönen, gedieh sein Unternehmen schnell. Die reichen Männer wurden einer nach dem anderen seine Kunden und vertrauten ihm ihr Vermögen an. Um ihr Vertrauen in ihn und seine Fähigkeiten zu bestärken, war er gewillt, Phantastisches zu leisten. In dem mauri-schen Pavillon neben seinem Büro, in dem er seine saudischen und kuwaitischen Fürsten zu unterhalten pflegte, stapelte er einmal Goldbarren einen halben Meter hoch auf den Tisch und bedeckte sie mit Pfandbriefen und Banknoten, um zu beweisen, daß das Geld seiner Kunden jederzeit flüssig war und daß es nirgendwo auf der Welt einen vertrauenswürdigeren Treuhänder gab als Nuri Chakry.

Als er fünfzig war – ein schlanker, schwarzhaariger, lebhafter Fünfziger –, hatte er sich ein Imperium aufgebaut, das von Beirut bis zur Fifth Avenue und von Brasilien bis Nigeria und Qatar reichte und das er von seinem Adlerhorst aus verwaltete – eine große Woh-nung aus Glas und Beton, die im Westen auf das Mittelmeer und im Osten auf die Berge blickte, hinter denen die ölschwere Wüste lag.

Im ganzen Libanon gab es niemanden, der ihm an Macht und Ansehen gleichkam, und die goldenen Fäden seines Netzwerks waren mit einer Vielzahl von Unternehmen verknüpft. Seine Kunden und Arbeitnehmer stellten ein Zehntel aller Wahlberechtigten des gan-zen Landes, und zwanzig Prozent des staatlichen Betriebskapitals lag in den Tresoren der Phönizischen Bank.

Auf seinem Schreibtisch lag in einer durchsichtigen Plastikschach-tel sein Symbol und Glücksbringer – eine Goldmünze von Alexander dem Großen, die auf der einen Seite den Eroberer als Gott Ammon zeigte und auf der anderen die Göttin Athene. Vielleicht mochte ihn das als eitlen Menschen kennzeichnen, doch er war keinesfalls dumm. Er wußte, daß seinem Imperium engere Grenzen gesetzt waren als dem Reich Alexanders. Er wußte, daß seine Geldmittel die gewagten und riskanten Investitionen nur mangelhaft fundierten. Aber wenn er lange genug durchhielt, würde sich ihr Wert verdoppeln und verdreifachen. Wenn er allerdings in der Zwischenzeit gezwungen würde zu liquidieren, so wäre das, als verliere er seinen rechten Arm. Er wußte, daß seine Verbindungen unzuverlässiger wurden, je weiter er sie ausdehnte; und er wußte auch, daß allein schon seine Existenz von der gefährlichen Unausgeglichenheit der politischen Kräfte im Nahen Osten abhing. Je stärker die linksgerichteten Baathisten in Syrien wurden, desto mehr fürchteten die Kuwaitis und Saudis um die Zukunft ihrer reichen Autokratien. Je größer ihre Sorgen wurden, desto stärker verlangten sie danach, ihr Risiko mit Hilfe dieses zuvorkommenden Buchmachers Nuri Chakry zu verringern. Je heftiger sich Ägypten in den Jemenkrieg verstrickte, desto tiefer geriet es in die Schuld der Russen und um so dringlicher brauchte es einen freundlichen Bankier, der die Wechsel diskontierte. Mit jedem Zusammenstoß an der israelischen Grenze floß neues Angstgeld in den Libanon, um gegen europäische Sicherheiten eingetauscht zu werden. Sogar die Russen hatten die hübsche Summe von sechs Millionen Dollar deponiert, was ihre Schaukelpartner, die Amerikaner, dazu zwingen würde, etwas Ähnliches zu tun.

Aber um das Schaukelspiel zu spielen, brauchte man starke Nerven und eine geschmeidige Zunge und einen scharfen Blick für jedes fallende Blatt, das den Waagebalken verschieben könnte. An diesem Morgen segelten mehrere Blätter durch die Luft, und Nuri Chakry stand nachdenklich am Fenster seines Büros, blickte hinaus aufs Meer und überlegte, wo sie hinfallen würden. Nach ein paar Minuten kehrte er an seinen Schreibtisch zurück und schaltete die Sprechanlage ein.

»Mark? Ich habe jetzt Zeit für Sie. Kommen Sie bitte herein.«

Einen Augenblick später öffneten sich die elektrischen Türen des Büros geräuschlos, und Mark Matheson trat mit einer großen Ledermappe unter dem Arm ein. Er war ein dicklicher Mann Mitte Vierzig mit kurzgeschnittenem Haar und einem auffallend jungen Gesicht.

Er war Amerikaner, der seinen Beruf bei den Rockefellers in New York erlernt hatte und den Chakry nach Beirut gelockt hatte, wo er als sein Stellvertreter und Unterhändler für Europa arbeitete. Viele seiner Freunde hatten ihm davon abgeraten, das Angebot anzunehmen, aber Chakry zahlte sehr gut, und sein Vertrauen schmeichelte ihm, und so hatte er angenommen.

Bis jetzt hatte er noch keinen Anlaß gehabt, diesen Entschluß zu bedauern. Zuerst hatten ihn die verworrenen Manipulationen Nuri Chakrys erschreckt, aber die Bücher waren offen, die Akten in Ordnung, und Chakry ließ es nie an Respekt fehlen, wenn man ihm einen Rat gab, auch wenn er ihn nicht annahm. Wem er vertraute, zu dem war er offen und geradeheraus, und seine gelegentlichen Wutausbrüche wurden wettgemacht durch seine außerordentliche Großzügigkeit. Er bedeutete Mark, sich zu setzen, und kam sofort zur Sache.

»Wie stehen wir diesen Monat, Mark?«

»Wir sind knapp bei Kasse«, sagte Mark Matheson. »Knapper als sonst. Am Freitag brauchen wir die üblichen zehn Millionen für den Gehaltsscheck der Regierung. Die haben wir. In der nächsten Woche sind wir immer noch flüssig, es sei denn, daß größere Summen abgehoben werden. Am dreißigsten des Monats werden wir allerdings Hilfe brauchen.«

»Wieviel?«

»Sechs Millionen. Vielleicht kommen wir auch mit fünf aus.«

»Ich werde das organisieren«, sagte Chakry entschlossen. »Ich esse morgen mit dem Präsidenten. Wir werden die Zentralbank dazu bekommen, daß sie uns deckt. Und nun . . .« Er deutete auf die Zeitungen, die säuberlich aufgestapelt vor ihm auf dem Schreibtisch lagen. »Das gibt Ärger: Vier Zeitungen haben heute Angriffe auf König Feisal gebracht. Das wird ihm gar nicht gefallen.«

Matheson zuckte die Schultern. »Das ist doch die alte ägyptische Masche. Die Zeitungen werden mit Nassers Geld finanziert. Feisal wird das wissen.«

»Natürlich weiß er das«, sagte Chakry scharf. »Aber die Zeitungen erscheinen im Libanon. Für Feisal stellen sie einen beträchtlichen Teil der öffentlichen Meinung in diesem Lande dar. Deshalb . . .« Er brach ab.

»Deshalb?« nahm Matheson den Satz auf.

»Wenn ich Feisal wäre – und ich kenne ihn recht gut –, würde ich mich fragen, weshalb ich fünfzehn Millionen von meinem Geld im Libanon lassen soll, wo man mich jeden Tag in der Presse beleidigt, wenn ich das Geld auch nach London transferieren kann und dort von der chemischen Industrie acht Prozent Zinsen dafür bekomme.«

»Eine gute Frage«, sagte Mark Matheson.

»Eine gefährliche Frage – für uns«, sagte Nuri Chakry. »Jetzt etwas anderes. Heute morgen rief mich Ibrahim von der Pan-Arabischen Bank an.«

»Aha! Nun, wie gefällt ihm sein neuer Job?«

Chakry zuckte die Schultern. »Überhaupt nicht, aber solange wir ihn dafür bezahlen, wird er es ertragen. Er erzählte mir, daß die PLO bei der Pan-Arab auf das Konto von Idris Jarrah zweihunderttausend Pfund Sterling eingezahlt hat.«

»Auf Jarrahs Konto?« Matheson war bestürzt. »Er ist doch seit drei Jahren unser Kunde. Er hat doch eine beträchtliche Summe bei uns deponiert.«

»Ich weiß. Ich vermute, daß er in ein oder zwei Tagen hier erscheinen wird, um das Geld abzuheben und sein Konto zu löschen.«

»Und das bedeutet?«

Chakry nahm die kleine Plastikschachtel, die seinen Talisman umschloß, und schob sie von einer Hand in die andere. »Das bedeutet, daß die Ägypter ihr Mißfallen über die libanesische Politik ausdrükken. Sie wollen uns mehr arabisch sehen und weniger phönizisch. Sie wollen, daß wir gegen Israel aktiver werden. Sie wollen, daß wir die Jordanier und die Kuwaitis auf die Seite der VAR bringen.« Er hielt die Schachtel gegen das Licht und betrachtete sie eingehend, als sei sie ein Kristall. »Und wenn die Ägypter unangenehm werden, werden die Syrer noch unangenehmer, und die Russen werden uns gewaltig eins aufs Haupt geben. Zweihunderttausend Pfund sind eine Menge Geld – viel mehr, als Jarrah für Grenzsabotage braucht. Daher ist anzunehmen, daß sehr bald etwas Großes geschieht.«

»Mit zweihunderttausend kann er jeden Palästinaflüchtling westlich des Jordans kaufen – und obendrein noch einen Teil von Husseins Armee.«

»Vielleicht versucht er es«, sagte Chakry. »Sagen Sie, Mark, angenommen, wir brauchten schnellstens Deckung, woher könnten wir sie bekommen?«

»Wie hoch soll der Betrag sein – und bis wann wollen Sie ihn haben?«

»Fünfzig Millionen – in dreißig Tagen.«

»Großer Gott!« Mark Matheson war entsetzt. »Bei der derzeitigen Marktlage könnten Sie genausogut eine Scheibe vom Mond verlangen. Wenn ICI für eine Anleihe von vierundzwanzig Millionen acht Prozent bieten muß, dann heißt das, daß das Geld verdammt knapp ist.«

Chakry sah ihn mit einem spöttischen Lächeln an. »Angst, Mark?«

Matheson fand das nicht komisch. »Richtig, ich habe Angst. Wir sind zu dreieinhalb Prozent flüssig – was überall ein strafrechtliches Delikt wäre, bloß in Beirut nicht. Und Sie erzählen mir, daß eine Reihe größerer Kunden ihr Geld abheben will. Fünfzig Millionen in dreißig Tagen! Woher sollen wir das nehmen? In London kleben sie Tesafilm über den Riß im Pfund. In Zürich und bei den Rockefellers stehen wir in der Kreide. Also bleiben uns nur Mortimer auf der einen und der jüdische Markt auf der anderen Seite. Mortimer könnte uns mit einem Telefonanruf abdecken, aber Sie wissen, was er dafür verlangen wird.«

»Die Fluggesellschaft – und die bekommt er nur über meine Leiche.«

»Genau! Und damit bleibt Ihnen nur der jüdische Markt. Ich kann mir nicht vorstellen, daß die Juden große Lust haben, die Arabische Liga zu finanzieren, können Sie sich das vorstellen?« »Ich bin nicht so sicher«, sagte Chakry gelassen. »Geld kennt keine Rassenunterschiede. Und die Juden haben Sinn für Ironie. Ja! Ich könnte mir eine Situation vorstellen, in der eine starke jüdische Gruppe ganz gern mit der Phönizischen Bank zusammenarbeiten würde.«

Matheson starrte ihn voll skeptischer Bewunderung an. »Ich glaube wirklich, Sie haben die Unverfrorenheit, es zu versuchen.« »Das ist keine Frage der Unverfrorenheit, sondern eine Frage des Überlebens, und wenn ich, um zu überleben, mit Shaitan persönlich verhandeln muß, so werde ich das tun. Und jetzt wollen wir uns ein paar Notizen machen.«

31

Auf See

Idris Jarrah, der Terrorist mit den milden Augen, war ein Mann, der begriffen hatte, was gespielt wurde. Er wußte um die Zusammenhänge, um die persönlichen und um die politischen. Und er wußte auch, wie sehr sich das alles widersprach und einander entgegenstand.

Die persönlichen Zusammenhänge waren noch am einfachsten. Idris Jarrah war ein staatenloser Araber. Ein staatenloser Araber besaß weder Identität noch Zukunft. Wenn er ein Zuhause wollte, konnte er es bei den Flüchtlingen im Gazastreifen haben oder in den Barackenstädten westlich des Jordans. Wenn er arbeiten wollte, konnte er auch das haben: als Straßenkehrer oder Hausierer oder als Schnitzer von Souvenirs für die Touristen. Aber wenn er eine Identität haben wollte, eine offizielle Bestätigung, daß er eine Person war und nicht ein namenloses Stück Strandgut, dann mußte er sich einen Markt suchen, wo er eine kaufen konnte, zu einem Preis, den er bezahlen konnte.

Idris Jarrah hatte einen solchen Markt in der Palästinensischen Befreiungsorganisation gefunden – dieser Familie vertriebener Zeloten, die sich geschworen hatten, die Juden ins Meer zu treiben, die alten Grenzen von Palästina wiederherzustellen und eine arabische Hegemonie zu errichten. Was den Preis betraf, so war Idris Jarrah imstande, mit harter Münze zu zahlen. Er hatte für die alte palästinensische Polizei zuerst als Spitzel und später als Geheimpolizist gearbeitet. Er kannte alle Spionagetricks und Terrormethoden, und von den Briten hatte er gelernt, was System und Methode wert waren.

Da er keine Illusionen hatte und seine ganze Hoffnung auf die Organisation setzte, arbeitete er mit erstaunlicher Tüchtigkeit. Da er nie mehr versprach, als er halten konnte, fiel seine Tätigkeit immer zufriedenstellend aus. Und da er weder an Gott glaubte noch an die Politiker, sondern nur an Idris Jarrah, war er vor Versuchung sicher – wenn auch nicht unempfänglich für persönliche Vorteile. Er sagte seine Meinung, nahm die Befehle entgegen, lieferte einen nächtlichen Überfall oder eine Bombenexplosion, ließ sich bezahlen und schlief zufrieden und glücklich mit irgendeiner Frau, während größere Männer sich in Alpträumen der Enttäuschung wälzten oder in der Phantasie ungeheure Reiche gründeten.

Die politischen Zusammenhänge waren ihm genauso klar. Soweit es die arabische Welt betraf, war es mit dem Staat Israel wie mit Gott: Wenn es ihn nicht gäbe, müßte man ihn erfinden – als Brennpunkt für die Unzufriedenheit und als Mittel der Sammlung einer peinlich entzweiten Moslemwelt. Wo fände man, wenn es die Juden nicht gäbe, einen Sündenbock für das Elend der Slumbewohner in Alexandria, für die Bettler, die im Vorhof der Heiligen Stätte saßen und ihre Wunden kratzten, für die arbeitslosen Männer in Damaskus und für die zehntausend Menschen, die zwischen der Wüste und dem Meer in der Nähe der Stadt Samson kampierten? Wie ließ sich, ohne die Juden, eine leicht faßliche Erklärung finden für die reichen Libanesen, die Kuwaitis und die beduinischen Stammesgenossen, für den Haschemitenkönig und den marxistischen Syrer, und für den ägyptischen Kameraden, der im Jemen einen sinnlosen Krieg führte? Arabische Einheit konnte sich nur auf negative Weise ausdrücken: Vernichtet die Juden! Und ohne die Juden konnte sie sich so gut wie gar nicht ausdrücken. Was aber die Wiederherstellung Palästinas betraf, so wußte Jarrah besser als die meisten, daß es, wenn es wirklich wiederhergestellt wäre, über Nacht von seinen neidischen Nachbarn zerstückelt werden würde.

Die Organisation hatte sich demnach einem Phantasiegebilde verschrieben, aber Phantasiegebilde waren das Arbeitsmaterial der Politiker; und sie zahlten große Summen, um es zu behalten und Männer wie Idris Jarrah zu finden, die für ihre rivalisierenden Ziele kämpften.

Und er wußte auch das: Die Ägypter wollten Israel zerstören, aber ihnen fehlten Geld und Hilfsmittel, um das zu tun. Die syrischen Sozialisten wollten den kleinen König von Jordanien loswerden, der ein Freund der Briten und ein Symbol für die überholte Stammesmonarchie war. Die Jordanier wollten eine Straße zum Meer und einen Hafen am Mittelmeer. Die Libanesen wollten Geld und Handel, und die Russen wollten Sozialismus von Bagdad bis zu den Säulen des Herkules. Die palästinensische Befreiungsorganisation hatte für alle einen bestimmten Wert. Sie mochten sie öffentlich loben und insgeheim verdammen, aber sie zahlten alle großzügig, um sie am Leben zu erhalten.

An einem strahlenden Herbstmorgen stand Idris Jarrah halb zehn an Deck der *Surriento*, die mit ihren zehntausend Tonnen zwischen Genua, Alexandria, Beirut und Limassol verkehrte, und betrachtete die Höhenzüge des Libanongebirges und die goldene Stadt Beirut, die in der Morgensonne immer näher kam. Er hatte eine angenehme Nacht verbracht – mit einer Barsängerin von mäßiger Schönheit und beträchtlichem Temperament – und freute sich jetzt seines Wohlbefindens und der Sicherheit, ein gesuchter Mann zu sein.

Nach der Eintönigkeit Alexandrias und den strapaziösen Verhandlungen mit den Ägyptern – einem fiebernden, arroganten und unglücklichen Volk, das er von Herzen verachtete – war die Aussicht auf zwei Tage im Libanon sehr reizvoll. Er würde im *St. George* wohnen, einem hübschen Hotel mit Blick auf das Meer und einem Portier, der seinen Geschmack kannte und gern bereit war, seine Wünsche zu erfüllen. Er würde zur Phönizischen Bank gehen, das Geld abheben und es bei der Pan-Arabischen Bank deponieren. Er würde sich kurz mit Freunden und Agenten besprechen und dann in aller Ruhe nach Merjayoun fahren, um den Leutnant aufzusuchen, der die Sabotagetätigkeit im Gebiet von Hasbani leitete. Vorerst würde es dort nicht viel zu tun geben, da geplant war, die libanesische Grenze in Ruhe zu lassen, während die Angriffe von Jordanien entlang dem Korridor von Jerusalem verstärkt wurden. Er würde das Geld übergeben und für die Verteilung der Waffen sorgen, die im Bauch der *Surriento* in Plastikröhren lagen, die später an einen Bauunternehmer für Kanalisationsanlagen verkauft wurden. Danach würde er sich einen Abend amüsieren und am nächsten Morgen nach Damaskus fliegen, um mit Safreddin zu verhandeln. Dort würde es Schwierigkeiten geben, denn Safreddin spielte viele Spiele gleichzeitig und hätte Idris Jarrah gern in alle verwickelt gesehen.

Oberst Safreddin war ein Soldat, der mit den Politikern ein Abkommen getroffen hatte. Solange man ihm genug Macht gab, die Armee zu kontrollieren, sorgte er dafür, daß sie sich loyal verhielt. Er bildete ein Offizierskorps heran, das nach den Doktrinen der Baath – der »Arabischen Sozialistischen Wiederauferstehungspartei« – geschult war und eine Waffe zur Durchsetzung der politischen und wirtschaftlichen Ziele des Einparteienstaats darstellte. Er brachte die Unzufriedenen, die immer noch nach Nasser und den Ägyptern schielten, zum Schweigen und hatte ein wachsames Auge auf die Großgrundbesitzer und Kaufleute, die versuchten, ihr Kapital aus Syrien in den Libanon und die Mittelmeerländer zu transferieren. Er hielt die Russen bei Laune und unterdrückte gleichzeitig alle revolutionären Bestrebungen oder leitete sie in den Schmelztiegel des syrischen arabischen Sozialismus.

Seine persönlichen Ambitionen waren beträchtlich. Er wollte, daß Syrien und nicht Ägypten die führende Macht der arabischen Welt würde. Er wollte Israel von der Landkarte streichen. Er wollte die Ägypter und Jordanier so bald wie möglich in einen totalen Krieg gegen die »usurpatorischen Zionisten« verwickelt sehen. Er wollte, daß der Haschemitenkönig beseitigt und eine sozialistische Regierung errichtet würde, damit die Grenzblockade zu einer regulären Belagerung ausgeweitet werden könnte. Und Idris Jarrah war der ideale Mann, um das große Schießen zu inszenieren.

Idris Jarrah würde Saboteure von Jordanien nach Israel schicken; und wenn die Israelis Vergeltung übten – dann gegen Jordanien und nicht gegen Syrien. Die Grenzbevölkerung würde König Hussein die Schuld zuschieben und nach einer neuen Regierung verlangen, die sie vor der israelischen Armee schützte. Gleichzeitig würde Idris Jarrah Geld auszahlen, um die Palastrevolution in Amman zu finanzieren. Idris Jarrah würde für die entscheidende Aktion verantwortlich sein – wenn sie fehlschlug, hätte er als bezahlter Agitator, der illegal innerhalb der Grenzen eines souveränen Staats operierte, die Verantwortung zu tragen.

Aber Idris Jarrah war ein Mann, der wußte, was gespielt wurde, und er hatte nicht die Absicht, sich selbst eine Schlinge um den Hals zu legen. Während er geschmeidig und unschuldsvoll wie eine Katze in der Sonne lag und zusah, wie das Libanongebirge immer deutlicher aus dem Meer auftragte, begann er, eine Versicherungspolice auszuarbeiten und über diejenigen nachzudenken, die sie für ihn unterzeichnen könnten.

Die ersten Unterzeichner waren die Mitglieder seiner Organisation im Libanon, in Jordanien und im Gazastreifen. Sein Geld gab ihnen Brot, seine Waffen verliehen ihnen ein Gefühl von Macht und Würde. Seine Versprechungen, daß sie in ihre Heimat zurückkehren würden, schenkten ihnen Hoffnung. Selbst die Gefahren, denen er

sie bei den Sabotageaktionen aussetzte, verliehen ihrem sonst sinnlosen Leben Zweck und Glanz. Sie waren keineswegs alle Helden.
Manche waren ausgemachte Feiglinge, die man überreden oder
zwingen mußte, die verabredeten Maßnahmen auch durchzuführen.
Aber es waren auch Patrioten darunter, die von ihrer Hoffnung auf
die verlorene Heimat lebten; würden ihr Stolz und ihre Zuversicht
vernichtet, dann waren sie verloren – für ihn und für sich selbst.
Ohne sie war er machtlos; mit ihnen war er eine Art König – wenn-
gleich in einem Reich von Söldnern und Ausgestoßenen.

Deshalb brauchte er andere und stärkere Hintermänner. Er
brauchte ein Netz, das ihn auffing, wenn er stolperte und von dem
straffgespannten Seil zwischen Syrien und Ägypten stürzte. Er
dachte an Nuri Chakry, der auch auf einem Seil jonglierte und der
möglicherweise bereit war, ein privates Geschäft mit ihm zu machen,
das für beide Seiten von Vorteil sein konnte.

Zweites Kapitel

Jerusalem

Achtundvierzig Stunden nach dem Zwischenfall bei Sha'ar Hagolan wurde Brigadegeneral Jakov Baratz zu einer Besprechung in das Büro des Premierministers in Jerusalem geladen. Die Besprechung war für 15 Uhr angesetzt. Eine gemütliche Fahrt von Tel Aviv nach Jerusalem dauerte höchstens zwei Stunden, aber Baratz beschloß, schon bei Sonnenaufgang zu fahren. Für seinen gähnenden und mürrischen Fahrer war es eine Strafe, für Baratz das reinste seiner spartanischen Vergnügen.

In der Morgendämmerung hatte das Meer die Farbe von Opalglas, und der Nebel zog in dünnen Schwaden über das Wasser. Die Luft war kühl und frisch und noch nicht von Benzindämpfen und Staub verunreinigt. Die Stadt lag noch im Schlaf, und die wenigen Fußgänger wirkten schwerfällig und ländlich, als wären sie nicht ganz am Platz in dieser betriebsamen, lauten Stadt, die wie ein Pilz aus den Sandhügeln nördlich des alten Jaffa emporgeschossen war.

Auf dem flachen Ackerland lag noch der Tau. Es roch nach Orangenblüten und gepflügter Erde. Die Strahlen der aufgehenden Sonne färbten die Blätter der Obstbäume grün, vergoldeten die Stoppelfelder und ließen das Kalkgestein, das zwischen fruchtbarer Erde zutage trat, rosa und weiß und bräunlich leuchten. Die Pinien in den Tälern im Osten waren noch dunkel und düster, aber auf den Bergkuppen funkelten sie rot in der Sonne, wie die Speere marschierender Heere.

Für Jakov Baratz war dies das wahre Antlitz des Gelobten Landes. Er war als Kind in dieses Land gekommen, als Sohn eines Kaufmanns aus dem Baltikum, und er hatte die Herrlichkeit seiner Ankunft nie vergessen: die strahlende Sonnenglut, den blendenden Himmel, das zerklüftete Gebirge, die Wüste, über der die Luft tanzte und Städte und Palmenhaine hervorzauberte, die im nächsten Augenblick wieder verschwunden waren. In seiner Jugend hatte er das Land bebaut,

37

hatte mit bloßen Händen Felsmauern errichtet, körbeweise Erde an-
geschleppt und Weinstöcke und Zitronenbäume gepflanzt. Als Mann
hatte er die militärische Ausbildung, die die Briten ihm gegeben
hatten, dazu benutzt, um dieses Land zu kämpfen; und er hatte jeden
blutigen Kilometer von Lydda bis Ramle und Abu Ghosh gezählt, bis
er endlich auf dem Berge Zion stand. Seine Liebe zu diesem Land war
vielgestaltig. Eine starke Leidenschaft band ihn enger an diese Erde,
als er je an den Körper einer Frau gebunden war. Er war eifersüchtig
wie jeder Liebhaber, denn er konnte seines Besitzes nie sicher sein,
und niemand wußte besser als er, wie sehr dieser Besitz bedroht war.

Rechtlich gesehen – wenn es so etwas wie Rechtsbegriffe in den
Auseinandersetzungen zwischen Nationen gab – hatte Israel nicht
einmal eine Grenze. Seine Grenzen waren Waffenstillstandslinien,
die erst ein formaler Friedensvertrag anerkennen konnte – und der
schien zur Zeit ferner als die Landung auf dem Mond. Selbst die
Waffenstillstandslinien waren an vielen Stellen durch die Existenz
entmilitarisierter Zonen gefährdet, in denen niemand eine Waffe
tragen durfte, um Frau und Kinder und die Arbeiter auf dem Felde zu
schützen. Der israelische Außenhandel wurde durch Sanktionen der
arabischen Staaten behindert. Der Suezkanal war für israelische
Schiffe gesperrt. Die Straße von Acre nach Sidon war versperrt durch
Minenfelder, Stacheldraht und bewaffnete Soldaten, und es war
nicht möglich, von einem Teil Jerusalems aus mit dem anderen Teil
zu telefonieren.

Trotz alledem war Israel gediehen, und es würde weiter gedeihen.
Aber zur Zeit hatte es etwas weniger Fett unter der Haut, und man-
ches deutete darauf hin, daß noch magerere Jahre bevorstanden.
Nach den ersten großen Immigrationswellen aus dem zerstörten Europa, aus Libyen, Tunesien, Algerien, Marokko, aus den südameri-
kanischen Ländern, aus dem Jemen, dem Irak, dem Iran und Hadra-
maut war der Strom der Einwanderer nahezu versiegt. Wenn Rußland nicht seine Tore öffnete und seine drei Millionen unglücklichen
Juden aus dem Land ließ, war Israel gezwungen, sich auf das natürliche Anwachsen seiner Bevölkerung zu verlassen, um die bisher un-
bebauten Gebiete zu besiedeln, eine industrielle Wirtschaft aufzubauen und seine Truppenstärke zu erhalten. Der Nachschub an Köpfen und Kapital aus der Diaspora in Amerika hatte nachgelassen,

denn die Erinnerung an die Massenmorde war schwächer geworden, und die Trompeten von Zion fanden kaum mehr Gehör vor den Ohren der verwöhnten Jugend. Es kamen immer noch ein paar, die für ein oder zwei Jahre das Leben der Menschen in den Kibbuzim teilten, aber sie wogen kaum die Zahl derer auf, die das Land verließen um der Fleischtöpfe Europas und der Vereinigten Staaten willen.

Auch innerhalb der Grenzen Israels, so dachte er, begann die Geschichte sich zu wiederholen: mit Spannungen zwischen den Stämmen, religiösen Streitigkeiten, sozialer Unzufriedenheit und politischer Rivalität. Israel hatte noch nicht entschieden – und konnte auch noch nicht entscheiden –, was aus ihm werden sollte: ein über seine Grenzen hinausblickender westlicher Staat oder eine ganz auf sich beschränkte, kaum auf Dauer bedachte levantinische Gemeinschaft. Bis jetzt gab es trotz Massenerziehung und allgemeiner Dienstpflicht noch keine sehr glückliche Mischung zwischen den Kulturen der Einwanderer aus dem Westen und der aus dem Osten.

Der religiöse Zwiespalt war noch größer. Die *Adukim*, die streng Orthodoxen, wollten mit einem weltlichen Staat keinen Kompromiß eingehen. Sie nutzten ihre politische Macht genauso strikt, wie sie auf der Einhaltung der Reinigungsrituale bestanden. Ihretwegen hatte Israel noch immer keine Verfassung, und die soziale Gesetzgebung enthielt eine Menge Anomalien und Ungerechtigkeiten. Wenn man in Mear Sharim am Sabbat eine Zigarette rauchte, konnte es passieren, daß ein zorniger Eiferer sie einem aus dem Mund schlug. Aber Mitglieder des Rabbinats konnten die Mauern mit Plakaten bekleben, auf denen den Gläubigen verboten wurde, an einer legalen Abstimmung teilzunehmen – in den meisten Fällen wurden sie dafür nicht bestraft.

In Israel gab es keine Zivilehe. Man war Jude, Christ oder Moslem. Aber wenn man als einfacher weltlicher Mensch außerhalb einer religiösen Gruppe legal heiraten oder geschieden oder begraben werden wollte, dann mußte man zu diesem Zweck nach Cypern. Wenn einer Moslemfrau ein niedrigerer Unterhalt gewährt wurde als einer Jüdin oder Christin, hatte sie keinerlei Möglichkeit, sich gegen diese offenkundige Ungerechtigkeit zu wehren. Die Speisevorschriften waren für Andersgläubige oder Religionslose genauso verbindlich

39

wie für die Orthodoxen, und ein Sabbat im Carmen-Hotel war so düster und trostlos wie in Mear Sharim.

Die politischen Konflikte hatten einen leichten Anflug von persönlicher Blutrache. Die großen Männer der kriegerischen Jahre waren alt geworden und mitunter wunderlich. Sie ärgerten sich über die Jungen, die ihre Autorität und ihre Politik in Frage stellten, und viele von ihnen waren verbittert. Sie alle waren immer noch eine Nation: und es war das Land, das sie zusammenhielt. Aber wenn sie nicht lernten, sich selbst zusammenzuhalten, so meinte Jakov Baratz, konnte es kommen, daß sie das Land am Ende wieder verloren, so wie sie es früher schon an die Assyrer verloren hatten, an die Hasmonäer und an die ottomanischen Türken.

Als sie in die Berge im Korridor von Jerusalem fuhren, wurde es plötzlich kalt, und Jakov Baratz schauderte. Bei Abu Ghosh verließen sie die Hauptstraße und bogen in eine Gebirgsstraße ein, die nach Habamisha und zur jordanischen Grenze führte. Der Weg ging weiter steil bergan durch Felder und Pinienhaine, bis er plötzlich einen breiten Kamm erreichte, von dem aus man die öden Hügel der jordanischen Berge, das gewundene Band der Ramallah-Straße und die dicht beieinanderstehenden Hütten der Grenzdörfer Beit Surik, Biddu und Qubeila sehen konnte.

Im kalten Licht des frühen Morgens sah die Landschaft aus wie ein fremder Planet. Die Konturen der Berge traten scharf hervor, die Farben waren grell: Gelb, Karmesinrot, Braun, das blendende Weiß des Kalkgesteins und das Schwarz der Schattenlöcher. Auf den ersten Blick schien das Land selbst für Ziegen zu karg, aber unten in den Wadis hatten die Beduinen ihre schwarzen Zelte aufgeschlagen und weideten ihre Herden, während die Dorfbewohner sich aus den Terrassengärten an den Berghängen mühsam ernährten. Alles wirkte friedlich – bis man an den Drahtverhau kam, der die Straße teilte, und zwei bewaffnete israelische Wachtposten aus dem Felsschatten traten. Sie waren sehr jung und gaben sich sehr soldatisch. Sie ließen Baratz und den Fahrer erst weiterfahren, nachdem sie ihre Papiere eingehend kontrolliert hatten. Dann grüßten sie schneidig, und der Wagen fuhr bis zu dem Kommandostand, der wie eine Festung in den Berg gehauen war.

Der Kommandant, ein dreißigjähriger Hauptmann, der Hebräisch

40

mit dem harten Akzent der Jemeniten sprach, bewirtete sie mit schwarzem Kaffee, gekochten Eiern und Brot vom Tag zuvor. Dann stieg er mit Baratz auf den Aussichtsposten, und die beiden Männer blickten hinunter auf die Landschaft, die sich vor ihnen ausbreitete. Der Kommandant gab eine kurze Schilderung der Situation.

». . . Sie kennen die generelle Einteilung. Eine Kompanie des Dritten Bataillons der jordanischen Arabischen Legion ist in Biddu stationiert. Ihr Gebiet erstreckt sich im Osten bis Beit Surik und im Westen bis Qubeila. In Ramallah liegen zwei Kompanien in Reserve. Diese Reservekompanien erfüllen auch Polizeiaufgaben bei den Palästinaflüchtlingen in Ramallah und den umliegenden Distrikten. Die Gegend macht ihnen viel Ärger.«

»Uns auch«, sagte Jakov Baratz. »Einer unserer Agenten in Ramallah berichtet von zwei neuen Waffenlieferungen an die PLO und einer neuen Propagandawelle – hauptsächlich Flugblätter. Ich glaube mit Sicherheit, Sie haben in Kürze mit Unruhen zu rechnen.«

»Wir sind darauf vorbereitet.« Der junge Hauptmann war sehr zuversichtlich. »Dieser Sektor war immer einfach zu halten. Das Gebirge bietet uns große Vorteile. Wir sind hier siebzig Meter höher als die nächste Erhebung in Jordanien, und drüben haben sie wenig Bodendeckung, während wir in jeder Richtung ein freies Schußfeld von zwei Kilometern haben. Seit zwei Jahren hat es bei uns keine Sabotageversuche gegeben.«

»Ich habe Ihren letzten Bericht gelesen, und deshalb bin ich hier. Sie berichteten von neuen Konvoi-Tätigkeiten.«

»Ja, in den vergangenen fünf Tagen haben wir Spähtrupps gesehen, die auf der Straße von Beit Surik nach Osten fuhren. Und es kamen Meldungen über andere Spähtrupps, die sich weiter westlich bei Beit Inan bewegten.«

»Wieviel Fahrzeuge waren es?«

»Gewöhnlich zwei Lastwagen. Manchmal auch drei. Und immer ein Jeep vorneweg. Sie fahren morgens zwischen acht und neun weg und kommen gegen vier Uhr nachmittags zurück.«

»Das sind sieben Stunden zwischen Abfahrt und Rückkehr. Wie groß ist die größte Entfernung in beiden Richtungen?«

»Fünfunddreißig Kilometer im Höchstfall.«

»Mir kommt es vor«, sagte Baratz, »als seien sie mehr an ihren eigenen Leuten interessiert als an uns. Sind keine Versuche gemacht worden, in Ihren Sektor einzudringen?«

»Nicht von der Arabischen Legion. Ich habe jedoch berichtet, daß die Beduinen viel näher an unseren Linien weiden.«

Baratz zuckte die Schultern. »Wer kennt sich schon mit Beduinen aus? Der Winter steht vor der Tür, das Weideland wird knapp. Sie nehmen, was sie finden. Manchmal erledigen sie was für die PLO, aber meistens kümmern sie sich nur um ihre eigenen Angelegenheiten. So – und die wilden Esel?«

Der junge Hauptmann lachte. »Vor zwei Nächten geriet ein halbes Dutzend wilder Esel in die Minenfelder. Einer trat auf eine Mine und wurde in die Luft gesprengt. Ein zweiter wurde erschossen. Das ist alles. Es schien mir kaum wert, berichtet zu werden.«

»Alles ist wert, berichtet zu werden. Außerdem ist das eine einfache Methode, um ohne Risiko festzustellen, wo Minen liegen.«

»Ja, aber die übrigen Minen sind deshalb immer noch da.«

»Stimmt«, sagte Baratz, »aber man kann ein Tier mit Sprengstoff beladen und einen Zeitzünder einbauen. Und wenn es durch das Minenfeld in unseren Sektor kommt, kann es beträchtlichen Schaden anrichten.«

»Daran hatte ich nicht gedacht.«

Baratz lachte. »Ich bis zu diesem Augenblick auch nicht. Aber wenn man einen Störungskrieg führt wie die PLO, und wenn der Lärm, den man dabei macht, genauso wichtig ist wie der militärische Effekt, dann lohnt es sich, originell zu sein. Deshalb möchte ich auch in Zukunft über wilde Esel und alle sonstigen Erscheinungen, die ungewöhnlich sind, ausführliche Berichte bekommen.«

»Ich werde daran denken.«

Sie blieben noch weitere zehn Minuten auf dem Aussichtsposten und verglichen das Land mit den Aufzeichnungen der Stabskarte. Dann gingen sie zurück in das Büro des Hauptmanns, und Baratz rief Dr. Liebermann im Hadassah-Krankenhaus in Jerusalem an.

»Franz, hier spricht Jakov Baratz. Ich bin in einer halben Stunde in Jerusalem. Kann ich Hannah kurz besuchen?«

»Wenn du unbedingt willst«, sagte Franz Liebermann ohne Begeisterung. »Und wenn du dich etwas vorbereitest.«

»Wird es schlimm für sie sein?«

»Sie wird dich nicht erkennen, Jakov«, sagte Liebermann ruhig. »Sie sieht nichts und hört nichts. Du kannst sie weder verletzen noch ihr helfen. Du tust dir unter Umständen nur selbst weh.«

»Sie ist meine Frau, Franz. Ich liebe sie.«

»Das meine ich ja«, sagte Franz Liebermann. »Ruf mich von der Halle aus an, wenn du da bist.«

Als sie zurück nach Abu Ghosh und durch die letzten Engpässe nach Jerusalem fuhren, war Baratz schweigsam und gereizt, und sein Fahrer, der nicht wagte zu fragen, was ihn so plötzlich verstimmt habe, fuhr den Wagen mit besonderer Sorgfalt.

In der Armee hatten sie einen Namen für Baratz: *Adish*, der Mann mit Eis in den Adern und Asche an Stelle des Herzens. Wie alle solche Spitznamen war auch dieser halb Kompliment, halb Spott. Baratz war für den Geschmack seiner Kameraden zu abweisend. Er war in seinem Beruf genau und präzise wie ein Chirurg, ohne Gnade für Drückeberger und ohne Nachsicht gegenüber Dummköpfen. Zorn machte ihn kalt und vorsichtig, und sein Humor war eher höhnisch. Was an Wärme in ihm war, hielt er eifersüchtig versteckt. Seine Freundschaften waren tief, aber nie überschwenglich.

Er lebte wie ein Mönch. Er trank kaum, rauchte überhaupt nicht und hatte in seinem ganzen Leben nur eine Frau gekannt: seine eigene. Er war nicht ohne Eitelkeit, denn er erschien jederzeit, ob spät in der Nacht oder früh am Morgen, frisch rasiert und adrett genug, um eine Parade abnehmen zu können. Bei Konferenzen trug er seinen Bericht oder seine Meinung mit kühler Sicherheit vor, die wenig Fragen und keine Opposition hervorrief. Dann setzte er sich und verharrte unbeweglich wie ein steinerner Buddha, während die anderen das Problem erörterten. Wenn es soweit war, daß das Problem gelöst schien und ein Entschluß gefaßt werden konnte, dann tat er es ruhig und leidenschaftslos.

Aber er kannte die Leidenschaft, auch wenn man es ihm nicht anmerkte. Seine Freunde aus den Tagen der Haganah erzählten von den gefahrvollen Unternehmungen, zu denen er seine Männer mit starken, beschwörenden Reden angefeuert hatte, die alle die Inbrunst der alten Propheten besaßen. Sie erinnerten sich an seine kurze romantische Werbung um Hannah, die mit sechzehn während der Aliyah Bet, der illegalen Einwanderung vertriebener Juden, aus Europa nach Palästina gekommen war. Er hatte sie zuerst als Kurier eingesetzt und phantastischen Gefahren preisgegeben . Nach sechs Monaten hatte er sie geheiratet und damit die Gefahren für sie noch vergrößert. Nach dem Krieg zog er sich mit ihr in das häusliche Leben zurück, an dem nur seine engsten Freunde teilnehmen durften.

Vor langer Zeit schon hatte Franz Liebermann ihn vor der Gefahr gewarnt, die diese Abhängigkeit von Hannah und ihre Abhängigkeit von ihm mit sich brachte. Er hatte es sehr einfach ausgedrückt. »Was geschieht mit dem anderen, wenn einer von euch stirbt? Für Hannah bist du eine Tür, die sich hinter ihrer Vergangenheit geschlossen hat, so daß sie sich nie mit der Erinnerung auseinandersetzen muß. Für dich ist sie . . . Ach verdammt! Woher soll ich das wissen. Aber es ist bereits zuviel. Du riskierst etwas, Jakov. Unter Umständen eine Tragödie.«

Jetzt war die Tragödie da, die vorauszusehen er sich immer geweigert hatte, und Franz Liebermann bereitete ihn auf den Schlußakt vor. Hannah war von ihm gegangen, wahrscheinlich für immer. Die Tür war aufgebrochen, und sie war in die Schreckenskammer zurückgekehrt, in der sie während der Massenmorde ihre Kindheit verbracht hatte. Er selber stand am Rand des dunklen Brunnens und blickte hinunter in eine Tiefe, die er nie hatte wahrnehmen wollen. Als sie über den letzten Hügel fuhren und der Berg Zion in Sicht kam, war er plötzlich verzweifelt und voller Angst.

Es war nicht nur die Angst, sie zu verlieren, sondern auch Angst vor dem geheimnisvollen Zerfall eines Menschen in etwas, das weniger als menschlich war. Wann hatte es angefangen? Vor sechs Monaten? Vor einem Jahr? Als Hannah nach einer Liebesnacht in seinen Armen in Tränen ausgebrochen war und er eine halbe Stunde gebraucht hatte, um sie wieder zu beruhigen? Später passierte es gelegentlich, daß er von der Arbeit zurückkam und sie immer noch im Nachtgewand vorfand. Die Hausarbeit war nicht getan, und das Frühstücksgeschirr stand noch auf dem Tisch. Manchmal spielte sie wilde Musik, lachte, tanzte und sang schrill und hektisch. Manchmal wachte er in der Nacht auf und fand ihr Bett leer; sie saß dann stumm und starr im dunklen Wohnzimmer, und es dauerte eine Stunde oder zwei, bis er sie wieder zum Sprechen gebracht hatte.

Schließlich erklärte sie sich damit einverstanden, daß Franz Liebermann sie behandelte. Nach einem Monat war sie scheinbar genesen
zurückgekommen. Nach einem weiteren Monat hatte alles von vorn
angefangen, diesmal allerdings schlimmer – die Ausgelassenheit heftiger und das Schweigen länger und tiefer. Wie war das geschehen?
Und weshalb? Und wenn es mit ihr geschehen war, konnte es dann
nicht, in abgewandelter Form, auch mit ihm geschehen, der eine
andere Vergangenheit hatte, aber die gleiche geheime, verschlossene
Kammer in seinem Innern?

Im Krankenhaus erwartete ihn Franz Liebermann, der grauhaa-
rige, runzlige Freund mit Ziegenohren wie Pan. Er verschwendete
keine Zeit mit Höflichkeiten, sondern führte ihn gleich den Gang
hinunter in ein großes, luftiges Zimmer, das auf einen Blumengarten
hinausging. In dem Zimmer waren etwa ein Dutzend Frauen und
zwei junge Schwestern. Die Frauen sahen ganz normal aus. Einige
spielten Karten, zwei strickten, eine las, und die anderen saßen wie
Hühner um eine Kaffeetafel und schwatzten. Die Schwestern gingen
von einer Gruppe zur anderen, wie Erzieherinnen in einem Kinder-
garten. Dr. Liebermann blieb mit Baratz in der Tür stehen und erklärte ihm auf seine knappe Art die Situation.

»Eine Gemeinschaft, wie du siehst. Das häufigste Symptom für
Geisteskrankheit ist die Flucht vor der Gemeinschaft in eine eigene
Welt. Wir versuchen, den Patienten in eine Gemeinschaft zurückzu-
führen, in der die Anforderungen an ihn gering sind. Das klingt
einfach, ist aber kompliziert.«

»Wo ist Hannah?«

»Da drüben.«

Sie war so schmal und klein und in sich zurückgezogen, daß er sie
zuerst gar nicht fand. Sie saß in der abgelegensten Ecke vor einem
Bücherregal auf dem Stuhl, hatte die Knie hochgezogen und um-
klammerte sie mit beiden Händen. Ihr Blick war leer, ihr Gesicht
abgemagert und blaß. Mit dem farbigen Band im Haar sah sie aus
wie ein Schulmädchen.

»Du hast sie schon früher so gesehen«, sagte Franz Liebermann
gleichmütig.

Baratz nickte. Er konnte nicht sprechen.

»Es gibt für sie nichts Gewaltsames, keine Panik. Sie hat ihr Gesicht in den Schoß der Zeit vergraben und wagt nicht aufzublicken.«

45

»Sie hatten sie in Salzburg vier Jahre lang auf dem Speicher versteckt. Der Raum hatte keine Fenster, nur eine Falltür. Sie gaben ihr nachts zu essen, wenn die Dienstboten schliefen. Kann ich mit ihr sprechen?«

»Wenn du willst.«

Baratz ging langsam durch das Zimmer auf sie zu. Die übrigen Patientinnen nahmen keine Notiz von ihm, bis auf ein Mädchen, das plötzlich laut und obszön lachte. Als er vor ihr stand, gab sie immer noch kein Zeichen des Erkennens von sich. Er legte eine Hand auf ihre Schulter. Sie war warm, aber sie schien hart wie Marmor. Er sagte: »Hannah, ich bin's, Jakov.«

Sie bewegte sich nicht, gab keinen Ton von sich. Er drehte sich um und ging zur Tür zurück.

»Komm, wir trinken eine Tasse Kaffee«, sagte Franz Liebermann.

Mit dem bitteren Geschmack des Kaffees auf der Zunge hörte Baratz in Liebermanns Büro den Urteilsspruch des alten Mannes.

»Du möchtest eine Hoffnung? Nun, ich kann dir nur eine ganz geringe geben. Manchmal wird der Bann gebrochen, wie bei der Prinzessin im verzauberten Wald. Du möchtest eine medizinische Prognose? Der Fall ist aussichtslos: Alle Symptome sind rückläufig.«

»Ich möchte einen Rat, Franz. Was soll ich jetzt machen?«

»Laß sie bei uns. Sie wird nirgends besser aufgehoben sein.«

»Das weiß ich.«

»Dann –«, Dr. Liebermann drehte einen Bleistift zwischen seinen Fingern, »dann würde ich sagen, du solltest daran denken, dein eigenes Leben wiederaufzubauen.«

»Wiederaufbauen? Wozu, Franz? Wozu?«

Der alte Mann legte den Bleistift aus der Hand. Dann sagte er leise: »Ich weiß es nicht, Jakov. Ich bin nicht Gott. Ich kann nicht allen Menschen helfen. Ich wollte, ich könnte es.«

Fünf Minuten später stand Jakov Baratz allein auf der Straße, atmete die kühle, staubige Luft ein und blickte über das Tal auf die Mauern der geteilten Stadt. Plötzlich merkte er, daß er nicht an Hannah dachte, sondern an Selim Fathalla in Damaskus und an Fathallas Frau, die in Jerusalem lebte, und er schämte sich.

Damaskus

Selim Fathalla lag auf seinem zerwühlten Bett und sah, wie das Sonnenlicht über den gekachelten Fußboden auf ihn zukroch. Nach einer Liebesnacht mit Emilie war er in angenehme Mattigkeit gefallen, aber sein Kopf war klar und sein Puls regelmäßig. In einer Stunde würde Safreddin ihn besuchen, und er wollte bei dieser Begegnung gelassen und gut gelaunt wirken. Safreddin war wie eine Katze – schmiegsam und zutraulich, wenn man ihn streichelte, argwöhnisch und sogleich aggressiv, wenn man ihm ein wenig das Fell zauste. Ein seltsamer Mann, stolz wie ein Kaiser, ein eiskalter Intrigant, ein mystischer Moslem, seinen Freunden gegenüber absolut ehrlich und zuverlässig, erbarmungslos und grausam gegenüber seinen Feinden.

Während er über Safreddin nachdachte, erinnerte er sich an Eli Cohen, den Spion, dessen Platz in Damaskus er übernommen hatte. Cohens Leiche hatte als Warnung für alle Verräter in einem weißen Sack auf dem Morjan-Platz gehangen. Safreddin hatte Cohen zwölf Monate lang gejagt, hatte seine Funksprüche überwacht, sein Verbindungsnetz zerstört und ihn im Bett verhaftet. Hundert Tage lang hatte er ihn gemartert, ehe er ihn vor Gericht stellte. Safreddin hatte ihn bewundert und schwärmte heute noch von der Findigkeit und dem Wagemut dieses Spions; und er lachte, wenn er von der Gerichtsverhandlung erzählte und den moslemischen Richtern, die sich besonders darüber erregten, daß ein Ungläubiger es gewagt hatte, die Moschee zu betreten und mit den wahren Söhnen des Propheten das »Allah Akbar« zu beten. Aber aus dem Lachen klang Haß, denn Eli Cohen war auch sein Freund gewesen, und er hatte sich durch diesen Hund von Juden ganz besonders betrogen gefühlt. Wenn Safreddin jemals von dem Doppelleben Selim Fathallas erfahren sollte, würde seine Rache doppelt schrecklich sein.

Vielleicht hatte er bereits davon erfahren. Fathallas Puls ging schneller, und kalter Schweiß brach ihm aus. Vielleicht war die Begegnung heute morgen nur das Spiel einer Katze mit einer Maus, die bereits zum Tode verurteilt war. Aber so schnell konnte das nicht passiert sein. Irgendwas hätte ihn doch wohl gewarnt, und Dr. Bitar, der überall in der Stadt seine Ohren hatte, wäre es sicher nicht entgangen, wenn wirklich etwas los gewesen wäre. Außerdem wollte Safreddin eine Gefälligkeit von ihm. Eine Gefälligkeit mochte eine Erprobung seiner Loyalität bedeuten, aber sicherlich keine Verurteilung zum Tode. Fathalla war Araber genug, um Safreddins quälenden Denkprozeß zu verstehen: Traue niemandem, stelle ihn auf die Probe, und morgen wieder und übermorgen noch einmal, denn der Mensch ist wie ein Schilfrohr, das sich dem Wind anpaßt und unter dem Druck einer Hand zerbricht.

Die Affäre Eli Cohen hatte das ganze Gebäude der syrischen Gesellschaft zum Einsturz gebracht. Männer von Kabinettsrang, Kaufleute, Bankiers und hohe Armeeoffiziere hatten für Cohen gearbeitet. Einige waren von sich aus bereit gewesen, für die Israelis zu spionieren, andere hatten sich leichtgläubig übertölpeln lassen, und wieder andere waren nichts als gutbezahlte Spitzel. Als Safreddin das Verbindungsnetz schließlich vernichtet hatte, fand er sich in der peinlichen Lage, die Gerichtsverhandlungen zensieren und mit Männern verhandeln zu müssen, die er am liebsten gehängt hätte. Er war verständlicherweise außerordentlich mißtrauisch, und Fathalla war aus ebenso begreiflichen Gründen außerordentlich vorsichtig.

Doch er hatte aus Cohens Fehlern gelernt. Cohen hatte Spürsinn besessen und Wagemut und bei seinen Operationen eine Art verachtungsvolle Offenheit an den Tag gelegt. Aber zum Schluß litt er an einer leichten Paranoia, wie sie bei Menschen auftritt, die sich großen Gefahren aussetzen und die Passionen ihrer Kameraden lenken. Cohen war unvorsichtig geworden. Als man kam, um ihn festzunehmen, saß er auf seinem Bett und sendete Funksprüche. Offensichtlich war es ihm entgangen, daß Safreddins Leute seinen Sender bereits vor zwei Monaten ausgemacht hatten.

Cohen hatte seinen Reichtum nicht verborgen und kein Geheimnis daraus gemacht, daß er Konten bei Banken in Belgien, der Schweiz und Südamerika besaß. Seine Geschäfte waren immer groß und spektakulär, und die Tatsache, daß die Hälfte davon erfunden war, reichte bereits aus, um Verdacht zu erwecken.

Fathalla, der Mann aus dem Irak, arbeitete ganz anders. Seine Geschäfte waren überschaubar und legitim. Er hatte einflußreiche Freunde, und er hinterließ stets den Eindruck, als fühle er sich ihnen unterlegen und sei dankbar für ihre gönnerhafte Freundlichkeit. Er hatte nur ein ausländisches Bankkonto – bei der Phönizischen Bank in Beirut –, und er war so vorsichtig gewesen, dem Finanzministerium davon Mitteilung zu machen. Wenn er Geschenke machte, dann großzügig, aber nie zu großzügig. Eli Cohen hatte den Araber gespielt, aber er hatte die Rolle so übertrieben exotisch angelegt, daß sie Aufmerksamkeit erregte. Selim Fathalla hatte immer noch etwas vom Benehmen eines Bazarhändlers an sich, der sorgsam darauf bedacht ist, weniger reich zu wirken, als er war.

Er ging also von zwei verschiedenen Annahmen aus: Entweder war Safreddins Ersuchen um eine Gefälligkeit echt, oder es war eine schlau ersonnene Erprobung seiner Zuverlässigkeit als Anhänger der Baathisten. Wenn das erste zutraf, dann würde die Gefälligkeit seinen Kredit erhöhen. Wenn er auf die Probe gestellt werden sollte, dann würde er vorsichtig darauf eingehen und alle Fehler machen, die man von einem unwissenden und unschuldigen Mann erwartete.

Die Tür ging auf, und Emilie Ayub betrat das Zimmer. Sie war klein, aber der lange Morgenrock aus Damaszener Brokat ließ sie größer wirken. Ihr Haar war dunkel und glänzte, ihre Haut hatte die Farbe von Honig. Ihre feuchten braunen Augen schienen manchmal zu groß für ihr Gesicht, und man hatte den Eindruck, als betrachte sie die Welt mit fortwährender Verwunderung. Sie sprach Französisch mit arabischem Akzent und Arabisch auf seltsam schleppende Art.

Sie beugte sich über das Bett, küßte Fathalla und sagte: »Das Bad ist gerichtet. Farida bringt das Frühstück, sobald Safreddin da ist. Ich ziehe mich jetzt um und gehe ins Büro.«

Er hielt sie in den Armen und fühlte noch einen Augenblick die Sicherheit und Wärme, die von ihr ausging. Dann setzte er sie auf das Bett neben sich, umfaßte ihre schmalen Hände und stellte ihr die Frage, die ihn die ganze Zeit gequält hatte.

»Als ich krank war, Emilie, hab' ich eine Menge geredet. Ich weiß es. Doktor Bitar hat es mir erzählt. Habe ich etwas – etwas Seltsames gesagt?«

Er spürte, wie sie steif wurde, und sah, wie ein Schatten von Angst über ihre Augen flog. Aber sie hatte sich gleich darauf wieder in der Gewalt, und nach kurzem Zögern antwortete sie ihm.

»Du hast viele Dinge gesagt, die ich nicht verstanden habe.«

»Was für Dinge?«

»Ich erinnere mich nicht mehr.«

»Oder du willst dich nicht mehr erinnern, Emilie.«

»Richtig. Ich will mich nicht mehr erinnern. Ich will dir etwas sagen, Selim – dich um etwas bitten. Frage mich nichts – erzähl mir nichts –, das nichts mit uns zu tun hat.« Ihre Stimme brach ab, und ihre Augen füllten sich mit Tränen. »Ich bin nicht – ich bin nicht daran interessiert. Ich bin für so etwas nicht geschaffen. Deshalb will ich es nicht wissen – nie.«

»Hast du Angst vor mir, Emilie?«

»Nein. Ich liebe dich.«

»Du weißt, daß ich dich liebe?«

»Ich weiß es.«

»Vertraust du mir?«

»Ich möchte es, immer.«

»Dann sind wir uns einig. Keine Reden. Keine Fragen.«

Er zog sie wieder an sich, und für einen langen, süßen Augenblick blieben sie beieinander liegen. Dann verließ sie ihn. Er stand auf, ging an das Fenster und blickte hinaus auf den Brunnen und die Tamariske, während eine neue Angst wie eine Eidechse über seine Haut kroch.

Pünktlich um zehn kam Oberst Safreddin zum Frühstück. Er war ein schlanker, tadellos gekleideter Mann mit einem Habichtsgesicht. Er trank drei Tassen Kaffee, rauchte eine Zigarette und erkundigte sich freundlich und besorgt nach der Gesundheit seines Gastgebers. Dann erzählte er weitschweifig von Freunden und Bekannten und gab einen kurzen Kommentar zu den Ereignissen des Tages. Erst nach einer halben Stunde kam er auf den Anlaß seines Besuchs zu sprechen. Sofort änderte sich sein Benehmen, und er wurde kurz angebunden und unpersönlich.

»So, mein Freund, und nun zu der Sache, über die wir bereits sprachen. Wir brauchen Ihre Hilfe.«

»Sie haben sie bereits.«

»Es handelt sich um eine einfache Operation – aber sie muß streng vertraulich bleiben.«

»Selbstverständlich.«

»Ihre nächste Lieferung nach Amman geht am Mittwoch hinaus. Stimmt das?«

»Ja, das stimmt.«

»Wie viele Laster sind es?«

»Zwei.«

»Was transportieren sie?«

»Mehl, Konserven, Stoffe und noch ein paar andere Sachen.«

»Wann verlassen sie Damaskus normalerweise?«

»Um sechs Uhr morgens. Die Waren werden am Tag vorher aufgeladen. Die Laster bleiben die Nacht über im Hof vor dem Lager. Ich gehe kurz vor sechs hin und überwache die Abfahrt.«

»Wer ist während der Nacht dort?«

»Niemand außer dem Wächter.«

»Gut. Es wird also folgendes geschehen: Sie laden die Laster wie üblich am Dienstagnachmittag. Viertel vor neun am Dienstagabend gehen Sie zu dem Lagerhaus und öffnen es. Sie schicken den Wächter für zwei Stunden weg. Um neun werden meine Leute kommen, ein Laster mit einem Offizier und vier Packern. Sie werden einen Teil Ihrer Ladung abladen, unsere Sachen verstauen und dann Ihre Laster wieder volladen.

»Und Ihre Sachen sind . . .?«

»Wie ich Ihnen schon sagte: Gewehre, Handgranaten und Plastikbomben. Am nächsten Morgen um sechs werden Ihre Fahrer wie gewöhnlich nach Amman aufbrechen.«

»Sie werden nichts von der zusätzlichen Ladung wissen?«

»Nichts. Wenn sie an die jordanische Grenze kommen, werden sie wie üblich vom Zoll untersucht. Die Untersuchung wird diesmal nur etwas genauer ausfallen. Die Gewehre, Granaten und Plastikbomben werden entdeckt und beschlagnahmt werden. Ihre Fahrer wird man festnehmen und verhören. Dann wird man sie freilassen und ihnen erlauben, mit Ihrer Ladung weiter nach Amman zu fahren.«

»Und das ist alles?«

»Das ist alles. Noch irgendwelche Fragen?«

»Nur eine. Was wird aus unseren zukünftigen Transporten? Ich mache viele und große Geschäfte mit Amman.«

»Das ist kein Problem. Die Grenzkontrollen werden für ein paar Wochen verstärkt, und dann normalisiert sich allmählich alles wieder.«

»Aber schließlich ist es meine Gesellschaft, die die Waffen transportiert.«

51

»Die syrische Polizei wird in ihrem Bericht die Entdeckung der Waffen festhalten und gleichzeitig Sie und Ihre Gesellschaft von einer Mittäterschaft ausschließen. Die Jordanier werden uns um eine nähere Untersuchung des Falles bitten. Wir tun ihnen den Gefallen und werden Sie in unserem Bericht ebenfalls von jeder Schuld freisprechen. Es wird zu keinerlei Schwierigkeiten für Sie kommen, glauben Sie mir.«

Selim Fathalla lächelte geschmeichelt. »Ich glaube Ihnen. Ich hege die größte Bewunderung für Ihre Tüchtigkeit. Möchten Sie noch eine Tasse Kaffee?«

»Gern, aber dann muß ich gehen.« Safreddin lehnte sich in seinem Stuhl zurück, zog ein goldenes Etui aus der Tasche, entnahm ihm eine Zigarette, zündete sie an und blies eine Reihe von makellosen Rauchkringeln zur Decke. »Ich bewundere Sie, Fathalla«, sagte er schließlich. »Sie sind ein guter Geschäftsmann. Sie haben einen ausgezeichneten Geschmack, und außerdem sind Sie von einmaliger Diskretion.«

Fathalla lachte und breitete die Hände in der jahrhundertealten, unterwürfigen und gleichzeitig humorvoll-wissenden Geste des Bazarhändlers aus. »Ich bin Gast in diesem Land. Ich versuche nur, mich entsprechend zu benehmen.«

»Erzählen Sie mir, was Sie über Doktor Bitar wissen«, sagte Safreddin leise.

»Bitar?« Die Überraschung war echt. »Er ist ein liebenswürdiger Mann. Wenn ich krank war, ist er immer sehr aufmerksam gewesen. Wir spielen gelegentlich Schach miteinander. Darüber hinaus weiß ich sehr wenig von ihm.«

»Ist er ein guter Arzt?«

»Nach meiner begrenzten Erfahrung, ja. Weshalb?«

»Er ist mir als Hausarzt empfohlen worden. Das ist alles.«

So plötzlich, wie er darauf zu sprechen gekommen war, ließ er das Thema wieder fallen und begann von den neuen Maßnahmen zur Bekämpfung der Malaria im Euphrat-Tal zu sprechen. Drei Minuten später stand er auf und verabschiedete sich. Selim Fathalla blieb noch lange Zeit sitzen und starrte in den Bodensatz der Kaffeetassen, als könne er dort den Sinn der seltsamen Schmuggelaktion und der ebenso seltsamen Frage nach Dr. Bitars medizinischen Fähigkeiten ergründen. Dann erhob er sich. Er mußte den längst fälligen Bericht nach Tel Aviv aufgeben und Baratz wissen lassen, daß er noch am Leben war. Er stieg die Treppen zu seinem Schlafzimmer hinauf, verriegelte die Tür hinter sich, drückte die verborgene Feder, die die Fayenceplatte öffnete, und trat in das finstere Gemach, wo er sich in Adom Ronen, den israelischen Agenten, verwandelte.

Beirut

Nuri Chakry zeichnete den Scheck und reichte ihn Idris Jarrah über den Tisch.

»Siebenundfünfzigtausend Dollar, abzüglich der Bankspesen. Damit ist das Konto der Palästinensischen Befreiungsorganisation bei der Phönizischen Bank erloschen. Schade. Wir verlieren nie gern einen guten Kunden.«

Idris Jarrah faltete den Scheck und steckte ihn in die Brusttasche. Mit leisem Bedauern sagte er: »Ich finde es ebenso schade. Ich hatte nie über unsere Geschäfte mit Ihrer Bank zu klagen, aber Sie wissen, daß ich nur ein Angestellter der Organisation bin. Ich habe keinerlei Kontrolle über die Anlage und Verwendung ihrer Gelder. Ich führe nur die Beschlüsse des Vorstands aus.«

»Natürlich, ich verstehe«, sagte Nuri Chakry. Er nahm die kleine Plastikschachtel mit der Goldmünze und drehte sie in seinen weichen Händen. »Ich verstehe vollkommen. Nur ist die Beziehung zwischen einem Bankier und seinem Kunden eine sehr spezielle. Ich war der Ansicht – und bin es immer noch –, daß man uns etwas näher mit den Absichten der Organisation hätte vertraut machen sollen. Ein persönliches Gespräch hätte für beide nützlich sein können.«

Es entstand ein kurzes frostiges Schweigen. Dann sagte Idris Jarrah: »Ich würde mich gern mit Ihnen unterhalten – das heißt, wenn Sie Zeit haben.«

»Natürlich. Was kann ich für Sie tun?«

»Ich hätte gern ein Darlehen. Ein persönliches Darlehen.«

»In welcher Höhe?«

»Hunderttausend Dollar.«

Nuri Chakry legte seinen Talisman auf den Tisch und blickte auf.

Seine Augen waren groß und starr, wie bei einem Vogel. »Das ist ein sehr großes Darlehen. Mr. Jarrah. Sie haben gewiß Sicherheiten: Grundbesitz, Aktien, Pfandbriefe?«

»Grundbesitz nicht. Ich bin ein unsteter Mensch. Aktien und Pfandbriefe? Auch nicht. Aber ich handele mit Waren. Mit verkäuflichen Waren.«

»Als da wären?«

»Informationen«, sagte Idris Jarrah.

»Informationen sind nur von Wert, wenn sie exklusiv sind.«

»Sie sind es.«

»Auch dann ist es noch ein Risiko.«

»Ich setze mich Gefahren aus, um sie zu bekommen, und weit größeren Gefahren, wenn ich sie weitergebe.«

»Sie haben mich falsch verstanden.« Nury Chakry war sehr höflich. »Das Risiko, das ich meinte, besteht darin, daß die Informationen falsch sein können.«

»Ich habe gelernt, sehr sorgsam auf die Echtheit meiner Informationen zu achten, Mr. Chakry. Schließlich hängt mein Leben davon ab.«

»Ganz richtig, Mr. Jarrah. Bitte erzählen Sie weiter.«

»Sind Sie bereit, einen Test zu machen?«

»Für wieviel?«

»Den bekommen Sie kostenlos.«

»Sehr gut.«

Idris Jarrah überlegte einen Augenblick. Dann beugte er sich vor und legte mit dem unbeweglichen Gesicht eines Pokerspielers seine Karten eine nach der anderen auf den Tisch.

»Sie sind in Schwierigkeiten, Mr. Chakry. Ihre Bank meine ich. Ihre Verbindlichkeiten belaufen sich auf etwa hundertsiebzig Millionen Dollar. Der Nennwert Ihres Vermögens hier und anderswo beträgt etwa zweihundertfünfzig Millionen, aber ein großer Teil dieses Vermögens liegt in langfristigen Investitionen fest, die nicht schnell flüssig gemacht werden können. Sie sind höchstenfalls zu fünf Prozent liquid, wenn nicht weniger, und das trotz der Tatsache, daß Sie mehr als vierzig Prozent aller Einlagen bei libanesischen Banken haben. Die Saudis tragen sich mit dem Gedanken, ihre Gelder aus politischen Gründen zurückzuziehen. Die Kuwaitis werden von briti-

54

schen Interessengruppen unter Druck gesetzt, ihr Kapital abzuheben, um das Pfund zu stützen. Ihre Guthaben in Amerika belaufen sich auf über drei Millionen Dollar, aber sie können über Nacht eingefroren werden, weil Sie bei den gleichen amerikanischen Banken in der Schweiz und anderswo Schulden haben. Die Krise wird in dreißig Tagen kommen. Sie müssen sich vorher Deckung verschaffen. Sie sind morgen mit dem Finanzministerium verabredet, und Sie hoffen, daß man über die Zentralbank Bürgschaft für Sie leistet. Vielleicht verspricht man es Ihnen. Andererseits haben Sie eine ganze Reihe sehr einflußreicher Feinde. Aziz erklärten Sie die Hypothek für verfallen und übernahmen sein Appartementhaus. Taleb verweigerten Sie ein Darlehen, als er wegen einer Frau, die Sie einmal kannten, in Schwierigkeiten war. Ich könnte noch ein halbes Dutzend andere Namen nennen. Mortimer, der Sie mit einem Telefonanruf aus allen Schwierigkeiten herausreißen könnte, fällt aus, da Sie ihm die Fluglinie nicht verkaufen wollen. Sie können alle diese Informationen überprüfen, Mr. Chakry, und Sie wissen auch, daß Sie in achtundvierzig Stunden Ihre Bank schließen könnten, wenn das alles bekannt würde. Der Grund, weshalb meine Leute das Konto bei Ihnen gelöscht haben, ist ganz einfach: Sie können und wollen es nicht riskieren, ihr Geld noch länger in einem derart wackeligen Unternehmen zu lassen.«

Idris Jarrah schwieg und lehnte sich abwartend zurück. Er bewunderte die kühle Gelassenheit des Mannes ihm gegenüber.

»Angenommen –«, sagte Nuri Chakry, »angenommen, daß diese Informationen stimmen, dann hätten Sie mir nichts erzählt, was ich nicht selber weiß. Was haben Sie sonst noch zu bieten?«

»Der Test ist beendet. Mr. Chakry. Ehe ich mehr sage, will ich Geld auf dem Tisch sehen.«

Ohne ein Wort zu sagen, stand Nuri Chakry auf und ging aus dem Zimmer. Jarrah erhob sich ebenfalls und trat an das Fenster, das auf das Meer hinausblickte. Der goldgelbe Strand war gesäumt von hohen modernen Bauten, zwischen denen die neue Schnellstraße verlief. Dies war das wahre Land der Kaufleute und Händler. Seit Anbeginn aller Zeiten war diese Stadt der Treffpunkt von Männern gewesen, die im Schatten der alten Götter saßen und ihre Treue gegenüber den Fürsten und Satrapen vergaßen, während sie um den Preis

55

einer Sklavin oder eines Säckchens Weihrauch feilschten. Blutige Schlachten hatten hier stattgefunden, Mord und Verrat waren hier geplant worden, und immer noch berechnete man den Wert eines Mannes – oder einer Frau – in Silbermünzen.

Hier erzählte man sich die Geschichte von dem Skorpion, der am Ufer des Hundeflusses saß und nicht hinüber konnte, weil der Fluß zu tief war. Er sah einen Fisch und sagte: »Bitte, Fisch, nimm mich auf deinen Rücken und trage mich über den Fluß.« Der Fisch war über diese Bitte nicht sehr glücklich. »Wenn ich dich auf meinem Rücken trage, wirst du mich stechen«, sagte er, »und ich werde sterben.« Aber der Skorpion antwortete: »Wenn ich dich steche und du stirbst mitten im Fluß, dann bin ich ebenfalls verloren, denn ich kann nicht schwimmen.« Das leuchtete dem Fisch ein, und er war beruhigt. Er nahm den Skorpion auf seinen Rücken und begann mit ihm über den Fluß zu schwimmen. Auf halber Strecke stach ihn der Skorpion. Mit sterbender Stimme rief der Fisch: »Weshalb hast du das getan? Jetzt werden wir beide sterben.« Worauf der Skorpion antwortete: »Ich wollte, ich wüßte, weshalb ich es getan habe, kleiner Freund – aber wir sind hier im Libanon.«

Fast fünf Minuten waren vergangen, als Nuri Chakry zurückkam.

In der einen Hand hielt er einen Beutel aus Plastik mit neuen Dollarnoten, und in der anderen ein zusammengefaltetes Stück Papier. Er legte den Plastikbeutel in die Mitte des Tisches. Idris Jarrah setzte sich, Chakry lächelte.

»Hier sind hunderttausend Dollar, mein Freund. Und nun reden Sie.«

»In etwa zwei Wochen«, sagte Idris Jarrah, »wird eine Gruppe bewaffneter Armeeoffiziere versuchen, den König von Jordanien zu ermorden. Anführer der Offiziere ist ein gewisser Major Khalil. Zuvor wird man den gegenwärtigen Kommandanten der Palastwache in Mißkredit bringen, so daß Major Khalil befördert werden und seinen Posten einnehmen kann. Die ganze Operation wurde von Oberst Safreddin in Damaskus geplant. Ich fliege morgen früh hin, um ihn aufzusuchen.«

»Selbst wenn diese Informationen stimmen – wieso sollen sie mir hunderttausend Dollar wert sein?«

»Erstens haben Sie fast eine Million in neue Entwicklungsprojekte in Amman investiert. Im Falle einer sozialistischen Revolution sind Sie Ihr Geld über Nacht los. Zweitens können Sie diese Informationen für viel mehr verkaufen, als Sie mir leihen.«

»Ich könnte sie auch Oberst Safreddin anbieten. Er ist ein mächtiger Mann. Ich könnte sie ihm sogar umsonst geben: Er wäre ein guter Kunde für meine Bank.«

»Das bezweifle ich«, sagte Idris Jarrah gelassen. »Die Syrer stecken bis zum Hals in Schulden. Sie brauchen kapitalkräftigere Kunden.«

Wieder legte sich Schweigen über das große sonnige Zimmer. Schließlich sagte Chakry: »Ich bedaure es, Mr. Jarrah, daß ich Ihnen das Darlehen nicht über die Bank geben kann. Aber ich bin bereit, Ihnen das Geld persönlich zu leihen, vorausgesetzt natürlich, daß Sie mir die übliche Bestätigung unterschreiben und die Rückzahlungsbedingungen akzeptieren.«

»Und wie lauten die?«

Chakry faltete das Stück Papier auseinander und las vor.

»Ich, der Unterzeichnete, Idris Jarrah, staatenlos und derzeit beschäftigt bei der Palästinensischen Befreiungsorganisation, bestätige, daß ich heute ein Bardarlehen von hunderttausend US-Dollar von Nuri Chakry, wohnhaft in Beirut, Libanon, erhalten habe. Ich erkläre mich einverstanden, dieses Darlehen, sobald Nuri Chakry den Zeitpunkt bestimmt, innerhalb von sechzig Tagen zurückzuzahlen. Ich bin bereit, für dieses Darlehen einen jährlichen Zinssatz von fünfzehn Prozent der Gesamtschuld zu zahlen. Ich bestätige, daß ich besagtem Nuri Chakry als Gegenleistung für dieses Darlehen bestimmte Informationen geschäftlicher und politischer Natur gegeben habe, die heute in seinem Büro auf Tonband aufgenommen wurden.«

Chakry drückte einen Knopf, der unter seinem Schreibtisch verborgen war. Eine Schublade öffnete sich, in der ein Tonbandgerät lag. Die beiden Spulen drehten sich immer noch. Chakry schaltete das Gerät aus, lehnte sich in seinem Stuhl zurück und lächelte seinen Besucher gut gelaunt und selbstzufrieden an.

»Nun, Mr. Jarrah? Sind wir uns einig?«

»Natürlich«, sagte Idris Jarrah liebenswürdig. »Wir verstehen uns vollkommen. Ich hoffe, wir finden bald wieder Gelegenheit zu einem Geschäft.«

»Darüber läßt sich jederzeit reden«, sagte Nuri Chakry.

Als Jarrah gegangen war, griff Chakry zum Telefon und wählte eine Nummer. Nach ein paar Sekunden meldete sich eine Frauenstimme und wiederholte die Nummer, die Chakry gewählt hatte. Chakry sagte: »Hier spricht Mr. Chakry. Sagen Sie Miss Frances, daß ich halb eins kommen und mit ihr essen gehen werde.«

Die Antwort kam stockend und verlegen. »Es tut mir leid, mein Herr, Miss Frances ist heute morgen nach Tripolis geflogen. Mit Mr. Aziz. Möchten Sie ihr eine Nachricht hinterlassen?«

»Nein, danke.«

Er legte den Hörer auf und zog ein seidenes Taschentuch hervor, um sich den plötzlich aufgetretenen Schweiß von den Händen zu wischen. Frances war eine Hure, eine schöne, intelligente und sehr exklusive Hure. Aber wenn die Huren begannen, die Stadt zu verlassen, dann wurde es für die Bürger höchste Zeit, die Wachtfeuer zu entzünden und die Stadtmauer verteidigungsbereit zu machen. Er führte ein zweites Telefongespräch mit einem Mann, der eine Villa in einem Orangenhain nördlich des Gebirges von Byblos bewohnte. Der Name des Mannes war Heinrich Müller. Er war ein Einsiedler und stand im Ruf, ein bedeutender Historiker und Archäologe zu sein, was aber nicht bewiesen war. Nuri Chakry sprach mit ihm wie immer freundlich und respektvoll.

»Heinrich, hier ist Nuri. Was macht die Arbeit?«

»Ich bin in drei Tagen fertig«, sagte Heinrich Müller.

»Kannst du es in zwei Tagen schaffen?«

»Zur Not, ja.« Müller lachte vergnügt. »Aber danach brauche ich Urlaub.«

»Wir können ihn vielleicht zusammen verbringen«, sagte Chakry. »Einen schönen langen Urlaub. Ruf mich an, sobald du fertig bist.«

Zürich

In der nüchternen Stadt Zürich saß Mark Matheson im Büro von Simon Lewisohn und unterhielt sich mit ihm über Bankgeschäfte. Lewisohn war ein untersetzter Mann mit roten Backen, zwinkernden Augen und einer weißen Mähne, die ihm das Aussehen eines pensionierten Opernsängers gab. Er war Direktor einer Schweizer Bankgesellschaft und liebte Kaffee und süßes Gebäck, das er mit kindlicher Begeisterung knabberte, während Mark Matheson seine Unterlagen auf den Tisch breitete und die Sorgen und Nöte der Phönizischen Bank schilderte. Seine Ausführungen waren lang und detailliert, und Lewisohn hörte bis zum Ende schweigend zu. Dann wischte er die Gebäckkrümel weg, faltete die Hände über seinem Bauch und sah seinen Besucher wohlwollend lächelnd an.

»Sie haben einen guten Ruf, und ich glaube, Sie verdienen ihn. Wenn Sie jemals daran denken sollten, Ihre Stellung zu wechseln, wäre ich glücklich, wenn Sie zuerst mit mir reden würden.«

»Vielen Dank, Herr Lewisohn, aber ich habe noch nicht daran gedacht, mich zu verändern.«

»Ich wollte Ihnen auch nur den Gedanken nahelegen. Lassen Sie mich jetzt ein paar Fragen an Sie stellen. Die Phönizische Bank ist nach Ihrer Darlegung im Augenblick etwa zu dreieinhalb Prozent liquid. Halten Sie das für eine gute Position?«

»Selbstverständlich nicht.«

»Aber Sie sind Chakrys persönlicher Stellvertreter. Weshalb haben Sie es soweit kommen lassen?«

»Ich entscheide die Politik der Bank nicht, Herr Lewisohn. Ich gebe nur Ratschläge, sofern ich darum gebeten werde.«

»Haben Sie Herrn Chakry jemals von der derzeitigen Politik seiner Bank abgeraten?«

»Manchmal, ja.«

»Aber er ist trotzdem dabeigeblieben?«

»Aus guten Gründen, glaube ich. Im Nahen Osten wird das Geld jeden Tag aus der Erde gepumpt. Das Ende ist nicht abzusehen. Es gab keinen vernünftigen Grund, anzunehmen, daß sich daran etwas ändern würde.«

»Aber jetzt hat es sich geändert – und es ändert sich weiterhin.«

»Ja, das britische Pfund steht unter Druck. Die amerikanischen Goldreserven ebenfalls. Und der Libanon steht unter dem politischen Druck der übrigen Liga-Mitglieder. Wir glauben aber, daß wir alldem gewachsen sind, wenn man uns Zeit läßt, unsere Kräfte neu zu ordnen –«

»Sie brauchen so schnell wie möglich fünfzig Millionen Dollar.«

»Richtig.«

»Und der Druck wird bestehen bleiben?«

»Natürlich.«

»Das ist aber noch nicht alles. Einiges haben Sie vergessen zu erwähnen.«

»Ich bin mir nicht bewußt, Ihnen irgendwelche Informationen vorenthalten zu haben, die diese Angelegenheit betreffen, Herr Lewisohn.«

Lewisohn lächelte auf seine freundlich sanfte Art, beugte sich vor und stützte die Ellbogen auf die polierte Schreibtischplatte.

»Seien Sie mir nicht böse, Herr Matheson. Ich meinte nicht, daß Sie mir absichtlich etwas verschwiegen haben. Ich wollte damit nur sagen, daß die Phönizische Bank noch andere Schwierigkeiten hat, von denen bis jetzt nicht die Rede war.«

»Und die wären?«

Lewisohn zählte sie eine nach der anderen an seinen Fingern ab. »Erstens: Auch wenn Sie ausländische Hilfe von uns oder irgend jemandem sonst bekämen, würden Sie immer noch die libanesische Zentralbank brauchen, um aus dem Schlamassel herauszukommen. In der Zentralbank und im Finanzministerium sitzen aber einflußreiche Leute, die eine tiefe Abneigung gegen Nuri Chakry hegen. Sie würden einiges dafür geben, ihn ruiniert zu sehen. Zweitens: Es gibt in Zürich, New York, Paris und London Leute, die Herrn Chakrys Ehrlichkeit bezweifeln. Sie wären nicht abgeneigt, ihre Zweifel öffentlich zu bekunden. Drittens: Die Darstellung, die Sie mir von den Vermögensverhältnissen der Bank gaben, enthielt einige, nun, sagen wir, kleine Übertreibungen.«

»Wenn das zutrifft«, sagte Mark Matheson wütend, »so war mir das nicht bewußt.«

Lewisohn streckte die Hand aus, griff nach einem der Blätter, die Matheson vor sich liegen hatte, und fuhr mit dem Zeigefinger die Liste entlang. »Hier zum Beispiel. Das *Hotel Vista del Lago* in Lugano. Es erscheint in dieser Aufstellung mit einem Wert von vierzehn Millionen Dollar. Zu meiner persönlichen Erbauung habe ich es kürzlich taxieren lassen. Es wurde für acht Millionen gekauft. Jetzt ist es im Höchstfall elf Millionen wert, aber bei der derzeitigen Geldknappheit müßten Sie froh sein, zehn Millionen zu bekommen.

Also ist es um mindestens drei Millionen Dollar zu hoch veran-
schlagt. Verstehen Sie, was ich meine?«

»Doch, ja; aber ich habe natürlich nicht die Möglichkeit zu sagen,
ob Sie recht haben oder nicht.«

»Wenn Sie wollen, kann ich noch etwas weitergehen. Ihre Liste
enthält mindestens vier andere Übertreibungen – und ich habe den
Verdacht, daß das noch nicht alles ist.«

»Der wirkliche Wert wird sich immer erst beweisen lassen, wenn
wir verkaufen.«

»Und wann wird das sein?« fragte Simon Lewisohn leise und abwartend.

»Noch lange nicht, hoffe ich. Alles, was wir brauchen, ist ein
wenig Hilfe, von unseren Freunden. Dann sind wir in Kürze wieder
die stärkste Bank im Nahen Osten.«

»Chakry hat keine Freunde!« Der kleine Mann lächelte plötzlich
nicht mehr. »Chakry ist eine Ratte, die Ratten frißt. Wenn er Bargeld will, soll er Mortimer seine Fluglinie verkaufen, und ich biete
ihm acht Millionen Dollar auf die Hand für das *Hotel Vista del Lago*.
Aber ihm Geld leihen? Nicht in tausend Jahren. Soll er nur in die
Grube fallen, die er selbst gegraben hat.«

»Sie sind sehr heftig, Herr Lewisohn.« Einen Augenblick lang
hatte Matheson das Gefühl, der Situation nicht gewachsen zu sein.
»Hätten Sie etwas dagegen, mir zu sagen, weshalb?«

Lewisohn war sofort wieder munter. »Ja, ich habe etwas dagegen,
weiß Gott! Wir haben alle unsere kleinen Geheimnisse. Aber eins
will ich Ihnen sagen: Ich bin mein Lebtag Bankier gewesen. Und vor
mir waren mein Vater, mein Großvater und mein Urgroßvater Bankiers. Wissen Sie, was Männer wie Chakry und das Imperium, das
sie sich aufbauen, zu Fall bringt? Ein kleiner Mann, der in der Ecke
sitzt und schmollt, weil sein Stolz verletzt oder ihm seine Frau weggenommen wurde. Er wartet und wartet und wartet. Und dann sieht
er eine ganze Reihe von Männern, die reicher und mächtiger sind als
er und viel mehr Grund zu Klagen hätten, und er kommt aus seiner
Ecke und reicht ihnen den Schlüssel zu den Schleusentoren. Die
Überschwemmung ist danach unausbleiblich.«

»Haben Sie einen Namen für diesen kleinen Mann?« fragte Mark
Matheson.

»Habe ich«, antwortete Simon Lewisohn, »aber es ist zu spät, ihn
Ihnen zu nennen. Überlegen Sie sich mein Angebot. Und wenn Sie
zu mir kommen sollten, würde es mich brennend interessieren, zu
erfahren, weshalb Sie überhaupt für Chakry gearbeitet haben.«

Als Mark Matheson in die milde Herbstsonne von Zürich trat,
dachte er sarkastisch, daß das die einzige Frage war, die er sich selbst
nie ehrlich hatte beantworten können.

Jerusalem

Das Haus von Yehudith Ronen, der Frau Adom Ronens, des Spiegel-
mannes in Damaskus, war ein alter arabischer Bau ganz oben auf
dem niedrigen Hügel von Har Zion. Um hinzukommen, mußte man
an einigen zerfallenen Gebäuden vorbei, bis man eine hohe weißgekalkte Mauer mit einem eisernen Tor erreichte. Hinter dem Tor lag
ein weitläufiger Garten mit Oliven- und Feigenbäumen und großen
Zypressen. Vom Tor aus sah man nur die Kuppel, die sich wie das
Grab eines alten Propheten aus dem Grün erhob. Ein befremdendes
Schweigen hing über Haus und Garten; es war, als prallten der ferne
Lärm der Stadt und die schrillen Schreie der Kinder aus der Nachbar-
schaft von der Mauer ab.

Es war genau zwanzig nach zehn, als Brigadegeneral Jakov Baratz
vor dem Tor stand und läutete. Er war immer darauf bedacht, sich die
genaue Ankunfts- und Abfahrtszeit zu merken. Auch jetzt blieb er
bei dieser Gewohnheit, obwohl er nach seinem Besuch bei Hannah
das Gefühl hatte, als sei plötzlich die Zeit erstarrt zu einer leeren und
erschreckenden Ewigkeit. Fünf Sekunden nach dem Läuten summte
der elektrische Türöffner, und das Tor ging auf. Er trat in den Garten
und schloß das Tor hinter sich.

Unter dem dichten Laub der Feigenbäume war die Luft kühl; er
schauderte. Dann machte der Weg eine Biegung, und die Sonne
schien wieder. Vor ihm lag das Haus, ein gedrungener weißer Bau
mit dicken Mauern, vergitterten Fenstern und einer niedrigen ge-
wölbten Tür, die von Weinreben umrankt war. Die Tür war schwarz
und schwer und mit Eisennägeln beschlagen, die vor hundert Jahren
in einer Schmiede im alten Jerusalem gemacht worden waren. Die

Tür öffnete sich, und Yehudith Ronen erschien, um ihn zu begrüßen.

Sie war sechsunddreißig Jahre alt, sah aber in den abgewetzten Leinenhosen und dem Männerhemd wie ein junges Mädchen aus. In der einen Hand hielt sie ein Paar Handschuhe und eine Schutzbrille, wie sie Schweißer benutzen, die andere streckte sie ihm zum Gruß entgegen.

»Jakov! Welche Überraschung. Komm herein.«

Das Zimmer unter der Kuppel war schattig, aber es wirkte hell und freundlich durch die überraschend sichtbar werdenden Farbflecke – den Webteppich auf dem Sofa, die glänzende alte Kupferlampe, eine wilde Landschaft in Gold und Purpur, die buntscheckigen Bücherrücken im Regal, das sanfte Leuchten von phönizischem Glas und Yehudiths eigene Bronzeplastiken, die auf Hockern und Wandpodesten standen. Es war ein Zimmer ohne Geheimnisse, aber voller Herausforderung. Es war wie die Frau, die es bewohnte: karg und aufregend und friedlich zugleich.

»Was führt dich nach Jerusalem?«

»Die Konferenz mit dem Premierminister heute nachmittag, und Hannah ist wieder im Krankenhaus.«

»O Gott!« Ihre Teilnahme war so schmerzerfüllt, daß sie ihn überwältigte und er fast in Tränen ausgebrochen wäre. »Hast du sie gesehen?«

»Ja – sie hat mich nicht erkannt.«

»Was sagt Liebermann?«

»Die Prognose ist negativ.«

»Hat dich das überrascht?«

»Nein. Ich habe es seit langem kommen sehen. Ich wollte es nur nicht glauben.«

»Und nun ...?«

»Ich weiß auch nicht.«

»Kannst du eine Weile bleiben?«

»Natürlich. Ich habe eine Stunde Zeit. Ich hatte das Bedürfnis, dich zu sehen.«

»Gut! – Ich mache uns einen Kaffee.«

Er warf seine Mütze und die Aktentasche auf einen Hocker und folgte ihr in die Küche, die sich an das Zimmer anschloß. Er wollte ihr nahe sein – nahe und freigesprochen von der Schuld, die Hannah ihm, ohne es zu wissen, auferlegt hatte. Während er zusah, wie sie geschäftig in dem kleinen hellen Raum hantierte, dachte er an ihre biblische Namensschwester. »Sie war eine Witwe in ihrem Haus ... von gutem Gemüt und wunderschön anzusehen ...«

Er überlegte angestrengt, wie er zuvor schon viele Male überlegt hatte, welcher Art die Beziehung zwischen diesem beschwingten und aufrechten Wesen und dem hinterlistigen und ruhelosen Mann gewesen war, der in einer anderen Haut in Damaskus lebte.

Als hätte sie seine Gedanken gelesen, fragte sie ihn: »Hast du von Adom gehört?«

»In den letzten zehn Tagen nicht.«

»Das ist ungewöhnlich, nicht wahr?«

»Ein wenig. Er könnte natürlich verreist sein. Oder es findet gerade eine neue Sicherheitsprüfung statt, und er wartet ab. Ich werde dir Bescheid geben, sobald ich von ihm gehört habe. Mach dir keine Sorgen.«

»Das tu ich nicht, Jakov.« Sie drehte sich abrupt zu ihm um.

»Versteh das bitte. Ich akzeptiere, was er ist – was er macht. Ich habe Golda, und sie ist ein reizendes Kind. Ich habe meine Arbeit. Ich bin weniger – weniger einsam, als ich es mit Adom war. Ich liebe ihn, und ich glaube, auf seine Weise liebt er mich auch. Aber wir waren nie glücklich miteinander.«

»Das wußte ich nicht.«

»Lieber Jakov!« Sie lächelte ihn traurig an und legte ihre kühle Hand einen Augenblick auf seine Wange. »In deinem Beruf bist du so gescheit. Und in anderen Dingen völlig blind.«

»Dir gegenüber bin ich nie blind gewesen, Yehudith.«

»Ich dir gegenüber auch nicht. Aber was hilft uns das?«

»Nichts. Gar nichts.«

»Also lassen wir es«, sagte Yehudith Ronen leise. »Seien wir offen und ehrlich miteinander und schämen wir uns nicht wegen Dingen, die wir beide wissen.«

»Abgemacht.« Er nahm ihr Gesicht in beide Hände und küßte sie zart. Dann ließ er sie los. »Mach den Kaffee und dann zeig mir, woran du im Augenblick arbeitest.«

Sie waren über das dünne Eis hinweg und wieder auf festem Boden. Aber sie hatten beide das dunkle Wasser gesehen und wußten, daß es immer dasein würde – ein dunkler, verborgener Strom, der darauf wartete, sie zu verschlingen. Sie tranken Kaffee und tauschten die Klatschgeschichten von Jerusalem und Tel Aviv aus, erzählten von ihren Freunden, sprachen über das jiddische Theater und amüsierten sich über die manchmal komischen, manchmal bösartigen Tricks, mit denen Gauner und Betrüger die neuen Einwanderer hereinlegten. Dann nahm Yehudith seine Hand und führte ihn durch den schattigen Garten in ihr Atelier, eine große weißgekalkte Scheune am östlichen Ende der Mauer.

Es herrschte das übliche Durcheinander von Werkzeugen, Drahtgestellen, Wachsmodellen, Gipsabgüssen, Skizzen an der Wand, halbfertigen Bronzen und behauenen Steinen. Das meiste hatte er schon früher gesehen. Aber dort war ein neues Stück, halb so groß wie ein Mann; mit einem weißen Tuch bedeckt, stand es auf einer niedrigen Bank, und durch das Fächerfenster fiel ein breiter Sonnenstrahl darauf. Yehudith hielt ihn gute drei Meter davor zurück und stellte sich dann neben die verdeckte Plastik.

»Wenn es dir nicht gefällt, brauchst du es nicht zu kaufen!« sagte sie lächelnd. »Ich bin gestern damit fertig geworden. Ich habe alles hineingetan, was ich weiß – und alles, was ich bin. Du bist der erste, der es zu sehen bekommt. Es heißt ›Ehe‹.«

Sie zog das Tuch fort und beobachtete sein Gesicht, während er die Skulptur betrachtete. Eine lange rechteckige Bahn aus Plexiglas war zu einem doppelten Bogen geformt und auf ein Steinpodest gesetzt. In der Biegung des einen Bogens stand eine nackte weibliche Gestalt in den angespannten Haltung gesteigerter Begierde, die Hände nach dem Mann ausgestreckt, der auf der anderen Seite enttäuscht und gequält gegen die durchsichtige Wand hämmerte. Ihre Muskeln strafften sich vor wütender Leidenschaft, ihre Gesichter drückten die Schrecken der Einsamkeit aus, und es war, als müsse die Wand unter dem Ansturm ihres Verlangens nacheinander zersplittern; aber die Wand gab nicht nach, und die beiden Gestalten schienen erstarrt in ewiger Höllenqual.

Die Wirkung auf den Betrachter war seltsam. Zunächst war es, als paßten die Teile der Komposition nicht zueinander, aber dann verschmolzen sie plötzlich zu einer Einheit, die den Betrachter, ob er wollte oder nicht, in das Geschehen zwischen den beiden Gestalten hineinzog.

»Es ist schön«, sagte Jakov Baratz, »schön und schrecklich traurig.«

»Jetzt weißt du, wie es zwischen Adom und mir steht.«

»Ich wünschte, ich wüßte es nicht.«

»Du mußt es wissen. Um ihn zu schützen. Und mich.«

»Uns alle«, sagte Jakov Baratz.

Dann begann sie zu weinen, ruhig und erleichtert, als habe sie eine schwere Prüfung überstanden. Als er sie in die Arme nahm, klammerte sie sich an ihn wie ein Kind, das Trost und Zärtlichkeit sucht. Aber er wußte, daß es zwischen ihnen nie wieder diese kindliche Zärtlichkeit geben würde und daß die durchsichtige Wand nie wieder zu reparieren war, wenn sie einmal brach. Als sie sich beruhigt hatte, ließ er sie die Skulptur zudecken und ging mit ihr in das weiße Haus mit der schwarzen Tür und den vergitterten Fenstern. Von dort aus telefonierte er mit seinem Büro und erfuhr von dem Sabotageakt in Ein Kerem: Eine Plastikbombe hatte ein Haus in die Luft gesprengt, ein Kind war dabei getötet und eine Frau durch herabstürzendes Mauerwerk schwer verletzt worden. Er erfuhr ferner, daß Adom Ronen aus Damaskus berichtet hatte und daß eine Kopie der Nachricht bei der Chiffrierstelle in Jerusalem lag.

»Einundvierzig Sabotageakte in zwölf Monaten«, las der Premierminister mit rauher, tiefer Stimme. »Sieben Tote, davon zwei in der letzten Woche. Wir sind hier zusammengekommen, um über Vergeltungsmaßnahmen zu diskutieren – über die Art unseres Vorgehens, über den Zeitpunkt und über die voraussichtlichen militärischen und politischen Folgen.«

Alles an diesem Mann ist grau, dachte Jakov Baratz. Die Haare, der Anzug, die Augen und fast sogar die Haut. Er war ein ruhiger Mann, der das schlichtende Moment in der Koalitionsregierung darstellte: der ausgleichende, Entgegenkommen zeigende Nachfolger der fanatischen Eiferer, die die Grenzen Israels mit Blut gezogen hatten. Er war nicht etwa ein Schwächling. Er besaß die zähe Hartnäckigkeit des Berufspolitikers und das abwartende taktische Geschick des Funktionärs. Was ihm fehlte, war die Begeisterung und die prophetenhafte Beredsamkeit, die nötig war, um ein belagertes Volk anzufeuern.

»... Der Zwischenfall heute morgen und der kürzliche Tod eines Traktorfahrers bei Sha'ar Hagolan versetzen meine Regierung in eine innere Krise. Die Leute wollen wissen – und sie haben ein Recht darauf –, was wir tun werden, um ihr Leben und ihren Besitz gegen feindliche Übergriffe zu schützen. Das bedeutet die Notwendigkeit einer klaren Demonstration unseres Willens und unserer Fähigkeit, der Aggression Widerstand zu bieten. Noch wichtiger ist folgendes ...« Er legte seine Hände auf die Tischplatte und begann mit den Daumen zu trommeln. »Wenn wir jetzt nichts unternehmen, werden unsere Feinde immer dreister, und möglicherweise sehen wir uns eines Tages zu einem militärischen Abenteuer gezwungen, das große und gefährliche Konsequenzen mit sich bringen kann.«

Baratz spielte mit seinem Bleistift und versuchte, seine Erbitterung zu zügeln. Die Entscheidung war längst gefallen. Weshalb mußte sie noch mit Phrasen, mit der abgestandenen Rhetorik der Knesset verbrämt werden? Ihr wollt Vergeltungsmaßnahmen? Gut, wir werden das arrangieren. Ihr wollt eine Liste der möglichen Folgen? Könnt ihr haben, in allen Einzelheiten. Aber laßt uns gefälligst endlich zur Sache kommen. Und wenn wir damit fertig sind, dann hört euch den Bericht meines Agenten aus Damaskus an.

»... zwei verschiedene Arten von Sabotage.« Die graue Stimme redete unaufhörlich weiter. »Direkte Angriffe von Syrien und Raubzüge von Mitgliedern der Palästinensischen Befreiungsorganisation an der jordanischen Grenze. Daß der Traktor bei Sha'ar Hagolan auf eine Mine fuhr, geht auf das Konto der Syrer. Die Explosion in Ein Kerem heute morgen ist ganz offensichtlich das Werk von PLO-Saboteuren aus Jordanien. Die wichtigste Frage lautet also: Wo schlagen wir zuerst zurück ... gegen Syrien oder gegen Jordanien – oder gegen beide –?«

»Oder überhaupt nicht.« Es war der Außenminister, der die Frage vervollständigte. »Alle Zwischenfälle an der syrischen Grenze sind von der Waffenstillstandskommission untersucht worden. Wenn wir ihre Untersuchungen ignorieren und einen direkten Angriff unternehmen, dann kann Syrien umgehend an den Beistandspakt mit Ägypten appellieren. Wenn wir Jordanien angreifen, werden die Jordanier sagen, daß wir unschuldige Menschen die Tätigkeit illegaler Terroristen, nämlich der PLO, entgelten lassen.«

»Also bleiben wir sitzen und tun gar nichts?« Die Stimme des Premierministers klang plötzlich gereizt.

»Das habe ich nicht gesagt. Ich stelle nur fest, daß wir mit allem, was wir tun können, eine rechtswidrige Handlung begehen, für die wir uns vor den Vereinten Nationen verantworten müssen.«

»Und verantworten sich die Vereinten Nationen vor unserem Volk – für unsere Toten?«

»Nein.«

»Also sind wir wieder bei meiner Frage: Syrien oder Jordanien oder beide?«

Der Verteidigungsminister schraubte seinen langen, schlangenartigen Körper aus den Tiefen seines Stuhls und sagte orakelhaft: »Unsere Politik gegenüber Syrien wird bestimmt durch den syrischen Vertrag mit Ägypten. Wenn Syrien militärische Aktionen provoziert, ist Ägypten nicht verpflichtet einzugreifen. Wenn wir die Anstifter sind, kann und wird Syrien ägyptische Hilfe anrufen. Wenn sie das Feuer eröffnen, schießen wir auch. Wenn sie angreifen, schlagen wir zurück. Wir halten es für gefährlich, diese Politik zu ändern – jedenfalls im Augenblick.«

»Und was empfiehlt der Verteidigungsminister?«

»Einen einzelnen Schlag gegen ein einzelnes, genau begrenztes Objekt innerhalb der jordanischen Grenze.«

»Um was zu demonstrieren?«

»Daß die Jordanier selbst Ordnung an ihren Grenzen halten und die PLO-Gruppen, die dort operieren, auf jeden Fall loswerden müssen.«

»Das klingt vernünftig.« Der graue Mann nickte, lehnte sich zurück und faltete die Hände über seinem zerknautschten Hemd.

»Haben Sie ein bestimmtes Objekt im Auge?«

»Noch nicht. Wenn wir uns im Prinzip einig sind, möchte ich die Angelegenheit zur sofortigen Bearbeitung an den Stabschef und den Leiter des militärischen Geheimdienstes weitergeben.«

»Wie lange würde die Bearbeitung dauern?«

»Eine Woche«, sagte der Stabschef.

»Ich hätte gern mindestens zwei Wochen Zeit«, sagte Jakov Baratz. »Wenn möglich noch länger.«

Der Stabschef runzelte die Stirn. Der Verteidigungsminister hustete warnend. Der Außenminister sagte unwillig:

»Je länger wir warten, desto größer ist der zeitliche Abstand zwischen der Vergeltungsmaßnahme und dem Sabotageakt, der sie hervorgerufen hat – politisch gesehen ist das gefährlich.«

»Das Ganze ist in mehr als einer Hinsicht gefährlich«, erwiderte Jakov Baratz entschieden. »Ehe wir etwas unternehmen, müssen wir alle Gefahren kennen und abschätzen.« Er suchte in seiner Brieftasche und entnahm ihr die dechiffrierte Kopie der Mitteilungen aus Damaskus. Er glättete den Briefbogen auf der Tischplatte und fuhr fort: »Ich habe heute morgen einen längst fälligen Bericht unseres Agenten in Syrien erhalten. Er war an Malaria erkrankt. Dies ist der Text: ›Glaube, Safreddin bereitet Attentat gegen König von Jordanien vor. Er benutzt meine Lastwagen zum Transport von Waffen an bislang unbekannte Personen. Scheint eine Falle zu sein. Ladung wird an der syrischen Grenze beschlagnahmt, wahrscheinlich um loyale Angehörige der Palastwache verdächtig zu machen. Werde dabeisein, wenn Waffen in meinem Lagerhaus aufgeladen werden. Das kann auch für mich eine Falle sein. Mehr, wenn alles erledigt.‹«
Baratz blickte auf und sah ihre gespannten, fragenden Gesichter auf sich gerichtet. »Sie sehen jetzt, was ich meine. Wenn wir Jordanien angreifen, kämpfen wir gegen einen Mann, der bereits die Gewehre im Rücken spürt.«

Drittes Kapitel

Beirut

Um sieben Uhr abends saß Nuri Chakry frisch gebadet und rasiert in seiner Wohnung bei einem Drink in Gesellschaft eines Akts von Picasso und machte sich ernsthafte Gedanken über seine Zukunft. Erste und wichtigste Voraussetzung war, daß Nuri Chakry überlebte, und zwar unter den glanzvollen Umständen, an die er gewöhnt war. Das vorausgesetzt, blieb noch zu entscheiden, welches die beste Art des Überlebens war und wie man am zweckmäßigsten vorging. Er wäre gern in Beirut geblieben, in dem sonnigen Imperium aus Glas und Beton und Aktien und Pfandbriefen und Hypotheken und Aufsichtsratsposten und Einflußsphären, das er sich geschaffen hatte. Wenn das nicht möglich war, dann brauchte er einen günstigen Abgang und einen sicheren Ort, an dem er von vorn beginnen konnte.

Der Gesamtplan war einfach; die Schwierigkeiten lagen in den Einzelheiten. Wenn Nuri Chakry in Beirut bleiben sollte, dann mußte auch die Phönizische Bank am Leben bleiben, und die Voraussetzung für deren Überleben ließ sich in drei Worten ausdrücken: fünfzig Millionen Dollar. Falls die Saudis und Kuwaitis ihre Bankeinlagen unangetastet ließen, war das Problem bereits gelöst. Doch wahrscheinlicher war, daß sie ihre Gelder innerhalb von dreißig Tagen abhoben. Auch das Finanzministerium und die Zentralbank konnten ihn retten. Sie würden ihm zwar Daumenschrauben anlegen, das war sicher, aber wenn sie sich erst einmal zu einer Rettungsaktion bereit erklärt hatten, konnten sie sich nicht so einfach wieder davon zurückziehen, und dann bekam Nuri Chakry, was er am dringendsten brauchte: Zeit. Aber die Sache hatte einen Haken. Im Finanzministerium und in der Zentralbank saßen zahlreiche Männer, denen Nuri Chakry irgendwann einmal auf den Fuß getreten hatte. Es war also schwer vorauszusagen, woher der Wind wehen würde.

Schloß man diese beiden Hoffnungen aus, dann blieb nur noch eine Möglichkeit: Mark Matheson, der immer noch in Zürich war und einen Finanzier suchte, welcher den Mut hatte, Nuri Chakry zuliebe fünfzig Millionen Dollar zu riskieren. Matheson hatte versprochen, an diesem Abend zwischen sieben und neun anzurufen. Bis dahin mußte Chakry sein Herz – falls er so etwas besaß – mit Geduld wappnen.

Es konnte natürlich auch alles schiefgehen und die Bank Pleite machen. Was würde dann aus Nuri Chakry? Zunächst einmal käme es zu einer amtlichen Bücherrevision, wobei sich herausstellen würde, was viele vermutet, aber nur wenige mit Sicherheit gewußt hatten: daß der Wert der Banksicherheiten für die derzeitige angespannte Lage auf dem Geldmarkt viel zu hoch angesetzt war. Es würde sich herausstellen, daß begünstigte Personen große Darlehen erhalten hatten, ohne dafür Sicherheiten gegeben zu haben oder nur solche, die nichts wert waren. Am Ende würde Nuri Chakrys gesamter Besitz im Libanon beschlagnahmt werden, und er selbst fände sich möglicherweise eines Tages im Gefängnis.

Deshalb mußte der Abgang vorbereitet werden, auch wenn es vielleicht nie dazu kommen würde. Die Zeit mußte genau eingeteilt werden, denn es blieben ihm nur dreißig Tage, um aus den Trümmern seines Imperiums zu retten, was noch zu retten war. Und dabei würde ihm Idris Jarrah, der betrügerische Agent, von Nutzen sein, während Heinrich Müller nachgerade unentbehrlich war.

Jarrah war nicht so dumm, seinen Kopf für Geld zu riskieren, wenn er nicht sicher war, daß er am Leben bleiben würde, um von dem Geld auch was zu haben. Jarrah hatte keine Angst vor dem Tonband oder dem belastenden Dokument, das er unterschrieben hatte. Er war ein guter Spieler, und er setzte alle seine Chips auf einen Mann, der den gleichen Hintergrund hatte wie er, dessen Motive er kannte und mit dem er ein gemeinsames Interesse hatte.

Während er seinen Drink schlürfte und die unsinnigen Kurven der nackten Frau betrachtete, faßte Nuri Chakry Soll und Haben von Idris Jarrah zusammen. Auf der Debetseite standen hunderttausend Dollar, eine unangenehm genaue Kenntnis von den Angelegenheiten der Phönizischen Bank und eine starke Position in einer Terroristenorganisation, deren Mitglieder einen Bankier in Beirut ebenso gern erledigen würden, wie sie eine Pumpstation in Battir in die Luft sprengten. Die Kreditseite wies folgendes auf: einen Schuldschein über ein persönliches Darlehen zu fünfzehn Prozent, ein belastendes Tonband, eine Unterschrift, die leicht zu kopieren war, und Informationen, die auf zwei oder drei Märkten gleichzeitig verkauft werden konnten. Alles in allem ein gutes Geschäft mit beträchtlichem Profit für den Kunden und weitaus größerem Profit für den Bankier.

Jarrah war ein gescheiter Mann, weil er nie versuchte, zu gescheit zu sein. Es war offensichtlich, daß er zum Organisator des Attentats in Jordanien ernannt worden war. Ebenso offensichtlich war er nicht begeistert von dem Auftrag und den möglichen Folgen und keineswegs sicher, daß Safreddin ihn schützen würde. Die Schlußfolgerung, die er daraus gezogen hatte, war klar: Er verriet die Verschwörer in Syrien und Jordanien, während er gleichzeitig seine eigene Haut in Sicherheit brachte, seine Organisation intakt hielt und nebenbei noch ein gutes Geschäft machte. Sein einziges Risiko war, daß Chakry ihn an Safreddin verriet. Aber er wußte, daß Nuri Chakry auf der Seite der Könige und Kapitalisten stand und von den syrischen Sozialisten und ihren russischen Ratgebern und den eiskalten Männern der Militärjunta nichts zu erwarten hatte.

Nuri Chakry trank auf das Wohl von Idris Jarrah, seinem geistigen Blutsbruder, der keinen Cent auf die Ehre eines Mannes setzte, aber zu wohldurchdachten Spekulationen bereit war, wenn es seinem eigenen Interesse diente. Wirklich schade, daß er diesmal verlieren mußte.

Und jetzt zu der wichtigsten Frage. Wo ließen sich die Informationen, die Idris Jarrah ihm in die Hand gegeben hatte, am günstigsten veräußern? Zwei Männer fielen ihm sofort ein. Beide waren in Beirut. Beide waren Geschäftsvermittler. Der eine arbeitete für das Königshaus von Jordanien, der andere für das Scheichtum in Kuwait. Beide würden bereit sein, große Summen für die Gelegenheit zu zahlen, ihrem Herrscher einen persönlichen Dienst erweisen zu können. Der Jordanier würde sofort zahlen, weil seine Existenz davon abhing, was mit dem König geschah. Der Kuwaiter würde versuchen zu handeln, aber letzten Endes vielleicht mehr zahlen, weil er und sein Herr ihre Finger in vielen Schüsseln gleichzeitig hatten. Nach kurzer Überlegung war Nuri Chakry überzeugt, daß sie beide zahlen würden, was zusammengenommen einen hübschen Gewinn ergeben würde.

Er stellte sein Glas hin und führte zwei Telefongespräche. Das erste verlief nicht zu seiner Zufriedenheit. Der Kuwaiter war bei einer Cocktailparty bei dem Vertreter einer amerikanischen Investmentgesellschaft. Das zweite war ermutigender. Der Jordanier würde im Kasino zu Abend essen und anschließend im Salon spielen. Der Ort schien so gut wie irgendein anderer dazu geeignet, sich mit Königen, Damen, Buben und Assen zu befassen.

Das As, das Nuri Chakry im Ärmel versteckt hielt, war Heinrich Müller, der bedeutende Gelehrte, der in einem Orangenhain in der Nähe von Byblos lebte und gelegentlich Artikel über die Gräber von Hyksos und die Entwicklung der alphabetischen Schrift aus den phönizischen Pseudo-Hieroglyphen schrieb.

Seine erste Begegnung mit Heinrich Müller war von außerordentlicher Wichtigkeit für seine weitere Karriere gewesen. Er war damals noch ein Geldwechsler und saß in seinem Rattenloch, aus dem er unbedingt herauskommen wollte. Eines Tages bekam er einen Telefonanruf von einem kleinen Händler, der einen Touristenstand in der Nähe der Ruinen von Byblos hatte. Der Händler hatte Münzen zu verkaufen und ein paar Siegel. Als Chakry in den kleinen Hafen kam und mit dem Händler um den Preis feilschte, stand neben ihnen ein großer linkischer Kerl, ein ausländischer Tourist, wie es schien, und hörte zu. Als der Handel abgeschlossen war und Chakry den Laden verließ, kam der Bursche hinter ihm her und sprach ihn in einigermaßen korrektem Arabisch an.

»Sind Sie an alten Sachen interessiert?«

»Ich kaufe, um zu verkaufen«, sagte Chakry barsch. Sein Büro war geschlossen. Das Geschäft stockte, solange er fort war; er hatte es daher eilig, wieder zurückzukommen.

»Sie haben ein gutes Geschäft gemacht«, sagte der linkische Bursche freundlich. »Abgesehen von dem doppelten Dukaten. Der ist gefälscht.«

»Und woher wissen Sie das?« Nuri Chakry witterte einen Rivalen und wurde sofort vorsichtig.

»Man hat ihn mir angeboten. Ich habe ihn untersucht. Diese Dukaten wurden im ersten Viertel des sechzehnten Jahrhunderts geprägt. Dieser hier wiegt eins Komma zwei Gramm mehr als alle anderen bekannten Exemplare. Er ist aus purem Gold, aber er ist eine Reproduktion und keine echte alte Münze. Ich würde sagen, daß sie ungefähr zweihundert Jahre alt ist. Sie werden keinen Verlust damit haben. Aber wenn ich an Ihrer Stelle wäre, würde ich sie einem guten Kunden nicht als wertvolle alte Münze anbieten. Ein Kenner würde sehr schnell feststellen, daß sie das nicht ist.«

»Und Sie sind ein Kenner?«

»Ein Amateur.« Er lachte und stellte sich vor. »Müller, Heinrich Müller. Ich wohne hier in der Nähe. Ich besitze eine kleine Sammlung, die Sie vielleicht interessiert.«

»Vielen Dank. Ich würde sie sehr gern sehen.« Er wurde sofort liebenswürdig. All seine Händlerinstinkte waren hellwach. Sein oberster Grundsatz war: Pflege die Beziehungen zu einem Mann, der etwas weiß, zahle ihm für sein Wissen, mache ihn zu deinem Verbündeten – wenigstens so lange, bis du genausoviel weißt wie er.

Seine Verbindung mit Heinrich Müller war jetzt siebzehn Jahre alt und hatte beiden Seiten Gewinn gebracht. Sie handelten immer noch zusammen mit alten Münzen, Antiquitäten und Exotica, und beide wußten genug über den anderen, um sicher sein zu können, daß die gewinnbringende Verbindung fortbestehen würde. Heinrich Müller war nämlich gar nicht Heinrich Müller, sondern der in Schwaben geborene und getaufte Heinrich Reimann, einer der besten Fälscher des Dritten Reichs. Er hatte Pässe und Banknoten gefälscht und wußte alles über Papiersorten, Tinten und Druckplatten. Er besaß viel Humor, überwältigende Geduld und eine levantinische Geschicklichkeit in der Kunst des Möglichen. Für Nuri Chakry war er eine teure, aber beruhigende Versicherung.

Das Telefon klingelte, und Mark Matheson meldete sich aus Zürich. Sein Bericht war kurz und niederschmetternd.

»Nichts zu machen. Die ›J‹-Gruppen sind nicht interessiert. Ein paar von den anderen würden helfen, wenn sie wüßten, daß die Regierung uns absichert. Wenn nicht ... Wenn nicht, dann rühren sie keinen Finger.«

»Wieviel wissen sie, Mark?«

»Zuviel.«

»Aktive Feindseligkeit?«

»Nein, nur passives Bedauern. Sie werden Blumen zur Beerdigung schicken. Was soll ich machen?«

»Kommen Sie so schnell wie möglich zurück.«

»Sprechen Sie noch mit dem Ministerium?«

»Morgen vormittag.«

»Wenn ich Glück habe, bin ich abends zurück.«

»Ich werde Sie anrufen. Noch was, Mark ...«

»Ja?«

»Machen Sie sich einen angenehmen Abend.«

»Danke!« sagte Mark Matheson ohne Begeisterung und hängte ein.

Jerusalem

»Sie verlangen von uns, daß wir ein Theaterstück inszenieren«, sagte der Stabschef unglücklich. »Das gefällt mir ganz und gar nicht.«

»Politik ist mehr als zur Hälfte Theater.« Der Verteidigungsminister hatte Sinn für Aphorismen. »Und dies ist im wesentlichen eine politische Angelegenheit.«

»Beim Theater«, sagte Jakov Baratz, »liegt die Handlung fest, und die Reaktion der Zuschauer wird bereits bei der Kostümprobe getestet. Und wenn in dem Stück ein Gewehr abgefeuert wird, dann mit Platzpatronen. Was aber den Krieg betrifft, so steht allenfalls der erste Akt fest, und niemand kann voraussagen, wie der zweite und dritte verlaufen wird.«

»Außerdem verwendet man richtige Munition«, sagte der Stabschef, »und es gibt Tote.«

»Also lassen wir den Vergleich fallen«, sagte der Verteidigungsminister, »und wenden wir uns den Tatsachen zu. Bei der heutigen Konferenz war man sich einig, daß wir eine begrenzte Aktion gegen ein begrenztes Ziel unter den bestmöglichen Voraussetzungen unternehmen. Ich finde, wir drei sollten versuchen, uns über die Definition dieser Voraussetzungen klarzuwerden. Möchten Sie einen Cognac, meine Herren?«

Er stand auf, wärmte die Gläser an und schenkte seinen Gästen Cognac ein. Baratz und der Stabschef wechselten einen Blick über den von Kerzen beleuchteten Tisch und zuckten die Schultern. Sie hatten dieses Spiel schon häufig gespielt. Der Verteidigungsminister war ein gerissener Politiker, der genau wußte, was er wollte und wie er es anstellen mußte, daß seine Untergebenen das, was er wollte, vorschlugen und damit die Verantwortung aufgeladen bekamen. Es gehörte daher zur Spielregel, daß Baratz, der jüngste, den ersten Vorschlag machte.

»Nehmen wir zunächst das begrenzte Ziel. Wir haben eine Liste von Grenzdörfern, von denen aus die PLO, wie wir wissen, operiert. Eins von diesen Dörfern wählen wir aus. Wir machen einen Angriff, evakuieren die Zivilbevölkerung, zerstören das Dorf und ziehen uns wieder zurück. Unsere Absicht haben wir damit deutlich kundgetan. Wir wollen keine Toten oder Verwundeten. Wir wollen nur, daß Jordanien selbst etwas gegen die illegalen Saboteure unternimmt.«

»Ausgezeichnet«, sagte der Minister. Er brachte die Gläser zurück zum Tisch und stellte sie vor seine Gäste. »Welches Dorf schlagen Sie als Ziel vor?«

»Noch keins«, sagte Baratz bedächtig. »Die Situation, die ich beschrieben habe, ist eine Idealsituation. Sie setzt einen Ort voraus, der für einen Überraschungsangriff geeignet ist. Sie setzt ferner voraus, daß keine jordanischen Truppen in der Nähe und daß wir imstande sind, die Polizei auszuschalten, ehe sie die Arabische Legion zu Hilfe ruft. Ohne eingehende Prüfung läßt sich nicht sagen, ob und wo diese Voraussetzungen gegeben sind. Auf der anderen Seite werden wir in eine regelrechte Schlacht geraten, wenn wir auf Streitkräfte der Arabischen Legion treffen. Ich bin sicher, daß wir gewinnen werden. Ich bin aber genauso sicher, daß wir für eine örtliche Begrenzung der Gefechtshandlungen nicht garantieren können.«

Der Minister legte die Hände um sein Glas, hob es an seine lange schmale Nase und atmete den Duft ein. Bevor er das Glas ansetzte, fragte er: »Aber Sie glauben, daß sich Ihre Idealsituation verwirklichen läßt?«

»Ja, das wäre möglich.«

Der Minister trank einen Schluck Cognac, ließ ihn genießerisch über die Zunge laufen und schluckte. Dann wandte er sich an den Stabschef. »Und was sagen Sie, Chaim?«

»Wie immer könnte ich nur auf der Basis exakter Informationen eine Entscheidung treffen.«

»Und wie lauten die derzeitigen Informationen?«

»Sie sind unvollständig«, antwortete Baratz für ihn, »und zwar aus zwei Gründen. Aus dem Tenor unserer Unterhaltung heute schließe ich, daß die Nachricht unseres Agenten über einen Attentatsversuch gegen das Leben König Husseins entweder von den Amerikanern oder den Briten sofort nach Amman weitergegeben wird. Sobald Amman diese Information hat, ist es klar, daß gewisse Änderungen hinsichtlich der Gefechtsstellungen der Arabischen Legion getroffen werden. Zweitens berichteten die Zeitungen heute von einem bevorstehenden Besuch moslemitischer Würdenträger aus Pakistan in Jordanien. Das Programm für diesen Besuch sieht einen Aufenthalt in Jerusalem und einen Besuch der Felsenmoschee vor. Naturgemäß wird es zu einer Konzentrierung der Streitkräfte im Raum von Jerusalem kommen. Ehe wir endgültige Pläne machen, müssen wir darüber mehr wissen.«

»Und wenn ein Attentat auf den König geplant ist«, sagte der Stabschef, »dann wollen wir auf keinen Fall, daß es während seines Aufenthalts in Jerusalem passiert und wir den Attentätern Ablenkungsmöglichkeiten liefern.«

Der Minister drehte das Cognacglas in der Hand und betrachtete die goldgelbe Flüssigkeit auf dem Boden des Glases. Baratz und der Stabschef warteten geduldig auf das, was als nächstes kommen würde, das strahlende Lächeln, die Wir-sind-alle-der-gleichen-Meinung-Rede, die kühle Voraussetzung des Einverständnisses und das rasche Gute Nacht. Zu ihrer Überraschung tat der Minister etwas anderes. Er schien seine erprobten Gesten und seine leise Ironie vergessen zu haben. Als er aufblickte, sahen sie, daß sein langes knochiges Gesicht grau und müde wirkte. Er sprach zögernd, und was er sagte, klang fast, als wolle er sich entschuldigen.

»Hören Sie bitte! Ich möchte Ihnen sagen, daß ich über diese Operation keineswegs glücklicher bin als Sie. Aber ich bin ehrlich davon überzeugt, daß sie sein muß. Unsere Schwierigkeiten sind größer, als jedermann im Augenblick zugeben möchte. Gestern hat uns der Premierminister im Kabinett eine Zahl vorgelegt, die uns alle schockierte: Innerhalb von vier Monaten können wir achtzigtausend Arbeitslose haben – vielleicht sogar mehr. Unsere Schiffahrtslinie ist in Schwierigkeiten. Mindestens eine Bank wird Bankrott machen, und die Regierung wird, um eine Panik zu verhindern, die Bankkunden sicherstellen müssen. Wenn die Arbeitslosigkeit zu lange anhält, beginnen wir zu verlieren, was wir unter keinen Umständen verlieren dürfen – Menschen! Das bedeutet starke Spannungen innerhalb der Gemeinschaft, Enttäuschung, Unsicherheit, mangelndes Vertrauen in öffentliche Institutionen. Kommt nun auch noch die Angst dazu, daß wir unsere Grenzen nicht ausreichend schützen können oder wollen – dann stecken wir womöglich bis zum Hals in Schwierigkeiten. Es klingt ziemlich häßlich, aber im Augenblick können wir einen ganz kleinen Krieg ganz gut brauchen – für den Hausgebrauch.«

»Und wie lange werden wir noch Kriege brauchen?« Aus der Stimme des Stabschefs klang Verärgerung. »Eine Demokratie soll sich selbst tragen, was für einen Sinn hätte sie sonst. Selbstverteidigung – ja! Aber die Armee als Propagandawaffe, am Ende Tote, um die Lebenden zufriedenzustellen – nein, vielen Dank! Wenn das unsere Zukunft als Nation sein soll, dann können wir gleich das Ganze abblasen. Soll sich Israel wieder in alle Winde zerstreuen – dann haben wir's hinter uns.«

»Ich gebe Ihnen recht, Chaim.« Der Minister schien in sich zusammenzuschrumpfen. »Es ist gefährlich, es allzu laut zu sagen, aber das ist das Dilemma, in dem wir uns befinden. Und es ist seltsamerweise immer das Dilemma der Juden im Land ihrer Väter gewesen. Wir nehmen es. Wir halten es eine Zeit. Wir bringen es wieder zur Blüte. Und dann verlieren wir es. Liegt es an dem Land oder an uns? Sind es die fremden Götter, die wir unterworfen haben, oder ist es der Gott Jakobs, der immer noch eifersüchtig auf Seine Auserwählten ist?«

»Ich weiß es nicht. Ich bin nicht religiös. Manchmal wünschte ich, ich wäre es.«

Jakov Baratz sagte nichts. Seine Gedanken waren plötzlich ganz woanders. Er überlegte, was es war, das Adom Ronen die Kraft gab, einsam in Damaskus zu leben, und woher er die Kraft nehmen sollte, ohne Hannah weiterzuleben.

Als habe ihn sein Schweigen aus der Fassung gebracht, setzte der Minister wieder seine offizielle Miene auf. »Wir sind uns also einig. Eine Vergeltungsmaßnahme wird geplant und in der nächsten Woche zur Genehmigung vorgelegt.«

»In zwei Wochen«, sagte Jakov Baratz.
Der Minister seufzte nicht ohne Pathos. »Sie sind ein hartnäckiger Mensch. Gut, in zwei Wochen. Aber das ist das Äußerste.«
Es war erst halb zehn, als sie die Wohnung des Ministers verließen. Der Stabschef schlug einen Spaziergang vor. Sie schickten den Wagen fort und gingen zu Fuß zum *Hotel König David*. Die Nacht war frisch. Ein kalter Wind wehte über die Hügel von Jerusalem, aber der Himmel war klar und voller Sterne. Sie gingen zuerst hastig, und ihre Absätze klapperten auf dem Pflaster im harten militärischen Rhythmus. Dann wurden ihre Schritte unmerklich immer langsamer, und der Stabschef begann, nachdenklich und schwermütig zu erzählen.

»Es geht uns alle an, Jakov. Die Tage der Posaunen sind vorbei. Jetzt geht es um Politik und Wirtschaftslage, um Zahlungsbilanzen und um das Gleichgewicht der Kräfte in der Knesset. Das ist der normale Lauf der Dinge, glaube ich. Aber mir macht es Sorgen. Wir waren einst die Abenteurer – die Verschwörer, die Rebellen, die Bombenleger –, jetzt sind wir das Establishment. Wer wird uns ablösen? Und wohin werden sie das Land führen?«

»Ich wollte, ich wüßte es. Ich wollte, ich hätte einen Sohn. Nicht, damit ich ihm etwas erzählen könnte, sondern damit er mir sagen könnte, was in den Köpfen der jungen Leute vorgeht. In der Armee sind sie gut. Sie schätzen Disziplin. Ihr Leben hat Sinn und Zweck. Aber kaum sind sie draußen, ist es wieder aus mit ihnen. Ich sah neulich in Tel Aviv einige Zahlen über Jugendkriminalität. Erschreckend!«

»Vielleicht hatte Yuval recht, und wir könnten wirklich einen Krieg brauchen?«

»Und wenn er vorüber ist?«

Der Stabschef machte keinen Versuch, die Frage zu beantworten. Er schwieg einen Augenblick und wechselte dann ohne Übergang das Thema. »Etwas beunruhigt mich, Jakov. Ein Satz im Bericht Ihres Agenten: ›Das kann auch für mich eine Falle sein.‹ Was meinte er damit? Hat er Angst? Ist man ihm auf der Spur?«

»Angst? Ich glaube, ja. Aber das ist nicht schlimm, wenn es ihn vorsichtig macht. Daß man ihm auf der Spur ist, bezweifle ich. Wahrscheinlich wird er wie alle Fremden von Zeit zu Zeit überprüft.

Safreddins Politik ist es, Argwohn und Angst anzufachen, während er aus der syrischen Armee ein Instrument der Macht bildet.« Er lachte freudlos. »Wer die Syrer kennt, weiß, daß das allein schon eine schwere Aufgabe ist. Aber Ronen ist ein guter Mann.«

»Was für ein Mensch ist er?« fragte der Stabschef.

»Diese Frage ist nicht leicht zu beantworten. Ich glaube, man muß immer davon ausgehen, daß ein Spion eine andere Sorte Mensch ist als der Rest der Menschheit. In gewisser Weise ist er ein Schauspieler. Er ist glücklicher mit Schminke im Gesicht als ohne sie. Er ist von sich selber überzeugt, und er kann andere von der Bühne aus besser überzeugen als vom Gehsteig aus. Ronen ist überdies Iraki, also kein Europäer. Ich glaube, er fühlt sich in einer arabischen Umgebung wohler als bei uns. Daher auch die Schwierigkeiten in seiner Ehe.«

Die Worte waren heraus, ehe er sie zurückhalten konnte. Der Stabschef ging auch sofort darauf ein. »War seine Ehe unglücklich?«

»Nicht zufriedenstellend – für beide Seiten.«

»Ist er immer noch verheiratet?«

»Ja. Seine Frau lebt hier in Jerusalem. Ich – meine Leute – kümmern sich um sie und das Kind.«

»Lebt er allein?«

»Er hatte immer eine Freundin. Ich nehme an, daß er jetzt auch eine hat.«

»Ist das günstig – von unserem Standpunkt aus?«

»Von unserem Standpunkt aus«, sagte Jakov Baratz langsam, »ist alles günstig, was einen Agenten zufriedenstellt und ihn in seiner Umgebung ein normales Leben führen läßt. Es ist eine Frage der Zweckdienlichkeit, nicht der Moral.«

»Weiß seine Frau, wo er ist?«

»Ja.«

»Ist das klug?«

»Notwendig, nach meiner Beurteilung.«

»Ich stelle das nicht in Frage«, sagte der Stabschef freundlich. »Er ist Ihr Mann. Sie müssen ihn dirigieren. Ich bin nur neugierig. Wie ist seine Frau?«

»Sehr intelligent. Sieht sehr gut aus und ist eine begabte Künstlerin.«

»Hat sie einen Freund?«

»Nein.«

»Sie muß eine bemerkenswerte Frau sein.«

»Das ist sie.«

»Steht ihr Mann in Verbindung mit ihr?«

»Nur durch mich. Wir haben einen Code für einfache Mitteilungen ausgemacht. Was er nicht sagen kann, erfinde ich.«

»Wie Cyrano de Bergerac, hm?«

»Der Vergleich stimmt nicht ganz«, sagte Jakov Baratz. »Cyrano de Bergerac war in das Mädchen verliebt.«

Beide lachten, und das Echo ihres Lachens klang laut und hohl in der leeren Straße.

Damaskus

Oberst Omar Safreddin war ein Mann mit festen und klaren Glaubenssätzen. Er glaubte an Allah, den Einen, den Allbarmherzigen. Er glaubte an Mohammed, den Propheten – gepriesen sei sein glorreicher Name! Er glaubte an den Koran und das Lesen, den Quell alles Wissens. Er glaubte an das Volk – die Auserwählten Gottes, die Söhne des Propheten, die wie Meereswellen über das Antlitz der Erde geflossen waren und die ihre Einheit und Brüderlichkeit und ihren Rang unter den Ungläubigen durch das Buch und den Propheten wiederfinden mußten. Er glaubte an das Land, wie es Grenzen, Geschichte und Tradition festlegten. Er glaubte an die Macht und an ihre Anwendung durch eine Elite, die sich darauf vorbereitet hatte, sie zu übernehmen.

Er hatte sich vorgenommen, innerhalb der syrischen Armee, die ihm unterstand, eine solche Elite heranzuziehen: eine Gruppe von jungen Offizieren, die wohlgebildet an Gestalt und gebildeten Geistes zu Erben der Revolution erzogen werden sollten. Von den Russen, die er bewunderte, aber auch fürchtete, hatte er Wert und Methode der Zellenorganisation gelernt und begonnen, sie in sein Ausbildungsprogramm zu übernehmen.

Das Hauptinstrument zur Realisierung seiner Ideen war der Hunafa-Club, eine Vereinigung von fünfzehn jungen Männern, die sich jede Woche in seinem Haus in Abo Romana trafen. Der Club bezog seinen Namen von jener kleinen Gruppe Mekkagläubiger, in deren Kreis Mohammed der Prophet zum erstenmal Inspiration und Erleuchtung gefunden hatte. Ein Hanif war jemand, der sich abwandte von der primitiven Abgötterei, die das ursprüngliche Haus Allahs entstellt hatte. Im weiteren Sinne war ein Hanif ein rechtschaffener Mann, der Korruption und Laster den Rücken kehrte und in die Wüste ging, wo er sich im Monat der Hitze dem Gebet und der Selbstzucht widmete.

Jedes Treffen des Clubs begann mit Gebet und Waschung, denen ein gemeinsames rituelles Mahl folgte. Nach dem Mahl rezitierten die Mitglieder im Chor die Anrufungen des Engels Gabriel, mit denen er zu dem Propheten gesprochen, und die Antworten, die der Prophet angstvoll und erschrocken über die Stimme des Engels gegeben hatte. Es war vielleicht symbolisch gemeint, daß Omar Safreddin mit der Stimme des Engels sprach, während seine Schüler mit der Stimme des Propheten antworteten.

»Lies!«

»Ich kann nicht lesen.«

»Lies!«

»Ich kann nicht lesen.«

»Lies!«

»Was soll ich lesen?«

»Lies: Im Namen Allahs, des Allbarmherzigen. Im Namen deines Herrn, der alles erschaffen hat und der den Menschen aus geronnenem Blut erschuf. Lies: Bei deinem Herrn, dem glorreichsten, der den Gebrauch der Feder lehrte und den Menschen lehrt, was er nicht gewußt.«

Nach dem Wechselgesang begann die Unterweisung. Safreddin las aus dem Koran, dem heiligen Buch, erläuterte den Text und bezog ihn auf das Leben der Auserwählten des zwanzigsten Jahrhunderts.

»Gib mir Stücke von Eisen. Und als er die Senke zwischen den Hügeln ausgeglichen hatte, sagte er: Blas! Und als er das Feuer angefacht hatte, sagte er: Bring mir geschmolzenes Kupfer, daß ich es darauf gieße. Und Gog und Magog konnten nicht mehr darüber steigen noch es durchdringen –«

Oberst Omar Safreddin erläuterte den Text wie folgt: »Die Worte

82

sind alt, aber ihre Botschaft ist, wie alle Botschaften des Propheten, immer wieder neu. Als wir eine Kolonie der Franzosen waren, lebten die Kolonisten auf den Hügeln, während wir, die Unterworfenen, in den Tälern blieben. Sie machten Sklaven aus uns und saugten uns das Blut aus; aber das Eisen, das in uns war, das Unzerstörbare, blieb. Jetzt, da die Franzosen fort sind, haben wir begonnen, die Täler mit dem Eisen unserer Herzen zu füllen: Wir haben die Unterschiede zwischen Mensch und Mensch ausgeglichen. Wir haben die Kaufmannskaste vernichtet und die fremden Ausbeuter vertrieben, die ihr Geld aus dem Land schickten, statt es hierzulassen, um den Lebensstandard unseres Volkes zu verbessern. Wir haben die Verräter aus ihren Verstecken geräuchert. Wir haben feurige Mauern errichtet, so daß sie nicht mehr zurückkommen können, um uns von neuem auszubeuten. Gog und Magog sind für immer aus Syrien vertrieben worden. Aber noch gedeihen sie in den Ländern rings um uns her, in Israel, dem Libanon, im Irak und in Jordanien, wo ein Sohn des Propheten eine Ungläubige geheiratet und sich zum willenlosen Werkzeug der Briten gemacht hat. Daher müssen wir mit jedem Tag stärker werden, wachsamer und aggressiver gegen unsere Feinde.«

Von seiner Rede ging etwas wie eine magische Kraft aus, was er wußte und kalt einkalkulierte. Von der Raserei, die er gelegentlich in sich spürte, ließ er sich nie hinreißen. Er war Soldat. Er durfte sich nicht aufführen wie ein tanzender Derwisch oder ein ekstatischer Sufi und dunkle Prophezeiungen von sich geben. Er mußte auf Disziplin achten. Disziplin war das Wichtigste. Auch der Prophet war ein disziplinierter Mann gewesen.

Nach der Unterweisung ging er daher mit seinen Schülern in den Keller des Hauses, wo sie sich in kämpferischen Sportarten übten. Sie schossen mit Pistolen, fochten mit Säbel und Florett oder erlernten Methoden des waffenlosen Kampfes, für die Safreddin einen Lehrer aus Nordkorea hatte kommen lassen. Am Schießen und Fechten beteiligte sich Safreddin, aber nie an den Box- und Karatekämpfen, denn er war älter als seine Schüler und hätte es nicht ertragen können, sich ihnen unterlegen zu sehen. Es gab freilich noch einen anderen Grund, über den er aber nie näher nachdachte. Er haßte es, von einer Person gleichen Geschlechts berührt zu werden, und wenn ihn bei irgendeiner alltäglichen Gelegenheit zufällig jemand anrührte, war er irritiert und wurde nervös wie ein Tier, das eine fremde Hand streichelt.

Nach dem sportlichen Training gingen alle zurück in das Wohnzimmer, wo Safreddin ihnen ein Problem schilderte, für das jedes Mitglied des Clubs beim nächsten Treffen eine Lösung beibringen mußte. Und so kam es, daß an dem Abend, als Nuri Chakry mit dem Geschäftsvermittler aus Jordanien beim Kartenspiel saß, als Jakov Baratz von Jerusalem zurück nach Tel Aviv fuhr und als Idris Jarrah sich in seinem Hotelzimmer mit einer Bauchtänzerin aus der *Scheherazade-Bar* amüsierte, Omar Safreddin den Mitgliedern des Hunafa-Clubs ein Rätsel aufgab.

»Wir haben die Leiche des israelischen Spions Eli Cohen auf dem Morjan-Platz aufgehängt. Wir haben sein Spionagenetz zerstört. War das das Ende aller israelischen Verräter unter uns? Selbstverständlich nicht. Israel wird wieder versuchen, Agenten in Damaskus oder anderswo einzusetzen. Die Israelis sind nicht dumm. Im Gegenteil, sie sind sehr geschickt, sehr klug, und deshalb werden sie aus den Fehlern, die Eli Cohen machte, gelernt haben, so wie wir aus unseren Fehlern gelernt haben. Was ist ein Agent? Eine Spinne, die ein Netz spinnt und wartet, bis sich unvorsichtige Fliegen und Moskitos in den klebrigen Maschen fangen. Der Punkt des Gewebes, an dem die Spinne sitzt, liegt im Dunklen. Für uns ist er nicht leicht zu finden. Wir entdecken zuerst die Fäden und die gefangenen Insekten, die im Todeskampf summen und zappeln. So, und das wäre euer Problem für heute abend: Angenommen, hier in Damaskus befindet sich ein neuer Agent; angenommen, sein Charakter und seine Arbeitsmethoden sind ganz anders als die von Eli Cohen; angenommen, auch sein Spionagenetz ist ganz anders aufgebaut – Frage: Wie und wo würdet ihr anfangen, nach ihm zu suchen?«

Zürich

In der Bar des *Dolder Grand* saß Mark Matheson beim letzten einer langen Reihe von Whiskys und versuchte vergeblich, seinen Kummer zu betäuben. Die Beleuchtung war gedämpft. Die Musik spielte leise und zärtlich. Die Frauen waren elegant, wenn auch nicht allesamt schön. Die Männer waren gut angezogen und wohlhabend, wenn auch nicht allesamt nüchtern. Es roch nach Geld – nach solidem Schweizer Geld, das von stabilen Gesetzen geschützt, von Verschwiegenheit umhegt und mit größter Diskretion genutzt wurde. Diese Umgebung wirkte wie Spott und Hohn auf einen Mann, der einst als ehrenwerter Gast unter seinesgleichen hier gesessen hatte und sich jetzt plötzlich ausgestoßen fühlte. In den letzten achtundvierzig Stunden war er so übel behandelt worden wie noch nie in seinem Leben. Man hatte seinen Stolz verletzt und ihn in seinen geheimsten Eitelkeiten gekränkt. Die Schmach des Versagens, so kam es ihm vor, umgab ihn wie eine Aura. Der Gestank von dem schlechten Ruf eines anderen Mannes schien ihn zu begleiten, wo immer er hinging.

Es war eine bittere Erfahrung, die er nicht noch einmal machen wollte. Wäre er weniger erschöpft gewesen, hätte er versucht, alles zu vergessen, und die Nacht mit einer der internationalen Huren verbracht, deren Namen unter den Reichen und Mächtigen Zürichs diskret ausgetauscht wurden. Aber er hatte seine ganze Kraft damit verbraucht, zu bitten, zu verhandeln und Nuri Chakrys schwindenden Kredit zu verteidigen, und sein Selbstvertrauen war durch die Frage des alten Lewisohn, weshalb er überhaupt zu Chakry gegangen sei, stark angeschlagen.

Auch jetzt, nach mehreren Whiskys, fiel es ihm schwer, auf diese Frage eine ehrliche Antwort zu geben. War es die günstige Gelegenheit gewesen? Für einen Mann Mitte Dreißig bedeutete es einen großen Fortschritt, aus dem langsamen Trott der Dienstjahre bei einer amerikanischen Bank in die heiße, überschäumende Freiheit der Levante ausbrechen zu können. Mit einem Satz hatte er erreicht, wofür er in New York fünfzehn Jahre gebraucht hätte. Geld? Das auch. Chakry zahlte großzügig und erwartete von seinem Stellvertreter einen Lebensstil, der der Phönizischen Bank Ehre machte.

Aber es gab noch andere Gründe, die weniger rühmlich waren und weniger leicht zuzugeben. Er wußte, daß Chakry ihn eingestellt hatte, um einer Institution, die trotz ihrer westlichen Aufmachung noch immer die Methoden des Bazars anwandte, einen Anstrich von Solidität und Vertrauenswürdigkeit zu geben. Er hatte sein Bestes getan. Aber während er es tat, war er dem Zauber des Geldes verfallen, das hier aus dem Boden gestampft oder vielmehr gepumpt wurde und das manchmal schnelle kleine und ein andermal langsame, aber phantastisch große Gewinne brachte. Und es gab noch einen weiteren Grund, doch vor dem verschloß er lieber die Augen, weil er Angst hatte, am Ende die Konsequenzen aus totaler Selbsterkenntnis ziehen zu müssen.

In Beirut war das Leben angenehm. Das Vergnügen war billig, und man war keiner moralischen Kritik ausgesetzt, sofern man es mit Stil genoß und es großzügig mit seinen Freunden teilte. Er war ein Puritaner aus Connecticut in der Welt von Tausendundeine Nacht – mit freiem Zutritt zu exotischen Intimitäten, die keine Strafe nach sich zogen, sondern eher die allmähliche Erkenntnis, daß man kaum mehr ohne diese Dinge auskommen konnte. Es war durchaus die Wahrheit, wenn er behauptete, die Bücher seien sauber und die Akten einwandfrei. Er konnte das vor Gericht beschwören, ohne einen Meineid zu leisten, und mit den Berichten der Bücherrevisoren beweisen – aber nur, weil er sich nie genauer nach dem erkundigte, was er vermutete. Denn wenn er seine Vermutungen ausgesprochen hätte, hätte er unter Umständen die Gunst des Mannes verloren, der ihm das süße Leben in Reichweite gebracht hatte. Das alles las er aus dem gelben Glanz des Whiskys in seinem Glas, und er hoffte, daß nur Mark Matheson dazu imstande war. Und dann überlegte er, ob Mark Matheson mit dem, was er gelesen hatte, überhaupt weiterleben konnte. Plötzlich hörte er hinter sich eine nasale, schleppende Stimme.

»Hallo, Matheson!«

Er blickte überrascht auf und sah Lew Mortimer neben seinem Tisch stehen. »Oh, hallo, Mortimer!« Seine Begrüßung war alles andere als herzlich.

»Ich hörte, daß Sie in der Stadt sind und dachte, ich würde Sie hier finden. Darf ich mich zu Ihnen setzen?«

»Bitte sehr.«

Mortimer zwängte seinen kraftvollen Körper in die Nische und rief einem vorübergehenden Kellner zu: »Einen Bourbon mit Eis. Doppelt.«

Er war ein widerspruchsvoller Mann. Seine Anzüge stammten

vom besten italienischen Schneider, aber an seiner muskulösen Figur sahen sie immer aus, als würden gleich die Nähte platzen. Sein Gesicht war eher weich, sein Haar wurde jeden Tag geschnitten, aber die Haut war braungebrannt und von Sonne und Wind gegerbt, als arbeite er immer noch auf den Ölfeldern und brüllte die Arbeiter an, damit sie die Rohre schneller verlegten, denn jeder Meter brachte ihm fünf Dollar. Seine Stimme hatte immer noch einen Anflug von dem leicht drohenden Kommandoton eines Mannes, der wußte, was er wollte, und der Ansicht war, daß man ihm das, was er wollte, bereits gestern hätte liefern sollen. Er grinste Matheson an und näselte: »Ich hörte, daß Sie sehr beschäftigt waren?«

Matheson zuckte gereizt die Schultern. »Ich hatte zu tun.«

»Hier und da und dort. Und nirgends Glück, oder?«

»Doch«, sagte Mark Matheson.

»Aber nicht genug, mein Junge. Bei weitem nicht genug. Die Juden spielen nicht mit, weil sie einspringen und der israelischen Regierung helfen müssen, wenn die Wilderstein-Gruppe in Tel Aviv nächsten Monat platzt.« Er sah die Überraschung auf Mark Mathesons Gesicht. »Das wußten Sie nicht? Na ja, ich nehme an, Sie hatten in letzter Zeit genug eigene Sorgen. Aber es stimmt, sie hatte zuwenig Kapital, Chakry hat einen anderen Fehler gemacht. Er hatte das Kapital, aber wußte nicht, wie er damit umgehen sollte. Auch nicht, wie man mit Leuten umgehen muß.« Der Kellner brachte den Bourbon, und Mortimer hob das Glas. »Zum Wohl!«

Matheson trank schweigend. Dann ließ Mortimer den spöttischen Ton fallen und wurde freundlich.

»Das ist ein hartes Brot für Sie, mein Junge. Aber Sie haben gute Arbeit geleistet. Bewundere Sie. Wenn Sie irgendwann mal einen Job brauchen, kommen Sie zu mir.«

»Das ist heute schon das zweite Angebot, das ich bekomme.«

»Werden noch mehr kommen. Gute Männer sind schwer zu finden. Schwerer als Geld.«

»Sie könnten uns helfen, Mortimer.«

»Ich könnte«, sagte Mortimer gleichmütig. »Ich könnte sie mit einem Darlehen absichern, euer festliegendes Kapital übernehmen oder alles aufkaufen. Aber ich will nicht.«

»Wegen der Fluglinie?«

Mortimer errötete. Er wurde schnell zornig, aber er beherrschte sich und sprach in der gleichen ruhigen, etwas schleppenden Weise weiter. »Nicht wegen der Fluglinie, mein Junge – obwohl das auch ein Grund wäre. Nein, wegen Nuri Chakry, diesem Schweinehund, der alles für sich haben wollte und seinen alten Freunden nichts gönnte. Ich hab' ihm früher mal Geld geliehen. Sie wußten das nicht, oder? Doch, wirklich, ich hab' ihm Geld geliehen. Natürlich hat er es zurückgezahlt bis auf den letzten Heller, samt den Zinsen. Aber als er anfing, groß zu werden, als er anfing, Aktien auszugeben – auf die Fluglinie, auf Grundstücksgesellschaften und Hotels –, da war ich plötzlich nicht mehr auf der Liste. Er wußte, daß ich genauso gerissen war wie er – und er wollte keine Konkurrenz. Deshalb suchte er sich andere Freunde. Jetzt hat er sie! Und ich werde mit den übrigen dasitzen und abwarten und vielleicht die Scherben aufsammeln.«

»Und weshalb erzählen Sie mir das alles?« sagte Mark Matheson mißmutig. »Ich arbeite doch bloß für ihn.«

»Weil ich möchte, daß Sie es Nuri Chakry erzählen«, sagte Mortimer mit freundlicher Bosheit. »Ich möchte, daß er in seinem verdammten Büro sitzt und Blut schwitzt. Ich möchte, daß er weiß, daß ich weiß. Wenn er morgen zur Regierung geht, wird man ihm eine ganze Reihe Versprechungen machen, aber nicht eine einzige halten. Feisal wird in dreißig Tagen sein Geld abgeholt haben, die Kuwaitis werden ebenfalls aussteigen, und die Russen werden ihn auch nicht mehr wollen. Und Sie können ihm noch etwas sagen. Er tut gut daran, sich nach einem anderen Land umzusehen, das keine Auslieferungsgesetze hat, denn ein paar von uns haben genug gegen ihn vorzubringen, um ihn für den Rest seines Lebens hinter Gitter zu bringen.«

»Ihr Haß ist nicht von Pappe«, sagte Mark Matheson mit dumpfer Verachtung.

»Darauf können Sie Gift nehmen!« Mortimer war plötzlich wütend. »Früher war auch mal meine Liebe nicht von Pappe, aber dafür werde ich allmählich zu alt. Ja, da wäre noch was. Sagen Sie Chakry, er soll sich mal eine Liste all der Männer machen, denen er die Frauen gestohlen hat, weil er der größte und eifrigste Hahn von Istanbul bis Kairo sein wollte. Na, und dann vergleichen Sie die Namen auf der Liste mit den Männern, die ihn heute in der Hand haben. Da erfahren Sie die wahre Geschichte.«

Mortimer wurde wieder leiser. »Ich habe nichts gegen Sie, mein Junge. Sie sind ein guter Angestellter – ein sehr guter! Aber ein großer Mann werden Sie nicht werden, weil Sie im Kern zu weich sind. Mein Angebot bleibt bestehen. Sie können den Job jederzeit haben. Meinen Drink zahle ich selber.«

Er legte einen Fünffrankenschein auf den Tisch und ging. Mark Matheson trank sein Glas leer und bestellte noch einen Whisky. Er flog äußerst ungern verkatert, aber an diesem Abend wollte er wenigstens tief schlafen.

Damaskus

Dr. Bitar stieß die Tür zu dem Zimmer auf und überschaute die ganze Szene mit einem Blick: Die Frau, die zusammengekauert in der Ecke saß und weinte, die junge Krankenschwester, die neben dem Bett stand, und den Hausarzt, der den kleinen kraftlosen Körper im Arm hielt und versuchte, ihm eine Flüssigkeit einzuflößen. Ehe er zwei Schritte in das Zimmer gemacht hatte, passierte das Unvermeidliche: Das Kind würgte und erbrach die Flüssigkeit auf den Kittel des Arztes.

»Legen Sie ihn bitte hin«, sagte Dr. Bitar. Seine tiefe, dunkle Stimme duldete keinen Widerspruch. »Legen Sie ihn flach auf das Bett.«

Der Arzt legte das Kind flach auf das Bett, aber der kleine Leib zog sich immer noch zusammen, und ein Strahl galliger Flüssigkeit ergoß sich auf das Laken. Das Kind keuchte und wimmerte, und seine Arme und Beine verkrampften sich. Bitar bemerkte die trockenen Lippen und die wächserne Blässe der Backen. Die Augen lagen tief in den Höhlen. Er öffnete seine Tasche und horchte hastig Brust und Bauch ab, während die Frau in der Ecke unaufhörlich weiter weinte. Dann richtete er sich auf und gab eine Reihe von Anweisungen.

»Sofort intravenöse Ernährung. Glukose und Salze. Sterile Instrumente. Herzstärkende Mittel. Steriles Wasser und einen Löffel. Urintasche und sauberes Leinen. Haben Sie verstanden?«

Die Krankenschwester nickte stumm und eilte aus dem Zimmer.

Bitar wandte sich an den Arzt. »Seit wann ist er in diesem Zustand?«

Der junge Mann zuckte die Schultern. »Man hat ihn erst vor einer Stunde gebracht. Sie sagten, er sei seit Mitternacht krank.«

»Wir können von Glück sagen, wenn er heute um Mitternacht noch lebt. Weshalb, zum Teufel, haben Sie ihn nicht sofort intravenös ernährt?«

Wieder zuckte der junge Arzt die Schultern und breitete die Arme aus. »Wir dachten, wir versuchen es erst mal mit Beruhigungsmitteln und flüssiger Nahrung.«

»Bei Allah!« Bitar war wütend. »Was hat man Ihnen auf der Universität beigebracht? Schauen Sie sich ihn an! Dehydration, Desalinisation, konstanter Schüttelfrost. Und Sie schütten ihm Flüssigkeit in den Hals, daß er fast erstickt. Wie alt ist er?«

»Zwei, hat man mir gesagt.«

»Wo ist der Vater?«

»Bei irgendeiner Versammlung. Die Frau hat ihn gebracht.«

Bitar warf einen kurzen Blick auf die weinende Mutter. Sie schien nahe daran, den Verstand zu verlieren. Bitar gab dem Hausarzt einen Wink. »Bringen Sie sie hier raus. Schicken Sie sie nach Hause. Und dann sorgen Sie dafür, daß das hier alles etwas schneller geht.«

Der Hausarzt zögerte einen Moment entrüstet, aber der Zorn in Bitars Blick bezähmte ihn. Er half der Frau auf die Beine und führte sie an dem Bett vorbei aus dem Zimmer. Bitar beugte sich über das Bett, wischte dem Kind mit einem feuchten Tuch die Stirn ab und summte dazu eine kleine beruhigende Melodie. Er hatte viele hundert Kinder wie dieses gesehen, in reichen Häusern und stinkenden Baracken. Ihr Leben sickerte aus ihrem Körper, die Haut wurde trocken wie Seide, die Muskeln verkrampften sich, und sie verdursteten, weil ihre ausgedörrte Speiseröhre keinen Tropfen Wasser aufnehmen konnte. Diese hilflos sterbenden Kinder waren die Ursache seines Hasses gegen Demagogen, Junta-Männer und Phrasen dreschende Theoretiker, die Politik machten, während ihre Kinder an Bindehautentzündungen dahinsiechten oder an Malaria und Darmparasiten starben.

Endlich kamen die Flaschen und Tabletts, und er konnte sich waschen und mit der längst fälligen einfachen Operation beginnen. Er machte einen Einschnitt in eine Ader unter dem linken Fußknöchel des Kindes und nähte die hohle Nadel ein, durch die die lebenspendende Flüssigkeit in den Blutstrom fließen sollte. Er verband die Nadel mit dem Gummischlauch und prüfte den Abfluß aus der Flasche. Dann spritzte er ein Stimulans, um das schwache Herz anzuregen, und befahl, einen durchsichtigen Plastikbeutel um den Penis des Kindes zu binden, ließ das Bettzeug wechseln und das Bein, an dem sich der Schlauch befand, festbinden, damit die Nadel bei den Anfällen vom Schüttelfrost nicht aus der Ader rutschen konnte.

»Was nun?« fragte der Hausarzt.

»Wir warten. Wenn er etwas ruhiger geworden ist, geben wir ihm mit einem Löffel tropfenweise steriles Wasser, so oft und so lange, wie er es bei sich behalten kann. Dann müssen wir warten, ob er uriniert. Wenn nicht . . .« Er hob resignierend seine schmalen Hände. »Inshallah. Dann ist es Gottes Wille.«

»Wenn Sie wollen, übernehmen die Krankenschwester und ich die Wache«, sagte der Hausarzt.

»Nein, danke«, antwortete Bitar kurz. »Ich möchte den Vater des Kindes sehen. Ich möchte wissen, weshalb ein intelligenter Mann sein Kind in diesem Zustand in einem Haus voll hysterischer Frauen läßt. Wenn Sie etwas für mich tun wollen, rufen Sie bitte bei mir zu Hause an und sagen Sie, wo ich bin.«

Der Hausarzt ging niedergeschlagen hinaus, aber er wagte es nicht, sich seinen Ärger anmerken zu lassen.

Bitar wandte sich an die junge Krankenschwester und sagte freundlich: »Sie dürfen das nie wieder zulassen – bei niemandem! Gehen Sie immer davon aus, daß das Kind womöglich schon viel zu lange krank war, ehe es ins Krankenhaus gebracht wurde. Die Behandlung ist ganz einfach. Intravenöse Ernährung mit Glukose und Salzen. Langsame, aber regelmäßige orale Hydrierung. Nehmen Sie einen Augentropfer, wenn es sein muß, aber schütten Sie nie – wie dieser Idiot – Wasser in den Hals so eines Kindes. Es wird sofort erbrechen und mehr Flüssigkeit verlieren, als Sie ihm zuführen können. Sehen Sie . . .« Vorsichtig ließ er von einem Löffel ein paar Tropfen Wasser in den Mund des Kindes fallen. »So – langsam und stetig. Decken Sie den Kleinen jetzt zu, aber überprüfen Sie die Urintasche alle halbe Stunden. Wenn die Nierenfunktion ausfällt, wird der Junge sterben.« Er sah sie sehr ernst an. »Auf uns Erwachsene kommt es nicht mehr so an, aber die Kinder sind kostbar, die dürfen wir nicht verlieren!«

»Sie sind ein guter Mensch, Doktor.« Sie lächelte ihn scheu und dankbar an.

»Und Sie werden mal eine gute Krankenschwester – wenn Sie Ihren Kopf benutzen und sich nicht von diesen achtlosen Burschen einschüchtern lassen. Würden Sie mir jetzt bitte eine Tasse Kaffee besorgen? Ich habe eine lange Nacht vor mir.«

Als sie gegangen war, horchte er das Kind noch einmal ab, träufelte ihm noch etwas Wasser zwischen die blauen Lippen, ging dann an das Fenster, zündete sich eine Zigarette an und atmete den Rauch tief ein. Er fühlte sich plötzlich alt – zu alt für den Zorn, der ihn jeden Tag verzehrte, zu alt für den hoffnungslosen Kampf gegen Armut, Unwissenheit und Krankheit, zu müde auch für Konspirationen gegen die Regierung, die er haßte, weil seine Studien im Ausland ihn den Glauben an Freiheit und den freien Umgang mit Menschen und Ideen gelehrt hatten. Im Innersten wußte er, daß der Kampf sinnlos war und Komplotte nichts nutzten. Die Zeit und die Erziehung – nur sie würden die Unwissenheit beseitigen. Freiheit war ein Zustand, dem gegenüber der Mensch erlahmte; oder er ließ sich gefährlich von der Tyrannei des Kollektivs beeindrucken. Aber er konnte den Kampf nicht aufgeben, weil er sich sonst selbst aufgegeben hätte.

Die Krankenschwester kam mit dem Kaffee zurück, und auf den Fersen folgte ihr aufrecht und soldatisch Omar Safreddin, voller Sorge um seinen Erstgeborenen.

Eine volle Minute blieb er neben dem Bett stehen und betrachtete den eingefallenen, zuckenden Körper. Dann fragte er: »Wird er am Leben bleiben?«

»Inshallah!« Aus Dr. Bitars Stimme klang offene Verachtung.

»Wenn er überlebt, dann schuldet er Ihnen keinen Dank.«

»Sie haben kein Recht, so mit mir zu reden.«

»Doch, das habe ich. Das Kind ist seit zwanzig Stunden krank, wurde aber erst vor einer Stunde hergebracht. Sie haben mich erst benachrichtigt, als es schon unterwegs ins Krankenhaus war.«

»Ich dachte, es sei eine harmlose Krankheit. Viele Kinder bekommen sie.«

»Und viele sterben an ihr. Die Gastroenteritis rafft die meisten kleinen Kinder dahin, selbst in fortschrittlichen Ländern, was unser Land – Allah sei uns gnädig – nicht ist.«

Safreddin, ansonsten von Freund und Feind gefürchtet, war von Bitars Zorn einen Augenblick lang eingeschüchtert. Er stammelte eine Entschuldigung und fragte dann ungewohnt demütig:

»Was verursacht diese Krankheit?«

»Ein Virus. Ein Virus, der durch Fliegen übertragen wird, durch schmutzige Hände, durch ungewaschene Nahrung, durch Staub oder ungereinigtes Wasser. Manchmal wird er im Leib eines Kindes gleichsam tollwütig und vermehrt sich ungeheuer. Wir müssen unbedingt etwas gegen diesen Virus unternehmen. Sehen Sie sich die Statistiken an, dann sehen Sie, wie nötig es ist.«

»Wir müssen gegen so vieles etwas unternehmen. Wir müssen in zehn Jahren leisten, wofür man normalerweise fünfzig Jahre braucht, und sind trotzdem noch zwanzig Jahre zurück.«

Aus seinen Worten klang Verzweiflung; die Verzweiflung eines Mannes, der weiß, daß sein Ehrgeiz seine Kräfte übersteigt.

Selbst Bitar war bewegt. Er lächelte ein wenig schief und entschuldigte sich seinerseits. »Es tut mir leid. Ich bin sehr erschrocken, als ich hereinkam und das Kind sah. Ich habe immer noch Angst. Sie müssen darauf gefaßt sein, daß wir den Jungen trotz allem verlieren können.«

»Kann man sonst nichts mehr für ihn tun?«

»Nein. Nur noch für ihn beten. Wenn Sie beten können.«

»Ich kann es.«

Er trat neben das Fenster, wandte sein Gesicht nach Mekka, kniete auf dem Teppich nieder und begann, leise und monoton Gebete zu murmeln. Er tat es so schlicht und direkt und kindlich, daß Bitar zunächst erschüttert war, dann aber eine seltsame Angst vor der ungebrochenen primitiven Gläubigkeit des Mannes verspürte. Er beugte sich über das Bett und träufelte dem Kind wieder Wasser in den Mund. Der Puls ging jetzt ruhiger, der Schüttelfrost hatte nachgelassen, aber der Plastikbeutel war immer noch leer und die trockenen gelben Wangen ohne Farbe. Eine ganze Weile verging, ehe Safreddin seine Gebete beendete, aufstand und an das Bett trat.

»Wenn Sie mir sagen, was ich tun soll, Doktor, dann löse ich Sie für eine Stunde ab.«

Bitar schüttelte den Kopf. »Jede Veränderung ist jetzt kritisch. Ich muß bei ihm bleiben. Legen Sie sich in den Sessel und versuchen Sie zu schlafen. Ich wecke Sie, wenn etwas geschieht, Gutes oder Schlechtes.«

Safreddin nahm gehorsam auf dem Sessel Platz, streckte seine langen Beine aus, schob seine Militärmütze über die Augen und begann, tief und schwer zu atmen. Nach drei Minuten war er eingeschlafen. Bitar merkte, wie Ärger in ihm aufstieg, Ärger über das folgerichtige, sachliche Verhalten dieses Mannes, der den Tod nahen sah und betete und danach einschlief, weil er alles getan hatte, was in seiner Macht stand. Kam der Tod, dann weinte man, begrub die Leiche und zeugte von neuem. Es gab kein Bedauern, keine Gewissensbisse; jeder Tag war in sich selbst vollkommen, und morgen war ein anderer Tag. Gott schütze jeden armen Teufel, dachte er, der mit so jemandem in Konflikt gerät.

Um zwei Uhr morgens schlief Safreddin immer noch, und die Nachtschwester kam, um die Flasche auszuwechseln. Nach drei war der Schüttelfrost vorüber, und das Kind schlief erschöpft ein, während blasse Farbe seine Wangen überzog. Um vier urinierte es, und Bitar weckte Safreddin, um ihm zu sagen, daß das Kind am Leben bleiben würde. Der Oberst weinte einen Augenblick, dann beruhigte er sich und lächelte. Er streckte Bitar die Hand entgegen.

»Das werde ich Ihnen nie vergessen. Doktor.«

»Alles nur das Werk eines einzigen Tages – es war allerdings ein ziemlich langer Tag.«

»Ich muß mich auch bei Ihrem Freund Fathalla bedanken. Er sagte mir, Sie seien ein guter Arzt.«

»Meine Honorare sind hoch.« Bitar grinste müde. »Und nach Mitternacht verlange ich das Doppelte.«

»Ich schulde Ihnen ein Leben«, sagte Omar Safreddin.

Als Bitar in der ersten Morgendämmerung nach Hause fuhr und den Staub aus der Wüste in der Luft roch, überlegte er, ob er wohl je in die Lage kommen würde, dem Oberst eine Gegenrechnung aufzumachen.

Um die gleiche frühe Morgenstunde erwachte Selim Fathalla aus einem Traum in eine neue fremde Wirklichkeit.

Der Traum begann in seinem Schlafzimmer, ob gegen Morgen oder Mitternacht, konnte er nicht sagen: Es war hell und doch nicht hell. Er hatte Geräusche gehört, und dann war wieder alles unnatürlich still gewesen. Das einzige, was er mit Sicherheit wußte, war, daß er allein war, gefangen in tödlicher Trauer, aus der ihn nur der Anblick eines anderen menschlichen Antlitzes befreien konnte. Er wollte hinausgehen auf die Straßen, in die Bazare. Er konnte es nicht. Überall waren blanke Wände und trügerische Türen ohne Griffe und Schlösser. Er war verzweifelt, bis er sich an den Spiegel erinnerte. Dort war sein Zwillingsbruder. Er ging auf den Spiegel zu, aber im gleichen Augenblick veränderte sich das Zimmer und wurde zu einem endlosen, weißen, konturenlosen Tunnel. Er versuchte umzukehren, aber der Tunnel erstreckte sich nun auch hinter ihm ins Unendliche. Er ging vorwärts, zuerst langsam, dann schneller, bis er verzweifelt rannte. Plötzlich war der Tunnel nicht mehr da, und er stand keuchend und voller Angst vor dem Spiegel. Das Glas war leer. Es lag vor ihm wie ein See, aus großer Höhe betrachtet. Im gleichen Augenblick spürte er eine Veränderung an sich. Er war ganz geworden, eine Einheit. Allein, ja, allein wie ein Baum inmitten einer gewaltigen Ebene, aber wie ein Baum verwurzelt in einer Erde, die ihm nicht mehr fremd war. Er fühlte sich ungeheuer erleichtert, am liebsten hätte er gelacht und geweint und geschrien vor schierem, sinnlosem Glück. Im nächsten Augenblick war er hellwach. Er lag in seinem Bett, und neben ihm lag nackt und schlafend Emilie.

Das Seltsame war, daß er noch immer glücklich war. Er wußte genau, was mit ihm geschehen war. Die beiden Hälften seines Ichs waren durch ein Wunder – oder durch eine allmähliche unterbewußte Veränderung – vereint. Der Spiegel-Zwilling war tot. Es gab jetzt nur noch Fathalla-Ronen – oder Ronen-Fathalla; einen Mann, der dachte und entschied; ein Leben, das gelebt werden wollte, eine Liebe – und der Gegenstand dieser Liebe lag sanft und friedlich neben ihm.

Er stand leise auf und trat an das Fenster. Rosiges Licht überflog den Himmel hinter dem Minarett. Der Garten lag noch im Dunklen, aber die Rosen dufteten, und er hörte das leise Plätschern des Löwenbrunnens. Die Einheit, die er in sich entdeckt hatte, übertrug sich auch auf den Ort. Die hohen Mauern hielten alles zusammen: den Mann, das Mädchen, die Blumen, das Wasser, die Tamariske, den hohen Turm und das Stück Morgenhimmel. Selbst mit den Widersprüchen seiner Tätigkeit konnte er sich in diesem Augenblick aussöhnen. Er war ein bezahlter Agent. Das war genug. Es war keine sehr ehrenvolle Tätigkeit, aber es war auch keine Schande. Er konnte seinem Volk dienen. Er konnte seine Tätigkeit abbrechen, wann es ihm paßte, das stand in dem Vertrag, den er mit Baratz abgeschlossen hatte. Und wenn er aus der Sache ausgestiegen war, konnte er mit Emilie fortgehen und ein neues Leben anfangen, vielleicht in Europa oder sogar im Libanon, wo Juden und Mohammedaner und Maroniten in einer zynischen Art von Eintracht, aber jedenfalls miteinander lebten.

Sein Verhältnis zu Yehudith und dem Kind war ebenfalls durch einen Vertrag geregelt, auf den sich beide jederzeit berufen konnten. In der letzten Nacht, die sie gemeinsam verbrachten, hatte Yehudith nach einer Umarmung, die heiß und bitter war, gesagt: »Ich weiß nicht, Adom, wie lange ich das ertragen kann. Ich glaube, du weißt es auch nicht. Ich mache dir keine Vorwürfe. Es stimmt ja doch nie ganz zwischen uns. Laß uns deshalb ehrlich sein, wenn es zu schwer wird – für jeden von uns. Golda wird nicht darunter leiden, das verspreche ich dir. Wir wollen sie beide nicht zum Streitobjekt machen...«

So war er also frei; um die Scheidung würde sich Jakov Baratz kümmern, sobald er darum gebeten wurde.

Er kehrte zum Bett zurück und legte sich neben das schlafende Mädchen. Dann begann er, langsam und zärtlich ihre Brüste, ihre Schenkel und die zarte Wölbung ihres Bauches zu streicheln. Sie bewegte sich, seufzte, drehte sich ihm zu und umarmte ihn verlangend, bis er sie nahm, mit einer Inbrunst, die sie beide bislang nicht gekannt hatten.

Viertes Kapitel

Tel Aviv

Früh am Morgen versammelte Jakov Baratz seinen Planungsstab im Beratungszimmer seiner Behörde. Er begrüßte die Offiziere kurz und formell und kam dann sofort zur Sache.

»Das Memorandum, das Sie vor sich liegen haben, beschreibt die Operation, die wir projektieren sollen. Wir haben vierzehn Tage Zeit, um dem Stabschef und dem Leiter der Operation einen endgültigen Plan zu unterbreiten. Mir gefällt das nicht. Es verlangt zu viele militärische Vorbereitungen. Ich glaube nicht, daß man eine militärische Operation mit Sicherheit lokal und zeitlich begrenzen kann. Aber die Befehle, die wir erhalten haben, sind klar, und wir werden unser Bestes tun, sie durchzuführen. Wir haben den Auftrag, einen Vergeltungsangriff zu planen. Eine Vergeltungsaktion muß in deutlicher Beziehung zu Zeit und Ort der Handlung stehen, die sie hervorgerufen hat. Die zeitliche Beziehung ist bereits gegeben. Die geographische erfordert, daß wir irgendwo in der Gegend von Hebron zurückschlagen, hier zwischen diesen beiden Punkten. Bitte notieren Sie sich die Koordinaten.« Er nahm einen Zeigestock und beschrieb mit ihm auf der Landkarte einen weitgezogenen Bogen entlang der südlichen Grenze des Korridors von Jerusalem. Dann wartete er, bis die Offiziere die Koordinaten auf ihre eigenen Karten übertragen hatten. »Das Angriffsobjekt muß von einiger Bedeutung sein. Ein kleines Dorf oder eine verstreute Siedlung tun es nicht. In dem Sektor, den ich festgelegt habe, gibt es drei größere Orte. Sie sind mit A, B und C bezeichnet. Jeder Ort hat eine Polizeistation, ein Krankenhaus, ein Postamt, eine Moschee, eine Schule und eine Bevölkerung von sieben- bis achthundert Einwohnern. Keiner hat feste militärische Anlagen. Für einen dieser drei Orte müssen wir uns entscheiden. Hier sind die Angaben, nach denen die Entscheidung getroffen werden muß. Der Ort muß mit Panzern und Panzerwagen zu erreichen sein, die durch zwei Infanteriekompanien verstärkt werden. Die beiden Kompanien sollen den Ort umzingeln. Wir müssen die Entfernung jedes Ortes zu den nächsten bekannten Konzentrationen jordanischer Truppen feststellen. Hier kommt ein Zeit- und ein Kräftefaktor dazu. Wie lange werden die Jordanier brauchen, um ihre Truppen in Bewegung zu setzen? Welche Routen können sie wählen? Haben sie die Möglichkeit, ihre Truppen in breiter Front aufmarschieren zu lassen? Als nächstes müssen wir die Einwohner selbst in Betracht ziehen. Die Tötung oder Verwundung von Zivilisten ist zu vermeiden. Unser Plan geht dahin, die Bevölkerung zu evakuieren und anschließend den Ort zu zerstören. Aber die Zivilisten müssen irgendwo untergebracht werden. Wenn es Höhlen oder Wadis in der Nähe gibt, wo sie Schutz finden können – um so besser. Wir müssen achtgeben, daß sie nicht in das Kreuzfeuer zwischen den Jordaniern und uns geraten. Zuletzt ist noch die Frage zu klären, in welcher Stärke wir angreifen. Sie muß imposant sein, denn das, was wir unternehmen, soll eine eindrucksvolle Schau werden. Außerdem müssen wir sicher sein, daß wir bei Auseinandersetzungen mit irgendwelchen Gegnern einen vollkommenen Sieg erringen. Für Luftunterstützung wird gesorgt. Irgendwelche Fragen?«

»Wann soll die Operation stattfinden?«

»Zum ersten günstigen Zeitpunkt, nachdem unsere Vorschläge angenommen sind.«

»Tagsüber oder nachts?«

»Natürlich am Tag. Höchstwahrscheinlich am frühen Morgen. Wir müssen sehen können, was wir tun, und solange die Männer noch im Ort sind, haben wir eine bessere Kontrolle über die Einwohner.«

»Welche Truppenstärke würden Sie als imposant bezeichnen?«

Alle lachten, und auch Baratz gestattete sich ein verständnisvolles Lächeln. »Sagen Sie mir, mit welcher maximalen Stärke des Gegners wir zu rechnen haben, dann werden wir wissen, wie imposant wir sein müssen.«

»Wann soll die Aktion spätestens beendet sein?«

»Das beste wäre, wenn wir um sechs Uhr anfangen und um neun Uhr fertig sein könnten. Sagen wir, spätestens um zehn.«

»Und keinerlei Operationen am Sabbat, nehme ich an«, ließ sich ein pokergesichtiger Spaßvogel aus dem Hintergrund vernehmen.

»Ebensowenig wie am Freitag.« Baratz entschloß sich, den Mann ernst zu nehmen. »Das ist nicht nur ein religiöses, sondern obendrein ein verdammt politisches Problem.«
»Ein Vorschlag!«
»Lassen Sie hören.«
»Ich meine: ärztliche Hilfe. Wenn es zivile Verwundete gibt, sollten wir da nicht in der Lage sein, sofort ärztliche Hilfe leisten zu können?«
»Solange wir die Situation unter Kontrolle haben, ja. Ihr Vorschlag ist gut. Notieren Sie ihn. Noch mehr Fragen?«

Alles war still, und Baratz beendete die Versammlung so knapp, wie er sie eröffnet hatte. »In einer Woche um die gleiche Zeit wie heute sehen wir uns wieder. Bis dahin hätte ich von Ihnen gern einen konkreten Vorschlag. Wir brauchen die ganze darauffolgende Woche, um ihn mit der Kommandozentrale abzustimmen. Das ist alles, meine Herren. Ich danke Ihnen.«

Als er allein zurück in sein Büro ging, dachte er, wie schon so häufig, daß das Ganze viel zu unpersönlich und zu kalt gehandhabt wurde – ein Sandkastenspiel ohne wirkliche Kenntnis, ohne jede fundierte Diskussion über die menschlichen Faktoren, die es zur Folge haben würde. Die Zivilbevölkerung evakuieren! So einfach hörte sich das an! Ein Trompetenstoß, und die menschlichen Ameisen marschierten in geordneten Reihen aus dem Ameisenhaufen, wie? Aber so sah die Wirklichkeit nicht aus. Sie war weitaus übler und zerstörerischer. Alte Frauen rannten kopflos durch die Gassen, Männer schrien, Kinder wurden wie ängstliche Schafe in die Höhlen und Klippen der nahen Berge getrieben und die Wohnstätten von siebenhundert armseligen Menschen unter Steinschutt begraben. Wozu? Um einem geplagten König klarzumachen, daß er hundertfünfzig Kilometer Wüstengrenze besser bewachen müsse. Ärztliche Hilfe! Großer Gott, wie leicht war das gesagt – und wie sah die Wirklichkeit aus! Ein Mann, dem eine Kugel ein Auge ausgeschossen hat, ein Junge, der sich die Eingeweide wieder in den zerfetzten Bauch schiebt, die starre Verwunderung auf den Gesichtern der Toten. Wie leicht waren politische Überlegungen – als ließen sich menschliche Gleichungen mit Rechenschieber und Zirkel lösen. In Kürze würden auf der anderen Seite des Atlantiks die Vereinten

Nationen über die Maßnahme zu Gericht sitzen, die heute mit so viel professioneller Objektivität geplant worden war. Rings um den Erdball würden Männer und Frauen die Nachricht lesen und sich fragen, ob dieser Zwischenfall – oder der nächste – womöglich die atomare Vernichtung auslösen könnte. Unübersehbar waren die Folgen auch des geringsten Gewaltaktes. Ein toter Mann – das konnte bedeuten, daß Tausende sterben würden. Ein heimatloser Mann – konnte er es nicht sein, der eines Tages in wildem Haß gegen die Menschheit ganze Städte in Asche legen ließ?

Diese entsetzliche Logik ließ sich bis zu einem Punkt treiben, an dem sie einen wahnsinnig machte. Andererseits konnte man dies alles auch völlig ignorieren und sich auf die Tätigkeit beschränken, die einem zugewiesen war. Man konnte unterrichten, beraten, protestieren und sich dann mit gutem Gewissen dem Beschluß unterwerfen – konnte man das wirklich? Er erinnerte sich an Eichmann in seinem Glaskasten im Gerichtssaal, der auf hundert verschiedene Weisen immer die gleiche Antwort gegeben hatte. Was Eichmann am Ende erledigte, war schiere, mörderische Arithmetik. Aber angefangen hatte es mit dem ersten Juden, über den die ersten Schläger herfielen. Wenn das, was heute morgen begonnen hatte, zum Anlaß werden sollte, daß in einer Hütte in Hebron ein Kind den Tod fand – wo stand man dann? Man wußte, daß es passieren konnte. Man wußte, daß es sogar sehr leicht passieren konnte. Was wirst du dann antworten, Jakov Baratz? Schuldig oder nicht schuldig?

Tatsächlich hatte er nicht einmal Zeit, über die Antwort nachzudenken. Die Arbeit stapelte sich auf seinem Schreibtisch. Außerdem war von der Chiffrierstelle ein versiegelter Umschlag gekommen. Der Umschlag enthielt eine Notiz des diensthabenden Offiziers. »Aus Damaskus kam heute morgen sieben Uhr eine dringende Mitteilung. Wir konnten mit der Entschlüsselung nichts anfangen. Rückfragen waren nicht möglich, da der Absender des Funkspruchs sofort nach Übermittlung des Textes abschaltete.«

Der Notiz angeheftet war eine Kopie des entschlüsselten Funkspruchs. Sie begann mit »An den Leiter«, und dann folgte eine Reihe von unverständlichen Buchstabengruppen. Baratz erkannte sofort, daß es der private Code war, den er mit Ronen für außergewöhnliche Umstände oder familiäre Mitteilungen ausgemacht hatte. Nach zehn Minuten hatte er den Text entschlüsselt.

An den Leiter. Erhielt heute morgen Telefonanruf von Bitar. Meine Angst vor Safreddin unbegründet. Nehme daher an, daß Transportunternehmen keine, wiederhole, keine Falle für mich ist. Werde nach Abschluß der Aktion berichten. Erbitte persönlichen Dienst. Sagen Sie meiner Frau, sie soll, gemäß unseren privaten Abmachungen, sofort die Scheidung beantragen. Sie wird einverstanden sein. Verlasse mich auf Ihre Hilfe. Diese Lösung meiner privaten Probleme ist aus Gründen der Sicherheit und für erfolgreiche Arbeit dringend notwendig. Danke. R.

Damaskus

Um acht Uhr vierzig des gleichen Morgens landete die Maschine der Middle East Airlines, die Idris Jarrah, seine Aktentasche und sein kärgliches Gepäck beförderte, auf dem Flugplatz von Damaskus. Auf der Rollbahn erwarteten ihn ein Stabswagen und einer von Safreddins Adjutanten. Idris Jarrah stieg in den Wagen und wurde umgehend zu Safreddins Büro gefahren. Dort erfuhr er, daß der Oberst seit einer Stunde in einer Konferenz saß und noch einige Zeit dort festgehalten werden würde. Man brachte ihm Kaffee und ließ ihn in einem Vorzimmer fünfundvierzig Minuten lang warten.

Idris Jarrah regte sich darüber nicht auf. Er kannte dieses Spiel, weil er es selber oft so gemacht hatte. Man wollte ihm klarmachen, daß er ein sehr untergeordnetes Glied eines wichtigen Unternehmens war, daß die Palästinensische Befreiungsorganisation vom Schutz der arabischen Staaten abhängig war und daß Idris Jarrah sich diskret und ehrerbietig zu verhalten habe, wenn er aufstand, um im Rat der Großen mitzureden.

Das allerdings beabsichtigte er keineswegs. Er war gekommen, um offiziell Beschwerde zu führen. Die Ägypter waren über den kürzlichen Zwischenfall bei Sha'ar Hagolan verärgert. Sie hielten diese ständigen Einfälle über die syrisch-israelische Grenze für gefährlich. Der unselige Krieg im Jemen machte ihnen genug zu schaffen, und einer militärischen Auseinandersetzung mit der disziplinierten, gut ausgebildeten und gut ausgerüsteten israelischen Armee waren sie noch nicht gewachsen. Die PLO hatte einigen Grund zu klagen. Safreddin hatte bei seinen Plänen für den Militärputsch wenig Rücksicht auf die Interessen der PLO genommen. Die ursprüngliche Abmachung sah vor, daß Freischärler der PLO abseits liegende Fernmeldezentralen übernehmen und mit den rebellischen Armee-Einheiten zusammenarbeiten sollten. Die PLO hatte zugesagt, sich an den Kosten für das Unternehmen mit fünfundzwanzigtausend Dollar zu beteiligen. In seiner Brieftasche brachte Idris Jarrah zehntausend Dollar als Anzahlung mit, aber er beabsichtigte nicht, sie auszuhändigen, bis er mit allen Anordnungen zufrieden war. Er war im übrigen sicher, daß er nicht zufrieden sein würde, da die ganze Operation durch seine Enthüllungen gegenüber Nuri Chakry bereits jetzt zum Scheitern verurteilt war. Daher wartete er geduldig und guter Laune, bis der große Mann bereit war, ihn zu empfangen.

Ihre Begrüßung war sehr herzlich. Safreddin entschuldigte sich vielmals, daß er seinen Kollegen hatte warten lassen müssen. Sein Kollege hatte durchaus Verständnis dafür und drückte seine Mißbilligung sehr höflich aus. Erst nach vielen Umwegen kamen sie auf den eigentlichen Grund ihres Treffens zu sprechen. Jarrah übermittelte die Beschwerden der Ägypter, von denen er sich als Mitglied einer unabhängigen politischen Gruppe persönlich distanzierte.

Safreddin war, wie er gehofft hatte, sofort irritiert. »Es ist lange her, daß die Ägypter die syrische Politik diktieren konnten. Wir haben versucht, möglichst eng mit ihnen zusammenzuarbeiten, aber sie waren arrogant, überheblich und unzuverlässig. Jetzt gehen wir unseren eigenen Weg. Ich möchte behaupten, daß wir hier wesentlich erfolgreicher sind als sie im Jemen.«

Jarrah zündete sich nachlässig eine Zigarette an und nickte bestätigend. »Die PLO muß mit allen auskommen. Wir haben unsere eigenen Ansichten, aber es ist nicht immer klug, sie darzulegen. Wir sind jedoch der Ansicht, daß Jordanien – besonders Westjordanien – der Ort ist, wo wir alle besonders erfolgreich tätig sein können. Deshalb sind wir auch so stark an der Sache mit Khalil interessiert. In welchem Stadium befinden wir uns derzeit?«

»Fangen wir von vorn an, mein Freund. Unser Ziel ist es, das haschemitische Königtum durch eine militärische Aktion zu beseitigen und eine Militärregierung zu errichten, die sich den sozialistischen Maßstäben verpflichtet fühlt, wie wir sie in Syrien entwickelt haben. Wenn das erreicht ist, haben wir eine einheitliche Front entlang der gesamten israelischen Ostgrenze. Wir hätten dann eine gemeinsame Politik und ein gemeinsames Ziel und wären nach einiger Zeit imstande, eine Offensive zu starten, die die Israelis ins Meer treibt.«

»Aber der Umsturzversuch muß auch gelingen.«

»Natürlich. Wir glauben, daß das zu erreichen ist. Major Khalil ist ein guter Soldat und ein hervorragender Organisator. Er steht bei den jungen Offizieren, von denen die ganze Operation abhängt, in hohem Ansehen. Er ist stellvertretender Kommandeur der Palastwache, eine Schlüsselposition für das, was wir vorhaben.«

»Und das ist?«

»Zunächst wird der gegenwärtige Kommandeur der Palastwache beseitigt, so daß Khalil seinen Posten übernehmen kann.«

»Und wie wollen Sie das machen?«

»Heute abend werden Holzkisten mit Waffen und Sprengstoff in zwei Lastwagen verstaut, die gewöhnliche Handelsgüter nach Amman fahren. Diese Kisten sind an die private Anschrift des Wachkommandanten, der in einer kleinen Villa außerhalb von Amman wohnt, adressiert. Die Laster verlassen Damaskus morgen früh bei Tagesanbruch. Die Zollbeamten an der jordanischen Grenze bekommen einen Tip von uns und werden die Ladung besonders sorgfältig untersuchen und dabei die Waffen entdecken. Sie werden den jordanischen Sicherheitsdienst von ihrem Fund benachrichtigen, und der König wird von der Sache erfahren. Der Kommandant der Palastwache wird für die Zeit bis zum Abschluß der Untersuchungen von seinem Dienst suspendiert, und Major Khalil wird seinen Posten übernehmen. Von diesem Augenblick an hat er die Situation unter Kontrolle. Die Sache ist narrensicher. Ganz einfach.«

»Zu einfach«, sagte Idris Jarrah.

Safreddin wurde rot vor Ärger. »Wieso?«

»Es wird zuviel vorausgesetzt. Als erstes wird vorausgesetzt, daß die jordanische Sicherheitsbehörde gutgläubig einem Hinweis von syrischer Seite nachgeht. Die syrische Presse – und die PLO – rufen seit langem nach der Absetzung des Haschemitenkönigs. Die syrische Presse ist eine offizielle Presse, sie drückt die Ansicht der Regierung aus. Daher ist den Jordaniern alles, was Syrien tut, verdächtig. Und dieser Schritt wird ihnen ganz besonders verdächtig vorkommen. Die zweite Voraussetzung ist, daß der König einen vertrauenswürdigen Mann nur auf Grund von Verdächtigungen absetzt.«

Safreddin gestattete sich ein säuerliches Lächeln. »Beide, der König und sein Kommandant, wurden von den Briten ausgebildet, und sie werden sich in dieser Sache verhalten, wie Briten es tun würden. Wenn der König nicht die Suspendierung des Kommandanten verlangt, dann wird der Kommandant selber seinen Rücktritt einreichen, um seine Überzeugung darzutun, daß sich seine Unschuld erweisen wird. In jedem Fall ist Mißtrauen gesät. Der König muß sich schützen, und dazu braucht er Khalil.«

»Es sei denn, er durchschaut Khalil und stellt ihn an die Wand.«

»In diesem Fall gehen wir die Leiter eine Stufe hinunter und nehmen den dritten Mann auf der Rangliste. Er ist ein Freund und Anhänger von Khalil.«

»Wobei wiederum vorausgesetzt wird, daß der König und seine Berater sich an die Rangliste halten. Sie könnten sich aber auch entschließen, sie einfach zu ignorieren und eine andere Elitetruppe aus der Arabischen Legion heranzuziehen; zumindest bis zum Abschluß der Untersuchung über die Waffenlieferung.«

Safreddin lehnte sich in seinem Stuhl zurück und betrachtete seinen Besucher feindselig. »Ich habe den Eindruck, Jarrah, daß Sie die ganze Operation mißbilligen und nicht bereit sind, sie zu unterstützen.«

»Das ist richtig, und ich habe einen sehr guten Grund dafür. Ich nehme an, daß der ganze Plan bereits verraten ist.«

Es bereitete ihm großes Vergnügen, Safreddins verblüffte Reaktion zu beobachten. Er richtete sich starr auf und fragte mit rauher Stimme: »Woher wissen Sie das? Wann haben Sie davon gehört?«

»Gestern. In Beirut.« Jarrah war sehr gelassen. »Ich ging zur Phönizischen Bank, um die Gelder der PLO abzuheben und auf die Pan-Arabische Bank zu transponieren. Chakry wackelt, und wir wollten nichts riskieren. Ich habe Chakry gesprochen. Ich kenne ihn seit langem. Ich habe private Geschäfte mit ihm gemacht. Er erzählte mir, er habe Gerüchte über eine Palastrevolution gehört. Ich versuchte, mehr aus ihm herauszuholen, aber er gab nichts preis. Er sagte jedoch, daß die Information aus einer syrischen Quelle stamme. Wenn er so viel weiß, dann weiß er auch noch mehr. Wenn er Bescheid weiß, dann hat er die Information bereits weitergegeben, denn er hat in Jordanien Geld investiert, und außerdem handelt er mit Informationen.«

Safreddin dachte lange nach. Dann schüttelte er den Kopf. »Das nehme ich Ihnen nicht ab. Sie haben gerade eben festgestellt, daß unsere Zeitungen und die PLO seit langem nach einer Palastrevolution schreien. Ich glaube, daß Chakry sein ganzes Wissen nur daher hat. Mehr kann es nicht sein. Ich bin nicht bereit, monatelange Vorbereitungen abzubrechen und eine Gelegenheit, wie sie vielleicht nie wiederkommt, vorübergehen zu lassen, bloß weil ein Bankier irgendwelches Geschwätz von sich gibt. Das ist zu wenig.«

»Es ist so viel, daß ich nicht das Risiko eingehen möchte, das Geld der PLO, ja unsere ganze Organisation in Westjordanien aufs Spiel zu setzen. Meine Instruktionen sind klar. Ich muß entscheiden, ob die PLO bei der Sache mitmacht oder nicht.«

Sie waren in einer Sackgasse. Safreddin stand auf und lief wie ein gefangener Leopard im Zimmer auf und ab. Schließlich wandte er sich wieder an Jarrah. »Hier ist der schwache Punkt! Wenn der Plan bekannt ist, weshalb hat Hussein dann noch nichts unternommen?«

»Vielleicht wartet er ab, bis etwas geschieht und Syrien und die PLO sich öffentlich in Mißkredit bringen.«

Safreddin dachte schweigend über die Antwort nach. Dann sagte er widerwillig: »Sie können recht haben. Aber es bleibt trotzdem nur eine Vermutung.«

»Stimmt.«

»Wir könnten einen Kompromiß schließen.«

»Und wie?«

»Wir schicken die Waffen morgen früh wie geplant ab. Sie fahren nach Amman und nehmen Kontakt mit Major Khalil auf. Sie sagen ihm, was Sie wissen – oder zu wissen glauben –, und hören dann, was er dazu sagt. Zumindest ist er damit gewarnt. Wenn er optimistisch ist, soll er seine Pläne durchführen. Sie fahren weiter nach Westjordanien und halten Ihre Leute bereit. Aber setzen Sie sie erst ein, wenn Sie wissen, was los ist! Ich werde in der Zwischenzeit eine sofortige Sicherheitsüberprüfung veranlassen, um festzustellen, ob hier in Damaskus irgendwo eine undichte Stelle ist. Wenn ich auch nur das geringste finde, werde ich mich sofort mit Ihnen und Khalil in Verbindung setzen. Sind Sie damit einverstanden?«

Und ob Idris Jarrah damit einverstanden war. Es ermöglichte ihm genau das, was er wollte: sich auf beiden Seiten des Zauns frei bewegen zu können. Er war der treue Diener seines Volkes und der besorgte Freund seiner Verbündeten – und außerdem hatte er bei einer amerikanischen Bank in Beirut hunderttausend Dollar deponiert. Aber er mußte seine Genugtuung geschickt verbergen.

Er argumentierte noch fünf Minuten lang und sagte dann zögernd: »Ich verstehe Ihren Standpunkt. Ich muß zugeben, daß er vieles für sich hat. Gut, ich werde morgen früh nach Amman fliegen. Aber ich habe ein ungutes Gefühl bei der ganzen Sache.«

»Ich mache mir ebenfalls Sorgen«, sagte Omar Safreddin. »Aber ich muß alle Überlegungen gegeneinander abwägen und dann nach bestem Wissen entscheiden. Seit wir Eli Cohen los sind, hat unser Sicherheitssystem sehr gut funktioniert. Der Gedanke, daß wir wieder eine undichte Stelle haben könnten, ist mir sehr unangenehm.«

Worauf Idris Jarrah den Gedanken sehr unangenehm fand, sich vorzustellen, was mit einem Mann geschah, den Safreddin für einen Verräter hielt.

Beirut

Nuri Chakry betrachtete die Männer, die um den Konferenztisch saßen, und verachtete sie alle. Der Finanzminister war nicht dabei. Er war, wie es hieß, damit beschäftigt, ein Treffen des Internationalen Währungsfonds in New York vorzubereiten. Er würde jedoch die Beschlüsse, die die Vertreter des Ministeriums und der Zentralbank faßten, wohlwollend begutachten. Nuri Chakry verachtete ihn ganz besonders.

Diese Männer waren seine letzte Rettung, das wußte er, und deshalb legte er sich keinerlei Zurückhaltung auf, als er ihnen seine Argumente klarmachte.

»Die Phönizische Bank braucht Hilfe. Daraus machen wir kein Geheimnis. Wir brauchen die Hilfe innerhalb von dreißig Tagen.

Auch das verheimlichen wir nicht. Aber ...« Er hob ein Blatt mit Zahlen hoch und schwenkte es wie eine Fahne. »Wir sind eine solvente Firma, ein gutgehendes Unternehmen. Wir haben mehr als irgendeine andere Bank dazu beigetragen, daß der Libanon der finanzielle Mittelpunkt des Nahen Ostens wurde. Ich verlange nicht, daß Sie meinen Worten blindlings glauben. Sie alle haben eine Kopie der Vermögensaufstellung, die eine bekannte unabhängige amerikanische Firma gemacht hat. Sie alle haben eine Kopie des Briefs, den die Firma auf meinen Wunsch für diese Versammlung geschrieben hat. Ihr Name und das Firmensiegel sind angeheftet. Lesen Sie den Brief! Die Phönizische Bank ist ein solventes Unternehmen, das durch Umstände, für die es nicht verantwortlich ist, plötzlich in eine schwierige Situation geraten ist. Wie sehen diese Umstände aus? Sie sind alle politischer Natur. König Feisal fühlt sich durch die Artikel in der libanesischen Presse beleidigt. Das Scheichtum von Kuwait wird von den Briten angehalten, sein Kapital im Sterlingbereich zu investieren. Beide wissen, daß sie den Libanon in Verlegenheit bringen können. Und beide wünschen – aus verschiedenen Gründen –, den Libanon in Verlegenheit zu bringen. Die Phönizische Bank ist der Libanon! Viele von Ihnen mögen weder mich noch meine Methoden. Ich kann das verstehen. Aber wenn ich gehe, dann fällt der Libanon – was das Bankwesen betrifft – um zehn Jahre zurück. Also – wollen Sie mir helfen oder nicht?«

Sie schwiegen. Er blieb einen Augenblick stehen, setzte sich dann und wartete ab, wer als erster antworten würde. Als Taleb die Diskussion eröffnete, war er nicht überrascht. Taleb hatte kein Geld und deshalb nichts zu verlieren. Es waren wohl seine Frauen, die ihm Mut machten.

»Sie sprechen von Umständen, für die Sie nicht verantwortlich sind. Sie bezeichnen sie als politische Umstände. Vor diesem Problem steht zweifellos jeder Bankier. Amerikanische Banken investieren beispielsweise in Südamerika, in den neuen afrikanischen Staaten und in Südkorea. Sie kennen die Gefahren, die politische Unsicherheit mit sich bringt, und sichern sich dagegen ab. Weshalb haben Sie das nicht auch getan?«

»Weil wir nicht Amerika sind. Im Bankgeschäft sind wir ein sehr junges Land. Wir müssen uns daher um Kunden bemühen, was bedeutet, daß wir in gewissen Augenblicken größere Risiken eingehen müssen. Geld ist eine Handelsware, Mr. Taleb. Man muß es verkaufen wie Eisschränke und Staubsauger.«

»Aber man muß sicherlich nicht mit Verlust verkaufen, oder?«

»Wir haben niemals mit Verlust investiert. Das beweisen unsere Bücher. Wir sind solvent und haben Gewinne gemacht.«

»Aber Sie haben kein Bargeld.«

»Wenn die Kuwaitis und die Saudis ihre Gelder abziehen, dann nicht.«

»Deshalb könnten Sie gezwungen sein, schnell zu verkaufen.«

»Ja.«

»Und mit Verlust.«

»Nur wenn dieses Land – zu dessen Aufbau wir viel beigetragen haben – uns auf Gnade oder Ungnade unseren Feinden überläßt.«

Die nächste Frage stellte Aziz. »Feinde? Das ist zweifellos eine unpassende Bezeichnung, Mr. Chakry. Im Bankgeschäft spricht man von Schuldnern und Gläubigern von Teilhabern oder Konkurrenten.«

»Sagen wir statt Feinde Konkurrenten – im übrigen bleibt es sich gleich.«

»Das bezweifle ich.« Aziz sann über die Antwort nach. »Ihre Konkurrenten haben Ihnen Geld geliehen, nicht wahr? Ihre Bedingungen waren ganz bescheiden, ganz normal. Wieso bezeichnen Sie sie als Feinde?«

»Wenn es um Geld geht, gibt es keine Loyalität, nur den legalen Vorteil. Wenn ein Mann mit meinem Geschäft einverstanden ist, wenn er mich nicht betrügt, dann ist er deshalb noch lange nicht mein Freund. Wenn er eine legale Möglichkeit sieht, mich aus dem Geschäft zu stoßen, wird er sie wahrnehmen. Und das macht ihn in meinem Wörterbuch zu meinem Feind.«

»Dann scheint es mir, als seien Sie sehr unvorsichtig gewesen. Sie haben sich mehr Feinde gemacht, als Sie brauchen – oder bewältigen können.«

»Zugegeben«, sagte Nuri Chakry, »obwohl sich das nicht beweisen ließe. Aber Sie sollen mir eine Frage beantworten. Wird mein eigenes Land sich auf die Seite meiner Feinde schlagen und die Phönizische Bank zwingen, Tausenden von kleinen Kunden gegenüber die Zahlung einstellen zu müssen?«

Das war seine letzte Karte, und er spielte sie genauso kaltblütig aus wie jede andere. Aber man war noch nicht bereit, darauf einzugehen. Aziz wollte noch mehr wissen.

»Wären Sie bereit, Ihre Bücher ein zweites Mal von einer unabhängigen Stelle überprüfen zu lassen?«

»Warum nicht?«

»Wären Sie bereit, Ihr Privatkapital einzusetzen?«

»Jedes Pfund, das ich besitze.«

»Würden Sie Ihren Anteil an der Bank verkaufen?«

»Zu einem fairen Preis, ja.«

»Wären Sie mit einer sofortigen Liquidierung des Vermögens, einschließlich der Fluglinie, einverstanden?«

»Nein!«

»Weshalb nicht?«

»Eine sofortige Liquidierung bedeutet Verkauf unter Zwang. Verkauf unter Zwang bedeutet unvermeidlichen Verlust. Das kann ich meinen Aktionären gegenüber nicht vertreten.«

»Aber Sie könnten immer noch dazu gezwungen werden.«

»Wenn das Finanzministerium und die Zentralbank uns eine kurzfristige Hilfe verweigern, ja. In diesem Fall übernehmen Sie die volle Verantwortung für alles, was geschehen könnte.«

Sie wollten immer noch nicht. Noch immer wollte keiner von ihnen die letzte Verantwortung übernehmen, und er verachtete sie noch mehr. Er beschloß, sie zu zwingen.

»Wenn Sie noch weitere Fragen haben, meine Herren, dann bin ich gern bereit, sie Ihnen zu beantworten. Wenn nicht, dann bleibt nur noch meine Frage an Sie: Wollen Sie der Phönizischen Bank innerhalb der nächsten dreißig Tage zu Hilfe kommen oder nicht?«

Nach einer langen Pause gab ihm schließlich der Stellvertreter des Ministers eine Antwort. »Diese Versammlung kann Ihnen darauf keine Antwort geben. Der Minister selber ist nicht anwesend; aber auch er könnte Ihnen keine Antwort geben. Wir werden Ihren Antrag in Erwägung ziehen und dem Minister bei seiner Rückkehr aus New York einen Bericht vorlegen. Der Minister wird dann dem Kabinett seine Ansicht mitteilen, und das Kabinett wird einen endgültigen Beschluß fassen.«

»Innerhalb von dreißig Tagen?«

»Wir wollen es hoffen. Jedenfalls sind wir nur dahingehend informiert.«

»Und ich soll in der Zwischenzeit eine internationale Bank unter derart vagen Voraussetzungen weiterführen?«

»Haben Sie es bisher vielleicht anders gemacht?« fragte Taleb mit unverhohlener Bosheit.

»Wenn Sie mich bitte entschuldigen wollen, meine Herren«, sagte Nuri Chakry höflich. »Ich habe zu tun. Die Phönizische Bank ist noch nicht geschlossen.«

Vierzig Minuten später fuhr er wütend über die Landstraße an Djouni und El Bouar vorbei zu dem Haus in dem Orangenhain.

Heinrich Müller, wie immer zerknittert und zerzaust, war Labsal für seine erschöpften Sinne. Er schlurfte durch das kühle Zimmer, holte etwas zu trinken, zeigte ihm seine neuesten Schätze und machte grobe Witze über das Geschlechtsleben in Byblos. Er besaß ein starkes Fernglas, durch das er bei Nacht die Paarungssitten seiner Nachbarn studierte. »Besser als im ›Wohlriechenden Garten‹, mein lieber Nuri. Viel besser! Ungemein erfinderisch. Gymnastisch.« Chakry ließ ihn reden; er war froh, daß seine Gedanken von der Erinnerung an die verletzenden Äußerungen in der Versammlung abgelenkt wurden. Zum Teufel mit Aziz! Zum Teufel mit diesem boshaften Wicht von Taleb! Zum Teufel mit der ganzen kriecherischen Bande! Keiner von ihnen konnte aus einer Million mehr als fünf Prozent Zinsen herauswirtschaften. Elende Schakale waren sie alle miteinander!

»... ich habe dir gerade von einer höchst exotischen Perversion erzählt, und du hast überhaupt nicht zugehört«, sagte Müller vorwurfsvoll.

»Tut mir leid, Heinrich.« Chakry war trotz seiner schlechten Laune amüsiert. »Erzähl mir lieber von Geld. Ich verspreche dir, daß ich dann zuhöre.«

»Ah, Geld!« Müller rieb seine Hände. »Geld ist besser als Frauen. Und viel besser als Knaben. Warte, ich werde dir Geld zeigen.«

Er schlurfte aus dem Zimmer und kam ein paar Sekunden später mit zwei dicken Papierbogen in den Händen zurück. Er reichte sie Chakry errötend.

»Hier, mein Freund! Einer ist echt, der andere eine eigene Schöpfung. Wetten wir zehn Dollar, ob du es herausbekommst. Welcher ist echt und welcher nicht?«

»Das muß ich mir bei Tageslicht ansehen«, sagte Nuri Chakry.

Er ging mit den beiden Bögen auf die Veranda und untersuchte sie sorgfältig. Es waren Obligationen einer bekannten englischen Bank, die für ihre außerordentlichen Vorsichtsmaßnahmen gegen Fälschungen berühmt war. Die beiden Papiere waren, soweit Chakry sehen konnte, identisch: das gleiche seltsame Grau und die gleichen komplizierten Wasserzeichen. Die Druckfarbe war auf keinem Papier auch nur einen Ton anders, die Gravuren und der Druck waren ein Meisterwerk der Reproduktion.

»Laß dir Zeit«, warnte Heinrich Müller. »Laß dir Zeit, soviel du willst. Es könnte dich sonst zehn Dollar kosten.«

»Oder meinen Hals.«

Nachdem er beide Dokumente einige Minuten lang mit einem Vergrößerungsglas geprüft hatte, gab er sich geschlagen und zahlte die verlorene Wette mit zehn Dollar in libanesischer Währung.

»Jetzt zeig mir den Unterschied.«

»Den kann ich dir nicht zeigen«, sagte Müller stolz, »weil du ihn mit bloßem Auge nicht entdecken könntest. Nicht mal mit einer Leselupe. Die Druckfarbe ist anders, aber das könnte man nur durch eine chemische Analyse nachweisen. Das Papier ist das gleiche. Man kann es zwar nicht in größeren Mengen kaufen, aber die Hersteller legen ihren Katalogen aus Werbegründen immer ein Blatt bei. Die Gravierung ist ebenfalls nicht ganz genau gleich. In meiner Platte ist der Stich an einer Stelle etwas zu tief geraten. Aber wer weiß das schon?«

»Ganz richtig, Heinrich: Wer weiß das schon? Und das andere Zeug?«

»Wenn du willst, können wir wieder wetten. Aber du wirst dein Geld verlieren.«

»Ich würde es gern sehen.«

»Ich schätze vorsichtige Leute.«

Er ging ins Haus und kam kurz darauf mit zwei kleinen Stapeln Obligationen verschiedenen Ursprungs und verschiedener Nominierung zurück. Er zeigte sie Nuri paarweise, einmal das echte und daneben das falsche Papier. Chakry verglich jedes Paar mit der gleichen peinlichen Sorgfalt und erklärte sich schließlich hochzufrieden. Aber Heinrich Müller war es nicht; er hatte noch eine Frage und formulierte sie sehr genau.

»Nuri, mein Freund, hier haben wir Dokumente mit einem Nennwert von einer halben Million Pfund Sterling. In Dollar wären das nahezu anderthalb Millionen. Zähle die Duplikate mit, und du hast das Doppelte. Nun – was schlägst du vor? Was sollen wir damit machen?«

»Die Originale gehören der Bank.«

»Das ist keine Antwort auf meine Frage.«

»Ich weiß.« Chakry lachte vergnügt. »Das Problem ist, daß es auf deine Frage zwei mögliche Antworten gibt, Heinrich. Du sollst mir sagen, welche du für besser hälst.«

Müller nahm die beiden Stapel und trug sie zurück ins Haus. Dann mixte er frische Drinks und ließ sich in einen tiefen Sessel fallen, um sich Chakrys Vorschläge anzuhören. Chakry ließ sich Zeit. Er schwenkte das Glas, daß die Eiswürfel klirrten, zündete sich eine Zigarette an und betrachtete die grauen Rauchwolken, die zur Decke stiegen. Schließlich sagte er: »Zunächst eine Frage, Heinrich. Soll ich dich für diese Arbeit bezahlen, oder möchtest du mit dem Geld etwas unternehmen?«

»Das kommt darauf an«, sagte Müller langsam. »Das kommt darauf an, wo – und welche Risiken damit verbunden sind.«

»Brasilien. Was hälst du davon?«

»Ein angenehmes Land. Politisch etwas unsicher, aber mit einem enormen Entwicklungspotential.«

»Für die richtigen Leute.«

»Natürlich.«

»Ich habe dort eine kleine Firma, völlig unabhängig, mit bescheidenem Umsatz. Damit hätten wir sofort eine Basis. Um weiter zu gehen, würden wir mehr Betriebskapital brauchen.«

»Und woher willst du das bekommen?«

»Wir haben es bereits.« Er zeigte auf die Obligationen, die vor ihm auf dem Tisch lagen. »Wir müssen wählen, auf welche Weise wir sie benutzen wollen. Die eine Möglichkeit ist, die falschen Papiere der Bank zurückzugeben und die echten mitzunehmen – falls wir gezwungen sind, wegzugehen. Wenn wir diesen Sturm überstehen, bleiben wir natürlich im Libanon und tun die echten Dokumente dahin, wohin sie gehören.«

»Nein.« Müller sagte es sehr entschlossen. »Nein und nochmals nein. Das wäre ein Verbrechen: Betrug, schwerer Diebstahl – nenne es, wie du willst; es bedeutet jedenfalls polizeiliche Verfolgung und zwanzig Jahre Gefängnis. Das mache ich nicht mit.«

Chakry nickte. »Gut. In einem Augenblick völliger Hoffnungslosigkeit würde ich es vielleicht versuchen. Aber soweit ist es noch nicht.«

»Und die zweite Möglichkeit?«

»Wir nehmen deine Kopien. Wir verkaufen sie. Wir hinterlegen sie aus Sicherheitsgründen bei einer brasilianischen Bank. Wir achten natürlich darauf, daß der Bankier die Dokumente in Augenschein nimmt und registriert. Wenn wir dann zu ihm kommen und Kredit haben wollen – wie wird er wohl reagieren?«

»Freundlich natürlich. Aber er wird trotzdem Nebensicherheiten verlangen.«

»Dann geben wir ihm schriftlich, daß wir uns mit unserem Gesamtvermögen verpfänden, einschließlich der bei ihm deponierten Papiere. Aber wir werden weder die einzelnen Posten genau bezeichnen, noch werden wir behaupten, daß sie einen Wert haben, den sie nicht besitzen. Das ist zwar etwas gewagt, aber kein Verbrechen.«

»Es sei denn, wir geraten mit der Rückzahlung in Verzug, und die Bank beschließt, sich an unsere Unterschrift zu halten und die Obligationen einzulösen.«

»Du gibst zu, daß das die einzige Gefahr ist?« fragte Nuri Chakry.

»Ja.«

»Dann will ich dir erklären, weshalb dieser Fall nicht eintreten wird.« Wie Feuer loderte es plötzlich in ihm auf. Er beugte sich vor, faltete die Hände und sagte all die Dinge, die er bei der Versammlung hatte sagen wollen, dann aber nicht gesagt hatte, weil er nicht die Verachtung seiner Feinde riskieren wollte. »Hör zu, Heinrich! Du weißt, was ich bin. Ich weiß, was du bist. Wir sind Männer, die das Geld kennen und wissen, wie es arbeitet. Leute wie uns gibt es sehr selten, weißt du. Für achtzig, neunzig Prozent aller Menschen ist das Geld ein größeres Geheimnis als Gott – weil sie es nie hatten und nie haben werden. Was ist Geld? Vertrauen, Zuversicht. – Sieh dir dies an!« Er nahm eine der Obligationen vom Tisch und hielt sie verächtlich zwischen Daumen und Zeigefinger. »Was ist das? Papier, sonst nichts. Ein Pfandbrief, für den man, wenn man will, eine bestimmte Menge anderen Papiers bekommt; und für dieses Papier bekommt man, wenn man will, eine bestimmte Menge Gold. Steck es in einen Reißwolf, und es verschwindet für immer. Aber das, was es bezeichnet, bleibt erhalten – Metall, das der Erde entrissen wurde, Weizen und Korn und Baumwolle, durch menschliche Arbeit umgewandelt, von Menschen verteilt, die sind wie du und ich und wissen, wo der Bedarf ist, der den Überschuß ausgleicht. Wir selber sind das Geld, Heinrich, du und ich. Und das wollen diese Idioten im Ministerium nicht zugeben. Ich bin heute morgen die Küste entlanggefahren und habe das Ergebnis zwanzigjähriger Arbeit – meiner Arbeit! – am Strand und auf den Hügeln, wo nicht einmal Oliven wachsen wollten, aus der Erde sprießen sehen. Ich habe das einmal gemacht, ich kann es wieder tun. Dann aber ohne Fehler. Willst du mit mir kommen?«

»Wenn wir gehen müssen, ja.«

»Gut. Dann mach mir einen neuen Paß mit einem neuen Namen. Pack deine Sammlung ein und bereite alles vor, daß sie zehn Tage vor Monatsende verschifft werden kann. Fünf Tage vor Monatsende buche zwei Plätze erster Klasse für einen Flug von Beirut nach Brasilien.«

»Du erinnerst mich fast an den Führer«, sagte Heinrich Müller mit ironischem Respekt. »Du hast jedenfalls auch so eine magische Ausstrahlung.«

»Der Führer war ein Idiot!« Chakrys Stimme war rauh. »Er verstand nichts von Geld. Und er versuchte, die Juden auszurotten. Er hatte verloren, noch ehe er begann.«

»Und du, Nuri?«

»Es gibt nur einen Sieg, Heinrich – das Überleben! Du hast überlebt, als die Männer, für die du gearbeitet hast, gehenkt wurden. Und ich werde ebenfalls überleben. Ein Schritt zurück, zwei nach vorn. Hauptsache, man bleibt am Leben, dann wird man schon sehen, wo man bleibt.«

Er sah in der Tat, wo er blieb: Um drei Uhr nachmittags verkaufte er eine Kopie von Jarrahs Tonband und eine Kopie des von ihm unterschriebenen Dokuments für hundertfünfundzwanzigtausend Dollar an den kuwaitischen Agenten. Der Jordanier hatte für das gleiche Beweismaterial bereits dreißigtausend gezahlt, und fünftausend hatte Chakry ihm beim Pokern abgeknöpft. Nettogewinn sechzigtausend Dollar – und nicht ein Cent davon war bei der Phönizischen Bank deponiert.

Damaskus

Die Unterhaltung mit Idris Jarrah hatte bei Omar Safreddin großes Unbehagen zurückgelassen. Er mochte Jarrah nicht besonders und war auch nicht geneigt, seine Politik den Forderungen einer Flüchtlingsverschwörung anzupassen; aber er mußte zugeben, daß Jarrahs Furcht vor einer undichten Stelle durchaus begründet war. Wenn es irgendwo ein Loch gab, mußte es gefunden und sofort gestopft werden. War das nicht möglich, mußte man versuchen, politisches Kapital daraus zu schlagen. Die undichte Stelle zu finden, lief auf das gleiche Problem hinaus wie die Aufgabe, die er den Mitgliedern des Hunafa-Clubs gestellt hatte. Angenommen, es gab einen ausländischen Spion, angenommen, es gab einen syrischen Verräter, der eine Vertrauensposition innehatte: Wo mußte man anfangen, nach ihm zu suchen?

Die augenfälligsten Stellen wurden längst von syrischen Agenten bewacht. Alle ausländischen Botschaften – die Amerikanische, die Russische, die Britische – betrieben irgendeine Art von Nachrichtendienst. Wenn ihnen der Plan bekannt war, hätten sich daraus längst klare und sichtbare Konsequenzen ergeben. Die Russen waren – ebenso wie die Amerikaner – daran interessiert, im Nahen Osten politische Stabilität zu wahren und nichts zu riskieren, was sich zu einem Weltkrieg ausweiten konnte. Auf ideologischer Ebene haßten sie Monarchien und wollten – auf lange Sicht – den Marxismus durchsetzen, aber sie waren nicht bereit, einen Konflikt zu riskieren, wenn sich durch Evolution dasselbe weit weniger gefahrvoll erreichen ließ. Wenn sie auch nur das leiseste Gerücht von einem geplanten Attentat auf den Haschemitenthron gehört hätten, dann hätten sie schon längst, und nicht sehr feinfühlig, angefangen, auf den

Busch zu klopfen, denn Syrien war eine verschuldete Nation, und Rußland war sein größter Gläubiger.

Eine Weile dachte er über die Ägypter nach, aber die Ägypter hatten die gleichen Interessen wie er. Über die PLO dachte er länger nach, doch die PLO war in Jordanien so schwach, daß sie durch Verrat nur alles verlieren, aber nichts gewinnen konnte. Die Israelis? Seit dem Tod von Eli Cohen plagte ihn die unangenehme Überzeugung, daß die Israelis früher oder später versuchen würden, in Damaskus ein neues Spionagenetz aufzubauen. Um das zu verhindern, hatte er aus den Männern, die an der Lösung des Falls Cohen beteiligt gewesen waren, einen besonderen Sicherheitsdienst zusammengestellt; aber bis jetzt war von dort noch kein Hinweis gekommen. Und wenn ein Israeli zu der Information gekommen war, dann hatte er sie zweifellos direkt nach Tel Aviv weitergegeben und nicht an einen Palästinaaraber wie Nuri Chakry verhökert.

Er dachte über Nuri Chakry nach und war mit Jarrah der Meinung, daß dieser Mann mit allem, daß er selbst noch mit den Filzpantoffeln seiner eigenen Großmutter handeln würde. Aber Chakry als Nachrichtenzentrale? Kaum. Wo Geld war, gab es keine Solidarität, und Chakry kannte überhaupt keine. Er würde für Tips zahlen, aber er war viel zu gerissen, um sich mit Geheimagenten einzulassen. Wenn er in Damaskus jemanden hatte, der ihm Tips verkaufte, dann mußte das jemand sein, der geschäftlich mit ihm zu tun hatte, jemand, der gelegentlich ein Wort fallenließ und dafür vielleicht einen günstigen Kredit bekam.

Die Überlegung war rein spekulativ, aber spekulative Überlegungen führen bisweilen zu überraschenden Ergebnissen. Eli Cohen war auf diesem Weg zur Strecke gebracht worden – mit ein paar Bankzahlen, die nicht mit seiner Bilanz übereinstimmten.

Omar Safreddin nahm den Hörer ab, rief das Finanzministerium an und bat um eine Liste aller in Syrien wohnhaften Personen, die ein Bankkonto im Libanon hatten, besonders bei der Phönizischen Bank.

Tel Aviv

Die Mitteilung von Adom Ronen lag den ganzen Tag in Baratz' Privatsafe verschlossen. Er brauchte Zeit zum Nachdenken, ehe er sich weiter damit befassen konnte, und die hatte er an diesem Tag nicht. Die Arbeit beim Geheimdienst war ein Puzzlespiel. Die einzelnen Teile lagen völlig durcheinander auf dem Schreibtisch, und man mußte sie mit unendlicher Geduld und Konzentration sortieren und zusammensetzen, bis man endlich die Umrisse des Musters erkennen konnte. Als Spiel war das nicht allzu schwer; da hatte man die Vorlage und mußte nur die passenden Teile finden. Aber bei der Verteidigung eines Landes änderte sich die Vorlage mit jedem Tag, mit jeder Stunde, und man mußte das Bild aus Tatsachen, Schlußfolgerungen und Vermutungen mit Hilfe einer sehr fehlbaren Einbildungskraft zusammenfügen. Die gleiche Information paßte unter Umständen zu zwanzig verschiedenen Theorien, und wenn man die falsche wählte, geriet man in totale Verwirrung und mußte wieder von vorn anfangen. Dann gab es Ereignisse, die auf den ersten Blick ungeheuer wichtig wirkten und deren Zusammenhänge vollkommen klar schienen, bis man nach genauer Überprüfung feststellte, daß sie lediglich das Resultat von irgendwelchen belanglosen Zufällen oder scheinbaren Verbindungen und Hintergründen waren; und wenn man einen militärischen Plan auf so eine fiktive Verbindung aufbaute, dann verursachte man vielleicht eine Tragödie, die Hunderten das Leben kosten konnte.

Adom Ronen gehörte in einen ganz bestimmten Arbeitssektor; man durfte nicht zulassen, daß er in andere und wichtigere eindrang. Yehudith Ronen nahm bestimmte Plätze in seinem beruflichen Leben und in seinen privaten Gefühlen ein. Er wagte nicht, beides miteinander zu vermengen. Aber sosehr er sich auch bemühte, er konnte weder den Mann noch die Frau aus seinen Gedanken verbannen. Ein Bericht des Bürgermeisters von Jerusalem rief die Erinnerung an das weiße Haus auf dem Har Zion und an seine seltsame gequälte Skulptur wach. Die Nachricht von Spähtruppoperationen im Gebiet von Hasbani veranlaßte ihn, über die Frauen im Leben von Ronen-Fathalla nachzudenken und über die Gefahren, die sie für einen bereits gefährdeten Agenten bedeuteten. Angesichts eines Memorandums über Funksicherheit fragte er sich, weshalb Selim Fathalla den Code für Notfälle bei einer Mitteilung benutzt hatte, die nicht offenkundig dringlich war. Ein Artikel über Grenzschmuggel zwischen arabischen Familien erinnerte ihn daran, wie wenig er über die äußeren Umstände wußte, unter denen sein Agent in Damaskus lebte, und wie gering seine Ahnung von den Problemen der notwendigen inneren Anpassung war.

Er hatte einmal mit Franz Liebermann darüber gesprochen, der ein großer Freund von Kriminal- und Spionageromanen war.

»Angenommen, du säßest an meiner Stelle, Franz, und müßtest Männer auswählen, die in einem feindlichen Land ständig im Untergrund leben sollen – nach welcher Art Bewerber würdest du suchen?«

Liebermann wich der Frage zunächst aus. Er sagte: »Davon müßtest du mehr verstehen als ich, Jakov. Du warst selber im Untergrund. Du trugst britische Uniform, hattest von den Briten einen Auftrag, während du in Wirklichkeit für die Haganah gearbeitet hast. Du warst Soldat, Spion und Verschwörer, alles in einer Person.«

»Das war etwas ganz anderes, Franz.«

»Wieso?«

»Das Ziel, das wir im Auge hatten, war klar und eindeutig. Wir wollten einen Krieg gewinnen. Wir mußten Waffen transportieren, Leute einschmuggeln und Guerillaoperationen durchführen. Und wir waren damals nicht allein: Wir waren wie das Volk Moses', dem bei Tag eine Säule aus Wolken und bei Nacht eine Feuersäule voranging. Der Mann, an den ich denke, muß in einer feindlichen Umgebung ganz auf sich allein gestellt leben. Er muß sein Leben riskieren für Informationen, die häufig nichtssagend scheinen. Er ist vom Leben in unserer Gemeinschaft abgeschnitten, und er erfährt davon nur das Schlechteste, weil er nur das lesen wird, was unsere Feinde darüber schreiben. Und von den Ergebnissen seiner Arbeit wird er nichts sehen und nichts profitieren. Wenn er scheitert, wird er weder Mitleid finden noch eine zweite Chance bekommen. Wir werden ihn bedauern und ihn abschreiben. So, und jetzt sag mir, wie der Mann sein muß, der diesen Job annimmt.«

»Das kann ich nicht«, sagte Franz Liebermann. »Diesen Typ habe ich noch nie analysiert. Ich weiß, daß du es schwer hast, Männer für diese Aufgabe zu finden, aber ich bin nicht so dumm, dir halbgare Ratschläge zu geben, bloß weil ich drei Gläser Cognac getrunken habe. Aber wenn du willst, beschäftige ich mich damit und lese dazu auch einiges nach. Mal sehen, was dabei herauskommt. Aber versprechen kann ich dir nichts.«

»Einverstanden!«

Sechs Wochen später schrieb Franz Liebermann ihm einen Brief, in dem er, ohne ihn jemals gesehen zu haben, ein leidlich passables Porträt von Adom Ronen-Selim Fathalla skizzierte.

... du brauchst einen Mann, der unzufrieden ist mit dem, was er hat, und trotzdem weiß, daß das, was er will, unerreichbar ist. In seiner Jugend ist er ein Rebell. Er kann ein Revolutionär werden, aber sobald er die Früchte der Revolution in Händen hat, werden sie sich in die Äpfel von Sodom verwandeln. So wird er, physisch oder geistig, ein Wanderer werden, einer, der das Besondere sucht, das Ganz-Andere. Er kann vielleicht ein Anhänger fremder Kulte, ein Spezialist für seltene Sprachen, ein Altertumsforscher, ein Kuriositätenhändler werden, vielleicht eine Art Chamäleon, das die Farbe aller möglichen Bäume anzunehmen versteht, nur nicht der Bäume in seinem Garten. Sexuell dürfte er ein Mann mit großem Appetit sein, sei es auf Frauen oder sei es auf Vertreter seines eigenen Geschlechts. Seine Beziehungen dieser Art sind leidenschaftlich, aber nicht von Dauer, denn sein Selbsterhaltungstrieb strebt nach Entfremdung, nicht nach Vertrautheit. Er wird sich um Schutz und Sicherheit seiner privaten Sphäre bemühen, weil er nur dort er selbst sein kann. Er ist allergisch gegen Isolierung. Man muß ihn locker führen; wenn man ihn zu hart anfaßt, wird er rebellieren und auf irgendeine Weise versuchen, seine bedrohte Persönlichkeit zu retten, auch wenn das für ihn gefährlich wird –

Das war, alles in allem, ein klares Rezept für den vorliegenden Fall. Wenn Adom Ronen die Scheidung wollte, dann mußte Jakov Baratz alles daransetzen, sie ihm zu beschaffen, selbst wenn er sich damit Schwierigkeiten machte. Also griff er zum Telefon und meldete ein Gespräch mit Yehudith Ronen in Jerusalem an. Während er auf die

Verbindung wartete, wählte er die Nummer eines Mitglieds des Rabbinats von Tel Aviv und verabredete sich mit dem Mann für sechs Uhr.

Als Yehudith sich meldete, warnte er sie gleich: »Yehudith? Hier ist Jakov. Wir sind in der öffentlichen Leitung. Hast du jemanden, der auf Golda aufpaßt? Ich möchte, daß du heute abend nach Tel Aviv kommst und mit mir zu Abend ißt.«

»Natürlich. Ist etwas passiert?«

»Nein. Aber da ist eine Sache, die wir dringend miteinander besprechen müssen. Wir essen bei mir zu Hause.«

»Kannst du denn kochen, Jakov?«

»Warte es ab.«

»Das klingt ja vielversprechend.«

»Mach dir keine zu großen Hoffnungen.«

»Bereite mich etwas vor, Jakov. Ist es etwas Gutes oder etwas Schlechtes? Ich meine, das, worüber wir reden müssen.«

»Offen gesagt, ich weiß es nicht genau. Ich glaube, das wirst du entscheiden müssen.«

»Dann bis halb neun.«

Baratz bestellte einen Stabswagen, steckte Ronens Mitteilung in die Brusttasche und fuhr zu dem Rabbiner, mit dem er sich verabredet hatte, einem Mann, der das Gesetz kannte und ein Experte für Eheangelegenheiten war. Als er ihm sein Problem dargelegt hatte, lehnte sich der Rabbi zurück und verfiel in schweigendes Nachdenken. Dann äußerte er mit gebührender Zurückhaltung seine Meinung.

»Auf der einen Seite scheint Verschwiegenheit unbedingt erforderlich. Andererseits müssen die Rechte beider Parteien gewahrt werden. Normalerweise wird vom Antragsteller eine schriftliche Eingabe verlangt, in der er die Gründe für den Antrag auf Ehescheidung darlegen muß. Wenn die Ehefrau einverstanden ist, wird das Gericht das Dokument, das Sie mir gezeigt haben, wahrscheinlich als Antrag gelten lassen. Wenn sie jedoch nicht einverstanden ist, könnte das Gericht verlangen, daß Sie den Antrag für den Mann stellen. Das Gesetz sieht vor, daß sich beide Parteien vor Gericht treffen, um noch einmal Gelegenheit zu haben, den Antrag auf Scheidung gemeinsam zu bedenken und zu besprechen. Das ist offenkundig unmöglich. Meiner Ansicht nach würde es aber genügen, wenn dem Gericht das Einverständnis beider Seiten vorliegt. Es hängt also alles von der Frau ab. Es steht im Ermessen des Gerichts, sich über ihre Einwände hinwegzusetzen, aber ich glaube nicht, daß es in diesem Fall dazu bereit wäre.«

»Auch nicht im Interesse der nationalen Sicherheit?«

»Selbst wenn wir eine außerordentlich liberale Interpretation des Gesetzes in Betracht ziehen, können wir an einen Punkt gelangen, an dem wir uns klar entscheiden müssen zwischen der Unantastbarkeit des Gesetzes und dem Nutzen für die Allgemeinheit.«

»Oder, deutlicher gesagt, zwischen der Unantastbarkeit des Gesetzes und der Existenz eines Geheimagenten.«

»Richtig!«

»Und wie würden Sie entscheiden, Rabbi?«

»Es bleibt keine Wahl. Wenn wir das Gesetz zerstören, fallen wir zurück ins Chaos.«

»Aber wenn das Gesetz von der Laune einer Frau abhängt?«

»Davon hängt es nicht ab, General, das wissen Sie. Wenn zwei rechtmäßige Ansprüche gegeneinander stehen, muß das Gesetz entscheiden, welcher den Sieg davonträgt. Aber es kann nicht leugnen, daß auf beiden Seiten Recht ist.«

»Ich wünschte, mir wäre das so klar wie Ihnen«, sagte Baratz mit bitterem Humor und wünschte, er könnte seinen eigenen Fall ebenso deutlich darlegen. Ich will Adom Ronen frei haben, dachte er, weil ich einen zufriedenen und zuverlässigen Agenten brauche. Ich will ihn frei haben, weil ich nachts böse Träume habe, in denen bin ich David und er ist Uriah – und es ist kein Traum, daß ich ihn schneller und listiger in den Tod schicken könnte, als David es mit Uriah tat. Ich will Yehudith frei haben, weil ich mir selber nicht allzu lange mehr trauen kann und weil ich, wenn ich strauchle, niemanden außer mich selber schuldig wissen möchte. Ich möchte auch selber frei sein; aber eine schwache Hoffnung verpflichtet mich zu lebenslänglicher Abhängigkeit von einem Kind, das in einen dunklen Speicher in Salzburg gesperrt ist –

». . . eine schwierige Situation«, sagte der Rabbi, »für Sie und für beide Parteien. Aber mit Klugheit und gutem Willen sollten wir imstande sein, sie zu lösen.«

»Ich esse heute mit der Dame zu Abend. Kann ich Sie morgen früh anrufen?«

»Jederzeit, General.«

»Danke.«

Und so fuhr er zurück in seine trostlos leere Wohnung, um ein Junggesellenessen für die Frau eines anderen Mannes zu bereiten. Während er alles Nötige tat, kehrte seine gute Laune zurück, und er konnte nun lächeln über den Anblick des Brigadegenerals Jakov Baratz, Leiter des militärischen Geheimdienstes, der Salat putzte, Kartoffeln schälte, Möhren schabte, für zwei Personen den Tisch deckte und eine Platte mit stimmungsvoller Musik auflegte. Als Yehudith kam, saß er betont lässig da, vor sich einen Whisky, der stärker war als gewöhnlich, und ein Exemplar der letzten Ausgabe von *The Chronology of Arab Politics* – aufgeschlagen, aber ungelesen.

Yehudith merkte sofort, daß er ihr etwas vorspielte, und machte einen Scherz, der ihnen über die Begrüßung hinweghalf. Dann, als er ihr einen Drink gebracht hatte, sagte sie: »Jakov, ich möchte das Abendessen in Ruhe genießen. Laß uns erst die Angelegenheit, von der du sprachst, erledigen, ja?«

»Eine gute Idee.«

Er gab ihr Ronens Schreiben und beobachtete ihr Gesicht, während sie las. Er sah, wie sie blaß wurde, aber es kamen keine Tränen. Ihre erste Frage war bewußt nebensächlich:

»Wer ist Safreddin?«

»Chef des Militärtribunals und Leiter des syrischen Geheimdienstes. Er ist der Mann, der Eli Cohen gefangen und gehenkt hat.«

»Und Adom verkehrt mit ihm?«

»Ja. Ich denke, die Beziehung ist fest und herzlich.«

»Aber sehr gefährlich.«

»Das auch.«

»Was meint Adom, wenn er sagt, die Scheidung sei aus Gründen der Sicherheit und für eine erfolgreiche Arbeit dringend notwendig?«

»Das weiß ich nicht. Ich kann es nur vermuten.«

»Und was vermutest du?«

»Das ist schwer zu sagen. Meine Vermutung basiert auf meiner persönlichen Erfahrung. Ich lernte Hannah kennen, als ich für die

Haganah arbeitete. Ich stellte ihr alle möglichen gefährlichen Aufgaben. Sie war Kurier, Spion, Geldschmuggler. Ich hatte keine Zweifel, keine Angst. Sie war zuverlässig und nützlich. Als ich mich in sie verliebte und sie heiratete, wurde sie plötzlich ein Handikap. Jedesmal, wenn ich ihr einen Auftrag gab, schnitt ich mir ins eigne Fleisch. Ich würde es nie wieder tun. Und ich glaube, Adom hat dir und Golda gegenüber das gleiche Gefühl.«

»Du lügst, Jakov. Bitte laß das.«

»Dann zwinge mich auch nicht, zu lügen, Mädchen. Du weißt es. Adom sagt, du weißt es. Also sag es mir.«

»Er hat sich in eine andere verliebt.«

»Das hat er ein dutzendmal vorher auch schon getan. Hier und anderswo. Wieso will er sich aber jetzt scheiden lassen?«

»Interessiert es dich, weshalb?«

»Verdammt! Ja, es interessiert mich!« Er war plötzlich wütend. »Ich brauche seine Arbeit, seine Sicherheit. Ein ganzes Netz hängt von ihm ab. Ich muß alles über ihn wissen.«

Sie leerte ihr Glas mit einem Schluck und hielt es ihm hin. »Gib mir noch etwas zu trinken.«

Er füllte ihr Glas. Sie trank einen Schluck und stellte es beiseite. Dann erzählte sie, zögernd und stockend.

»Ich weiß es, und eigentlich müßte ich es in zehn Worten sagen können. Aber ich kann nicht. Es ist traurig und schmutzig, und wir sind beide schuld, und doch – man kann niemandem die Schuld geben. Adom ist ein Iraki. Ich bin Polin. Für ihn war die Ehe etwas anderes als die Liebe. Du weißt, wie es ist, Jakov. Du weißt, wie er war. Als Liebhaber machte er mich ganz verrückt vor Entzücken. Wir waren wie betrunken. Wir konnten es nicht ertragen, auch nur einen Augenblick ohne den anderen zu sein. Und ich bin völlig sicher, daß es mit dem Mädchen, mit dem er jetzt zusammen ist, genauso ist. Aber als wir damals heirateten, wurde sofort alles anders. Jetzt hatte ich Kinder zu bekommen, für das Heim zu sorgen und gesellschaftlich zu repräsentieren. Das war alles. Sobald ich schwanger wurde, verlor er mir gegenüber seine Potenz. Er konnte nichts dagegen tun, genausowenig wie ich etwas dagegen tun konnte, daß ich nach ihm verlangte und ihn nicht bekam – und dabei wußte ich, daß er draußen umherirrte wie ein streunender Kater. Das war der Grund, weshalb er wegging, um für dich zu arbeiten. Die Ehe und das Zuhause aber wollte er nicht aufgeben.«

»Weshalb will er es dann jetzt?«

»Ich – ich weiß es nicht. Ach, zum Teufel! Ich wußte es die ganze Zeit. Er hoffte, es würde mit uns gehen. Als es sehr schlimm mit uns stand, flehte er mich an, etwas zu tun, daß es ginge. Er sagte manchmal: ›Irgendwo und irgendwann müßte es doch eine Frau geben, die beide Seiten in mir anspricht.‹ Das war das Schreckliche, Jakov: Er wußte, was falsch war, aber er konnte es nicht ändern. Ich auch nicht. Und jetzt ... Ich glaube, jetzt gibt es diese Frau.«

»Wer weiß – wenn er sie heiratet, beginnt vielleicht alles von vorn.«

»Dann können mir beide nur leid tun.«

»Ich mache mir Sorgen – um zwanzig Menschen«, sagte Jakov Baratz. »Was würde er tun, wenn du die Scheidung ablehnst und wenn ich ihn zurückbeordere?«

»Er würde uns beide hassen und vielleicht nicht zurückkommen.«

»Und wenn du einwilligst?«

»Dann hat er die Chance, sowohl glücklich zu sein als sich auch – was sagte er? – sicher zu fühlen und fähig, erfolgreich zu arbeiten. Aber weshalb sollte ich? Sag mir das, Jakov. Weshalb sollte ich nicht gemein genug sein, ihn eine Zeitlang schmoren zu lassen – so wie er es mit mir gemacht hat? Ja, er hat mich auch schmoren lassen!«

»Weil du nicht gemein sein kannst. Und weil du aus dieser Geschichte unversehrt herauskommen kannst, auch wenn Adom es nicht kann. Aber ich hoffe um aller Beteiligten willen, daß er es kann. Du bist ein erwachsenes Mädchen, Yehudith. Für Bösartigkeiten dieser Art bist du zu alt.«

»Bin ich das, Jakov? Bin ich das wirklich?« Sie sprang auf und rief in herausfordernder Selbstverhöhnung: »Ich bin eine Frau, die mit einem Kissen zwischen den Beinen schläft und wünscht, es würde sich in einen Mann verwandeln. Aber ich sitze abends mit Golda zu Hause und helfe ihr bei den Schularbeiten. Ich arbeite im Atelier, bis mir die Augen zufallen. Und die ganze Zeit über möchte ich an meinem Tor stehen und schreien wie eine Katze bei Vollmond.«

»Das interessiert mich nicht.« Baratz gab sich kalt wie ein Henker. »Und wenn du nackt und schreiend über die Straße rennst – es hat mich nicht zu interessieren. Ich will jetzt nur eins wissen: Willigst du in die Scheidung ein oder nicht?«

»Was soll ich bloß tun?«

»Sag ja oder nein.«

»Ich brauche Zeit zum Nachdenken.«

»Wir haben keine Zeit.«

»Du bist nicht Gott.«

»Nein, aber ich bin ein Mann, der das Leben anderer Männer in Händen hält.«

»Ich habe nicht gewußt, daß du so brutal sein kannst.«

»Du weißt überhaupt nichts von mir.«

Es war, als habe er sie ins Gesicht geschlagen. Sie stand zitternd da und starrte ihn mit weitgeöffneten Augen an. Dann gab sie nach.

»Also gut, ich bin einverstanden. Und was jetzt?«

»Ich hasse die verdammte Arbeit, die ich tue«, sagte Jakov Baratz leise. »Mach mir noch einen Drink, ich bereite das Essen.«

Fünftes Kapitel

Damaskus

Es war Viertel vor neun am Abend, als Selim Fathalla sein Haus verließ, um zu dem Lagerschuppen zu gehen, der hinter dem Bazar lag. Er ging durch enge, übelriechende Gassen voller Dreck und Abfälle, vorbei an geschäftigen Männern, verschleierten Frauen, geduldigen Eseln und barfüßigen Kindern. In der Straße der Kupferschmiede, einer langen schattigen Gasse, in der es nach Holzkohle und Lötmetall roch, hielt er sich eine Weile auf. Er war hier bekannt. Aus rußgeschwärzten Gesichtern lächelten ihm strahlende Augen entgegen, und schmutzige Hände streckten sich zur Begrüßung aus. Eifrige Kaufleute zeigten ihm ihre neueste Ware, große glänzende Tabletts, geschnitzte Lampen, polierte Messingöfen, Teller und Kaffeekannen und Wasserkrüge, so groß wie ein Mann. Fathalla liebte diese Menschen. Sie übten ihr altes Handwerk mit Geschick und Würde aus. Sie schätzten ihn, denn er hatte einen guten Blick, achtete ehrliche Arbeit und zahlte angemessene Preise.

Auf der Straße der Weber war es genauso: Er verstand sich auf Stoffe, verteilte großzügig Komplimente, sah aber auch sofort, wenn ein Faden verkehrt lief oder der Golddurchschuß zu dünn war. Er nahm gnädig Geschenke entgegen – einen Schal oder ein Stück Stoff – und vergaß nie, sich nach einiger Zeit zu revanchieren.

In seiner neugewonnenen heiteren Ausgeglichenheit spürte er Dankbarkeit gegenüber diesen Leuten; der Umgang mit ihnen war schließlich die Grundlage seiner Arbeit. Er bedauerte es plötzlich, daß er nicht ganz zu ihnen gehören konnte. Sie waren das Salz der Erde. Ihr Leben war hart, ihr Lohn erbärmlich. Sie waren in Ereignisse verstrickt, die sie nicht verstanden. Sie hatten nicht den geringsten Einfluß auf das Schicksal, das über sie verhängt wurde. Doch instinktiv suchten sie einen Weg nach oben, in ein besseres Leben, zu einem freieren und reicheren Morgen. Sie begrüßten ihn wie einen

Freund, und dabei war er der Verräter in ihrer Mitte. Was würde er antworten, so überlegte er, wenn dieser oder jener ihn beschwören sollte, diesen Verrat zu rechtfertigen – der alte, fast blinde Hamid zum Beispiel, dessen golden und silbern verfärbte Hände hauchzarte Filigranarbeiten schufen und der die Würde eines Patriarchen ausstrahlte; oder Talat, der Bildhauer, von dem die zierlichen Muster stammten, die die Silberschmiede in die Teller hämmerten. Er war ein frommer Moslem: Nie würde er einen Mann, eine Frau oder ein Tier abbilden, doch seine Arabesken waren so lebendig wie der Schatten eines Baums auf bewegtem Wasser.

Wie würde er diesen Menschen sein Handeln erklären? Wie würde er ihnen verständlich machen, wo Schuld und Verdienst lagen, er, der Brot und Salz mit ihnen aß und einer Nation diente, die zu hassen ihnen täglich aufs neue eingetrichtert wurde. Sie wollten gar nicht hassen, aber dieser Haß plärrte aus jedem billigen Transistorradio, schrie aus jeder Schlagzeile, drohte ihnen und versprach ihnen Wunder über Wunder, sofern es nur endlich gelang, den Feind aus dem Lande Kanaan zu verjagen.

Er war froh, als er aus der belebten, lauten Gasse in den dunklen Weg vor seinem Lagerhaus einbog. Er läutete, und ein paar Sekunden später öffnete sich das Guckloch im Tor, und das zerknitterte graue Gesicht des Wächters blickte ihn an. Einen Augenblick später wurden die schweren Riegel beiseite geschoben, und er ging in den Hof, wo seine beladenen und fahrbereiten Lastwagen parkten. Er entließ den Wächter für zwei Stunden, wie es Safreddin verlangt hatte, und gab ihm Geld für ein Abendessen. Dann schloß er das Tor, ging in sein Büro und versuchte, sich auf die Begegnung mit Safreddin vorzubereiten.

Trotz seiner zuversichtlichen Meldung an Baratz machte er sich immer noch Sorgen. Es war seine Aufgabe, festzustellen, an wen die Waffenlieferung geschickt wurde. Gleichzeitig mußte er nicht nur uninteressiert erscheinen, sondern betont abgeneigt, etwas von dieser geheimen und schwierigen Angelegenheit zu hören. Safreddin war so mißtrauisch, daß ihm auch die geringste verdächtige Bewegung oder Bemerkung keine Ruhe ließ, bis er eine Erklärung dafür gefunden hatte. Trotz Bitars ermutigendem Telefonanruf und trotz seines Vertrauens auf Safreddins Dankbarkeit war zur Sicherheit größte Vorsicht nötig. Der alte Wüstenspruch galt immer noch: Der Gast ist heilig, solange er dein Brot ißt, hat er aber das Lager verlassen, ist er wieder legitime Beute. Und wenn Blut ist zwischen ihm und dir, dann muß der Blutzoll entrichtet werden – immer noch.

Pünktlich um neun läutete die Glocke am Tor, und als er durch das Guckloch blickte, sah er zwei Militärlastwagen und einen Stabswagen mit laufenden Motoren halten. Er öffnete das schwere Tor, und die Fahrzeuge fuhren in den Hof. Dann schloß er das Tor wieder, verriegelte es und wandte sich den beiden Lastwagen zu, die bereits für Amman beladen waren. Safreddin erteilte eine Reihe von kurzen Befehlen, und die Soldaten begannen, die Lastwagen zu entladen. Safreddin nahm Fathalla am Arm und führte ihn zurück in das Büro. Er gab sich gleichgültig. Er bot Fathalla eine Zigarette an und sagte schließlich: »Ich danke Ihnen, daß Sie mir Doktor Bitar empfohlen haben. Wirklich ein sehr guter Arzt. Ohne ihn wäre mein Sohn gestorben.«

»Das freut mich.« Gewandt paßte Fathalla sich Safreddins Stimmung an. »Ich hatte nicht gewußt, daß der Junge krank war. Bitar erzählte es mir. Es muß eine schreckliche Zeit für Sie gewesen sein.«

»Das war es. Bitar war zuerst ziemlich verärgert über mich. Meinte, ich hätte den Jungen vernachlässigt.«

Fathalla lächelte und zuckte die Schultern. »Mich schnauzt er auch gelegentlich an. Aber er ist ein Arzt, wie wir ihn brauchen.«

»Er hält nicht sehr viel vom syrischen Gesundheitswesen.«

»Alles braucht seine Zeit. Bitar ist ein ungeduldiger Mann.«

»Das schadet nichts. Wir brauchen ungeduldige Menschen, vorausgesetzt, sie sind fähig, etwas zu leisten. Glauben Sie, Bitar wäre ein guter Organisator?«

»Ich weiß nicht. Darüber habe ich nie nachgedacht.«

»Würden Sie ihn als politischen Menschen bezeichnen?«

»Politisch?« Fathalla überlegte. »Ich weiß nicht genau, wie Sie das meinen.«

»Es ist wichtig«, sagte Safreddin. »Ich hatte daran gedacht, Bitar als Leiter eines Beratungsausschusses im Amt für Öffentliche Gesundheit vorzuschlagen. In unserer derzeitigen Lage brauchen wir Männer, die nicht nur gute Organisatoren sind, sondern auch Sinn für die politischen Aspekte ihrer Arbeit haben. Das habe ich von den

Russen gelernt. Exekutive und Verwaltung müssen Hand in Hand arbeiten. Ist Bitar Baathist?«

»Ich nehme es an. Ich habe ihn nie danach gefragt. Aber ich weiß, daß er sehr aufgeklärt denkt.«

»Er hat Kontakte, die für uns von großem Nutzen sein könnten. Er ist Hausarzt bei mehreren ausländischen Botschaften. Ich glaube, er ist sehr sprachbegabt.«

Ehe Fathalla Zeit hatte, das zu bestätigen oder zu bezweifeln, hörten sie vom Hof einen schrillen Schrei und dann plötzliches Stimmengewirr. Safreddin trat hastig zur Tür. Fathalla folgte ihm auf den Fersen. Als sie in den Hof traten, sahen sie, wie einer der Männer vom Wagen gehoben wurde. Von seiner rechten Hand floß Blut. Safreddin lief auf ihn zu, Fathalla blieb dicht hinter ihm. Der Unfall war harmlos, aber unangenehm: Der Mann war mit seiner Hand in eine Rolle Stacheldraht geraten, die zur Ladung gehörte, und hatte sich einen langen, tiefen Riß im Daumen zugezogen. Während Safreddin die Wunde betrachtete, hatte Fathalla Zeit für einen schnellen Blick auf eine der Kisten, die ein paar Schritte neben dem Laster aufgestapelt waren. Die Kiste trug oben und auf der Seite in arabischen Buchstaben die Anschrift des Empfängers – der kurze Blick hatte genügt. Hastig mischte er sich unter die übrigen Männer und bot seine Hilfe an.

»Moment, lassen Sie mich mal sehen.« Er faltete sein Taschentuch zu einem Verband, knotete es um die Hand des Soldaten und führte ihn in den Waschraum neben seinem Büro. Dort reinigte er die Wunde, desinfizierte sie und klebte ein Heftpflaster darüber. Safreddin sah ihm ungeduldig zu. »Er muß genäht werden«, sagte Fathalla.

»Wir bringen ihn ins Krankenhaus, sobald wir hier fertig sind.«

»Er sollte die Hand heute nicht mehr benutzen, sonst bricht die Wunde wieder auf. Kann ich beim Laden helfen?«

»Nein – das ist nicht nötig.« Aus Safreddins Stimme klang plötzlich Mißtrauen. »Außerdem wollte ich Sie noch etwas fragen.« Er schickte den Soldaten fort und wartete, bis er das Büro verlassen hatte; dann fragte er: »Haben Sie mir einmal erzählt – oder bilde ich mir das ein? –, daß Sie ein Konto bei der Phönizischen Bank in Beirut haben?«

»Möglich, daß ich davon gesprochen habe«, sagte Selim Fathalla etwas überrascht. »Es ist kein Geheimnis und ja auch ganz legal. Ich benutze die Phönizische Bank als Verrechnungsstelle für meine ausländischen Rechnungen. Sie überweist sofort auf meine Bank in Damaskus. Weshalb fragen Sie?«

Statt zu antworten, stellte Safreddin eine weitere Frage. »Haben Sie große Beträge auf diesem Konto?«

»Von Zeit zu Zeit wächst der Betrag an, aber ich bin ja gesetzlich verpflichtet, ihn innerhalb einer bestimmten Frist in Landeswährung umzutauschen. Gibt es für diese Frage einen bestimmten Grund?«

»Unter Freunden«, sagte Omar Safreddin, »gibt es einen sehr guten Grund. Wir haben aus zuverlässiger Quelle erfahren, daß die Bank wackelt. Wenn Sie irgendwelche größeren Beträge dort liegen haben, würde ich Sie an Ihrer Stelle abheben. Ich würde Ihnen raten, Ihr dortiges Konto zu schließen und mit einer anderen Bank, möglichst einer arabischen, zu arbeiten und die Geschäfte abzuwickeln.«

»Danke für den Tip. Ich werde morgen sofort etwas unternehmen.«

Während er das sagte, versuchte er bereits, eine Antwort auf die viel unangenehmere Frage zu finden, wie er mit einer arabischen Bank die Abmachungen treffen konnte, die notwendig waren, um ihn und sein Netzwerk zu finanzieren. Die Phönizische Bank war darauf eingestellt, mit den exzentrischsten Kunden und den kompliziertesten Transaktionen fertig zu werden. Niemand stellte Fragen, niemand erwartete eine Erklärung. Für einen Spion war Nuri Chakry der beste Bankier der Welt. Wie er mit einem anderen zurechtkommen und wie er diesen anderen finden sollte – dieses Problem mußte Jakov Baratz für ihn lösen.

Er hatte diesen Gedanken wohl etwas zu lange nachgehangen, denn Safreddin sagte mit leiser Bosheit: »Sie brauchen sich keine allzu großen Sorgen zu machen. Wir haben auch in Damaskus gute Bankiers, und wir wissen, was wir unseren Freunden schuldig sind.«

»Das habe ich nie bezweifelt. Es ist nur so lästig, alles neu arrangieren zu müssen. Man verliert dabei immer Geld. Im übrigen verstehe ich nicht, wieso die Phönizische Bank plötzlich in Schwierigkeiten geraten ist. Sie ist doch weit und breit eines der größten Unternehmen dieser Art.«

»Zu groß. Zu viel Macht in den Händen eines einzelnen Mannes. Sagen Sie, haben Sie je mit Nuri Chakry korrespondiert?«

»Anfangs, ja. Später hauptsächlich mit den einzelnen Sachbearbeitern.«
»Ich würde mir diesen Briefwechsel gern einmal ansehen.«
»Sie können ihn sofort sehen, wenn Sie wollen. Aber weshalb?«
»Wir suchen nach einem Mann, der, wie wir glauben, mit der Phönizischen Bank korrespondiert und vertrauliche Informationen an sie weitergegeben hat.«
»Und Sie verdächtigen mich –?«
»Nein, mein Lieber«, sagte Omar Safreddin. »Wenn ich Sie verdächtige, hätte ich Ihnen doch wohl kaum so weit über den Weg getraut wie heute nacht in dieser – dieser kleinen Affäre da. Im Gegenteil, ich betrachte Sie als einen Freund. Aus diesem Grunde möchte ich, daß Sie dem Finanzministerium und dem Sicherheitsdienst gegenüber völlig makellos dastehen.«
»Das möchte ich auch.« Fathalla versuchte nicht, seinen Ärger zu verbergen. »Ich kann nicht unter Argwohn leben. Meine Geschäfte sind einwandfrei. Meine Bücher sind in Ordnung.«
»Gut«, sagte Omar Safreddin. »Ich schicke Ihnen morgen früh einen Mann, der Ihre Akten durchsieht und mir einen persönlichen Bericht macht.«
Fathalla wurde rot und fragte ironisch: »Sollten Sie nicht auch mein Haus durchsuchen lassen?«
»Das geschieht gerade«, erwiderte Safreddin höflich. »Ich erwarte einen Telefonanruf, bevor wir hier wegfahren. Die ganze Sache ist nicht persönlich gemeint. Ich weiß, daß Sie sauber sind, aber bei einer Untersuchung wie dieser muß ich unparteiisch vorgehen. Sonst kann ich Sie oder einen anderen Freund auch nicht schützen. Ich bitte Sie, das zu verstehen.«
»Ja, ich verstehe. Aber es ist kein Vergnügen, wie ein Verbrecher untersucht zu werden. Wann hört das einmal auf?«
»Nie! Denn wer kann beweisen, daß er morgen der gleiche Mann ist, der er heute ist?« Safreddin lehnte sich zurück und lächelte. »Sie dürfen mir das nicht übelnehmen, Selim. Ich bin der Wachhund, der zunächst einmal Freund und Feind anbellt. Aber nur die Eindringlinge und Verräter werde ich beißen.«
»Ich hoffe, Ihre Männer sind höflich gegenüber meinen Leuten. Ich möchte nicht, daß mein ganzer Haushalt in Verwirrung gerät. Und ich möchte auch nicht, daß im Bazar geklatscht wird.«

»Sollte es irgendwelchen Ärger gegeben haben, so rufen Sie mich an. Ich werde mir dann den Mann, der ihn verursacht hat, vornehmen.«

»Ich danke Ihnen.«

»Und vielleicht haben Sie Lust, mit mir essen zu gehen, wenn wir hier fertig sind?«

»Lieber ein anderes Mal.« Fathalla war sehr kühl. »Wenn Sie mehr Vertrauen zu mir haben.«

Safreddin zuckte die Schultern. »Gern. Wir werden beide glücklicher sein, wenn dieses Problem für uns gelöst ist.«

Und mit diesem doppelsinnigen Satz endete die Unterhaltung. Safreddin ging hinaus, um das Aufladen zu überwachen, während Fathalla unruhig eine Zigarette rauchte und darauf wartete, daß das Telefon läutete. Er ärgerte sich über sich selber, weil er sich von Safreddin hatte erschrecken lassen. Er kannte ihn lange genug und hätte wissen müssen, daß der Mann unglaublich berechnend und völlig unnachgiebig war. Er war ein Anhänger der klassischen Technik, Angst zu verbreiten, indem er jeden in ständiger Spannung und Ungewißheit ließ. Früher oder später pflegte dann auch der Unschuldige zusammenzubrechen und mitzuteilen, was er bisher sorgsam verschwiegen hatte, nur damit man ihn wieder in Ruhe und Sicherheit ließ. Früher oder später pflegte auch der Schuldige ein oder zwei Fehler zu machen. Vielleicht akzeptierte er eine falsche Behauptung als richtig oder zog aus einer richtigen die falschen Schlüsse. Und dann verstrickte er sich wie ein Vogel im Netz.

Fathalla erinnerte sich lebhaft an den alten Trick der Bazardiebe, den man den Fingertanz nannte. Zwei Diebe näherten sich dem Opfer auf einer belebten Straße, belästigten es und stießen es an, während ihre Finger es mit unglaublicher Geschwindigkeit abtasteten und ihm über Gesicht, Augen, Brust und Leib fuhren, bis er so verwirrt war, daß es für einen dritten ein leichtes war, ihm die Brieftasche abzunehmen oder gar die Uhr vom Handgelenk. Auch wenn das Opfer zurückschlug, verursachte es Verwirrung, einen kleinen Tumult – und das Ergebnis war das gleiche.

Safreddins Technik gegenüber war die einzig richtige Verhaltensweise: ruhig bleiben, auch während man die jeweils angemessenen Gefühle zur Schau trug, sich alle Feststellungen merken und sie später, wenn möglich, wie Schachfiguren ausspielen ohne auch nur eine Sekunde zu vergessen, daß der nächstliegende Zug gerade der gefährlichste sein konnte. Wie in diesem Augenblick zum Beispiel. Safreddins Männer durchsuchten sein Haus. Das war im Augenblick beunruhigend, aber wahrscheinlich nichts weiter als das. Es sei denn, sie fanden das Geheimschloß, das die Fayenceplatte öffnete. Wenn das geschah, war er erledigt. Dann war er so gut wie tot. Plötzlich überfiel ihn siedendheiß ein anderer Gedanke. Vielleicht suchten sie gar nichts Bestimmtes. Es war genausogut möglich, daß sie eine Telefonleitung anzapften und in seinem Zimmer Abhörgeräte montierten. Diese Möglichkeit war erschreckend. Selbst wenn man wußte, daß Abhörgeräte da waren, waren sie immer noch eine Falle. Wenn man sie aber ausbaute, machte man sich sofort verdächtig. Und wenn man versuchte, sie zu ignorieren, verriet man sich unweigerlich durch seine gekünstelte Ausdrucksweise. Was auch immer man tat, irgendwann wurde man das Opfer der Psychose, die dadurch entstand, daß man beständig dem lauschenden Ohr seiner Feinde preisgegeben war. Das Telefon läutete schrill neben seinem Arm, und er sprang fast vom Stuhl. Er nahm den Hörer ab.

»Hier ist Fathalla.«

Eine männliche Stimme fragte: »Ist Oberst Safreddin zu sprechen?«

»Einen Augenblick. Ich hole ihn.«

Aber Safreddin war bereits in das Büro zurückgekehrt und griff nach dem Hörer. »Hier Safreddin. Ja. Nein, sonst nichts. Danke.«

Safreddin legte den Hörer auf und wandte sich an Fathalla. »Die Männer sind mit Ihrem Haus fertig, mein Freund. Sie haben nichts gefunden.«

»Ich würde gern sagen, daß ich mich freue. Statt dessen fühle ich mich beleidigt.«

»Wenn Sie nicht beleidigt wären«, sagte Safreddin liebenswürdig, »dann wäre ich sehr von Ihnen enttäuscht. Wir sind draußen fast fertig. Wir fahren gleich unsere Wagen weg. Dann können Sie abschließen und nach Hause gehen.«

»Nein, ich muß noch auf den Wächter warten.«

»Ist er zuverlässig?«

»Zweifellos. Ob Sie freilich ebenso darüber denken, weiß ich nicht.

Ich weiß nicht, was Sie denken. Und um ehrlich zu sein, es interessiert mich auch nicht.«

Plötzlich und überraschend lachte Safreddin, wobei er den Kopf zurückwarf und sich auf die Schenkel schlug. »Ausgezeichnet! Sehr gut! Sehr gut! Ich könnte Sie morgen erschießen lassen, und Sie würden mir noch ins Gesicht spucken, wie? Sie sind unbezahlbar! Wie wäre es, wenn Sie für mich arbeiten würden?«

Fathalla dachte über die Frage des längeren nach. Schließlich antwortete er mit großer Behutsamkeit: »Das wäre eine Idee – vielleicht. Wenn meine Waren in Amman angekommen, meine Laster zurück und meine Fahrer wieder bei ihren Frauen sind, wenn das Telefon in Ordnung gebracht wird und die Mikrofone wieder aus meinem Haus entfernt werden, dann gebe ich Ihnen meine Antwort.«

»Und woher, Fathalla, wissen Sie von solchen Sachen wie angezapften Telefonleitungen und eingebauten Mikrofonen?«

»Die Antwort darauf finden Sie in meinen Akten. Ich bin Baathist. Erinnern Sie sich? Ich bin den Mördern nur um Haaresbreite entwischt – nicht zuletzt, weil man mich vor diesen kleinen Tricks gewarnt hatte. Bei Allah! Zu denken, daß ich ihnen jetzt bei meinen Freunden in Damaskus wiederbegegne! Wenn Sie meinen Kopf wollen, Oberst Safreddin, dann sagen Sie es. Ich schicke ihn Ihnen auf einem Tablett. Aber wir wollen doch die Wiederauferstehungspartei nicht mit dieser Sorte Dreck beschmeißen.«

Die Schritte und Stimmen im Hof klangen unnatürlich laut und schienen gleichzeitig fern und fremd. In dem kleinen Büro herrschte langes und schweres Schweigen. Safreddin saß starr wie eine Statue da, den Blick auf seine Hände gerichtet. Endlich hob er den Kopf. Seine Augen strahlten, seine schmalen Lippen lächelten. Er sah aus wie ein Mann, der mit seinem Scharfsinn außerordentlich zufrieden war. »Also gut, Selim. Die Sachen werden morgen vormittag wieder ausgebaut. Aber seien Sie bitte nicht zu gescheit. Ja?«

»Ich will keineswegs besonders gescheit sein«, sagte Selim Fathalla. »Ich möchte kaufen und verkaufen und in Ruhe mit einer Frau schlafen. Was den Rest angeht – Inshallah!«

»Inshallah!« wiederholte Safreddin fromm. »Gute Nacht, mein Freund.«

Beirut

Im Dachgartenrestaurant des *Phönizischen Hotels* – das im Augenblick angenehmer und sicherer war als die Phönizische Bank – saß Nuri Chakry mit Mark Matheson beim Essen. Die Szenerie war luxuriös – gedämpftes Licht, dicke Teppiche, schwere Vorhänge, schneeweiße Tischtücher, glänzendes Kristall. Die Bedienung war lautlos und umsichtig, das Essen eine Folge erlesener Delikatessen aus der ganzen Welt. Nuri Chakry sprudelte vor Optimismus und guter Laune.

»Ich will Ihnen was sagen, Mark, die Dinge stehen besser, als ich hoffen konnte. Diese Tölpel im Ministerium – sie haben sich aufgeführt wie Schulmeister, die mit erhobenem Zeigefinger ihren Großmüttern beibringen wollen, wie man Rührei macht. Regelrechte Standpauken haben sie mir gehalten. Aber am Schluß war alles klar. Sie machen mit, weil ihnen gar nichts anderes übrigbleibt. Schließlich geht es um das Ansehen der ganzen Nation. Natürlich werden sie so lange zögern, wie es irgend geht, um uns ein wenig schmoren zu lassen, aber am vorletzten Tag werden sie das Geld liefern, in bar.«

»In Zürich habe ich etwas anderes gehört«, sagte Mark Matheson finster. »Und auch Mortimer hat es mir anders dargestellt.«

»Wissen Sie weshalb?« sagte Chakry und legte den Löffel neben die Schale mit Erdbeeren. »Weil man eine Atmosphäre des Mißtrauens schaffen will. Nachdem Sie aus Zürich angerufen hatten, bekam ich den Tip, daß Mortimer bereit ist, ein Angebot für die Fluglinie zu machen – er bietet mehr, als wir brauchen, um aus den derzeitigen Schwierigkeiten herauszukommen, aber nicht annähernd soviel, wie das Objekt wirklich wert ist. Lewisohn sagte Ihnen, er würde das *Vista del Lago* kaufen, nicht wahr? Und an unserem Grundbesitz in New York und Paris sind ebenfalls mehrere Leute interessiert. Sogar die Trottel vom Ministerium fragten mich, ob ich daran dächte, meine Aktien zu verkaufen. Was läßt sich aus alldem schließen? Daß alle Seiten Anstrengungen machen, den Markt zu drücken. Das ist die eigentliche Gefahr für uns: Mangel an persönlichem Vertrauen. Nicht die Kuwaitis oder die Saudis ...«

»Vertrauen ist nicht gleich Bargeld.«

Chakry nahm den Löffel und begann die Erdbeeren zu essen.

»Machen Sie sich keine Sorgen um das Bargeld. Das ist bereits unterwegs.«

Matheson blickte verblüfft auf. »Unterwegs? Seit wann? Und woher kommt es?«

Chakry grinste zufrieden und wischte sich mit der Serviette den Mund. »Noch nicht, Mark. Im Augenblick sag' ich noch nicht mal Ihnen, was für ein Stück hier über die Bühne gehen soll. Aber um Sie ein bißchen aufzumuntern, wenigstens so viel: Wir lassen alles so weiterlaufen wie bisher; den Höhepunkt der Krise können wir, wie Sie wissen, fast auf den Tag genau vorhersagen. Fünf Tage bevor die anderen denken, jetzt ist er erledigt, werde ich mich in Rauch auflösen – eine kleine Geschäftsreise. Sie werden die letzten Verhandlungen mit dem Ministerium und der Zentralbank führen. Bis dahin werden sich auch die Aasgeier eingestellt haben und ihre Angebote machen. Sie werden alle Vorbereitungen für den letzten Akt treffen. Und kurz bevor die Zentralbank zur Rettungsaktion schreitet, erscheine ich und zaubere das Kaninchen aus dem Zylinder.«

»Das ist ein hübscher Trick – wenn man ihn beherrscht.«

»Keine Angst, das werde ich. Glauben Sie mir.«

»Ich glaube Ihnen gern. Aber weshalb haben Sie mir dann nicht die Tritte in den Hintern erspart, die ich bezogen habe?«

Chakry lachte. »Das tut mir leid, Mark. Ich war zwar schon, bevor Sie fuhren, ganz sicher, daß sich die Sache machen ließe, aber Ihre Reise war für die ganze Inszenierung unerläßlich.«

»Wieviel soll ich davon wissen – und erzählen? Ich werde in den nächsten Wochen viele Fragen zu beantworten haben.«

»Nichts werden Sie erzählen! Nur, daß es keinen Grund zu Mißtrauen gibt. Entschuldigen Sie mich einen Augenblick. Ich möchte kurz telefonieren.«

Als er gegangen war, stützte Mark Matheson das Kinn in die Hand und starrte vor sich hin. Das klang alles zu sehr nach dem Wunder in letzter Minute, als daß man daran glauben konnte – und doch: Es gab Augenblicke, in denen man überhaupt nur noch an Wunder glauben konnte – oder an den großen Zauberer mit dem Zauberstab und dem allmächtigen Lächeln. Der Gehilfe des Zauberers mußte die Vorbereitungen treffen, für die Requisiten sorgen und dem pompösen

Wichtigtuer Würde und Ansehen verleihen. Natürlich gab es Leute, die behaupteten, er stecke mit dem Zauberer unter einer Decke. Dabei gab es Augenblicke, in denen der Gehilfe selber an die Zauberkräfte des Meisters glaubte und andere, in denen er von einem Trick überrascht wurde, den er nie zuvor gesehen hatte – unvermutet aufflatternde Tauben oder die angebliche Jungfrau, die plötzlich der Hochzeitstorte entstieg. Was konnte er im übrigen tun – er, der gute Assistent, der Mann mit dem weichen Rückgrat? Er gehörte zur Schau. Er wurde mit gutem Geld dafür bezahlt. Er mußte auf der Bühne bleiben, bis das Spiel zu Ende war. Die Araber hatten die richtige Einstellung: Bleib im Zelt, bis das Gewitter vorbei ist, und überlaß Allah das Morgen.

»Heute abend amüsieren wir uns«, sagte Nuri Chakry, als er zurückkam. »Kamal Amin gibt eine Party. Mit all unseren Freunden, keinem von unseren Rivalen und einem ganzen Ballett neuer Bienen. Was sagen Sie dazu, Mark?«

»Was soll ich sagen – trinken wir und freuen wir uns: Wir sind also wieder reich!« Er fühlte sich plötzlich leichtsinnig und übermütig.

Chakry legte ihm warnend die Hand auf den Arm. »Nicht zu reich, Mark. Das macht die Leute neidisch. Gerade reich genug, um den Glauben an unsere Vertrauenswürdigkeit zu erwecken. Nicht wahr?«

»Glaube, Liebe, Hoffnung!« Mark hob sein Glas. »Besonders Liebe! Irgendwann muß ich mal wieder heiraten.«

Als er aufstand, um zu gehen, merkte er, daß er etwas betrunken war, aber als sie Kamal Amins Haus betraten, war er nüchtern genug, um zu sehen, wie sorgfältig die Party vorbereitet war, und daß dabei offensichtlich die geschickte, erfahrene Hand Nuri Chakrys mitgewirkt hatte. Alle anwesenden Männer waren seine Kunden, Partner oder Verbündeten bei dem einen oder anderen seiner Unternehmen. Mehr oder weniger hatten sie alle das gepflegte glatte Aussehen der typischen Erfolgsmänner. Sie alle sprachen die gleiche geheimnisvolle Sprache – den Fachjargon des Geldes und der Aktienmärkte. Sie lachten plötzlich laut und verfielen ebenso plötzlich in geflüsterte Dialoge.

Die Mädchen waren neu, wie Chakry versprochen hatte: ein paar

Mannequins aus Rom, eine Handvoll Starlets vom letzten Festival in Cannes, drei Tänzerinnen aus der neuen Revue im *Casino*. Aber er glaubte sie alle schon gesehen zu haben – er kannte diese Kleider nach der neuesten Mode, die zugleich jungen und alten Gesichter von Helena Rubinstein und Max Factor, diesen ruhelosen, halb wissenden, halb verwirrten Ausdruck der Augen, die Vor- und Nachteile, genau abzuschätzen wußten. Sie kamen in ihren Erste-Klasse-Kabinen, wenn in Europa der Sommer vorüberging. Sie bezogen die Wohnungen ihrer Vorgängerinnen vom letzten Jahr. Sie blieben, bis in den Bergen der erste Schnee fiel; dann kehrten sie zurück – wenn sie Glück hatten, wiederum erster Klasse – nach Arosa, Zermatt und Sankt Moritz, manche etwas klüger, einige etwas reicher und alle viel älter.

Sie schlenderten routiniert von Gruppe zu Gruppe, berührten hier eine Hand, dort eine Wange und entschwanden wieder. Sie sprachen mit melodiösen Geishastimmen, und in ihren Reden tauchten immer wieder die gleichen Namen und Orte auf. Sie boten sich indirekt an, gaben sich vielversprechend und schienen zu vergessen, daß die Männer das gleiche schon oft gekauft hatten und so etwas nicht als Eroberung betrachteten, sondern als elegante Annehmlichkeit.

Chakry schlängelte sich durch die Menge, wie ein goldener Faden ein Gewebe durchzieht, streichelte nackte Schultern, flüsterte in aufmerksame Ohren, zog diesen und jenen in vertrauliche Unterhaltungen und brach sie jedesmal ab, bevor er gezwungen war, ja oder nein zu sagen. Matheson beobachtete ihn mit Bewunderung und Neid und staunte über die Gewandtheit, mit der er sich aus einer Unterredung zurückzog, sobald sie zu direkt wurde. Er war ein Meister im Wiederherstellen von Vertrauen; er beruhigte die Ängstlichen, strich Balsam auf finanzielle Wunden und machte vage Versprechungen auf so überzeugende Weise, daß niemand daran zweifelte. Bis zu Mark Matheson, der abwesend das Knie der Tänzerin streichelte, die neben ihm auf der Sessellehne saß und unaufhaltsam plapperte, ohne zu merken, wie sehr ihn das langweilte, drangen immer wieder Bruchstücke seiner Reden.

»... Alle beneiden den Libanon um seine Autonomie und Unabhängigkeit. Wenn sie uns angreifen, greifen sie den Libanon an. Der sozialistische Staat ist der Tod des Bankgeschäfts. Schwierige Zeiten gibt es immer mal, selbst im Ölgeschäft kann man den Kopf verlieren. Der Trick besteht darin, neue Geldquellen aufzutun, wie wir es machen. Die amerikanischen Goldreserven schwinden dahin. Die Briten versprechen das Blaue vom Himmel, aber das Pfund ist angeschlagen. Bei Grundstücksanlagen mindestens sieben Prozent Gewinnzuwachs im Jahr. Fluggesellschaften und Hotels müssen zusammenarbeiten. Nur nicht verkaufen ...«

Es war eine virtuose Vorstellung, und Mark Matheson wußte, daß er selber nie etwas Ähnliches zustande bringen würde. Nach einer Weile überließ er sich daher dem Alkohol und überlegte nur noch, wie lange er brauchen würde, um die Tänzerin zum Schweigen und nach Hause in sein Bett zu bringen.

Tel Aviv

»Manchmal glaube ich, für jeden von uns kommt einmal die große Schlacht«, sagte Jakov Baratz beim schon schwachen Kerzenlicht dieses sehr intimen Abendessens. »Nur einmal im Leben erglänzen die Fahnen, und die Trompeten sind aus Silber, und wir siegen triumphal oder fallen mit einem Gebet auf den Lippen. Danach wissen wir zu viel, und das Beste, was wir noch erhoffen können, ist, ein braver Soldat zu sein.«

»Bist du ein braver Soldat, Jakov?« Die Frage enthielt keine Ironie, sie war eine höfliche Bitte um Erklärung. Seit ihrem schrecklichen Ausbruch war Yehudith sehr milde. Sie hatte während des Essens einigermaßen unbefangen geredet, aber sie war matt und unkonzentriert, als habe sie ihre Kräfte überbeansprucht und müsse warten, bis sie sich regenerierten. Baratz war schwermütig und nachdenklich. Er wollte ihre Frage beantworten, fürchtete aber, sich dabei selber zu betrügen.

»Ich wüßte nicht, was ich sonst wäre. Ich bin ewig im Dienst. Ich bekomme mein Geld wie jeder Diener des Staates. Ich liebe meinen Beruf. Ich weiß, daß ich da etwas mehr kann als die meisten anderen – eine Sache der Veranlagung, nicht etwa besonderer Inspiration.«

»Interessiert es dich?«

»Meine Arbeit? Natürlich!«

»Und das, was sie bedeutet – die Bewachung der Grenzen, des Landes, der Tradition, der Menschen?«

»Das auch. Aber ich mache mir wenig Illusionen. Ich höre diese verbissenen Debatten in der Knesset. Ich sehe, wie die Männer, die zusammengehalten und gemeinsam gekämpft haben, um Israel zu gründen, einander jetzt vor den Augen der ganzen Welt erbittert verhöhnen. Ich beobachte die Streitigkeiten und Streitereien auf dem Geldmarkt und frage mich manchmal, ob wir dafür gekämpft haben.«

»Und trotzdem läßt du Adom und Männer wie ihn täglich ihr Leben für das alles riskieren. Du warst heute abend froh, als ich meine nur noch geringen Hoffnungen aufgab. Weshalb?«

»Möchtest du Musik?«

»Bekomme ich auch eine Antwort?«

»Ich suche selbst danach.«

»Dann sag mir wenigstens, wo du nach ihr suchst.«

Baratz stand auf, schaltete den Plattenspieler an, und ein paar Sekunden später hörten sie Horowitz Schumanns *Konzert in C-Dur* spielen, dieses große, zarte Gedicht der Trennung und der Sehnsucht. Yehudith verkroch sich in die Ecke des Sofas, schloß die Augen und ließ die Musik in heilenden Wellen über sich hinströmen. Sie sah so verwundet aus, so verloren, so dankbar für die augenblickliche Entspannung, daß Baratz großes Mitleid mit ihr hatte. Am liebsten hätte er sie in die Arme genommen, sie gestreichelt und beruhigt, aber er wagte es nicht. Schon die leiseste Berührung wäre ihm wie Verrat vorgekommen.

Nach einer Weile fragte sie ihn leise und ohne die Augen zu öffnen: »Was suchst du, Jakov?«

»Das Verlorene – das, woran man glauben, wofür man sterben kann.«

»Hast du es je besessen?«

»Ich dachte, ich besäße es. Jetzt bin ich allerdings nicht mehr ganz sicher.«

»Weswegen?«

»Weswegen? Wegen dem, was ich dir heute abend angetan habe. Und weil die Gründe für alles andere, was ich tun muß, immer verworrener werden.«

»Glaubst du, Jakov?«

»An Gott? Nein. Ich wollte, ich könnte es. Weißt du, vor ein paar Wochen war ich einen Tag in Jerusalem. Ich ging ins Museum, weil ich etwas über einen Tontopf erfahren wollte, den ich von Beduinen in der Negev gekauft hatte. Einer der Museumsführer geleitete eine Gruppe alter Leute aus Safad. Alles echte Adukim. Du kennst sie. Ich brauche dir nichts zu erzählen. Ich weiß nicht, weshalb, aber ich ging hinter ihnen her. Sie waren an den Antiquitäten kaum interessiert. Aber als sie in den großen Saal kamen, in dem die alte Thora ausgestellt ist und die heiligen Gefäße und Gewänder, da wurden sie plötzlich lebendig. Ich sah, wie Männer und Frauen ihre Fingerspitzen küßten und auf die Glaskästen legten. Einige verfielen in eine Art Ekstase, ihre Augen waren geschlossen, und ihre Lippen bewegten sich im Gebet. Ich war so neidisch auf sie, daß ich fast weinte. Für mich waren all diese Dinge Geschichte und Tradition – etwas Bindendes, ja, aber nicht stark genug. Nicht im entferntesten stark genug. Mir fehlte die Liebe. Die Liebe, die den Gott der Väter für diese Menschen wirklich und lebendig machte.«

»Vielleicht ist das schon die Antwort, Jakov. Die Liebe.«

»Vielleicht. Wenn man weiß, was sie bedeutet.«

»Du liebst Hannah.«

»Ich habe sie geliebt. Ich habe sie besessen und zerstört. Franz Liebermann hat mir gesagt, was passieren würde. Ich wollte es nie hören. Was weiß ich schon von Liebe?«

Sie öffnete die Augen und sah sein müdes Gesicht halb im Schatten, halb im Licht der Kerzenflammen. Einen Augenblick lang fühlte sie sich von seiner Schwäche beschämt. Dann wurde sie plötzlich ärgerlich, und sie sagte: »Und was tust du nun, Jakov?«

»Ich arbeite. Ich tue, was ein Glaubender tut – nur ohne Glauben. Ich werde bezahlt, um zu kommandieren, und ich kommandiere. Man verläßt sich darauf, daß ich ehrliche Urteile abgebe. Und das tue ich – so gut ich kann.«

»Ist das genug?«

»Es ist alles, was ich kann.«

»Wie lange hälst du das aus?«

»Einen Tag.«

»Und dann?«

»Dann kommt ein anderer Tag.«
»Das ist deine ganze Hoffnung?«
»Nein, das ist alles, was zählt. Hoffnung – das ist etwas anderes.«
»Und worauf hoffst du, Jakov?«
»Auf das, was Goethe verlangte, als er starb: Licht. Mehr Licht.«
»Auch wo ich bin, ist es dunkel, Jakov.«
»Ich weiß.«
Die Musik war verstummt. Niemand sprach. Sie waren zwei Inseln in einem Raum voll Schatten und Schweigen. Irgendwo in Damaskus saß ein Mann, dessen Abwesenheit wie ein Schwert zwischen ihnen stand. Baratz erhob sich und ging aus dem Zimmer. Ein paar Augenblicke später kam er zurück und setzte sich neben Yehudith. Er hielt ihr seine rechte Hand hin, in der eine kleine, flache Pappschachtel lag. Ruhig und freundlich sagte er:
»Wir haben zu lange geredet. Wir haben einander weh getan. Wir dürfen das nicht wieder tun. Dies hier ist das Kostbarste, was ich besitze. Ich habe es während der ersten Kämpfe, bei Ramle in einem Felsloch gefunden. Ich möchte, daß du es nimmst und nach Hause gehst. Behalte es, betrachte es gelegentlich, und vielleicht sagt es dir, was ich nicht aussprechen kann.«
Verwirrt nahm sie die Schachtel und fragte: »Darf ich es ansehen?«
»Natürlich!«
Sie öffnete die Schachtel, faltete das Seidenpapier auseinander und nahm die kleine Kostbarkeit zwischen die Fingerspitzen. Es war ein viereckiger, flacher antiker Stein, hellgrün und fein geädert, in den die Gestalt der Venus eingraviert war, die dem Meer entstieg.
»Jakov, das ist wunderschön. Was ist es?«
»Das ist ein Smaragd. Kein sehr guter Stein; die Farbe ist viel zu hell. Er ist römischer Herkunft, vermutlich wurde er zu Titus' Zeit in Alexandria bearbeitet. Wenigstens sagte man mir das im Museum. Er könnte von der Schließe eines Frauengürtels sein.«
»Ich möchte wissen, wer diese Frau gewesen ist. Hat sie den Gürtel ihrem Mann mitgegeben, als er in den Krieg ging? Oder hat er ihn für sie gekauft und ist dann nicht mehr dazugekommen, ihn ihr zu geben, weil er vorher fiel?«
»Wer weiß? Das ist lange her. Wen interessiert es schon?«

»Ich weiß es«, sagte Yehudith Ronen leise. »Ich weiß es, und mich interessiert es – und ich bin dir so dankbar, daß ich nicht einmal weinen kann. Schick mich jetzt nach Hause, Jakov. Schick mich ganz schnell nach Hause.«

Damaskus

In einem schäbigen Zimmer eines einst großen Hotels lag Idris Jarrah auf seinem Bett und betrachtete den Fliegendreck am Lampenschirm. Er hatte schlecht gegessen, war zwei Stunden lang in einem Nachtklub gewesen, wo sich die Mädchen als noch habgieriger und häßlicher erwiesen hatten als üblich, und war, nicht zum erstenmal, zu der Ansicht gekommen, daß Damaskus eine tote Stadt sei, die weder die Wiederauferstehungspartei noch irgend jemand sonst zu neuem Leben erwecken konnte. Die Straßen wimmelten von Soldaten und außerordentlich wachsamen Polizisten, die ihn zweimal angehalten hatten, um seine Papiere zu kontrollieren. Die Waren in den Schaufenstern waren spärlich und von schlechter Qualität. Er hatte unterwegs keine einzige elegante Frau und nicht einen gutangezogenen Mann gesehen. Und da die öffentliche Moral jetzt von den Behörden kontrolliert wurde, mußte er entweder allein in seinem Hotel schlafen oder Gesundheit und Brieftasche in einem Seitengassenbordell riskieren, was ihm nach kurzem Überlegen die zweifelhafte Erquickung nicht wert war.

Sein einziger Trost war, daß er morgen bei Tagesanbruch aus diesem Nest hinaus und unterwegs nach Amman und Jerusalem sein würde. Aber nicht einmal das besänftigte die Zweifel, die langsam in ihm aufzusteigen begannen. Nach der Unterredung mit Safreddin war er im ersten Überschwang sicher gewesen, daß er, ganz wie geplant, die Situation unter Kontrolle hatte. Doch in diesem freudlosen Kasten, in dieser mißtrauischen, unliebenswürdigen Stadt waren ihm Zweifel gekommen: Safreddin war zu nachgiebig, zu gefällig gewesen. Er hatte zu viel Hochachtung vor den Ansichten eines Eindringlings gezeigt, auch wenn dieser gutes PLO-Geld in der Brieftasche trug. Und wenn Safreddin seinen wahren Charakter verleugnete, drohte immer Gefahr. Aber welche Gefahr? Eine Frage auf

Leben und Tod für Idris Jarrah, der hunderttausend Dollar auf der Bank hatte und so lange wie möglich etwas davon haben wollte.

Es gab so viele Gegenströmungen in der arabischen Politik, so viele Veränderungen und Verschiebungen, daß man ein Genie oder ein Seher sein mußte, um sie alle zu erkennen. Innerhalb des Islams gab es Sekten und Sektierer, und die Söhne des Propheten waren keineswegs eine einträchtige, glückliche Familie. Es gab Zank und Streit, Eifersucht unter den Stämmen, Spannungen zwischen den Völkern, nationale Rivalitäten und politische Unstimmigkeiten, und die gewaltigen Freundschaftsschwüre überlebten kaum je den Augenblick des gemeinsamen Interesses. Safreddins zugegebenes Ziel war die Vernichtung der Monarchie in Jordanien, aber die Gefahr, die von den Israelis in Galiläa drohte, würde ihn sicher nicht zu einem Bürgerkrieg im Nachbarland ermuntern. Das ganze Komplott konnte genausogut nur der Absicht dienen, Safreddin als einen Freund der Monarchie hinzustellen, Verräter an der arabischen Einheit zu demaskieren und die grundsätzliche Brüderlichkeit des Islams zu demonstrieren. Wie der Kadi schon vor mehreren hundert Jahren Abu dem Spaßmacher erklärt hatte, gab es immer mehrere Möglichkeiten.

Safreddin hatte ihn aufgefordert, mit Major Khalil Kontakt aufzunehmen. Aber Khalil war bereits gefährdet – er stand in diesem Augenblick vielleicht schon unter Arrest –, weil Jarrah ihn an Nuri Chakry verraten hatte. Kontakt mit ihm aufzunehmen konnte bedeuten, den Hals in die Schlinge zu legen. Eine Weigerung aber, Verbindung aufzunehmen, würde Safreddin mißtrauisch machen. Idris Jarrah sah jetzt ganz klar, wie gefährlich das Seil war, auf dem er balancierte.

Er hatte alles auf die Überzeugung gesetzt, daß Chakry seine Informationsquelle nicht verraten, die finanzielle Krise überstehen und als ständiger Käufer von Informationen auf dem Markt bleiben würde. Wenn das aber nicht so war, wenn sein Kredit bereits unwiderruflich dahin sein sollte, wie würde er dann das Geld, das er seinem Informanten gezahlt hatte, wieder hereinbekommen? Daß er es wieder einbringen würde, auf irgendeine Weise, schien ihm sicher. Aber was würde ein Käufer tun, wenn ihm ein Mann, dem gerade der Kredit entzogen war, explosive Neuigkeiten anbot? Er würde von ihm verlangen, ihre Echtheit zu beweisen. Und das konnte Chakry. Er besaß eine unterschriebene Bestätigung, eine Quittung für die Bezahlung und ein Tonband mit einer identifizierbaren Stimme. Jarrah hatte Männer gekannt, die in dunklen Seitengassen ermordet oder aus einem Fischerboot über Bord geworfen worden waren, weil sie nach Jahren erfolgreicher Berechnungen einen winzigen Fehler gemacht hatten.

Von jetzt an hing sein Leben davon ab, ob Chakry seinen Informanten verriet oder verraten hatte, und ob die Männer, an die er ihn verraten hatte oder verraten würde, seinen Namen an Safreddin weitergaben. In Jordanien würde er etwas länger am Leben bleiben, weil er dem Thron einen Dienst erwiesen hatte. Zumindest würde er Zeit haben, alles zu bedenken. In Damaskus war er in tödlicher Gefahr.

Er überlegte rasch. Von Damaskus bis zum jordanischen Grenzposten bei Rumtha brauchte man auf der Straße zweieinhalb Stunden. Er konnte ein Taxi nehmen und sofort losfahren – aber das würde bedeuten, daß er in dem Grenzort herumhängen mußte, bis am nächsten Morgen ein Transport nach Amman ging. Eine derart überstürzte Flucht würde überdies Safreddin aufmerksam machen, und die Grenzposten würden Verdacht schöpfen, wenn er so spät in Rumtha ankam. Es war besser, er verbrachte diese letzte lange Nacht in Damaskus und fuhr am nächsten Morgen fahrplanmäßig ab.

Er stand auf und ging durch das Zimmer, um die Tür abzuschließen. Das Schloß hatte keinen Schlüssel. Der Riegel war abgebrochen. Er schob einen Stuhl unter die Klinke. Es würde kein Problem sein, die Tür dennoch zu öffnen, aber wenigstens würde der Lärm ihn warnen. Er wühlte in seinem Koffer und zog einen kleinen, schwarzen, automatischen Revolver hervor. Dann legte er sich vollständig angezogen auf das Bett, zog die schmutzige Decke über sich und fiel in einen unruhigen Schlaf, aus dem ihn jedes Geräusch auf der Straße und jeder Schritt im Korridor aufschreckte.

Damaskus

Als Safreddin und seine Männer das Gelände verlassen hatten, rief Selim Fathalla Emilie an.

»Emilie? Hier ist Selim. Ich bin im Lagerhaus. Der Wächter ist gerade weg, auf eine Tasse Kaffee. Willst du nicht mit dem Wagen kommen und mich abholen? Sagen wir in etwa einer halben Stunde. Wir fahren dann ein bißchen spazieren.«

»Wohin?«

Er hatte gehofft, daß sie diese Frage stellen würde, und beantwortete sie ganz für die Ohren des Agenten, der mithörte.

»Wohin du willst. Ich hatte heute eine Menge zu tun und bin etwas nervös. Wenn du Lust hast, können wir bei Hakim zu Abend essen und dann irgendwohin fahren und in den Mond schauen. Ich bin ganz in der Stimmung dafür.«

»Wie du willst. Selim, ich war heute abend sehr beunruhigt: Zwei Männer vom Sicherheitsdienst kamen und sagten, sie hätten Befehl, das Haus zu durchsuchen.«

»Ich weiß«, sagte Fathalla in ungezwungenem Ton. »Oberst Safreddin hat es mir erzählt. Es ist eine Routineuntersuchung – eine Überprüfung aller Leute, die ausländische Bankkonten haben.«

»Ich wünschte, du hättest mir Nachricht gegeben. Ich wußte nicht, was ich tun sollte. Ich mußte sie einfach machen lassen.«

»Das war ganz richtig. Mach dir keine Sorgen. Und hol mich in einer halben Stunde ab.«

Er legte den Hörer auf und dachte darüber nach, was er jetzt tun mußte. Zuerst mußte er alle seine Mitarbeiter darauf aufmerksam machen, daß Untersuchungen des Sicherheitsdienstes bevorstanden. Das allein war schon riskant; es konnte Panik und überstürzte Reaktionen verursachen und bei schwächeren Charakteren Neigung zu Verrat. Seine Arbeitsmethode war völlig anders als die von Eli Cohen. Cohen war allgemein bekannt gewesen; er hatte einflußreiche Freunde gehabt, in der Wirtschaft, der Diplomatie und der Politik. Er war so unübersehbar präsent, daß er lange Zeit übersehen wurde. Er benahm sich so auffällig, ja so augenfällig verdächtig, daß er nicht in Verdacht geriet. Aber als der Trick erst einmal durchschaut war, fiel seine ganze Organisation wie ein Kartenhaus zusammen.

Fathallas Agenten waren bescheidene Leute, unterbezahlte und unzufriedene Beamte in den Ministerien, junge Offiziere, die durch stockende Beförderung und die Bevorzugung politisch aktiver Kameraden verbittert waren, enteignete Kaufleute, Opfer der Revolution oder Mitglieder der Nasser ergebenen Gruppen, denen die Baathisten nach der Machtübernahme allen Einfluß genommen hatten. Sie waren über das ganze Land verstreut, und er selber hatte keinen direkten Kontakt mit ihnen. Sein Netz war nach der klassischen Dreiecksmethode aufgebaut – ein Agent kannte jeweils nur zwei andere und konnte also auch nur diese beiden verraten. Fathalla hatte nur mit Bitar und einem Mann in Aleppo zu tun, und keiner der beiden wußte von der Existenz des anderen. Auf diese Weise hatte er zwei separate Netze zur Verfügung, die unabhängig voneinander arbeiteten. Morgen mußte er Bitar warnen, und bei der ersten sich bietenden Gelegenheit mußte er nach Aleppo und den Mann dort von der möglichen Gefahr unterrichten.

Außerdem mußte er – das war noch dringlicher – sofort eine Mitteilung an Baratz in Tel Aviv aufgeben. Baratz mußte unbedingt Namen und Anschrift des Empfängers von Safreddins Waffen erfahren. Und er mußte wissen, daß die Phönizische Bank in Schwierigkeiten war, und ihm einen Agenten schicken, mit dem er neue Vorkehrungen treffen konnte, um seine Informanten zu bezahlen. Sein Haus war als Verbindungszentrale nicht mehr sicher und würde es so lange nicht sein, bis Safreddins Leute ihre Abhörgeräte ausgebaut hatten und er nach genauer Untersuchung jedes Zentimeters überzeugt sein konnte, daß kein einziges Gerät zurückgeblieben war. Bitar hatte ein Funkgerät in seiner Röntgenanlage versteckt, aber sein Haus war wahrscheinlich ebenfalls gefährdet, und überhaupt war der heutige Abend ein äußerst ungünstiger Zeitpunkt für irgendwelche Kontaktaufnahmen.

Schließlich mußte er auch an Emilie denken und einen schwierigen Entschluß fassen: Zog er sie ins Vertrauen oder nicht? Je mehr er darüber nachdachte, desto klarer wurde ihm, daß die Entscheidung längst gefallen war. Er liebte sie, und es gab nicht den geringsten Zweifel daran, daß sie ihn liebte. Wenn er unterging, würde sie mit ihm untergehen, und ihre Unschuld würde sie nicht vor Safreddins Rachsucht schützen. Deshalb mußte er sie mit Wissen wappnen und sich ihrer Mithilfe versichern. Wenn alles überstanden war, würde er sie heiraten und sie mit einem gesicherten Leben in einem anderen Land für alles entlohnen. Sie wußte ja bereits einiges aus seinen Fieberdelirien. Was immer er in ihrer Gegenwart gesagt hatte – es war zu viel für ihre Sicherheit und zu wenig, um sie vor einer Unbesonnenheit oder einem geschickten Ausfrager zu bewahren. Er mußte sie einweihen; aber erst nachdem er sich vergewissert hatte, daß sie auch wirklich bereit war, sich einweihen zu lassen. Sobald sie Bescheid wußte, hielt sie ihn und sein ganzes Unternehmen in ihren zarten Händen. Es war ein beängstigendes Risiko. Seine Erfahrung als Verschwörer hatte ihn gelehrt, wie gefährlich es war, Geheimnisse mit einer Frau zu teilen. Doch genauso klar war es ihm, daß er außerstande sein würde, zu allem übrigen auch noch mit einer unglücklichen Liebesaffäre fertig zu werden. Man nutzte sich ab im Lauf der Zeit und mußte sich immer wieder erneuern durch die Beziehung zu einem anderen Menschen. Er war bereits zu verschwenderisch mit sich umgegangen und hatte deutlich genug erkannt, welche Gefahr darin lag.

Als der Wächter kam, verließ er das Gelände und wartete im Schatten des Tores. Der Weg war dunkel, niemand war zu sehen. Offensichtlich hielt Safreddin es noch nicht für nötig, ihn beschatten zu lassen. Er ging bis zur Ecke, wo der Weg in eine größere Straße mündete, blieb vor einem Kiosk stehen und kaufte sich eine lauwarme Orangenlimonade. Während er sie langsam trank, hielt er nach allen Seiten Ausschau, ob nicht doch irgend jemand erkennbar war, der nicht in diese Gegend gehörte. Aber er bemerkte nichts. Schließlich fühlte er sich ganz sicher, ging zurück zum Tor und wartete auf Emilie.

Der Mond zog einsam über den kalten Himmel, als sie durch die Stadt und hinaus auf die Straße nach Rumtha fuhren. Die zerklüfteten Berge standen grau und steil unter den Sternen. Ein leichter Wind blies kühl über das öde Land, und Emilie schmiegte sich an ihn. Er legte einen Arm um ihre Schultern, ihr Haar strich über seine Lippen, und ihre kleine weiche Hand schob sich unter sein Hemd. Etwa einen Kilometer hinter den letzten Ausläufern der Stadt bog er von der Hauptstraße ab in einen engen Weg, der am Ufer eines ausgetrockneten Flusses hinauf in die Berge führte. Es war kaum mehr als ein Eselspfad, und sie holperten über Steinbrocken und Löcher, bis Fathalla hinter einem Felsvorsprung hielt, vor einer kleinen, weißgekalkten Kirche mit einer niedrigen Steinmauer, einem zerfallenen Friedhof und einem halb eingestürzten Glockenturm. Er stieg aus dem Wagen und trat an die verrostete Pforte.

Emilie folgte ihm verwirrt und etwas ängstlich. »Wo sind wir, Selim?«
»Das ist eine Kirche.« Er zog sie an sich und blickte lächelnd auf sie nieder. »Es heißt, sie sei zur Zeit der Kreuzzüge ein berühmtes Heiligtum gewesen, mit einem Brunnen, aus dem heilendes Wasser floß. Jetzt kommt niemand mehr her – außer mir.«
Sie blickte überrascht zu ihm auf. »Weshalb?«
»Mir gehört die Kirche. Ich habe sie vom syrischen Patriarchen gekauft, als ich nach Damaskus kam.«
»Aber da ist doch gar nichts ...«
»Wir sind da.«
»Ich weiß. Aber ...«
»Liebst du mich, Emilie?«
»Du weißt es – ich liebe dich.«
»Küß mich.«
Sie küßten sich unter dem tiefstehenden Mond, und nur die Toten waren schweigende Zeugen. Dann nahm Fathalla ihre Hand, öffnete die Pforte und führte sie in den Kirchhof. Er hob ein Stück einer zerbrochenen Grabplatte hoch, wobei er eine schlafende Eidechse weckte, und zog unter dem Stein einen altertümlichen Schlüssel hervor. Er öffnete die Kirchentür, führte Emilie hinein und schloß die Tür hinter sich. Im Innern war die Luft trocken und staubig, schwaches Mondlicht fiel auf einen eingestürzten Altar und einen zerbrochenen Taufstein. Stühle und Bänke waren schon vor langer Zeit gestohlen worden und alle Bleifassungen aus den Fenstern gerissen.
»Weshalb hast du mich hierhergebracht, Selim?«
Er lachte leise. »Geduld. Ich sag' es dir gleich.«
Er stellte sich auf die Zehenspitzen, langte nach dem Kapitell einer normannischen Säule und holte eine Taschenlampe herunter. Er schaltete sie ein und richtete den Lichtstrahl auf die gewölbte Decke des Heiligtums. Ein Mosaik in Gold, Karmesinrot und Grün leuchtete auf, und als der Lichtstrahl über die Kuppel glitt, sah Emilie eine bunte Versammlung von Heiligen, die in den Glanz Gottes blickten. Fathalla erklärte ihr halb ernst, halb spöttisch, was es damit auf sich habe.
»Man nennt sie die heiligen Märtyrer von Nedjran. Es waren

dreiundvierzig – wenn du willst, kannst du sie zählen –, und ihr Anführer war Abdullah ibn Kaab vom Stamm des Beni Harith. Sie wurden im sechsten Jahrhundert von Dhu Nowas, einem Juden, und arabischen Stammesgenossen niedergemetzelt. Selbst die Moslems verehren sie, und Mohammed hat sie im Koran erwähnt. Siehst du das Kind? Es heißt, der Knabe sei seiner Mutter in die Flammen gefolgt und habe dabei den Namen Christi geflüstert. Ich dachte, du würdest das vielleicht gern einmal sehen.«

»Ich hatte noch nie davon gehört.«

»Ich kenne sonst auch niemanden, der das weiß. Also ist es unser Geheimnis, Emilie.«

»Ich mag Geheimnisse nicht. Sie machen mir Angst.«

»Ich möchte dir heute abend ein Geheimnis anvertrauen, Emilie.«

»Bitte, tu das nicht.«

»Ich muß es tun. Ich möchte dich heiraten.«

»O Gott!« Die Worte waren ein Flüstern, kaum vernehmlich. Alle Farbe wich aus ihrem Gesicht, und sie stand wie erstarrt da und sah ihn ungläubig an. Im nächsten Augenblick lag sie schluchzend in seinen Armen. »Ich kann nicht, Selim! Ich möchte es, aber ich kann nicht! Ich kann nicht ...«

»Weshalb nicht?« Er ergriff ihre Arme und schüttelte sie. »Sag mir, weshalb du nicht kannst!«

»Ich weiß es nicht.«

»Natürlich weißt du es! Sag es mir!«

»Du tust mir weh, Selim!«

Er ließ sie los, trat einen Schritt zurück und sah zu, wie sie ihre Arme rieb und versuchte, sich zu beruhigen. Endlich gab sie ihm mit ganz leiser Stimme die Antwort.

»Ich kann nicht, ich habe nicht den Mut, einen Moslem zu heiraten.«

»Aber du schläfst mit ihm, du liebst ihn.«

»All das, ja. Aber heiraten – heiraten ist etwas anderes. Du kannst vier Frauen haben, wenn du willst. In meinem Haus könnte ich keine Rivalinnen ertragen, Selim. Ich kann mich nicht einfach von dir wegschicken lassen, wenn du meiner überdrüssig geworden bist. Ich gehöre nicht zu dieser Art Frauen. So wie es jetzt ist, kann ich jederzeit von selbst gehen. Aber das andere – das kann ich nicht.«

»Und trotzdem sagst du, du liebst mich.«

»Ich liebe dich. Also laß alles zwischen uns bleiben wie jetzt, bis die Liebe vorüber ist.«

Es klang so fest und so frostig, daß er das Gefühl hatte, einer Fremden gegenüberzustehen. Er suchte nach Worten, um sie aus ihrer Erstarrung zu lösen. Endlich fand er sie, aber die Stimme, die sie sprach, war nicht seine eigene.

»Emilie, bitte hör mir zu.«

»Ich höre.«

»Ich habe dich hierhergebracht, weil ich dir ein Geheimnis anvertrauen wollte. Verrate ich es dir, kannst du mich mit einem Wort vernichten. Verrate ich es dir nicht, bin ich auf andere Weise vernichtet. Wenn du also das Geheimnis nicht erfahren willst, dann fahre ich dich jetzt in die Stadt zurück, und morgen ist alles vorbei – alles. Wir können dann nicht einmal mehr zusammen arbeiten.«

»Wie kannst du so grausam sein?«

»Ich bin nicht grausam – glaube mir.«

»Weshalb kann es nicht so weitergehen wie bisher?«

»Weil ich es nicht mehr ertrage, selbst wenn du es kannst.«

»Ich habe Angst vor dir, Selim.«

»Weshalb?«

»Du schließt dich sehr ab, Selim. Ich habe mich daran gewöhnt. Manchmal gefällt es mir auch, weil ich viel Zeit für mich selber habe. Aber verheiratet sein und trotzdem nie wirklich Zutritt zu deinem Leben haben – nein!«

»Aber das ist es ja. Verstehst du nicht? Ich bitte dich doch darum, ganz in meine Welt zu kommen und sie damit zu ändern.«

»Und was ist deine Welt, Selim?«

Er war jetzt so weit gegangen, daß er nicht mehr zurück konnte. Er nahm ihre Hand und führte sie im Licht der Taschenlampe hinter den eingestürzten Altar und von dort eine kleine Treppe hinunter in die Gruft mit dem heiligen Brunnen, der schon seit Jahrhunderten ausgetrocknet war und keine Wunder mehr wirkte. In der Wand der Gruft war eine Nische, in der einst ein Heiliger unter einer Marmorplatte gelegen hatte. Der Heilige war nicht mehr da, aber die Grabplatte war noch ganz. Er hob Emilie hoch, setzte sie auf die Platte und blickte in ihr blasses, verstörtes Gesicht.

»Ich lege jetzt mein Leben in deine Hände, Emilie. Ich bin kein Moslem. Ich bin Jude. Ich heiße nicht Selim Fathalla. Ich heiße Adom Ronen. Ich gehöre dem Geheimdienst der israelischen Regierung an.«

»Ich weiß – zum Teil wenigstens.« Sie sagte es harmlos, aber er erschrak bis ins Mark. »Ich weiß es, aber ich wollte es nicht wahrhaben. Ich habe mir immer wieder gesagt, daß es nicht stimmen kann.«

»Und jetzt?«

»Jetzt bin ich froh. Und traurig.«

»Hast du immer noch Angst vor mir?«

»Ich habe Angst um dich. Und um mich auch.«

»Ich werde bald darum bitten, daß man mich zurückholt.«

»Meinetwegen?«

»Ja.«

»Das darfst du nicht. Erst wenn es an der Zeit ist, wenn du sagen kannst, ich bin fertig, es gibt nichts mehr, was ich noch tun könnte, dann erst sollst du gehen.«

»Und wirst du mich heiraten?«

»Wenn du mich dann noch brauchst – frag mich.«

»Ich brauche dich jetzt«, sagte er drängend, seine Stimme bekam einen rauhen Klang. »Ich habe in Israel eine Frau. Sie läßt sich von mir scheiden, dann können wir heiraten. Wenn wir zusammen überleben wollen, müssen wir zusammen arbeiten. Andernfalls kannst du mich und dich verraten, weil du nicht alles weißt.«

»Ist das der einzige Grund, weshalb du mich heiraten willst?«

»Du weißt, daß es nicht so ist.«

»Ja, ich weiß. Aber du wirst es mir immer wieder sagen müssen, Selim. Diesen Preis mußt du zahlen. Du sagst, du gibst dich mir in die Hand. Ich gebe mich in deine. Wenn du mich fallenläßt, stürze ich ab.«

»Ich werde dich nie fallenlassen, Emilie. Das verspreche ich dir bei meinem Leben.«

Sie sprang von der Grabplatte, und sie umarmten und küßten sich. Dann öffnete er das leere Grab und zeigte ihr das Sendegerät. Er hob eine Bodenplatte hoch und zog ein Codebuch ans Licht. Während sie die Taschenlampe hielt und ihm über die Schulter zusah, verfaßte er die Mitteilung an Jakov Baratz:

Waffenlieferung adressiert an Oberst Abid Badaoui, Kamouz 37 Amman stop Aus unbekannten Gründen nimmt Safreddin Überprüfung aller Personen mit Konto bei der Phönizischen Bank Beirut vor stop Werde ebenfalls überprüft stop Mein Haus daher gegenwärtig gefährdet aber Safreddin versichert daß keine Gründe zu persönlicher Verdächtigung stop Teilte mir mit, daß Phönizische Bank finanziell wackelt und legte mir sofortige Transferierung des Guthabens auf arabische Bank in Damaskus nahe stop Das bedeutet sofortige und grundsätzliche Erneuerung unserer Finanzkanäle stop Erwarte baldmöglichst Kontakt mit Agent von Ihrer Seite stop Erbitte Nachricht ob persönliche Angelegenheit bereits erörtert.

Fathalla zögerte einen Augenblick und fügte dann einen Schlußsatz hinzu:

Wegen unsicherer Situation vertrauenswürdige Person ernannt die Mitteilungen macht falls selber dazu außerstande stop Unterschrift Emil weist auf Notstand hin.

Sechstes Kapitel

Tel Aviv

Die Mitteilung aus Damaskus stellte Jakov Baratz vor ein arges Dilemma und eine unbeantwortbare Frage. Außerdem entbehrte sie nicht der Ironie.

Die Ironie lag in der Tatsache, daß Baratz im gleichen Augenblick, da er Pläne für den Angriff auf einen jordanischen Ort ausarbeitete, an das Außenministerium und seine diplomatischen Kanäle eine Information weitergab, die unter Umständen dem König von Jordanien das Leben rettete. Noch als er die Depesche an das Ministerium in Jerusalem verfaßte, konnte er sich des Gedankens nicht erwehren: Kamen zwanzig einfache Menschen um, hatte man einen Grenzzwischenfall; handelte es sich um einen König, hatte man eine internationale Krise. Das eine nahm man so ruhig hin wie ein Geschäftsrisiko, das andere verursachte Alpträume und diplomatische Verwicklungen. Besonders unerfreulich an der ganzen Sache war, daß der König für die Warnung nicht im geringsten dankbar sein würde, daß ihm der Grenzzwischenfall hingegen erwünschten Anlaß zu Beschwerden gab, die er hocherfreut vor dem Forum der Vereinten Nationen kundtun würde. Politik, die Kunst des Möglichen, war zugleich eine ständige Folge von Unwahrscheinlichkeiten, die man so lange für unmöglich hielt, bis sie sich ereigneten.

Das Dilemma machte wirklich kein Vergnügen. Wenn er Fathalla nicht aus der Schlinge ziehen konnte, verlor er einen guten Agenten und ein ganzes Netzwerk. Solange die Phönizische Bank normal funktionierte, konnte Fathalla durch ein halbes Dutzend Quellen mit Geld versorgt werden, das über seine Geschäftskonten lief. Wenn aber jede Überweisung aus der Schweiz, aus Rom oder Athen von der Regierungsbank in Syrien überprüft wurde, blieb als einziger Ausweg, Fathalla das Geld durch einen Kurier zu schicken. Das aber bedeutete eine große Gefahr für das Geld, für den Kurier und für

Fathalla, der sich ohnehin gerade in einer schwierigen Situation zu befinden schien. Baratz beschloß schließlich, einen Agenten aus Rom nach Damaskus zu schicken und Fathalla mit dem Betrag für einen Monat zu versorgen. Die dazu notwendigen Anordnungen und ein Anruf bei der Zentralbank erforderten eine halbe Stunde Zeit.

Übrig blieb immer noch die unangenehme Frage, wer Emil war und weshalb Fathalla den unerhörten Schritt getan hatte, einem nicht überprüften und von seiner Dienststelle nicht anerkannten Agenten Einblick in seine Tätigkeit und das Codebuch zu geben. Es gab nur eine Möglichkeit, darauf eine Antwort zu bekommen. Er nahm einen Block und setzte folgenden Text auf:

Baldmöglichst ausführlichen Bericht wer Emil stop Bankkontakt kommt in vier Tagen stop Legitimation komische Oper stop Erbitte dringend Bericht über folgende Angelegenheiten: persönliche und Netzwerk-Sicherheit syrische Truppenbewegungen Grundplan Galiläagebiet mit technischer Beschreibung befestigte Stellungen in galiläischen Bergen Information Ankunft neuer MIGs und zunehmende Verhandlungen Installierung russischer Bodenraketen Irak Beteiligung Verteidigungspakt Syrien VAR stop Persönliche Angelegenheit gütlich geregelt Abschluß in zwei Wochen.

Er verschloß die Mitteilung in einen Umschlag, schrieb darauf eine Notiz für die Funkzentrale und rief nach einem Boten. Selim Fathalla wurde wieder zu den Akten gelegt: eine Ziffer auf dem Konto der Nation, ein kleines veränderliches x in der Gleichung des Überlebens. Wenn er ihn privat nur auch so einfach abhaken könnte!

Glücklicherweise nahmen ihn andere Dinge in Anspruch, zumindest während der Arbeitsstunden. Die Pläne für den Vergeltungsangriff nahmen langsam Form an. Alle Mitarbeiter seines Stabes hatten das gleiche Ziel im Gebiet von Hebron vorgeschlagen. Der Operationsstab war einverstanden. Es gab ein paar Meinungsverschiedenheiten über Waffenstärke und Artillerieunterstützung, aber darüber konnte man sich einigen. Zwei Fragen blieben jedoch noch unbeantwortet: nach dem arabischen Widerstand und den politischen Konsequenzen. In gewisser Weise hing die zweite Frage von der ersten ab. Solange es zu keiner militärischen Auseinandersetzung kam, konnte die Zerstörung des Orts als schlichte Vergeltungsmaßnahme interpretiert werden. Wenn aber eine militärische Aktion mit irgendwelchen Folgen daraus wurde, dann würde man das Unternehmen als aggressive Handlung betrachten. Wieder dieser schreckliche amoralische Unfug militärischen und diplomatischen Denkens.

Im Augenblick bestanden die jordanischen Streitkräfte im Zielgebiet aus zwei Kompanien, die im Gebiet von Hebron Patrouillendienst taten, und zwei Kompanien motorisierter Infanterie, die zwölf Kilometer entfernt in Reserve lagen. Ihr einziger Zugang zu dem Ort war eine schmale Gebirgsstraße, die leicht unter Granatfeuer zu halten war. Ihre Luftunterstützung bestand aus einer Jagdstaffel, die den israelischen Mirages nicht gewachsen waren. Aber bis dahin konnte sich das alles wieder ändern – zum Beispiel durch die Palastrevolution oder durch die Notwendigkeit, eine Gruppe von Würdenträgern, die das Land besuchten, abzusichern. Bis zum Vorabend der Operation blieb also alles unklar.

Je mehr Baratz über die ganze Affäre nachdachte, um so weniger gefiel sie ihm. Je weiter seine Lagebeurteilungen gediehen, desto deutlicher wurde es, wie schwer es war, die Situation unter Kontrolle zu behalten. Der Ablauf der Dinge war klar. Der Sicherheitsdienst beriet, der Operationsstab befahl, und der Verteidigungsminister gab seine Zustimmung oder gab sie nicht. Amen. Gott schütze uns – vorausgesetzt, er war nicht für alle Zeiten den irdischen Ordnungen entrückt.

Das Telefon läutete. Er nahm den Hörer ab und hörte den hastigen, aber präzisen Bericht über eine Aktion, die gerade in Galiläa stattfand. Ein israelisches Fischerboot war auf dem See Genezareth zu weit in die Richtung des östlichen Ufers geraten. Die Syrer hatten das Schiff beschossen. Ein Patrouillenboot, das dem Fischer zu Hilfe kommen wollte, war auf eine Sandbank aufgelaufen und lag hilflos im Schußfeld der Kanonen in den syrischen Bergen. Kampfflugzeuge waren ausgeschickt worden, um die Geschütze zum Schweigen zu bringen. Baratz notierte sich einiges, legte den Hörer auf und dachte mit gerunzelter Stirn über die neue Nachricht nach.

Galiläa war die eigentliche Gefahrenzone. Rein militärisch gesehen müßte eine Vergeltungsaktion, wenn überhaupt, dann hier stattfinden, um die Syrer aus ihren Bergstellungen zu vertreiben, die das Gelände beherrschten, und den See und das Jordantal so weit zu sichern, daß das Land besiedelt und kultiviert werden konnte. Aber jede Auseinandersetzung mit den Syrern vergrößerte die Gefahr eines Krieges mit den arabischen Staaten. Sich mit Syrien einlassen, hieß Ägypten auf den Plan rufen. Ägypten schrie bereits lauthals nach dem heiligen Krieg. Dieser neue Zwischenfall bedeutete für die Pläne der Aktion gegen Jordanien eine weitere Komplikation. Er verschob das politische Verhältnis, denn ein Duell mit Geschützen und Bordwaffen fand in der Weltpresse ganz andere Beachtung als ein vereinzelter Sabotageakt der PLO. Wieder einmal kam es ihm so vor, als stieße er an eine Mauer. Er war Soldat. Die politischen Verhältnisse mußte er zwar berücksichtigen, aber er konnte sie nicht beeinflussen.

Es gehört zur Tragik der menschlichen Existenz, daß bereits die einfachsten Beziehungen zwischen dem Ich und dem Du vom einzelnen kaum beeinflußt werden können. Die Menschen aufzuklären, reicht nicht aus; das Licht, das jemandem vielleicht aufgeht, erleuchtet nur seine eigene kleine Welt, und schon der Weg zum Nachbarn ist finster und weit und trügerisch und möglicherweise voller Minen.

Guter Wille reicht nicht aus. Mit allem guten Willen der Welt ist es unmöglich, jedem einzelnen Gerechtigkeit widerfahren zu lassen, denn jeder ist von Geburt an ein Opfer des Paradoxons Mensch.

In der düsteren Gruft von Yad Vashem gedachte man der sechs Millionen getöteter Juden; und in den Elendshütten am Gazastreifen kampierten dreihundertzehntausend Araber, die nicht um ein Jota von ihrer Forderung nach einem Platz in ihrem ursprünglichen Heimatland abgehen würden.

Erkenntnis und Einsicht, dachte er, Liebe und Verständnis könnten zur Harmonie zwischen dem Ich und dem Du, zwischen dem Wir und dem Ihr führen, wenn die Erkenntnisfähigkeit des Menschen weniger beschränkt und seine Liebe selbstlos wäre. Doch betrüblicherweise war dem nicht so; und daher blieb die Vorstellung dieser Harmonie eine Vision, die höchstens – wenn überhaupt – erst in einem späteren Leben Wirklichkeit werden konnte.

Und damit war Jakov Baratz wieder bei der Aufgabe, die ihm gestellt war: unvollständige Informationen sammeln, um ein Bild zu bekommen, das teils richtig war, teils falsch; abzuwägen, ob es von

Nutzen oder ein Nachteil war, Menschenleben aufs Spiel zu setzen; Gefechtspläne entwerfen und die Karten mit farbigen Nadeln und Fähnchen bestücken; und Drohungen mit Gegendrohungen beantworten – denn es sah so aus, als könne der Mensch, den Liebe geboren, nur überleben durch Terror.

Rumtha

Durch ein Wunder – an das er nicht glaubte – oder durch einen Gnadenakt – mit dem er nach seinen Erfahrungen unmöglich rechnen konnte – oder einfach durch das Glück des wagemutigen Spielers war Idris Jarrah bei Sonnenaufgang noch am Leben. Diese Feststellung gab ihm die Zuversicht, daß er ungehindert aus Syrien entkommen würde; denn er wußte sehr gut, daß der Geheimdienst Verhaftungen im allgemeinen in der Stunde vor Sonnenaufgang vornahm, da um diese Zeit der Widerstandsgeist des Verhafteten am geringsten ist und es dann außerdem kaum Zeugen gibt, gegen die etwas unternommen werden muß. Obwohl er eine unruhige Nacht hinter sich hatte, fühlte er sich so weit erfrischt, daß er klare Entscheidungen treffen konnte. Als erstes beschloß er, seinen jordanischen Paß zu benutzen, ein gutgemachtes Dokument, das schon viele Kontrollen an verschiedenen Grenzstreifen hinter sich hatte. Als zweites beschloß er, sich in Amman nicht länger aufzuhalten, sondern gleich nach Jerusalem weiterzureisen und sich dort in der Altstadt, wo Fremde nichts Außergewöhnliches waren, ein sicheres Versteck zu suchen.

Als er diese Entschlüsse gefaßt hatte, wurde er ruhig und gelassen. Er zog die zerknitterten Sachen aus, in denen er geschlafen hatte, badete, rasierte sich, steckte die Pistole in die Halfter, die an seiner Wade befestigt war, zog ein frisches Hemd und einen einigermaßen anständig gebügelten Anzug an und verließ das Hotel. Der Wagen wartete auf ihn. Es war ein uraltes Modell, das einer der Touristenagenturen gehörte, die Besucher von Damaskus nach Amman und Petra fuhren. Er war froh, daß er Reisegefährten vorfand – ein älteres Ehepaar aus dem amerikanischen Mittelwesten und einen streng dreinblickenden Briten in Tweed, der an einer kalten Pfeife sog und alle Fragen mit einem unwilligen und unverständlichen Murren beantwortete. Jarrah war nicht zum Reden aufgelegt, und so senkte sich nach ein paar vergeblichen Versuchen der Amerikaner ein staubiges Schweigen über die ungleiche Reisegesellschaft.

Die Fahrt ging durch ausgebleichte Wüstenstriche, vorbei an kargen Äckern und winzigen biblischen Ortschaften, die unter der wachsenden Hitze langsam zum Leben erwachten. Eine halbe Stunde lang mußten sie hinter einem Militärkonvoi herfahren und Sand und Dieselgas schlucken. Der Fahrer fluchte, bis es ihm endlich gelang, den Konvoi zu überholen. Hinter der nächsten Biegung versperrte eine Schafherde den Weg. Danach war die Straße für zehn Kilometer frei, aber dann wurden sie wieder von zwei mit Planen bedeckten Lastwagen aufgehalten, die mühsam einen steilen Hang hinauftuckerten und rücksichtslos in der Mitte der Fahrbahn blieben. Weder Fluchen noch Hupen half etwas; als sie den Gipfel des Hangs erreicht hatten, gaben sie Gas und sausten unter Zurücklassung einer dichten Staubwolke mit Höchstgeschwindigkeit den Berg hinab.

An der syrischen Grenze befürchtete Jarrah einen Augenblick, Safreddins langer Arm könnte ihn in letzter Sekunde noch zurückholen, aber er und seine kleine Gruppe wurden mit einem Minimum an Formalitäten abgefertigt. Als sie jedoch die jordanische Seite des Niemandslandes erreichten, befiel ihn panische Angst. Es wimmelte von Truppen. Schwere Fahrzeuge wurden an den Straßenrand dirigiert, Personenwagen und Taxis in eine andere Straße umgeleitet, wo Polizisten Papiere kontrollierten und Grenzbeamte jeden Wagen und jedes Gepäckstück durchsuchten. Jarrah dachte an die Pistole an seinem Bein und das Geld, das ins Futter seiner Aktentasche eingenäht war, und hoffte verzweifelt auf einen freundlichen oder oberflächlichen Beamten. Dann erinnerte er sich an Safreddins Waffentransport und fühlte sich wieder etwas wohler. Das Ganze konnte das Ergebnis des offiziellen Hinweises sein, den Safreddin den jordanischen Sicherheitsbehörden gegeben hatte. Wenn das stimmte – wenn, wenn, wenn –, dann hatte er wenig zu befürchten. Wenn nicht ... Er legte sein Mondgesicht in die Falten eines geduldigen Funktionärslächelns und bereitete sich darauf vor, um sein Leben zu bluffen ...

Sie waren die zehnten in der Wagenreihe, und die Fahrzeuge vor ihnen bewegten sich nur sehr langsam weiter. Da sie meistens standen, war die Luft im Wagen heiß und stickig. Jarrah klemmte die Aktentasche unter den Arm und stieg aus, um sich die Beine zu vertreten und die frische jordanische Luft zu atmen. Wie er gehofft hatte, stiegen seine Reisegefährten ebenfalls aus und beobachteten die Polizisten und Grenzer bei ihrer Arbeit. Jarrah war besonders an den Lastwagen interessiert. Sie wurden von Soldaten durchsucht, die ein Hauptmann in der Uniform der Arabischen Legion befehligte. Die Soldaten leisteten ganze Arbeit. Sie öffneten die Kartons und die Holzkisten, schraubten Ölkanister auf und stachen mit langen Eisenstangen in Stoffballen und Getreidesäcke. Die ganze Zeit über blockierten Wachen mit entsicherten Gewehren die Straße vor und hinter den Lastern, während ein Feldwebel und ein Unteroffizier die Lastwagenfahrer genau durchsuchten. Es war offensichtlich, daß sie Stunden brauchen würden, um jeden Laster zu durchsuchen. Und es war ebenso offensichtlich, daß sie sich so viel Zeit lassen würden, wie es ihnen paßte.

Die Personenwagen setzten sich endlich in Bewegung. Jarrah und seine Gefährten zeigten ihre Pässe vor, die eingehender kontrolliert wurden als sonst. Ihr Wagen wurde von oben bis unten durchsucht. Sogar die Sitze wurden herausgehoben, und alle Koffer mußten geöffnet werden. Einer der Zollbeamten entdeckte Jarrahs Aktentasche. Jarrah öffnete sie bereitwillig und begann unter langen Erklärungen den Inhalt hervorzuholen. Dem Beamten wurde es bald zu dumm, er zuckte die Schultern und ließ Jarrah gehen.

Endlich konnten sie wieder in den Wagen steigen und weiterfahren. Sie waren noch keinen Kilometer weit gekommen, als sie Explosionen hörten.

»Großer Gott!« sagte der ältere Amerikaner. »Was war das?«

»Es klang wie eine Explosion, Liebling«, erwiderte freundlich seine Frau.

Der Brite nahm die Pfeife aus dem Mund und murmelte die ersten und letzten verständlichen Worte, die er an diesem Tag von sich gab:

»Unsinn, Madame!«

Aber Madame hörte das nicht, denn der Fahrer hatte das Gaspedal hinuntergedrückt und fuhr seinen Klapperkasten mit hundert Stundenkilometern nach Amman. Er war Syrer, und auf feindlichem

Gebiet hatte er Angst. Idris Jarrah hatte den Briten verstanden, äußerte aber nichts. Er war ein erfahrener Saboteur. Er wußte, was für eine Schweinerei man mit nur einem Kilo Plastiksprengstoff anrichten konnte. Er konnte sich ungefähr vorstellen, was von der Grenzstelle noch übriggeblieben war, und er hoffte inständig, daß man nicht ihn dafür zur Rechenschaft ziehen würde.

Damaskus

Als Selim Fathalla mit Emilie zu seinem Lagerhaus kam, erwartete ihn eine Überraschung. Zwei bewaffnete Soldaten standen vor dem Tor. Ein rattengesichtiger Zivilist saß in seinem Sessel und rauchte eine Zigarette. Sein Wächter war verschwunden. Auf seine wütende Bitte um eine Erklärung zuckte der Zivilist die Schultern und riet ihm:

»Rufen Sie doch Oberst Safreddin an. Er hat den Befehl dazu gegeben.«

Fathalla nahm den Hörer ab und wählte Safreddins Nummer. Besetzt. Er wartete fünf Minuten und wählte noch einmal. Eine Sekretärin antwortete, und als er gesagt hatte, wer er sei, ließ sie ihn noch einmal fünf Minuten warten, bis sie ihn mit Safreddin verband.

Safreddin war verdächtig freundlich. »Ah, Fathalla! Ich habe Ihren Anruf erwartet. Was kann ich für Sie tun?«

»Ich wünsche eine Erklärung. Ich habe in meinem Büro einen Mann vorgefunden, den ich nicht kenne. Er behauptet, Sie hätten ihn geschickt.«

»Stimmt«, sagte Safreddin genauso freundlich wie zuvor. »Er hätte so höflich sein sollen, Ihnen seine Beglaubigung zu zeigen.«

»Sehr richtig. Und was sollen die Wachen?«

»Das ist eine reine Sicherheitsmaßnahme. Wir werden sie heute abend abziehen.«

»Das erklärt überhaupt nichts.«

»Ich weiß. Ich dachte, wir könnten uns heute nachmittag treffen und ausführlicher darüber sprechen.«

»Sagen Sie mir, wann. Ich werde kommen.«

»Paßt Ihnen halb vier? Ich muß um zwei Uhr eine wichtige Rundfunkansprache halten. Sie wird Sie sicher interessieren – als Hintergrund für unser Gespräch.«

»Worüber werden Sie sprechen?«

»Über die neuesten Ereignisse, und was wir dazu zu sagen haben.«

»Das werde ich mir bestimmt anhören. Noch eine Frage: Wo ist mein Wächter?«

»Ach ja, der Wächter. Den hatte ich ganz vergessen. Er wird gerade verhört.«

»Verhört? Wieso?«

»Das erkläre ich Ihnen, wenn wir uns treffen.«

»Ich hätte es gern jetzt gewußt. Er ist ein alter Mann, der von nichts eine Ahnung hat und kaum lesen und schreiben kann. Was kann der Ihnen schon sagen?«

»Das wollen wir ja gerade feststellen, mein Lieber. Vielleicht haben wir bis halb vier eine Antwort. Sie müssen mich jetzt entschuldigen. Ich bin in einer Konferenz.«

Und damit mußte sich der von Ärger und Angst geplagte Fathalla begnügen.

Das Rattengesicht betrachtete ihn verächtlich. »Na, sind Sie zufrieden?«

»Nein!« Sinnlose Wut packte ihn plötzlich. Er griff über den Schreibtisch, packte den Burschen am Hemd und zog ihn hoch.

»Heben Sie gefälligst Ihren Hintern von meinem Sessel und gehen Sie an Ihre Arbeit! Los, da 'rüber in die Ecke.«

»Das wird Ihnen noch leid tun, Fathalla!«

»Wollen Sie mir drohen?« Er zog ihn näher zu sich heran. »Oder was?«

Aus den engstehenden Augen schwand plötzlich der Ausdruck der Selbstsicherheit. »Nein, nein, nicht drohen. Es war doch nur ein kleiner Spaß.«

»Ein äußerst schlechter Spaß«, sagte Fathalla. »Vergessen Sie das keinen Augenblick, solange Sie hier sind. So, was wollen Sie?«

»Kontobücher, Bankauszüge, die Akten mit Bestellungen und Lieferungen und Ihre gesamte Korrespondenz –«

»Geben Sie ihm, was er will!« Fathalla drehte sich zu Emilie um, die mit angstvoll aufgerissenen Augen die Szene beobachtete.

»Geben Sie ihm alles, was er verlangt, und achten Sie darauf, daß nichts ohne meine Zustimmung aus diesem Büro entfernt wird. Ist das klar?«

»Ja.«

Fathalla machte auf dem Absatz kehrt, verließ das Büro und ging in den langen dunklen Schuppen, in dem seine Waren lagerten. Er zitterte an allen Gliedern. Als er versuchte, sich eine Zigarette anzuzünden, fiel sie ihm aus der Hand. Er trat sie wütend aus. Dann lehnte er sich gegen einen Stapel Säcke, schloß die Augen und kämpfte um Ruhe und Beherrschung. Safreddin prüfte ihn und untersuchte ihn auf eine schwache Stelle.

Er mußte ruhig sein. Er mußte stark sein und so zynisch und brutal denken wie sein Gegner, der behauptete, ein Freund zu sein, und sich aufführte wie ein erbitterter Feind. Er blickte auf seine Uhr. Neun. Noch fünf Stunden bis zu Safreddins Rundfunkansprache. Noch sechseinhalb Stunden bis zur Begegnung mit dem großen Mann. Das Warten würde ihm zusetzen. Er mußte sich beschäftigen.

Von einem Haken an der Wand nahm er einen Block und begann, seinen Warenbestand aufzunehmen. Er wünschte, er könnte ebenso einfach alles registrieren, was dafür und was dagegen sprach, daß Emilie und er überleben würden.

Amman

(World Press International) Heute morgen wurde kurz vor neun Uhr der jordanische Ort Rumtha an der syrischen Grenze von einer Reihe heftiger Explosionen erschüttert. Dreiundneunzig Personen wurden getötet, achtzehn verletzt, einige schweben in Lebensgefahr. Mehrere Gebäude wurden durch die Druckwelle beschädigt, und eine Anzahl militärischer und privater Fahrzeuge wurde zerstört. Die Grenze bleibt bis auf weiteres gesperrt. Aus Amman ist eine Sonderkommission unterwegs, die den Fall untersuchen wird. Die Zufahrt zu dem Gebiet ist bereits zehn Kilometer vor dem Ort durch Straßensperren blockiert, auch Reportern ist untersagt, weiterzufahren. Die offiziellen Berichte sind ungenau, doch wurden folgende Tatsachen bestätigt: In den frühen Morgenstunden begaben sich Sicherheits- und Grenzbeamte und eine Abteilung der Arabischen

Legion nach Rumtha, da die Behörden aus ungenannter Quelle erfahren hatten, daß auf syrischen Lastwagen Waffen nach Jordanien geschmuggelt werden sollten. Alle Fahrzeuge, die den Grenzort passierten, wurden gründlich untersucht, weshalb es zu größeren Verkehrsstockungen kam. In Lastwagen, die den Namen eines syrischen Transportunternehmers trugen, wurde eine verdächtige Ladung entdeckt, verpackt in Holzkisten. Der diensthabende Offizier, der die Untersuchung leitete, ordnete an, eine der Kisten zu öffnen. Gleich darauf gab es eine Explosion, und die gesamte Ladung ging in die Luft. Unter den Trümmern fand man später Maschinengewehre und andere Waffen. Als die ersten Berichte Amman erreichten, wurde der syrische Botschafter sofort in den Palast beordert, wo er länger als eine Stunde blieb. Über das Ergebnis der Unterredung wurde nichts bekannt, und weder von der Jordanischen noch von der Syrischen Botschaft war bis jetzt eine Stellungnahme zu erhalten ...

Damaskus

Um zwei Uhr nachmittags schaltete Fathalla das Radio in seinem Büro ein. Emilie und das Rattengesicht lauschten. Zunächst ertönte Marschmusik, dann rief ein Sprecher alle Syrer auf, die Arbeit zu unterbrechen. Wieder ertönte Musik, dann sprach Safreddin.

Safreddins eintönige grelle Stimme hatte die hohe Tonlage, in der der Koran gebetet wird und die er bei allen seinen öffentlichen Reden bevorzugte.

»... An diesem Tag, während die friedliebende Bevölkerung Syriens ihren gewohnten Geschäften nachging, fanden fast zur gleichen Zeit zwei Ereignisse statt, die die innere Sicherheit dieses Landes, die Sicherheit seiner Grenzen und seine Beziehungen zu seinen arabischen Nachbarn betreffen. Diese Ereignisse haben eins gemeinsam. Es waren beide feindliche Akte. Beide wurden vom gleichen Feind geplant und durchgeführt ohne Rücksicht auf Menschenleben und auf die Unantastbarkeit nationaler Grenzen. Der erste Akt war eine offenkundige Aggression, raffiniert geplant und kaltblütig ausgeführt. Ein israelisches Fischerboot drang auf dem See Genezareth mit voller Absicht in syrisches Gewässer vor. Ihm folgte ein bewaffnetes israelisches Patrouillenboot. Unsere Artillerie, stets bereit, die heilige Erde unseres Vaterlandes zu verteidigen, eröffnete das Feuer auf das Patrouillenboot, das an einer Sandbank strandete, wiederum auf unserem Territorium. Kurz darauf erschienen israelische Kampfflugzeuge in der Luft – das alles war offensichtlich gut vorbereitet –, bombardierten unsere Stellungen, töteten zwei Männer und verwundeten drei weitere. Unsere syrischen Jäger stiegen sofort auf; zwei von ihnen wurden innerhalb unserer Landesgrenzen abgeschossen. Beide Piloten kamen ums Leben. Aber das ist noch nicht alles! Zur gleichen Zeit, als diese Gefechte stattfanden, geschah etwas anderes, etwas noch Unheilvolleres, das noch weit blutigere Folgen haben kann. Vor drei Tagen entdeckte einer unserer Sicherheitsagenten, daß eine israelische Sabotagegruppe über den Libanon nach Syrien eingedrungen war und Aktionen sowohl in Syrien als auch in Jordanien vorbereitete. Die Israelis hatten mitten in Damaskus ein geheimes Waffenlager angelegt und beabsichtigten, Waffen und Sprengstoff über die Grenze nach Jordanien zu schmuggeln. Das war alles, was wir wußten. Sofort benachrichtigten wir die jordanische Regierung und baten um ihre Unterstützung bei der Aufdeckung dieser Machenschaften. Unglücklicherweise kamen wir zu spät, um eine Tragödie zu vereiteln. Heute morgen überquerten zwei Lastwagen, die einem Großkaufmann in Damaskus gehörten, die Grenze bei Rumtha. Sie wurden durchsucht, wobei man große Mengen an Waffen und Munition entdeckte. Aber die Israelis waren mit grausamer Hinterlist vorgegangen. Sie hatten die Kisten, in denen das Kriegsmaterial verpackt war, zu Minenfallen gemacht, und als man sie öffnete, explodierten sie. Dreiundzwanzig unserer jordanischen Freunde wurden getötet und viele andere verletzt. Trotz all unserer Bemühungen war es uns nicht gelungen, diese Tragödie zu verhindern. Doch heute morgen konnten wir den Anführer der Saboteure festnehmen. Er wurde bereits heute mittag hingerichtet. Die anderen Mitglieder der Gruppe befinden sich noch auf freiem Fuße. Aber wir kennen ihre Namen, wir haben ihre Beschreibungen, und es wird nicht lange dauern, bis sie hinter Schloß und Riegel sind. Wir fordern alle Bürger auf, jederzeit auf der Hut zu sein und alles, was auch nur im geringsten verdächtig erscheint, sofort zu melden, denn nur durch Mut und Wachsamkeit können wir uns gegen die imperialistischen und kolonialistischen Aggressoren schützen, denen Menschenleben gleichgültig sind und deren Absicht es ist, die Unabhängigkeit Syriens und die Einheit der arabischen Welt zu vernichten ...«

So ging es immer weiter, eine lange leidenschaftliche Rede eines brillanten Demagogen, der wußte, daß schließlich geglaubt wurde, was man in Form von simplen Schlagworten häufig genug wiederholte. Dennoch war Safreddin als Demagoge nicht halb so brillant wie als doppelzüngiger, raffinierter Intrigenspieler, der seinen eigenen Anschlag auf den Haschemitenkönig den Israelis in die Schuhe schob und ihn durch einen beachtenswerten Kunstgriff mit einem Grenzzwischenfall verknüpfte, an dem die Israelis wenigstens teilweise mitschuldig waren.

Fathalla hörte mit steinernem Gesicht zu, wie die Tirade weiterrollte. Er wagte es nicht, Emilie anzusehen. Er brauchte jetzt Klarheit, er mußte sich zurechtfinden im Labyrinth der Safreddinschen Denkprozesse und versuchen, die Motive seiner Handlungen zu entdecken. Ein augenblicklicher Propaganda-Triumph? Vielleicht – aber das war es nicht allein. Ein Versuch, Spione abzuschrecken? Auch möglich. Eine mißtrauische Öffentlichkeit war ein ungutes Klima für ausländische Agenten. Eine Falle für ihn, für Selim Fathalla? Nein, noch nicht. Eher ein Druckmittel, um ihn zu einer bereitwilligen Kreatur Safreddins zu machen. Die Erwähnung eines Kaufmanns aus Damaskus war ihm nicht entgangen: Safreddin hatte ihn in der Zange. Eine Anklageerhebung allein schon würde genügen, ihn als schuldig am Tod von dreiundzwanzig Menschen an den Galgen zu bringen. Irgendwelche Beweise waren überflüssig angesichts der Tatsache, daß die Waffen in seinen Lastwagen transportiert worden waren. Der Wächter würde im Verhör alles sagen, was Safreddin brauchte. Der nicht existierende Israeli, der mittags angeblich hingerichtet worden war, und die nicht existierenden Saboteure, die in Kürze festgenommen werden sollten – das waren offensichtlich Warnungen für ihn, falls er sich weigerte, mitzumachen. Aber wobei? Er war noch mitten im Labyrinth.

Dann erinnerte er sich an die Mitteilung, die er am Abend zuvor von Jakov Baratz erhalten hatte. Baratz wollte Nachrichten über syrische Truppenbewegungen in Galiläa und über die mögliche Teilnahme des Iraks an dem Pakt zwischen Syrien und Ägypten. Das war der Schlüssel zu Safreddins Verhalten. Er wollte Israel als Aggressor hinstellen, um die Hilfe der Ägypter anfordern zu können und damit die übrige arabische Welt zum Vorgehen gegen die Israelis zu veranlassen. Das leuchtete ein – zumindest gab es ihm einen Hinweis auf den möglichen Verlauf der Unterredung mit Safreddin um halb vier. Aber es blieben immer noch einige Punkte, die nicht in dieses Schema paßten: die Phönizische Bank, die Rolle der PLO, der bekannte Wunsch Safreddins, den König von Jordanien loszuwerden, und die Frage, weshalb er sich die Mühe gemacht hatte, die Hilfe eines Mannes aus dem Irak wie Selim Fathallas in Anspruch zu nehmen, wenn er unter seinen eigenen Leuten doch leicht jemanden gefunden hätte, der ein weit sicherer Helfer für ihn gewesen wäre. Es war das ewig gleiche Problem für einen Spion: Was tat er, wenn er in einem bestimmten Augenblick von seinen Informationen abgeschnitten war und nicht mehr die Möglichkeit hatte, mit seinen Mitarbeitern frei zu reden ...

Safreddins Rede endete mit einer lauten, höhnischen und hysterischen Beschimpfung und Herausforderung der »aggressiven Juden«. Dann kam wieder Marschmusik.

Fathalla schaltete das Radio ab. Er sah Emilie an und lächelte.

»Ich muß sagen, Safreddin ist ein sehr eindrucksvoller Redner.«

Emilie nickte zustimmend. Sie hatte sich gefaßt, und ihre Antwort besaß genau den richtigen Ton nüchterner Bewunderung. »Ich bin kein Moslem, aber die Stellen aus dem Koran berühren mich immer sehr.«

»Ein großer Mann!« sagte der Sicherheitsbeamte mit plötzlichem Enthusiasmus. »Der bedeutendste, den wir je hatten.«

»Ich habe ihn immer bewundert«, sagte Selim Fathalla. »Brauchen Sie bei den Akten irgendwelche Hilfe?«

»Noch nicht. Ich hebe mir meine Fragen für später auf.«

»Wie Sie wünschen. Miß Ayub kann Ihnen jede Auskunft geben. Ich komme sofort wieder, wenn ich mit Oberst Safreddin gesprochen habe.«

»Lassen Sie sich Zeit«, sagte Emilie fest. »Ich werde schon mit allem fertig.«

Er hätte sie gern berührt und dankbar gestreichelt, aber das wagte er nicht. Er nickte ihr kurz zu, ging hinaus, stieg in seinen Wagen und fuhr an den beiden Wachtposten vorbei durch das Tor. Als er in der Innenstadt war, stellte er den Wagen ab, ging in ein Café und telefonierte kurz mit Dr. Bitar.

»Doktor, hier spricht Ayub.« Emilies Name war das Codewort für dringende Fälle. »Ich hab' immer noch diese Schmerzen im Rücken. Kann ich Sie aufsuchen?«

»Haben Sie die Pillen genommen?«

»Ja, aber sie scheinen mir nicht zu helfen. Ich kann kaum richtig gehen.«

»Dann seien Sie bitte heute nachmittag halb sechs hier. Sie kennen ja meine Adresse.«

»Ja, ich danke Ihnen.«

Das hieß, daß sie sich halb fünf im Haus eines bettlägerigen syrischen Priesters treffen wollten, dessen Haushälterin steinalt war und mit dem sie gelegentlich eine Runde Schach spielten. Der Priester hegte zwei schwache Hoffnungen: daß er wenigstens einen seiner mohammedanischen Freunde bekehren und daß der gute Doktor ihn eines Tages vielleicht doch noch von seiner Parkinsonschen Lähmung heilen könnte. Wenn seine Freunde sich manchmal in Ruhe geschäftlich unterhalten wollten, dann stellte er ihnen gern sein Haus zur Verfügung; das und eine Tasse Kaffee schienen ihm das mindeste zu sein, was er ihnen bieten konnte.

Pünktlich halb vier erschien Fathalla in Safreddins Büro. Zu seiner Überraschung führte man ihn sofort zu dem großen Mann, der ihn mit überströmender Herzlichkeit begrüßte.

»Es tut mir leid, daß ich Sie heute morgen so kurz abfertigen mußte. Aber ich mußte mich um viele wichtige Dinge kümmern, wie Sie sich sicher vorstellen können.«

»Ich wußte nicht, wie wichtig diese Dinge waren – bis ich Ihre Rede hörte. Sehr eindrucksvoll.«

»Es freut mich, daß sie Ihnen gefallen hat.«

»Ich war etwas verwirrt. Und bin es immer noch.«

»Von der Rede? Ich dachte, da sei alles klar gewesen?«

»Vielleicht habe ich nicht alles richtig interpretiert. Bin ich der Kaufmann, dessen Lastwagen explodierten?«

»Der sind Sie.« Safreddin lächelte und bot ihm eine Zigarette an. »Stört Sie das?«

»Nein.« Er nahm die Zigarette und gab Safreddin Feuer. »Abgesehen von dem Umstand, daß ich leider zwei Fahrzeuge verloren habe.«

Safreddin lehnte sich in seinem Stuhl zurück und lachte schallend. »Sie sind ein eiskalter Bursche, Fathalla. Ich beneide Sie um Ihre Selbstbeherrschung. Ich werde Ihnen morgen aus den Armeebeständen Ersatz schicken. War das alles, was Ihnen Sorgen macht?«

»Nein, noch etwas. Mein Wächter.«

»Ach ja. Ich glaube, man ist jetzt fertig mit ihm. Sie können ihn gleich sehen.« Er blies den Rauch zur Decke und blickte den weißen Schwaden nach. »Sind Sie nicht neugierig, zu erfahren, was passiert ist?«

»Doch, natürlich. Aber nicht zu neugierig.« Er betonte das Wort »zu«. »Sie haben mich um meine Hilfe ersucht. Ich habe sie Ihnen bereitwillig offeriert. Vielleicht erinnern Sie sich, daß ich Ihnen damals sagte: Ich will meine Ruhe und keinerlei Komplikationen. Mehr will ich immer noch nicht.«

»Ja, ich erinnere mich. Ich erinnere mich auch, daß ich Sie fragte, ob Sie für mich arbeiten wollen.«

»Und ich sagte, ich würde es mir überlegen – unter bestimmten Voraussetzungen.«

»Auch das habe ich nicht vergessen. Gestatten Sie, daß ich Ihnen ein paar Fragen stelle?«

»Bitte sehr.«

»Erinnern Sie sich an den Namen des Mannes, an den die Waffenlieferung adressiert war?«

»Ich wußte ihn nie. Sie haben ihn mir nicht genannt.«

»Sie haben die Anschrift auf den Kisten nicht gelesen?«

»Wie sollte ich? Ich war mit Ihnen in meinem Büro, als die Kisten verladen wurden. Ich kam nur einmal in den Hof, um den Mann zu verbinden, der sich die Hand verletzt hatte.«

»Natürlich. Das hatte ich vergessen. Es ist auch unwichtig. Noch eine Frage. Wohin gingen Sie gestern abend, nachdem Sie das Lagerhaus verlassen hatten?«

»Miß Ayub holte mich in meinem Wagen ab, und wir fuhren aus der Stadt hinaus in Richtung Rumtha.«

»Weshalb?«

»Ich wollte frische Luft schnappen. Und ich wollte mit Miß Ayub schlafen.«

Safreddin lachte wieder, aber diesmal klang es nüchtern und humorlos. »Das ist ein seltsamer Einfall, wenn man mit einem Mädchen jederzeit im eigenen Bett schlafen kann – wie Sie es sonst ja auch tun.«

»So seltsam auch wieder nicht. Sie haben Abhörgeräte in meinem Haus angebracht, und ich möchte nicht, daß mein Sexualleben auf Tonband festgehalten wird.«

Safreddin dachte einen Augenblick über die Antwort nach, dann nickte er. »Das sehe ich ein. Ich hätte daran denken sollen. Die Mikrofone wurden heute, wie versprochen, entfernt.«

»Ich danke Ihnen. Darf ich jetzt eine Frage stellen?«

»Ja, bitte.«

»Verdächtigen Sie mich?«

»Weshalb sollte ich Sie verdächtigen, mein Freund?«

»Ich weiß es nicht. Ich möchte es aber gern wissen. Deshalb frage ich Sie.«

Safreddin legte seine schmalen Fingerspitzen zusammen und berührte mit ihnen seine Lippen. Seine Antwort war freundlich, aber Satz für Satz wohl abgewogen.

»Für mich, Fathalla, ist jeder Mensch des Verrates fähig, wenn der Preis hoch genug ist. Ich suche im Augenblick nach einer undichten Stelle, durch die Informationen gesickert sind, die nicht ohne Einfluß auf die heutige Operation in Rumtha waren. Sie bemerken, daß ich es eine Operation nenne – denn obwohl es anders geplant war, sah ich mich gezwungen, die Pläne im letzten Augenblick zu ändern. Die undichte Stelle betrifft den Libanon. Sie sind einer von mehreren Männern mit Verbindungen zum Libanon und über den Libanon hinaus – Bankverbindungen, Geschäftsverbindungen, persönliche Kontakte. Aus diesem Grund sind Sie verdächtig. Soweit ich weiß, ist der Verdacht bei Ihnen unbegründet. Trotzdem muß ich Sie überprüfen. Sie haben eine politische Vergangenheit, sind also ein politischer Mensch. Nun, ein Mann kann seine politischen Ansichten wechseln wie seine Frauen.«

»Aber Sie haben mich sehr taktlos überprüft. Das paßt nicht zu Ihnen.«

»Und Sie waren klug genug, es zu merken, Fathalla. Was mit zur Überprüfung gehörte.«

»Und was hat sie ergeben?«

»Daß Sie sehr empfindlich reagieren und sehr hellhörig sind.«

»Sie sagten selber, ich sei ein politischer Mensch. Wenn ich nicht empfindlich reagierte und nicht hellhörig wäre, hätte man mich in Bagdad umgebracht. Was hat sich noch ergeben?«

»Daß Sie so mutig sind, über mich in Zorn zu geraten.«

»Oder so unschuldig.«

»Stimmt.«

»So – und wie steht die Sache jetzt?«

Safreddin zuckte die Schultern und zog an seiner Zigarette. Seine Antwort wirkte sachlich. »Ich habe die Mikrofone aus Ihrem Haus entfernen lassen. Ich denke, es wird sich ergeben, daß Ihre Akten in Ordnung sind. Die Wachen vor Ihrem Lagerhaus werden heute abend abgezogen. Spricht das nicht für sich?«

»Ich sagte Ihnen schon einmal, daß ich nicht in einer Umgebung leben kann, in der man mir mißtraut. Ich möchte es von Ihnen hören.«

»Was?«

»Daß Sie Vertrauen zu mir haben.«

»Ich werde es Ihnen beweisen. Kommen Sie mit.«

Sie gingen schweigend vier Treppen hinunter in den Keller des Gebäudes. Am Ende eines langen Ganges stand ein Soldat vor einer schweren Eisentür, die von außen verriegelt war.

»Machen Sie auf.«

Der Soldat schob den Riegel zurück und stieß die Tür auf.

»Kommen Sie herein, Fathalla.«

Fathalla folgte ihm in eine kleine Zelle, die von einer schwachen Birne beleuchtet war. Auf dem Boden stand ein Klappbett, und auf dem Bett lag ein menschlicher Körper unter einer schmutzigen grauen Decke. Safreddin schlug die Decke zurück und legte das Gesicht frei. Es war der Wächter aus dem Lagerhaus. Er war tot. Fathalla kämpfte gegen die Übelkeit, die in ihm aufstieg.

»Nun?« Safreddins kalte Augen suchten in seinem Gesicht.

»Sagen Sie es nur.« Seine Stimme klang rauh und sarkastisch.

»Wir brauchten einen Verräter«, erklärte Safreddin in aller Ruhe.

»Wir haben ihn gefunden: einen alten Mann ohne Familie, ohne Verwandte. Niemand interessiert sich für ihn, und wir haben eine richtige Leiche, die wir im Sack auf dem Morjan-Platz aufhängen können. Wer wird schon fragen, wessen Leiche es ist? Sie wollten einen Beweis meines Vertrauens. Hier haben Sie ihn. Wir hätten genausogut Sie erschießen können – vielleicht hätten wir mehr davon gehabt!«

Amman

(World Press International) Heute nachmittag machte ein Regierungssprecher in Amman weitere Angaben über die Explosionen in Rumtha. Maschinengewehre und andere Waffen, die in den Trümmern gefunden wurden, konnten als russische Fabrikate identifiziert werden. Es handelt sich um die gleichen Waffentypen, wie sie die syrische Armee bezieht. Die Kistenaufschriften nennen als Empfänger Oberst Badaoui, Kommandant der Palastwache in Amman. Jordanien weist die über Radio Damaskus verbreitete Behauptung der Syrer zurück, es handle sich um ein Werk der Israelis. Jordanien behauptet, den unwiderlegbaren Beweis dafür zu haben, daß die Waffenlieferung Teil eines syrischen Komplotts zur Ermordung König Husseins gewesen sei, zu dessen Voraussetzungen es gehört habe, den derzeitigen Kommandanten der Palastwache von seinem Posten zu entfernen. Major Khalil, stellvertretender Kommandant der Palastwache, wurde unter der Anklage der Mittäterschaft festgenommen. Der syrischen Regierung wurde heute nachmittag eine scharfe Protestnote zugestellt. Über den Inhalt wurde nichts bekannt; es hieß jedoch, daß mit dem Abbruch der diplomatischen Beziehungen zu Syrien zu rechnen sei. Ferner wurde bekannt, daß Jordanien die erste Nachricht über den geplanten Anschlag von einem prominenten Bankier aus Beirut erhielt, dem ein Mitglied der Palästinensischen Befreiungsorganisation die Information verkauft hatte. Als Name des PLO-Mitglieds wurde Idris Jarrah angegeben. Das israelische Außenministerium soll Jordanien über britische diplomatische Kanäle die Mittäterschaft Khalils und die Rolle des Idris Jarrah bestätigt haben. Jarrah befindet sich gegenwärtig vermutlich

in Jordanien. Es ist bereits ein Haftbefehl gegen ihn ergangen. Soeben erfahren wir, daß die Lastwagen, die die Waffenlieferung transportierten, dem syrischen Kaufmann Selim Fathalla gehören, der ständige Handelsbeziehungen zu Jordanien unterhält. Fathalla lebt in Damaskus. Er befindet sich noch in Freiheit.

Damaskus

Im Wohnzimmer des syrischen Priesters nahm Dr. Bitar unter den traurigen Augen einer byzantinischen Madonna auf einem abgenutzten Sofa Platz und hörte sich Fathallas Geschichte an. Bitar sah krank aus. Sein schmales sanftes Gesicht wirkte grau, unter seinen Augen hingen schwere Tränensäcke, und tiefe Falten gruben sich um seine Mundwinkel; aber das Feuer in ihm war nicht erloschen, und als er die Geschichte des alten Wächters hörte, brach er in bittere Beschimpfungen aus.

»Wir sind wieder Wilde geworden. Wir, die wir das Mittelmeer nach der Zeit der Barbaren zivilisiert haben! Wir, die wir Mathematik und Philosophie und die Heilkunde gelehrt haben! So ist der Islam nicht! Wo, um alles in der Welt, bleibt die Gnade Allahs und die Würde der Prophetensöhne? Das ist brutale, blutige Tyrannei! Das muß jetzt ein Ende finden!«

»Es wird nicht heute enden und nicht morgen«, sagte Fathalla müde. »Und wir beide wissen das. Haben Sie Safreddins Rede gehört?«

»Nein. Ich habe heute zwei Typhusfälle entdeckt und bin den ganzen Tag herumgelaufen, um genug Serum zu finden und um den Leuten vom Gesundheitsministerium klarzumachen, daß die Wasserversorgung unbedingt überprüft werden muß. Wenn das eine Epidemie werden sollte, wären wir in den größten Schwierigkeiten. Was hat Safreddin gesagt?«

»Was er sagte, war nicht so wichtig. Wichtig war, wie er es sagte. Er könnte morgen über ein Heer von Freiwilligen verfügen.«

»Der heilige Krieg – der Traum eines Irrsinnigen! Wir schmeißen das Volksvermögen für Kanonen und Flugzeuge hinaus, und ich kriege nicht mal Serum für zwanzig Menschen. Wie wird das enden? Und wann?«

»Ich weiß es nicht. Aber es gibt andere Dinge, die ich so schnell wie möglich wissen muß. Was hat Safreddin mit mir vor? Wenn er wüßte, wer ich bin, wäre ich bereits tot.«

»Ich werde Ihnen sagen, was er mit Ihnen will. Das ist dieser alte Wahnsinn mit dem Moloch und den Menschenopfern. Eine Tyrannei verlangt immer mehr Opfer – wenn nicht heute, dann morgen, und wenn nicht morgen, dann übermorgen: aber irgendwann ist es soweit. Sie stehen auf der Liste, und ich stehe auch drauf, weil wir, aus verschiedenen Gründen, für Safreddin einleuchtende Verräter abgeben. Daß wir wirklich Verräter sind, von Safreddins Standpunkt aus, hat damit nichts zu tun. Sie sind Iraki. Sie stehen in direkter Beziehung zu den Toten von Rumtha. Safreddin kann Sie dem Henker überliefern, sobald er ein Schauspiel braucht. Und ich? Ich bin bekannt als unzufrieden. Ich beklage es, daß zu viele Kinder sterben und daß es zuviel schmutziges Elend gibt in diesem Land, das ich liebe.«

»Aber Safreddin sprach davon, daß er Sie dem Gesundheitsministerium empfehlen will.«

»Er täte gut daran. Ich könnte da mehr leisten als irgend jemand sonst. Aber was würde das für sie bedeuten? Je höher hinauf sie mich schieben, um so wertvoller werde ich als Opfer.«

Fathalla dachte eine Weile darüber nach, während er mit dem Zeigefinger Muster auf die staubige Tischplatte malte. Dann richtete er sich auf.

Ein kühles Lächeln lag auf seinen Lippen, als er sagte: »Ich glaube, Sie haben recht. Wir sind in Gefahr. Das waren wir freilich immer. Doch jetzt sind wir gewarnt. Wir dürfen uns keine Illusionen machen. Kommen wir zur Sache.«

Bitar setzte sich auf. Seine Augen leuchteten und sahen Fathalla gespannt an.

»Geben Sie allen Kontaktpersonen Bescheid«, sagte Fathalla, »wir brauchen genaue Informationen über die gegenwärtige Stärke der syrischen Truppen in Galiläa und im Norden. Wir müssen ständig über Truppenbewegungen und neue militärische Anlagen, besonders über Bodenraketen unterrichtet werden. Wir brauchen Angaben über Anzahl und Standorte der russischen Kampfflugzeuge. Auf dem politischen Sektor brauchen wir Kopien von allen kursierenden

Schriftstücken über den syrisch-ägyptischen Verteidigungspakt und den möglichen Anschluß des Iraks an wechselseitige Bündnisse. Alle Kontaktpersonen müssen davor gewarnt werden, daß der syrische Geheimdienst seine Sicherungsmaßnahmen verstärkt. Ist Ihnen alles klar?«

»Ja.«

»Dann noch etwas ...« Er zögerte ein paar Sekunden, ehe er fortfuhr: »Sie müssen es wissen. Im Notfall kann es wichtig sein, daß Sie es wissen. Ich werde Emilie Ayub heiraten. Sie weiß, wer ich bin und was ich tue. Sie weiß, daß Sie mit mir in Verbindung stehen. Sie kennt die Wellenlängen und den Code meines Funkgeräts. Sie wird davon nur Gebrauch machen, wenn ich verhaftet werde oder bewegungsunfähig bin.«

Bedrücktes Schweigen legte sich über das heruntergekommene Zimmer mit den schmutzigen Vorhängen, den abgenutzten Möbeln und der traurigen Madonna, die jahrhundertelang Tragödien gesehen hatte, die sich ständig wiederholten. Bitar starrte auf die Muster, die Fathalla in den Staub gezeichnet hatte. Als er endlich sprach, klang seine Stimme leise und brüchig.

»Ich fürchte, Sie haben einen großen Fehler gemacht. Ich weiß nicht, was Sie sonst hätten tun können, deshalb kann ich Ihren Entschluß nur akzeptieren. Aber das Risiko für uns alle ist enorm.«

»Das weiß ich.«

»Wirklich? Haben Sie darüber nachgedacht, was ein Mann wie Safreddin einer Frau wie Emilie antun kann?«

»Ich habe darüber nachgedacht.«

Bitar zuckte mit den Schultern. »Dann gibt es nichts mehr zu sagen. Sie bestimmen, was gespielt wird. Gehen wir an die Arbeit.«

Hätte Omar Safreddin das Urteil gehört, das im Haus des alten Priesters über ihn gefällt wurde, hätte er sich sehr amüsiert und die Männer, die es fällten, sehr verachtet: Ein zimperlicher Arzt, den Krankheiten quälten, die er nie heilen konnte, und ein entwurzelter Händler aus Bagdad, der mit einer Halbblut-Hure schlief – was wußten die von dem großen Traum, dem phantastischen Unternehmen, auf den Ruinen einer französischen Kolonie, einer Provinz des ottomanischen Reichs, einen Staat des zwanzigsten Jahrhunderts zu errichten? Was wußten sie schon von dem noch größeren Traum eines erneuerten und wiedererstarkten Islams, einer arabischen Hegemonie vom Euphrat bis zu den Säulen des Herkules? Er besaß viel Stolz, und er versuchte, strengere Maßstäbe an sich anzulegen als irgendeiner seiner Kritiker.

Er fand sich nicht grausam. Zwar war ihm bewußt, daß Grausamkeit ihm Vergnügen bereitete, ebenso wie Frauen oder Freundschaften mit Männern. Das zu wissen bedeutete aber noch lange nicht, sich gehenzulassen wie ein Wüstling. Grausamkeit war die natürliche Waffe der Herrschenden. Frauen waren Figuren im Schachspiel der Macht. Männer waren Steine in der starken Hand, die den Staat erbaute.

Er glaubte nicht, ein Tyrann zu sein. Er glaubte, persönliche Macht nicht auszuüben um seiner eigenen Genugtuung willen. Ausgeübt mußte sie werden, sonst verschwendete man ihre lebensspendende Kraft. Der Prophet hatte seinen Feinden vergeben und unter einem Baum in Al-Hudebiyal einen zehnjährigen Frieden mit ihnen geschlossen. Aber als der Frieden gebrochen wurde, hatte der Prophet Streitkräfte gesammelt und die Juden in der Schlacht von Kheybar unterworfen. Und unterworfen blieben sie bis zum Kalifat von Omar. Der Tribut, der für die Macht gezahlt werden mußte, war immer ein Blutpreis. Da er selber bereit war, diesen Blutzoll zu entrichten, konnte er ihn auch, so meinte er, von den anderen verlangen. Er war bereit, sein Leben zu riskieren, denn selbst ihr Tod war ruhmreich für den Gläubigen, der die wahre Bedeutung der Sure begriffen hatte, die »Der Sieg« heißt: ».. . Sage zu den Arabern der Wüste, die zurückgeblieben sind: ›Ihr werdet einst wider ein mächtiges und kriegerisches Volk gerufen werden, und ihr sollt es bekämpfen, oder es bekenne sich zum Islam. Zeigt ihr euch dann gehorsam, so wird euch Allah herrliche Belohnung geben; kehrt ihr aber den Rücken, so wie ihr früher den Rücken gewendet, so wird er euch strafen mit peinvoller Strafe.‹«

Das war seine Sendung: Die Juden zu bekämpfen, ein kampferprobtes Volk, und die wandernden Araber – die, die beim Marsch der Geschichte zurückgeblieben waren – zusammenzurufen, sie zusammenzuschmelzen zu einem mächtigen Heer, das sich die Belohnung verdiente, die Er, der Eine und Allbarmherzige, versprochen hatte.

Er mußte sie zurückführen zu den großen einfachen Wahrheiten des heiligen Buches. Er mußte sie lehren, daß das Risiko sich lohne, daß er richtig und nützlich war, wenn einige starben, damit die vielen anderen groß und mächtig werden konnten.

Er saß in seinem Büro am Fenster, und während sich seine Gedanken mit großen und dringlichen Problemen beschäftigten, beobachtete er, wie der Tag hinter pfirsichfarbenen Wolken zu Ende ging.

Auf seinem Schreibtisch lag ein Memorandum des Außenministeriums, das alle Anschuldigungen aufführte, die Jordanien wegen der Rumtha-Affäre erhob. Darauf zu antworten war nicht nötig. Die Antworten würde sowieso niemand glauben. Auf dem Feld der Propaganda war der im Vorteil, der als erster und am lautesten schrie. Trotzdem mußten unbedingt bestimmte Fakten festgelegt und schnelle Entscheidungen getroffen werden.

Es stand also fest, daß die Israelis von dem Anschlag auf das Leben des Königs und von Major Khalils Rolle rechtzeitig Kenntnis gehabt hatten. Aber von wem hatten sie die Informationen? Nicht von Jarrah. Auch nicht von Chakry. Die Israelis waren viel zu klug, um sich mit solchen Männern in Geschäfte einzulassen. Es blieb nur ein Agent übrig, der entweder innerhalb der PLO arbeitete oder in seinem eigenen Bereich. Einen Augenblick lang verdächtigte er Fathalla, der von dem Waffentransport gewußt und Beziehungen zur Phönizischen Bank hatte. Aber Fathalla war für einen Spion viel zu anfechtbar. Außerdem war er ein zu gewitzter Kaufmann, um sein Leben für ein paar Dollar zu verkaufen und dann nichts mehr mit ihnen anfangen zu können. Wer also hatte den Plan verraten?

Der Gedanke, daß wieder Verräter in seiner Stadt, vielleicht sogar in seinem eigenen Amt saßen, ließ brennende Wut in ihm aufsteigen. Sein Job war schmutzig und undankbar. Er hatte seine gesamte Karriere aufs Spiel gesetzt. Wenn er verlor, konnte er über Nacht von bestechlichen Politikern oder Armeerebellen gestürzt werden. Er konnte an einem Strick auf dem Marktplatz enden. Ein verschwommener Gedanke regte sich in ihm. Er zwang sich zur Ruhe, um ihn eine Weile weiterspinnen zu können. Er rauchte eine Zigarette und noch eine, während er am Fenster saß und zusah, wie die Sonne hinter den Dächern und Minaretten der Stadt unterging. Dann rief er die Sowjetische Botschaft an und sprach lange mit dem Botschafter. Danach telefonierte er mit dem Direktor der Syrischen Bank und gab ihm Anweisungen. Schließlich ließ er seine Sekretärin kommen und beauftragte sie, ihm in der nächsten Maschine nach Beirut einen Platz reservieren zu lassen.

Siebentes Kapitel

Tel Aviv – Jerusalem

Jakov Baratz hatte eine lange und ermüdende Auseinandersetzung mit dem Stabschef hinter sich. Er war mit seiner Geduld fast am Ende und mußte sich Mühe geben, seine gewohnte Objektivität zu wahren.

Der Stabschef war weniger zurückhaltend. Er war kurz angebunden und gereizt. »Um Himmels willen, Mann! Sie haben mir einen bis ins letzte ausgetüftelten Plan für eine Operation in Hebron geliefert, und jetzt wollen Sie alles über den Haufen werfen!«

»Ich will nur klarmachen, worum es geht. Heute sind wichtige Dinge geschehen. Wir hatten ein Land- und Luftgefecht mit den Syrern. Das geht morgen in Schlagzeilen durch die Weltpresse und wird zu Protesten bei der UNO führen. Die Syrer haben versucht, uns die Schuld an dem Massaker in Rumtha in die Schuhe zu schieben. Gott sei Dank haben die Jordanier in aller Öffentlichkeit die Syrer beschuldigt. Und jetzt reden wir davon, ein jordanisches Dorf in die Luft zu sprengen. Ich sehe darin keinen Sinn.«

»Der Premierminister und das Kabinett halten es immer noch für sinnvoll.«

»Dann, glaube ich, müssen wir ihnen Vernunft beibringen.«

»Wir sind die Armee, sie sind die Regierung. Wir tun, was man uns sagt.«

»Nein!« Baratz wurde wütend. »Diese These habe ich nie vertreten, und ich werde es auch jetzt nicht tun. Wir haben die gleichen Schlachten für die gleichen Ziele geschlagen. Wir haben hier etwas – im Augenblick jedenfalls –, was kein anderes Land aufweisen kann: Brüderlichkeit. Diese gemeinsame Bindung Israel. Je älter wir werden, je weiter wir heranwachsen, desto mehr wird sich das verlieren. Doch ich möchte, daß es erhalten bleibt, so lange es geht. Und der beste Weg dazu ist, an der alten Mapai-Tradition festzuhalten: freie

Rede und freier Gedankenaustausch über alle Probleme – politische, wirtschaftliche, religiöse, militärische. Ich will nicht, daß die Armee das Land regiert. Aber ich will auch nicht, daß die Armee zum passiven Werkzeug der Macht wird. Sie wollen das ebensowenig. Wenn wir nicht mehr zusammen über Fragen, die uns alle angehen, diskutieren dürfen, dann können Sie meinen Abschied haben.«

Das war die schärfste Äußerung, die man je von ihm gehört hatte. Er war überrascht von seiner eigenen Heftigkeit.

Auch der Stabschef war überrascht. Er sagte: »Ich hatte keine Ahnung, daß Sie das so sehr bewegt, Jakov.«

»Sind Sie nicht der gleichen Ansicht?«

»Nicht ganz.« Der Stabschef fuhr sich mit den Fingern durch das gelichtete Haar. »Aber ich sitze auf einem anderen Stuhl. In gewisser Weise bin ich auch Politiker. Ich habe täglich mit den Ministerien zu tun. Wahrscheinlich habe ich, ohne es zu merken, etwas von deren Geisteshaltung angenommen.«

»Aber nein!« Baratz sah ihn mit einem etwas verlegenen Lächeln an. »Bei unserer ersten Besprechung in Jerusalem haben Sie sehr deutlich Ihre Meinung gesagt. Wie war das noch ...? ›Die Armee als Propagandawaffe ... Tote, um die Lebenden zufriedenzustellen‹ – war es nicht so?« Er lehnte sich zurück und streckte entschuldigend und gleichsam flehend die Hände aus. »Sehen Sie, ich bin kein Rebell. Und ich habe an der ganzen Sache kein privates Interesse. Aber wir beide wollen doch das gleiche: den bestmöglichen Ausgang für das Land. Das einzige, worum ich bitte, ist eine weitere Aussprache mit Yuval und, wenn möglich, auch mit dem Premierminister. Danach beugen wir uns der Vorschrift.«

»Es kommt darauf an, wie wir darum bitten.« Der Stabschef war noch immer unschlüssig. »Ich hätte am liebsten Nathan dabei. Ich würde ihnen gern den Hebron-Plan vorlegen, der jedem unsere Pflichttreue beweisen muß. Dann können wir ihnen die politischen Argumente darlegen. Wären Sie dazu bereit? Und wann?«

»Ich bin sofort dazu bereit. Ich würde gern morgen darüber reden, wenn es geht – dann stehen die Ereignisse von heute noch jedermann deutlich vor Augen. Können Sie das arrangieren?«

»Ich glaube, ja. Ich fahre in einer halben Stunde nach Jerusalem.«

»Ich komme mit. Wenn wir beide erscheinen, sieht das weniger offiziell aus. Sofern es dazu beiträgt, das Treffen zu arrangieren, sagen Sie doch, daß ich Nachrichten aus Damaskus über die Rumtha-Affäre erwarte. Wenn mein Agent pünktlich Bericht erstattet, kann ich bei der Sitzung dann schon das Neueste mitteilen.«

»Gut.«

Der Stabschef stand auf und glättete die Falten seines Waffenrocks. »Noch etwas, Jakov ...« Er brach ab, als sei er sich der Wirkung seiner Worte nicht ganz sicher.

»Was ist, Chaim?«

»Ich weiß, daß Sie im Augenblick private Probleme haben. Ihrer Arbeit merkt man es nicht an – aber Ihnen. Sie sind einer der beherrschtesten Männer, die ich kenne, und trotzdem merkt man es. Ich weiß nicht, was ich tun würde, wenn ich vor so einer familiären Situation stünde. Ich weiß aber, daß Sie es allein nicht aushalten, nicht für immer. Wenn Sie also irgendwelche – irgendwelche Veränderungen beschließen sollten, würde ich das verstehen.«

»Soweit ist es noch nicht. Ich hoffe, es wird auch nicht dazu kommen. Aber ich danke Ihnen. Wir sehen uns in Jerusalem.«

Sie gaben sich die Hand, und Baratz ging zurück in sein Büro. Er hatte eine gesellschaftliche Absolution in der Tasche, und er war sich bewußt, daß er sie verzweifelt gern benutzt hätte. Er blickte auf die Uhr. Zehn Minuten vor sieben. Sein Fahrer konnte ihn bis halb neun nach Jerusalem bringen. Er rief Yehudith an und verabredete sich für neun Uhr mit ihr zum Essen. Sie war so erfreut, daß er ein plötzliches Schuldgefühl verspürte und der Verabredung noch etwas hinzufügte:

»Ich muß noch kurz ins Krankenhaus zu Hannah und Franz Liebermann. Hast du etwas dagegen, wenn ich Franz mitbringe?«

»Keineswegs. Er ist ein reizender alter Herr. Ich liebe ihn.«

»Wo möchtest du essen?«

»Weshalb nicht hier bei mir? Das Essen ist gratis und die Bedienung erstklassig.«

»Kann ich etwas beisteuern?«

»Dich – und die Getränke.«

»Gut. Dann bis neun, Schalom!«

Dann rief er Franz Liebermann an; das Abendessen zu dritt war arrangiert und das Schuldgefühl zumindest vorübergehend besänftigt. Aber als er in der einbrechenden Dunkelheit durch die Felder und an tiefschwarzen Pinienwäldern vorbei nach Jerusalem fuhr, begann sich sein Gewissen wieder zu rühren.

Gewissen? Ein christliches Wort, das in der mosaischen Tradition keinen wichtigen Platz einnimmt: Es gab Jahwe und das Gesetz Jahwes, das klar war bis in die kleinste Einzelheit der rituellen und moralischen Vorschriften. Aber wenn Jahwe nirgends zu finden war, da man ihn brauchte, wenn die Öfen zu rauchen begannen – was wurde dann aus dem Gesetz und den Propheten mit ihren leeren Verheißungen und der Thora mit ihren Strafen, die so unbedeutend waren verglichen mit den Strafen, die über den Menschen verhängt waren, weil er ein Mensch war?

Sie waren so schrecklich, daß es Wahnsinn schien, in ihnen etwas wie einen göttlichen Plan zu sehen. Man wurde empfangen und geboren, und schon in dieser Sekunde stand das Urteil fest: Krebs wird dir die Eingeweide zerfressen, ein Besessener wird dir mit der Axt den Kopf abschlagen, ein Betrunkener wird dich mit dem Auto niedermähen, du wirst leben, lächeln und weinen, bis ein gehorsamer Narr eine Wasserstoffbombe in deinen Garten wirft.

Und dieses Urteil kennt keine Strafmilderung, keine Amnestie. Es kennt nur Aufschub. Es gibt dir nur Zeit. Zuwenig Zeit, um zu vergessen, doch viel zuviel, sich zu erinnern. Und trotzdem hatte sich der Mensch die heilige Illusion von der Unsterblichkeit erhalten. Trotzdem wahrte er, den gemeine Armut erniedrigte und ungeheures Leid entstellte, seine Würde. Trotzdem träumte er immer noch von Gerechtigkeit. Zum Sterben verdammt, pflanzte er immer noch Apfelbäume, deren Früchte er nie genießen würde, erbaute er gewaltige Städte, in denen andere Menschen leben würden, streckte er seine Hände aus nach dem kalten Mond und den fernen Planeten. Sein eigener strenger Stoizismus war eine andere Form der Herausforderung. Aber er hatte das unangenehme Gefühl, daß es die leerste aller Gesten war. Wahrhaft glücklich waren nur die Gläubigen, die überzeugt waren, daß eines Tages etwas geschehen würde, was sie von der schrecklichen Fleischeshülle befreite und in die immerwährende friedliche Vereinigung mit dem Einen entließ, der sich unter der Maske der vielen verbarg.

Aber der Glaube war eine Gnade, wie das Dichten oder die wunderbare Phantasie eines glücklichen Kindes. Wer sie nicht besaß – oder sie verloren hatte –, dem blieb nur der Verstand, die edelste aller menschlichen Fähigkeiten, wie die Griechen sagten. Aber der Verstand war kein Schlüssel zu den Wundern, den Widersprüchen und der Tragödie des Lebens. Im Gegenteil, der Verstand konnte zum Werkzeug werden, das das Urteil vollstreckte; er konnte zur Auslösung der großen Atomexplosion führen – wenn sich nicht die Vernunft des Herzens erhob und den tragischen Verirrungen des menschlichen Verstandes Einhalt gebot.

Einsam und voller Sorge fuhr Jakov Baratz über die Hochlandstraße in den Korridor von Jerusalem – ein sehnsüchtig Liebender, der die Gefahren und Abgründe erwog, die die Liebe für Yehudith, für Selim Fathalla – der bereits am Rande des Abgrunds stand –, für ihn und für Hannah bereithielt, für Hannah besonders, die vielleicht eines Tages doch noch aus ihrem schrecklichen Traum erwachte und niemand mehr fand, der sie begrüßte.

Als er ins Krankenhaus kam, schlief sie gerade – unter dem Einfluß von Medikamenten, wie Franz Liebermann ihm erklärte. Sie war in der letzten Zeit nachts mit ausdruckslosem Gesicht durch die Gänge und Säle gewandert. Selbst im Schlaf sah man die Spuren ihrer Leiden. Die Haut war glanzlos. Die Züge waren wie verwischt. Sie alterte schnell. Ihr einstmals schönes Gesicht hatte etwas beinahe Tierhaftes. Als er sie küßte, spürte er plötzlich Unbehagen, und er schämte sich.

Er sagte zu Franz Liebermann: »Wie lange kann das so weitergehen?«

Liebermann breitete hilflos die Hände aus. »Jahrelang vermutlich.«

»Gibt es noch irgendeine Hoffnung?«

»In meinem Beruf muß man immer hoffen. Ich möchte demnächst ausprobieren, wie sie auf die Lysergsäure-Gruppe reagiert.«

»Leidet sie?«

»Nicht sehr. Vollkommene Entrückung bedeutet vollkommene Abweisung der Realität und damit auch der rettenden Realität des Schmerzes. Es ist eine Art Vorwegnahme des Todes, ohne die letzte Gnade des Sterbens. Wenn ich nur etwas finden könnte, das eine Reaktion bei ihr hervorruft, auch nur für eine Sekunde – aber bis jetzt habe ich nichts gefunden.«

»Gehen wir essen, Franz.«

»Ich hoffe, deine Freundin ist eine gute Köchin. Ich habe die Diät hier satt.«

»Dafür garantiere ich.«

»Das wäre eine Wohltat«, sagte Franz Liebermann.

Als sie durch die nächtliche Stadt zu dem weißen Haus von Yehudith Ronen fuhren, hatte Baratz das schmerzliche Bedürfnis, sich diesem alten Mann anzuvertrauen, der so aufrichtig und weise war und so gütig zu den Kranken, die in seiner Obhut waren. Aber er fand nicht die richtigen Worte, um zu beginnen, und dann glaubte er auch, nicht das Recht zu haben, jemandem, der schon so viel zu tragen hatte, eine weitere Bürde aufzuladen. Franz Liebermann war ein Mann, der Leiden heilte. Ihn zum Richter in Fragen der Sexualethik zu machen, hieß das nicht, seine Verachtung hervorrufen? Franz Liebermann hatte seinen eigenen Kodex, den er in den alten Spruch faßte: »Nimm dir, was du willst, sprach Gott. Nimm es dir und zahl dafür.« Und jedesmal fügte er hinzu: »Aber du mußt mit deinen eigenen Mitteln zahlen. Deshalb sieh vorher zu, ob du genug hast.« Seine Toleranz den Schwachen und Närrischen gegenüber war riesengroß. Die Selbstsüchtigen verachtete er. »Wein nur in deine Kissen, Freund! Kein Wunder, daß du Bauchweh hast – sei nächstes Mal eben nicht so gierig.«

Beim Essen war Jakov Baratz ausgelassener, als Yehudith ihn je gesehen hatte. Er erzählte die abenteuerlichsten Geschichten, spielte den Clown, sang die alten Sabre-Lieder und flirtete ganz offen mit Yehudith. Franz Liebermann saß traurig da und lächelte und hoffte, daß dieses Kinderspiel etwas heilte und niemanden zu sehr verletzte.

Es endete, wie das bei Kinderspielen immer ist, in der sanftsüßen Melancholie der Müdigkeit. Wie Kinder waren sie nicht bereit, voneinander zu lassen: Sie weigerten sich, den schützenden Kreis des Lichts mit der dunklen Einsamkeit des Schlafs zu vertauschen, und so spielten sie ein anderes Spiel: »Es ist noch früh; geh noch nicht fort; dräng noch den Schlaf zurück und das Alleinsein und das zweifelhafte Morgen.« Ihr Gespräch nahm eine andere Färbung an. Es wurde ein zögerndes Darlegen der eigenen Unsicherheiten und Befürchtungen vor den anderen, die jeweils so weit sicherer und zuversichtlicher zu sein schienen. Baratz erzählte von der Debatte, die ihm am nächsten Morgen bevorstand, und von den Zweifeln, die ihn plagten.

»Was ist das?« fragte er Franz Liebermann. »Was ist das, das uns immer wieder bis zu dem Punkt treibt, an dem unser Leben vom Tod eines anderen Menschen abzuhängen scheint, wo unsere Bäume offenbar nicht gedeihen wollen, wenn nicht der Garten des Nachbarn zerstört wird?«

Der alte Mann schien die Frage in sich aufzusaugen wie ein Schwamm das Wasser. Wie eine Aureole lag das Licht auf seinem weißen Haar. Er sagte lange Zeit nichts. Es schien, als sei er von Visionen heimgesucht, für die ihm die Worte fehlten. Endlich sprach er langsam und stockend.

»Diese Frage stelle ich mir selbst immer wieder, und oft liege ich wach und denke darüber nach. Manche meiner Patienten sind krank, weil sie keine Antwort darauf finden. Aber es muß eine Antwort geben, sonst wäre das Leben des Menschen und all sein Bemühen sinnlos.«

»Das ist das Erschreckende«, sagte Yehudith. »Wie absurd das alles ist. Kaum denkt man, eine vernünftige Ordnung gefunden zu haben, schon verkehrt sich alles in obszönes Durcheinander.«

Franz Liebermann warf ihr einen scharfen Blick zu. »Weshalb sagen Sie obszön?«

»Das ist es doch. Im einen Augenblick sieht man das menschliche Bild sauber und stark wie eine griechische Statue – im nächsten ist es bis zur Unkenntlichkeit verzerrt. Gehen Sie hundert Meter hinter meinen Garten, und Sie treten auf eine Mine und sind nicht mehr. Menschen haben die Mine gelegt. Menschen wie wir. Wir halten uns für Liebende, für schöpferische Menschen, für die Erbauer unserer Welt – aber sind wir nicht auch ihre Zerstörer? Ich habe meinen Namen von einer Frau, die einen Mann betrunken machte und ihm den Kopf abschlug.«

Es lag so viel Selbstverhöhnung in ihrem Ton, daß Baratz verletzt war. Aber der alte Mann saß still da und sann den bitteren Worten nach. »Ich weiß, was Sie meinen«, antwortete er schließlich freundlich. »Bis jetzt hat noch niemand das Böse auch nur erklären, geschweige denn aus der Welt schaffen können. Ich habe Patienten, die sind tatsächlich vor lauter Bösartigkeit verrückt geworden. Das Böse war zum Mittelpunkt ihres Lebens geworden, und nicht der geringste Raum blieb mehr für die einfachste Rücksicht auf andere Menschen. Sie sind der Grund, daß ich den biblischen Geschichten von teuflischer Besessenheit glaube. Aber es gibt auch das Gute, mein Kind. Ich habe eine kleine Krankenschwester aus Algerien, die geht mit diesen Leuten im Garten spazieren und beruhigt sie durch ihre Worte und Berührungen. Die Kleine mußte schon mehrfach vor Angriffen der Kranken beschützt werden, aber sie kommt immer wieder zu ihnen zurück, lächelt und versucht es noch einmal.«

»Ich schäme mich.«

»Nein, schämen Sie sich nicht. Jeder von uns ist ein Kraftfeld, in dem das Gute und das Böse miteinander im Kampf liegen.«

»Ich wußte gar nicht, daß Psychiater an das Böse glauben.«

Baratz sagte es mit leichtem Grinsen, aber Franz Liebermann ging ernsthaft auf die Bemerkung ein. »Nur ein Narr leugnet die Existenz des Bösen. Die Alten hatten recht, die Religion mit den Heilkünsten zu verbinden. Es ist einer der traurigen Nachteile der modernen Medizin, daß wir Mechaniker geworden sind. Manche von uns sind so spezialisiert, daß sie manchmal vergessen, daß die Auswirkungen der Krankheit auf die Psyche tödlicher sein können als die Krankheit selbst. Krankheit kann manche Menschen adeln, wie die Armut. In anderen erzeugt sie zerstörerische Angst und Ressentiment.«

»Und das wäre das Böse, von dem Sie sprechen?« fragte Yehudith Ronen.

»Das ist ein Teil davon. Das Ganze kann auch ich nicht definieren. Aber ich glaube, zum wirklich Bösen gehört es, dem eigenen Ich so viel Wert beizumessen, daß man bereit ist, um der Befriedigung der Ichsucht willen alles andere zu vernichten.«

»Sie setzen also das Böse dem Willen zu überleben gleich?« fragte Baratz. »Wollen wir nicht alle überleben – um jeden Preis?«

»Nein!« erwiderte Liebermann. »Das eben macht den Unterschied zwischen Gut und Böse aus, wieviel wir bereit sind, für das Überleben zu zahlen. Schande? Verrat? Kindermord? Verhöhnung der Menschenwürde? Abfall von dem Gott, dem man dient – falls man einen hat?«

»Aber wer setzt den Preis fest, Franz? Wer sagt: Bis hierher und nicht weiter? Und weshalb ist des einen Menschen Recht des anderen

Menschen Unrecht? Das ist doch die wahre Tragik der menschlichen Situation: Wir wissen nie etwas ganz genau. Auch wenn man alle Regeln, wenn man jede Vorschrift und jeden Rat des heiligen Buches beachtet, man kommt immer wieder dahin, daß man nichts weiß.«

»Und selbst entscheiden muß«, fügte Yehudith leise hinzu. »Denn sonst hört man auf zu leben. In dem Augenblick aber, in dem man entscheidet, beschwört man Konflikte und Zwietracht herauf, weil ein anderer – vielleicht jemand, den man liebt – das Gegenteil beschlossen hat. Was dann?«

»Wenn man kann, schließt man einen Kompromiß.«

»Wie schließt man einen Kompromiß, wenn man über einen Gewehrlauf sein Ziel anvisiert?« fragte Baratz rauh.

»Unglücklicherweise schließt man einen Kompromiß zumeist erst dann, wenn man entdeckt hat, daß der Mann, der schießt, und der Mann, den er tötet, ein und dieselbe Person sind«, erwiderte Franz Liebermann leise.

»Das verstehe ich nicht.«

»Ich will versuchen, es zu erklären. Ich glaube – und meine Erfahrung bestätigt diesen Glauben –, daß die Wurzel allen Streits in dem Bemühen des Individuums liegt, seine Persönlichkeit zu entdecken, zu stärken und zu verteidigen, gegen alles, was sie bedroht oder zu bedrohen scheint. Dieses Bemühen, dieser Kampf beginnt bei der Geburt. Das winzige menschliche Wesen wird aus der sicheren Wärme des Mutterleibs in eine kalte, feindliche Welt gestoßen. Seine Ernährung erfolgt nicht mehr automatisch; es ist Hunger und Schmerz, Kälte und Wärme ausgesetzt und begegnet der überspannten Aufmerksamkeit anderer menschlicher Wesen, von denen es nur durch Berühren und Beriechen weiß und weil sie ihm Angenehmes oder Unangenehmes zufügen. Vom ersten Augenblick an merkt es, daß seinen Sehnsüchten und Begierden Grenzen gesetzt sind, daß es gezwungen ist, sich einerseits anzupassen und sich andererseits durchzusetzen gegen Wesen, die stärker sind als es. Noch bevor es irgend etwas weiß, bevor es weiß, daß es etwas weiß, ist es in Konflikt geraten: Es hat die Auseinandersetzung mit dem Leben begonnen, und sie wird dauern bis zu dem Tag, an dem es stirbt.«

»Wollen Sie damit sagen, daß es dazu verdammt ist, immer in die Irre zu gehen, ohne es zu wissen?« fragte Yehudith Ronen.

»Das habe ich nicht gesagt. Ich sagte, daß es von Anfang an zum Konflikt verdammt ist. Jeder Konflikt aber bedeutet Belastung. Manche brechen unter dieser Belastung zusammen und enden in Heilanstalten. Die meisten finden trotz der Belastung zu einem halbwegs annehmbaren Gleichgewicht. Das Problem liegt darin, daß sich der Kampf um die Persönlichkeit zuerst ganz auf das eigene Ich konzentriert, dieses schwache, unwissende und empfindliche Ich. Es braucht viel Zeit und viel schmerzliche Erfahrung, bis das Ich begreift, daß es ohne ein Du nicht überleben kann. Noch viel mehr Zeit braucht das kollektive Ich – der Stamm, die Nation, der Staat –, um zu erkennen, daß es ohne ein kollektives Du nicht existieren kann. Selbst in diesem Zeitalter, in dem wir Raketen zum Mond schicken, erkennen wir nicht, daß wir uns selber zu einer späteren Strafe verurteilen, wenn wir die Ordnung der Natur durcheinanderbringen, wenn wir Insektenbekämpfungsmittel ausstreuen und die Luft verpesten mit Radioaktivität und giftigen Gasen. Seht euch diese Stadt an, Jerusalem. Sie ist durch eine Mauer geteilt, und auf der Mauer stehen Männer mit Gewehren. Wir können uns nicht einfach von einem Teil in den anderen begeben. Aber Mikroben und Viren, die Typhus- und Cholerabazillen können es. Und so sind beide Seiten trotz allem gezwungen, aus gesundheitlichen Erwägungen zusammenzuarbeiten. Weshalb läßt sich diese Zusammenarbeit nicht weiter ausdehnen? Weil wir und sie immer noch glauben, daß andere tabuierte Dinge für uns unentbehrlich sind, Dinge wie Souveränität, wie der Besitz dieses oder jenes Heiligtums, Anrecht auf ein Stück Erde, religiöse oder nationale Tradition. Wir sind noch immer Kinder, die sich wegen eines Apfels streiten, während der Apfel im Dreck liegt und verfault.« Er brach ab und sah sie an. Er lächelte traurig. »Es ist spät geworden. Wir können die Welt heute sowieso nicht mehr ändern. Ich gehe jetzt nach Hause.«

»Ich fahre dich zurück«, sagte Jakov Baratz.

»Nein«, erwiderte Franz Liebermann sehr entschieden. »Ich gehe gern zu Fuß. Ich liebe diese Stunde, wenn die Sterne am Himmel stehen und die Kinder schlafen und selbst die Wachtposten auf der Mauer zu müde sind, um aufzupassen. Es ist die Stunde der Hoffnung, und Hoffnung brauchen wir alle. Begleitet mich ans Tor, und dann laßt mich gehen.«

Sie standen zusammen am Tor und sahen ihm nach, wie er den Weg hinunterging, vorbei an den zerfallenen Häusern und dem Stacheldraht und dann wieder aufwärts, den heiligen Berg hinauf. Hand in Hand gingen sie zurück in den Garten und küßten sich im Schatten der hundertjährigen Bäume.

»Ich liebe dich, Mädchen«, sagte Jakov Baratz.

»Und ich dich, Jakov. Bleib bei mir.«

»Ich möchte es gern – weiß Gott! Aber Golda ist hier. Und Adoms Schatten. Laß uns warten.«

»Hast du Angst, Jakov?«

»Ja.«

»Wovor?«

»Hauptsächlich vor mir selbst. Wenn ich zu dir komme, möchte ich ganz sein, nicht gespalten wie jetzt.«

»Mir ist es egal, wie du zu mir kommst.«

»Jetzt vielleicht, später nicht mehr. Später wirst du mich hassen. Und ich mich auch.«

»Wegen Hannah?«

»Und anderem.«

»Du möchtest Liebe und gleichzeitig Absolution.«

»Wenn es geht – ja.«

»Du verlangst zu viel, Jakov. Und wenn es keine Absolution gibt, was dann?«

»Dann will ich Zeit.«

Sie stieß ihn verärgert von sich und lachte ihm ins Gesicht. »O Gott – der ängstliche Liebhaber!«

Erbittert fuhr er sie an. »Mach dich nicht lustig über mich! Mach dich ja nicht noch einmal lustig über mich! In Tel Aviv kann ich mir jederzeit eine rumänische Hure für ein mäßiges Essen und eine Flasche Sekt kaufen. Vor ein paar Tagen hast du noch an meiner Schulter geweint, weil du einen unverbesserlichen Streuner geheiratet hast. Du wirst ihn bald los sein. Ich möchte dich heiraten. Ich möchte, daß diese Ehe uns beiden hilft.«

»Ehe oder nicht, du sollst mich lieben. Der Rest interessiert mich nicht.«

»Aber mich. Es kann sein, daß morgen und übermorgen und weiterhin Menschen leben oder sterben, weil ich so bin, wie ich bin, und etwas tue oder nicht tue. Ich habe schon einen Fehler gemacht: Jetzt ist sie drüben im Hadassah-Krankenhaus, taub und stumm und stumpf und kaum mehr ein Mensch. Ich darf nicht noch einen Fehler begehen.«

»Geh nicht so weg, Jakov – bitte!«

»Dann laß uns um Himmels willen nicht mehr streiten!«

Damaskus

Als die Dienstboten zu Bett gegangen waren, durchsuchte Selim Fathalla mit Emilie an seiner Seite jeden Winkel seines Hauses. Es dauerte fast zwei Stunden, bis er das Abhörgerät fand, einen winzigen Apparat, kaum größer als eine Olive, der in den Knoten der Seidenquaste geflochten war, die von der Kupferlampe über seinem Bett herabhing. Es war ein außerordentlich raffiniertes Gerät russischer Herkunft, das jedes Wort auffing, das in dem großen Zimmer gesprochen wurde. Er hielt es in der Hand und überlegte, was er tun sollte. Zuerst war er versucht, es Safreddin mit einer ironischen Bemerkung zurückzuschicken, aber dieser Versuchung war leicht zu widerstehen. Safreddin hatte Sinn für Humor, aber kein Verständnis dafür, daß man sich über ihn lustig machte; und ihn als Lügner hinzustellen, wäre einer schweren Beleidigung gleichgekommen. Also wickelte er das Gerät in ein altes Hemd und stopfte es zwischen andere Sachen in die unterste Schublade seiner Kommode. Später würde er es Baratz schicken, der ein berufliches Interesse an diesen Dingen hatte.

Jetzt konnte er sich ungehindert um Emilie kümmern, auf die die Ereignisse des Tages eine starke Wirkung ausgeübt hatten. Ein Tag und eine Nacht hatten sie zu einer erwachsenen Frau gemacht. Sie war so kühl und selbstsicher, daß er sich ihr fast etwas unterlegen fühlte. Sie war noch immer zärtlich, aber die Zärtlichkeit war zurückhaltender, nicht mehr so überschwenglich. Sie saß auf der Bettkante, und während sie sich auszuziehen begann, stellte sie ihm Fragen wie ein Anwalt vor Gericht.

»Weshalb hast du mich in das alles hineingezogen, Selim?«

»Es war sicherer.«

»Für dich oder für mich?«

»Für uns beide.«

»Weshalb hast du dich auf diese Tätigkeit eingelassen?«

»Ich hatte sie gern. Sie verlangt so viel Einsatz, daß es meine Selbstachtung hebt. Und sie bietet so viel Aufregung, daß ich nicht mehr allzuviel zum Nachdenken komme.«

»Über deine Frau?«

»Und über mich selbst.«

»Und was war los mit euch beiden?«

»Nichts. Das war ja das Problem. Nichts war los. Dabei waren wir beide verliebt. Aber es war nichts los.«

»Liebst du sie noch?«

»Nein. Ich liebe dich.«

»Und was ist los mit uns? Was ist anders?«

»Bitte mich nicht, es in Worte zu fassen.«

»Ich möchte es aber wissen. Ich muß es wissen.«

»Weshalb?«

»Ich liebe dich, und ich bin sehr glücklich. Seit heute bin ich mit dir verlobt, und wir wollen heiraten; und plötzlich ist alles gefährlich. Das Haus hat Ohren. Ein alter Mann wurde in einem Keller ermordet, ein Mann, der mir immer Kaffee brachte, wenn ich zur Arbeit kam. Ich hatte diese Stadt gern. Über Nacht ist sie feindlich geworden. Es muß etwas geben, was dem allem einen Sinn gibt, was es lohnend macht.«

»Im Augenblick gibt es nur mich.«

»Und wenn wir allein sind und uns lieben, ist das genug. Wirklich. Aber wenn du deiner – deiner Arbeit nachgehst, bin ich verzweifelt. Politik und politische Abenteuer interessieren mich nicht. Ich möchte ein Heim, in dem ich mich sicher fühle, und einen Garten und Kinder und Freunde, mit denen man reden kann. Und ich möchte davon überzeugt sein, daß unser Leben auch morgen und in Zukunft sicher und ruhig sein wird.«

»Das bekommst du, ich verspreche es dir. Sehr bald.«

»Hast du das deiner Frau auch versprochen?«

Er fühlte sich plötzlich todmüde. Er hatte diese traurigen, hartnäckigen Fragen satt. Eine ärgerliche Antwort kam ihm auf die Zunge, aber er unterdrückte sie. Er konnte es sich nicht mehr leisten, in seinem eigenen Haus zornig zu sein. Er drehte sich um, trat ans Fenster und öffnete die Läden. Das Mondlicht floß ins Zimmer, und die trockene, kühle Luft aus der Wüste strich über sein Gesicht. Ein ruhiges Leben ... Er hatte es ihr versprochen, und das würde er aufrechterhalten, bis der Tag kam, an dem er es erfüllen konnte, damit die Liebe nicht verdorrte und er es nicht bedauern mußte, daß er sich ihr anvertraut hatte.

Er suchte verzweifelt nach Worten, die ihre Frage beantworten konnten, und gleichzeitig erwachte seine alte Angst vor der Impotenz.

»Weshalb kannst du nicht antworten, Selim?« fragte sie mit leisem Vorwurf.

Endlich kamen die Worte, langsam und müde. »Die Antwort ist: Ja. Ich hatte es meiner Frau auch versprochen. Aber ich habe sie enttäuscht. Es kam der Tag, an dem ich bei ihr nicht einmal mehr ein Mann sein konnte. Danach ging alles zu Ende. Aber jetzt und hier, bei dir, bin ich wieder ein Mann. Ich verrichte die Arbeit eines Mannes, und ich riskiere täglich meinen Kopf. Komm, hören wir auf damit.«

Sie lief zu ihm und umarmte ihn leidenschaftlich im schwimmenden Licht des Mondes. »Es tut mir leid, Selim. Wirklich. Ich wollte dir nicht weh tun. Ich habe nur Angst.«

»Das ist kein Wunder, Kleines.« Seine Lippen strichen über ihr schwarzes Haar. »Es ist ein Zeichen von Klugheit, Angst zu haben. Aber man muß die Angst bekämpfen. Man muß ihr täglich in die Augen blicken. Sonst endet man damit, daß man heulend und jammernd in der Ecke hockt und sich vor Schatten fürchtet.«

»Laß uns schlafen gehen.«

»Noch nicht. Wir müssen uns zwanzig vor zwölf mit Tel Aviv in Verbindung setzen. Sie müssen alles erfahren, was heute geschehen ist. Sie wollen auch einen Bericht über dich.«

»Weshalb über mich?«

»Ich habe dich in Israel auf die Gehaltsliste setzen lassen. Sie wollen wissen, wer du bist.«

»Und was wirst du ihnen sagen?«

»Die Wahrheit.«

»Muß ich Jüdin werden, wenn wir heiraten?«

»Nur, wenn du willst.«
»Was möchtest du?«
»Ich möchte eine glückliche Frau, weiter nichts. Jetzt zieh dir den Morgenrock an und laß uns die Mitteilung abfassen.«
»Ich mache uns erst einen Kaffee.«
»Eine gute Idee.«
»Selim, noch etwas ...«
»Was?«
»Versprich mir bitte noch etwas.«
»Wenn ich kann.«
»Laß nie zu, daß Safreddin mich erwischt.«
»Das wird niemals geschehen, Kleines. Das kann ich dir versprechen.«

Draußen flog eine Fledermaus durch den stillen Garten, das Wasser tropfte melodisch aus dem feuchten Löwenmaul, und der Halbmond des Islams glänzte silbern auf der Spitze des weißen Minaretts.

Beirut

Halb elf am nächsten Morgen stattete Oberst Omar Safreddin Nuri Chakry in der Phönizischen Bank einen Besuch ab. Da er ein wichtiger, wenn auch kein reicher Mann war, empfing Chakry ihn mit besonderer Höflichkeit und bot ihm im maurischen Pavillon eisgekühlte Limonade an. Sie unterhielten sich zwanzig Minuten lang über etwa ein Dutzend unverbindliche Themen, bis Safreddin schließlich auf den Grund seines Besuchs zu sprechen kam.

»Soviel ich weiß, haben Sie und die Syrische Bank vereinbart, bei Transaktionen zwischen unseren beiden Ländern als Mittler zu wirken.«

»Das stimmt. Wir halten das für eine wertvolle und sehr angenehme Vereinbarung.«

»Wir auch. Aus diesem Grund ersuchen wir Sie um Unterstützung in einer äußerst delikaten Angelegenheit.«

»Was kann ich für Sie tun?«

»Sie wissen, daß syrische Staatsangehörige Bankkonten im Ausland nur mit Genehmigung des Finanzministeriums unterhalten dürfen und sich der Aufsicht und Kontrolle des Ministeriums unterwerfen müssen.«

»Das ist mir bekannt.«

»Die Leitung des Zivilen Sicherheitsdienstes und das Finanzministerium führen gerade eine Überprüfung aller Syrer mit ausländischen Bankkonten durch.«

»Aus einem besonderen Grund?«

»Aus Gründen der nationalen Sicherheit.«

»Der Libanon ist ein freier Markt für Geldtransaktionen. Dieser Markt lebt von Vertrauen und Verschwiegenheit. Wir sehen es nicht gern, wenn wir in politische Angelegenheiten hineingezogen werden.«

»Dies ist keine politische Angelegenheit. Der Libanon ist ein Mitglied der Arabischen Liga. Seine Regierung ist verpflichtet, die Liga bei Vereinbarungen, die die gegenseitige Sicherheit betreffen, zu unterstützen.«

»Und Ihr Ersuchen betrifft die gegenseitige Sicherheit?«

»Jawohl!«

»Könnten Sie etwas deutlicher werden?«

»Wir haben den Verdacht, daß eine neue Gruppe israelischer Agenten innerhalb der Grenzen Syriens tätig ist. Wir haben Grund zu der Annahme, daß sie unter Umständen über ein Konto bei der Phönizischen Bank oder einer anderen Bank im Libanon finanziert wird. Wir hätten von Ihnen gern die Erlaubnis, die Unterlagen aller syrischen Konten bei Ihrer Bank zu überprüfen. Ich habe die Liste hier. Sie ist nicht sehr lang.«

»Und wer würde die Überprüfung vornehmen?«

»Ich. Wenn möglich noch heute.«

Etwas theatralisch demonstrierte Nuri Chakry langes und tiefes Nachdenken über diesen Vorschlag. Er schenkte sich dabei ein Glas Limonade ein und trank in kleinen Schlucken. Dann stellte er das Glas zurück und wischte sich mit einem seidenen Taschentuch den Mund ab. »Es tut mir außerordentlich leid«, sagte er schließlich, »aber das kann ich nicht machen. Es verstieße gegen die Vorschriften und die Interessen der Bank. Wenn das bekannt wird, würden wir Kunden verlieren, die bedeutend größer und einträglicher sind als die Syrische Bank.«

»Soviel ich weiß, stehen Sie kurz davor, zwei Ihrer größten Kunden zu verlieren. Ich könnte Ihnen dabei helfen, einen dritten Kunden zu halten, der bereits daran denkt, sich ebenfalls von Ihnen zurückzuziehen. Unter Umständen könnte ich sogar noch mehr tun und diesen Kunden überreden, Ihnen zu helfen, Ihre augenblicklichen Schwierigkeiten zu überwinden.«

»›Unter Umständen‹ ist kein Bankierswort.«

»Dann sage ich es anders. Ich kann Ihnen helfen. Ich habe gestern abend mit dem russischen Botschafter gesprochen. Man könnte ihn dazu bewegen, Moskau vorzuschlagen, die Phönizische Bank kräftig zu unterstützen.«

»Und weshalb sollte er das tun?«

»Weil die Russen ein großes Interesse an Syriens Zukunft haben.«

»Aber das hier ist der Libanon.«

»Der immer noch an die Arabische Liga gebunden ist.«

»Also haben wir es mit hoher Politik zu tun?«

»Mit sehr hoher.«

»Für einen Bankier ist das eine Gefahrenzone.«

»Aber Sie sind bereits mittendrin. Und zwar durch einen Mann namens Idris Jarrah.«

»Ich bin schon wieder draußen. Ich wurde gut bezahlt für einen Dienst an guten Kunden.«

»Sie können neue Kunden bekommen – und besser bezahlt werden. Rufen Sie in Damaskus an. Sprechen Sie mit dem russischen Botschafter. Er wird bestätigen, was ich Ihnen gesagt habe.«

»Dessen bin ich sicher. Aber seien wir bitte genau: Sie bieten lediglich gute Beziehungen – kein hartes Bargeld.«

»Es ist schwer, den Preis der Freundschaft festzulegen. Aber ein Mann ohne Freunde ist sehr arm. Ihre Fluglinie fliegt beispielsweise jeden Tag nach Damaskus. Ein einträgliches Geschäft. Das Wohlwollen der örtlichen Behörden ist für Sie von großer Wichtigkeit.«

»Eine sehr richtige Bemerkung.«

»Und noch etwas. Früher oder später – wahrscheinlich früher – werden wir zu einer letzten Konfrontation mit dem israelischen Staat gezwungen sein. An diesem Tag werden alle Araber sich erheben wie ein Mann. Wenn bekannt würde, daß ein arabischer Bankier absichtlich Informationen über israelische Spionagetätigkeit zurückgehalten hat, geriete dieser Bankier in eine äußerst unangenehme Situation.«

»Bankiers überleben immer. Und sie sind niemals bereit, sich Drohungen zu beugen.«

»Meine Bankerfahrung ist sehr begrenzt. Ich bin nur ein schlichter Beamter. Verzeihen Sie.«

»Aber auf der Basis der Freundschaft – und der guten Beziehungen, von denen Sie sprechen – könnten wir Ihnen zuliebe von unserer sonstigen Gewohnheit abgehen.«

»Ich danke Ihnen.«

»Wenn es Ihnen nichts ausmacht, werde ich Sie meinem engsten Mitarbeiter, Mark Matheson, anvertrauen. Er wird Ihnen alle Unterlagen zur Verfügung stellen, die Sie brauchen, und Ihnen helfen, sie auszuwerten. Er ist Amerikaner. Es wäre daher klüger, wenn Sie ihm gegenüber die Gründe für diese Untersuchung etwas anders formulieren würden, daß sie beispielsweise auf Anweisung des Finanzministeriums erfolgt und nicht wegen Spionageverdacht.«

»Ein guter Vorschlag. Vielen Dank.«

Als Mark Matheson von dem Ersuchen erfuhr, war er unangenehm überrascht. Er war das große Entgegenkommen gewöhnt, auf das die Bank reichen Kunden gegenüber Wert legte, aber ein Bruch der Schweigepflicht – und ausgerechnet gegenüber den Syrern – schockierte ihn denn doch. »Das gefällt mir nicht«, sagte er scharf zu Nuri Chakry. »Das sieht nach einem eindeutigen Vertragsbruch gegenüber unseren Kunden aus.«

Safreddin sagte höflich und eifrig: »Wir haben diese Frage bereits diskutiert, Mr. Matheson. Wir anerkennen die Unantastbarkeit eines Vertrags zwischen Bankier und Kunde. Aber Ihre Verträge mit syrischen Staatsangehörigen sind besonderer Natur. Sie können mit ihnen nur zusammenarbeiten, wenn sie die Zustimmung ihrer Regierung haben und bereit sind, sich deren Kontrolle zu unterwerfen. Was wir vorhaben, ist nur eine Ausübung unseres Rechts auf Kontrolle.«

»Das ist ganz richtig, Mark«, Chakry war entwaffnend gleichgültig. »Sie brauchen sich keinerlei Sorgen zu machen.«

Das hatte er auch nicht vor. Er hatte seine Ansicht geäußert und war damit alle weitere Verantwortung los – obwohl er genau wußte, daß Safreddins Antwort bestenfalls eine Halbwahrheit war, daß Syrien im Libanon keine legale Zuständigkeit besaß und daß es mehr als nur ein Vertrauensbruch war, wenn ihm diese Zuständigkeit eingeräumt wurde. Es war in Wirklichkeit ein Eingriff in die Souveränität und stank nach dunklen Geschäften. Aber was bedeutete schon ein dunkles Geschäft mehr oder weniger in einer Stadt voller Schieber und Wucherer? Er gab mit einem Schulterzucken nach und führte Safreddin in sein Büro, um ihm die Bücher zu zeigen.

Als sie gegangen waren, saß Nuri Chakry an seinem Schreibtisch, spielte mit seinem Talisman und überdachte seine Situation. In den guten Zeiten, bevor die Ratten begonnen hatten, an den Dachbalken seines Hauses zu nagen, hätte er Safreddin mit einem Schulterzucken und einer verschleierten Beschimpfung davongeschickt. Jetzt mußte er sich beugen – vor einem wertlosen Versprechen und einer offenen Drohung –, genauso wie er sich vor Aziz und Taleb und all den anderen feigen Idioten hatte beugen müssen, die er so abgrundtief verachtete. Aber Safreddin hatte ihm einen interessanten Gedanken nahegelegt. Die Russen konnten ihm eigentlich wirklich helfen, auch wenn sie es nicht aus Liebe zu Safreddin und seiner schäbigen Regierung taten.

Eine Bank mit allen Handelsrechten im Libanon, einer Fluglinie und Aktienmajorität in Schlüsselunternehmen war ein interessanter Köder für eine Großmacht, die bereits einem sozialistischen arabischen Block verpflichtet war. Wenn Safreddin die Wahrheit gesagt hatte, dann schnupperten sie bereits an dem Köder; ob es freilich möglich war, sie vor Ende des Monats an die Angel zu bekommen, das war eine andere Frage. Vielleicht ging es mit einem ernsthaften Angebot von amerikanischer Seite. Aber die Amerikaner warteten immer erst ab, und auf einem müden Markt eine Auktion starten, war ziemlich schwierig. Wie fing man es am besten an? Wie fing man es an, dachte Nuri Chakry, ohne sich bloßzustellen und ohne das Vertrauen zu zerstören, von dem sein letztes gewagtes Spiel abhing?

Man mußte mit Matheson anfangen. Seine Reise in die Schweiz hatte ihn etwas lädiert, aber er besaß immer noch Ansehen und einen guten Ruf. Wenn man ihm etwas mehr Zuversicht einflößte, war er vielleicht imstande, die Grundvoraussetzungen für ein Wettbewerbsgeschäft zu schaffen. Aber Matheson war überzeugt oder hatte sich eingeredet, daß bereits ein weißes Kaninchen da war, das nur darauf wartete, aus dem Zylinder zu springen. Es wäre gefährlich, ihm diese Überzeugung jetzt schon zu nehmen. Auf der anderen Seite ...

Das Haustelefon läutete. Nuri Chakry drückte den Knopf und antwortete: »Chakry. Was gibt es?«

»Hier Mark. Unser Freund Safreddin bittet um Fotokopien aller Unterlagen von syrischen Konten –. Was soll ich ihm sagen?«

»Er kann sie haben.«

»Was?« Mathesons Stimme klang entsetzt. »Das ist eine verdammt schmutzige Sache. Wie wollen wir uns unseren Kunden gegenüber rechtfertigen?«

»Überhaupt nicht. Es sind syrische Staatsangehörige.«

»Mir gefällt das gar nicht.«

»Das macht nichts, Mark. Es ist mein Entschluß. Ich erkläre es Ihnen später.«

»Hoffentlich ist es eine akzeptable Erklärung.«

»Das wird es sein.«

Nuri Chakry lehnte sich in seinem Stuhl zurück und lächelte zufrieden. Matheson war wütend. Ein schwacher Mann war leicht zu handhaben, wenn er wütend war. Alles, was er jetzt noch brauchte, war eine gut konstruierte Geschichte. Er ergriff einen Bleistift und begann den Plan zu entwerfen.

Jerusalem – Jordanien

Am gleichen Morgen saß Idris Jarrah im *Intercontinental-Hotel* in einem komfortablen Zimmer mit Blick über das Hebrontal auf das alte Jerusalem, frühstückte gemütlich und las dabei Zeitungen. Er hatte es nicht eilig, denn er wußte immer noch nicht, wohin. Die Zeitungen berichteten in aller Ausführlichkeit über den Sabotageakt in Rumtha und brachten gleichzeitig einige äußerst blutige Fotos von den Opfern. Außerdem berichteten sie von der Festnahme des Majors Khalil und gewisser Mitglieder der Palastwache unter dem Verdacht einer Verschwörung gegen den König. Auch sein Name war erwähnt, und loyalen Bürgern Jordaniens war eine Belohnung versprochen worden, wenn sie dazu beitrügen, ihn zu finden und festzunehmen. Gott sei Dank gab es kein Foto von ihm, und die Beschreibung war unklar. Solange er sich nicht in der Stadt sehen ließ, wo ein aufmerksamer Polizist ihn erkennen konnte, war er ziemlich sicher. Das *Intercontinental-Hotel* war eine moderne Karawanserei für Reisegesellschaften, Geschäftsleute, reiselustige Witwen und Pilger, von denen sich niemand für einen mondgesichtigen kleinen Mann mit falschem Namen und einem griechischen Paß interessierte. Eine Zeitlang wenigstens konnte er hier unbesorgt schlafen, essen und überlegen, wie er wieder aus dem Land käme.

Das war leider etwas kompliziert, obwohl es ihm an Geld nicht fehlte. Er hatte zehntausend Dollar PLO-Gelder in seiner Aktentasche, und sobald er aus diesem Land hinaus war, konnte er weitere hunderttausend auf eine Bank im Land seiner Wahl transferieren lassen. Es gab nur zwei Möglichkeiten für ihn, aus Jordanien herauszukommen. Die eine war, ein Flugzeug zu nehmen, vom Flughafen Jerusalem. Auf den ersten Blick schien das am einfachsten. Er mußte sich bloß ein Ticket kaufen, zur Paßkontrolle gehen, den Stempel holen und dann wie ein normaler Tourist das Flugzeug besteigen. Aber die Sache hatte einen Haken. Die Geheimpolizei war auf Flughäfen immer besonders aktiv. Sie hatte seine Beschreibung und mittlerweile sicher auch eine Kopie seines Fotos aus Kairo oder über Damaskus.

Sicherer war es, mit einer Touristengruppe durch das Mandelbaumtor nach Israel zu gehen. Weder Jordanien noch Israel wollten die Touristen verärgern, und sobald man eine Ausreisegenehmigung hatte, waren die Grenzformalitäten minimal. Ein mißmutiger Jordanier ließ einen hinaus, und ein lächelnder Israeli winkte einen hinein. Aber auch das hatte einen Haken. Für eine Ausreisegenehmigung brauchte man bei den Jordaniern einen Antrag, entweder vom zuständigen Konsulat oder von einer anerkannten Reiseagentur. Außerdem war eine Wartezeit von achtundvierzig Stunden vorgeschrieben. Den Antrag beim griechischen Konsulat einzureichen, war schlechterdings unmöglich. Idris Jarrah sprach Arabisch, ganz gut Englisch und etwas Französisch, aber kein Wort Griechisch. Also mußte er den Antrag über ein Reisebüro stellen und versuchen, sich einer Touristengruppe anzuschließen – je größer und polyglotter sie war, desto besser.

Er trank den Kaffee aus und schob die Zeitungen beiseite. Dann stand er auf, rasierte sich, badete und zog ein frisches Hemd und einen frischgebügelten Anzug an. Er trat ans Fenster, öffnete es weit, atmete tief und blickte über das Tal auf die Stadtmauer und die gewaltige Kuppel des Felsendoms.

Plötzlich kam ihm ein neuer Gedanke – gefährlich, aber auch beruhigend. Er kannte diese Gegend wie seine Westentasche; jeden Winkel der Stadt, jeden Engpaß in den Bergen, jeden Grenzposten und jeden Kontrollpunkt. Wenn alles andere schiefging, würde er versuchen, bei Nacht und zu Fuß wie ein Schmuggler oder Saboteur über die Grenze zu gehen. Er hatte zwanzig Grenzübergänge für die Mordbrenner der PLO arrangiert; und eigentlich sollte es möglich sein, das auch für sich selber fertigzubringen. Aber das kam nur als allerletzte Möglichkeit in Frage, denn es war schließlich wesentlich angenehmer, offen die Grenze nach Israel zu passieren, mit einem Taxi zum Flughafen Lod zu fahren und von dort eine Maschine nach Athen, Rom oder Paris zu nehmen. Er erfreute sich bereits an der Vorstellung, wie Idris Jarrah reich und sorglos auf den Champs-Elysées saß und den Mädchen nachblickte.

Plötzlich hörte er das Dröhnen von Motorrädern, das Wimmern von Jeep-Motoren und das Rumpeln von Lastwagen. Er konnte die Fahrzeuge nicht sehen, weil ein Vorsprung des Ölberges sie seinem Blick entzog. Der Lärm wurde größer, und einige Augenblicke später bogen sechs Motorräder mit bewaffneten Soldaten in der Uniform der Arabischen Legion in die Auffahrt des Hotels ein. Dahinter kamen vier Jeeps mit aufmontierten Maschinengewehren und zwei Lastwagen voll Infanterie. Innerhalb einer Minute wimmelte es im Garten und am Eingang des Hotels von Militär.

Eine kalte Hand schloß sich um Idris Jarrahs Herz. Er stand wie versteinert da und beobachtete, wie die Soldaten sich verteilten und ihre Posten einnahmen, bis das gesamte Hotel umstellt war.

Jerusalem – Israel

»Ich finde das ausgezeichnet. Ganz hervorragend!« Der Verteidigungsminister betrachtete seine Getreuen aus Armee und Luftwaffe mit anerkennendem Lächeln. »Mein Kompliment, meine Herren. Eine Operation, wie sie im Buche steht, und alles ausgezeichnet dokumentiert. Finden Sie nicht auch, Aron?«

Der Premierminister pflichtete ihm bei. Dann fragte er: »Wann wären Sie in der Lage, mit der Operation zu beginnen?«

»Jederzeit«, sagte der Verteidigungsminister. »Mit einem Spielraum von vierundzwanzig Stunden.«

»Das Schriftstück spricht von zwölf Stunden, Yuval«, korrigierte ihn der Stabschef freundlich. »Wir müssen uns schnell in Bewegung setzen können, falls sich die Formierung der jordanischen Truppen im Gebiet von Hebron zu unseren Gunsten ändert.«

»Heute morgen hat sie sich bereits verändert«, erklärte Jakov Baratz. »Der König will Jerusalem besuchen. Er soll am späten Nachmittag ankommen. Die pakistanische Delegation kommt morgen abend. Die ganze Sache ist arrangiert worden, um die westjordanische Bevölkerung nach der Rumtha-Affäre zu beruhigen. Wegen der Anwesenheit des Königs ist die Reservekompanie der Arabischen Legion aus dem Aktionsgebiet nach Jerusalem verlegt worden. Wenn Sie beschließen, daß die Aktion stattfindet, wäre meines Erachtens morgen früh oder übermorgen der beste Zeitpunkt.«

»Was heißt ›wenn wir beschließen‹?« Der Verteidigungsminister betonte seine Überraschung. »Ich dachte, darüber wären wir uns bereits einig?«

»Nicht ganz.« Der Premierminister glitt wie eine große graue Robbe in die Diskussion. »Nathan wünscht ganz mit Recht eine Überprüfung der politischen Faktoren, die durch den militärischen Zwischenfall in Galiläa und den Vorfall bei Rumtha, den die Syrer uns zugeschrieben haben, kompliziert worden sind.«

»Sollten wir das nicht im Kabinett diskutieren?« fragte der Verteidigungsminister scharf, »und das Militär ersuchen, sich um seine eigenen Angelegenheiten zu kümmern?«

»Wenn wir das Militär schon mal hier haben, warum sollen wir uns dann nicht auch seine Meinung anhören?« Der Premierminister war gereizt.

»Ganz wie Sie wünschen«, sagte der Verteidigungsminister widerstrebend.

Der Außenminister rückte seine Brille zurecht und blätterte in seinen Papieren. Er war ein gründlicher Mann und haßte es, zur Eile getrieben zu werden. Er hatte etwas von einem Pedanten an sich, war aber ein scharfer und gnadenloser Debattierer mit einem ganzen Arsenal von Finten und Überraschungen. Sein erster Satz war charakteristisch für ihn.

»Eine Frage an Yuval und Chaim: Wenn wir morgen oder in drei Monaten in einem Krieg gegen die Ägypter, die Jordanier und die Syrer stünden – würden wir dann gewinnen oder verlieren?«

»Wir würden gewinnen«, sagte der Verteidigungsminister entschieden.

»Vorausgesetzt«, sagte der Stabschef, »wir führen den ersten Schlag aus der Luft und vernichten die feindlichen Flugzeuge am Boden.«

»Richtig«, sagte der Mann von der Luftwaffe.

»Eine weitere Voraussetzung ist, daß wir einen Blitzkrieg führen und keinen Abnutzungskrieg«, sagte Jakov Baratz. »Wenn wir nicht innerhalb eines Monats gewinnen, geraten wir in Schwierigkeiten.«

»Ein zustimmendes Murmeln ließ sich rund um den Tisch vernehmen. Der Außenminister stellte seine nächste Frage:

»Was käme bei einem schnellen und erfolgreichen Feldzug für uns heraus?«

»An Land?« Der Verteidigungsminister zählte die Gebiete an den Fingern ab. »Zumindest die ganze Sinai-Halbinsel. Vielleicht auch Westjordanien, das Bethlehem-Hebron-Gebiet, das alte Jerusalem und die Hügel im westlichen Galiläa. Vielleicht noch einiges mehr.«

»Sehr viel mehr«, sagte der Stabschef. »Anderthalb Millionen Araber gegenüber unserer eigenen Bevölkerung von zweidreiviertel Millionen. Ein soziales Problem, ein Ernährungsproblem und ein politisches Problem ersten Ranges.«

»Und die Gefahr eines dritten Weltkriegs«, fügte Jakov Baratz hinzu.

»Sie sind heute morgen ja heiter, Jakov«, sagte der Verteidigungsminister.

»Es gehört zu meinem Beruf, daß ich Antworten gebe«, sagte Jakov Baratz ruhig, »aber ich kann nicht dafür garantieren, daß sie alle heiter sind.«

»Was auch meine Ansicht ist«, ließ sich der Außenminister vernehmen. »Solange wir nicht völlig sicher sind, daß wir auch die Folgen eines Sieges unter Kontrolle halten können, müssen wir mit dem Beginn eines Krieges sehr vorsichtig sein und sehr sorgfältig überlegen.«

»Aber schließlich sind wir es doch, die ständig provoziert werden!« Der Premierminister schlug mit der Hand auf den Tisch. »Wir müssen etwas tun, sonst gerät unsere Bevölkerung in eine gefährliche Defensivmentalität, die auf lange Sicht ins Verderben führen kann.«

»Der Meinung bin ich auch«, sagte der Verteidigungsminister.

»Ich auch«, sagte der Stabschef.

»Also müssen wir zwischen zwei Übeln wählen«, sagte der Außenminister zögernd. »Zwischen der Empörung der Öffentlichkeit, der Defensivmentalität in Israel und der Falle, in die die Syrer uns zu locken versuchen: eine Vergeltungsmaßnahme, die Syrien in die Lage versetzt, die Hilfe Ägyptens anzurufen. Stimmt's?«

»Falsch, Nathan«, sagte der Verteidigungsminister. »Deshalb führen wir den Vergeltungsschlag ja gegen Jordanien, das nicht Mitglied des Verteidigungspakts ist.«

»Aber unsere Flugzeuge traten gestern morgen über syrischem Gebiet in Aktion. Oder nicht?«

»Ja, aber ...«

»Und die Syrer haben behauptet, wir hätten das Massaker bei Rumtha organisiert!«

»Aber die Jordanier weisen diese Behauptung zurück.«

»Und wir wollen zum Dank einen jordanischen Ort in die Luft jagen.«

»Wir können nicht dasitzen und gar nichts tun.« Der Premierminister war jetzt zornig. »Unsere Stärke liegt in der Einigkeit und Zuversicht.«

Der Außenminister ließ sich nicht aus der Fassung bringen. »Wir leben nicht in einem Vakuum, Aron. Rußland steht ganz auf seiten der Araber. Aber weder Amerika noch das westliche Europa steht ganz auf unserer Seite, sosehr sie auch mit uns sympathisieren mögen. Wir kontrollieren nicht den Suezkanal und nicht das Öl, mit dem Europa heizt und fährt und das Amerika für den Krieg in Vietnam braucht. Wir kontrollieren auch nicht die afroasiatischen Stimmen bei den Vereinten Nationen. Wir sollten uns jedenfalls über alle Gefahren klarwerden, ehe die ersten Schüsse fallen.«

Es entstand ein kurzes, lastendes Schweigen. Jeder hatte seine Ansicht vertreten, und jeder war klug genug, einzusehen, daß er nicht alle Aspekte überblickte. Jakov Baratz meldete sich als nächster zu Wort.

»Wenn Sie erlauben, möchte ich Ihnen gern einige Passagen aus einem Bericht vorlesen, den ich vergangene Nacht von unserem Agenten in Damaskus erhalten habe: ›Rumtha-Affäre eindeutig kurzfristige Abänderung des ursprünglichen syrischen Plans, den Kommandanten der Palastwache in Jordanien in Mißkredit zu bringen und Attentäter in den Palast einzuschleusen. Plan wurde verraten; seither Untersuchungen des Geheimdienstes. Bin in diese Untersuchungen verwickelt, da meine Lastwagen zur Beförderung der Waffenlieferung benutzt wurden. Meiner Ansicht nach verwandelte Safreddin Kisten im letzten Augenblick in Minenfallen, um Eindruck israelischen Sabotageakts hervorzurufen. Minenfallen wurden angebracht, nachdem ich Lagerhaus verlassen hatte. Mein Wächter hingerichtet von Safreddins Leuten, weil angeblich israelischer Spion. Keine Ahnung, wer Plan verraten. Habe Sicherheitsbestimmungen für alle Mitarbeiter verschärft. Sind noch nicht verdächtig, andernfalls hätte Safreddin mich als Opfer benutzt, um israelisches Komplott nachzuweisen. Glaube angesichts jordanischer Zurückweisung der syrischen Version, daß wir mit weiteren syrischen Provokationen zu rechnen haben ...‹ Der Rest des Berichts bezieht sich auf andere Probleme, die mit der Sache, über die wir hier verhandeln, nichts zu tun haben. Aber ich kann dem noch ein paar Fakten hinzufügen. Ein Mann namens Idris Jarrah, Mitglied der PLO, wird von der europäischen Presse als Verräter des syrischen Plans und damit als Urheber der Katastrophe von Rumtha bezeichnet. Wir haben über diesen Mann einen Akt. Er hat Sabotageoperationen in Hebron und Westjordanien geleitet. Er ist offensichtlich von seiner Organisation abgefallen, und die jordanische Polizei sucht ihn. Wenn ich wüßte, wo er ist, würde ich ihn mir kaufen und sehen, was er uns sagen kann. Die westliche Presse erwähnt daneben noch einen prominenten Bankier aus dem Libanon. Wir vermuten, daß es jemand von der Phönizischen Bank ist –«

Der Verteidigungsminister unterbrach ihn. »Vom Standpunkt des Geheimdienstes aus ist das sicherlich alles hochinteressant, Jakov. Aber was hat es mit der Entscheidung zu tun, die wir hier treffen müssen?«

»Ich bin der Ansicht«, antwortete Baratz ruhig, »daß folgender Satz für uns im Augenblick am wichtigsten ist: ›Glaube, daß wir mit weiteren syrischen Provokationen zu rechnen haben.‹ Möglicherweise treffen wir eine völlig falsche Entscheidung, wenn wir jetzt beschließen, unseren Plan durchzuführen.«

»Es könnte eine falsche Entscheidung sein. Aber ist sie bestimmt falsch, Jakov?«

»Ich glaube, ja.«

»Und wie wollen Sie dann das Problem lösen, von dem der Premierminister eben sprach?«

»Nicht auf diese Weise.«

»Das ist eine negative Antwort.«

»Dann will ich sie positiv fassen. Wenn wir mit unserer Aktion die Saboteure treffen könnten, sollten wir zuschlagen. Aber so ist das ja nicht. Wir treffen Dorfbewohner, die höchstens insofern etwas mit der Sache zu tun haben, als sie die PLO-Saboteure beherbergen – und auch das häufig nur unter Druck. Wir treffen die Arabische Legion, die versucht, die Grenzen zu überwachen, was ihr nicht gelingt. Die ganze Aktion wird uns nichts einbringen als neue Feindschaft und einen schlechten Geruch bei der UNO.«

»Was sollen wir also tun?«

»Abwarten. Noch eine Weile länger Vertrauen zu unserem Volk haben. Beobachten, was die Syrer unternehmen; wenn sie wieder zuschlagen, dann schlagen wir mit aller Härte zurück.«

»Und riskieren einen regulären Krieg.«

»Den haben wir auch mit unserem Luftangriff in Galiläa riskiert.«

»Die Konsequenzen dieser Sache sind noch nicht zu übersehen«, sagte der Außenminister schwermütig.

»Außerdem, Jakov«, sagte der Stabschef, »was immer die Syrer tun – wir haben es auch noch mit der PLO zu tun. Wenn wir ihre Sabotagetätigkeit nicht wenigstens einschränken können, werden wir bald eine ganze Serie von Zwischenfällen vom Gazastreifen bis nach Revaya haben.«

»Jede Aktion ist riskant.« Der Verteidigungsminister setzte zur Attacke an. »Untätigkeit ist das größte Risiko von allen. Sie ist wie ein Nervengas. Sie kann uns vollständig lähmen. Wie haben die Kibbuzim überlebt? Nicht, weil sie hinter Stacheldrahtzäunen saßen, sondern weil sie Patrouillen nach draußen geschickt haben. Aktive Verteidigung – nicht die Psychologie der Bunker und Rattenlöcher!«

Baratz beherrschte sich und fragte mit einer Art von grimmigem Respekt: »Eine Frage an die Diplomaten. Wie werden wir vor der Welt dastehen, wenn zwei israelische Panzerkompanien und zweitausend Mann Infanterie einen unverteidigten Ort besetzen und in die Luft jagen?«

Es war der Premierminister, der antwortete – eine farblos und nichtssagend wirkende Persönlichkeit, aber verbissen und hartnäckig wie eine Bulldogge.

»Die Welt sieht, was sie sehen möchte. Was auch immer wir tun, kann sich als kostspieliger Irrtum erweisen. Es ist wichtig, daß wir den Preis kennen, den wir vielleicht zahlen müssen. Ich sage, wir führen den Hebron-Plan durch, und zwar zu dem Zeitpunkt, den der Stabschef für den besten hält.«

»Nennen Sie ihn, Jakov«, sagte der Stabschef.

»Übermorgen, sechs Uhr früh«, sagte Jakov Baratz.

»Amen«, sagte der Verteidigungsminister.

»Kein Amen«, Baratz' Stimme klang plötzlich zornig. »Dieser Zeitpunkt wurde angesetzt auf Grund der gegenwärtigen Truppenstärke der Arabischen Legion im Aktionsgebiet. Wenn diese Truppenstärke erheblich vergrößert werden sollte, müßten wir die Operation abblasen.«

»Wieso?«

»Sie wollen doch eine reine Vergeltungsmaßnahme und keine regelrechte Schlacht!«

»Aber es muß doch ein Punkt festgesetzt werden, an dem es kein Zurück mehr gibt. Eine Stunde vor Sonnenaufgang kann man die ganze Aktion nicht mehr abblasen. Das ist ein zu großes Risiko.«

»Ich gebe Jakov recht«, sagte der Stabschef. »Und ich gebe Yuval ebenfalls recht. Bestimmen Sie die Stunde Null, Jakov.«

»Morgen um Mitternacht. Danach sind wir gebunden.«

»Und wer trifft die letzte Entscheidung?« fragte der Premierminister.

»Ich«, erwiderte der Stabschef entschieden. »Nach Beendigung dieser Sitzung ist es meine Sache, das alleinige Kommando bei der Operation zu übernehmen.«

»Einverstanden. Ich danke Ihnen, meine Herren. Die Sitzung ist geschlossen.«

Achtes Kapitel

Jerusalem – Jordanien

Idris Jarrah stand am Fenster seines Zimmers und versuchte, aus der Szene klug zu werden, die sich vor seinen Augen abspielte. Seine Panik war vorüber, aber er war immer noch nervös und vorsichtig. Ein Mann, auf dessen Kopf Geld ausgesetzt war, konnte es sich nicht leisten, die Zeichen falsch zu deuten.

Der Garten des *Intercontinental-Hotels* wirkte wie eine Filmkulisse. Den Hintergrund bildeten der wolkenlose Himmel, die blassen Berge mit den vereinzelten Olivenbäumen, die Kuppel des Felsendoms, unter der die Stätte lag, die David von den Jebusitern erobert hatte und von wo Mohammed der Legende nach an den Haaren seines Hauptes in den Himmel erhoben worden war, und hinter der Moschee die Dächer und Kirchtürme der Altstadt – ein Wirrwarr aus weißem Kalk, verwaschenem Ocker und verschwommenen Pastelltönen. Der Vordergrund war der Garten mit einem halbkreisförmigen Rasen und Blumenbeeten, in denen gelbe Ringelblumen und rote, rosa und weiße Buschrosen blühten. Links davon parkten die Touristenautos und die Taxis, deren Fahrer mit hochgekrempelten Ärmeln in der Sonne standen und schwatzten. Gegenüber vom Eingang standen die Militärfahrzeuge, neben ihnen die Fahrer. Die übrigen Soldaten waren jetzt so verteilt, daß sie die Eingänge zum Garten und alle sonstigen Zugänge zum Hotel unter Kontrolle hatten. Auf dem Rasen gingen oder standen zwanzig bis dreißig Gäste umher, die die Aussicht betrachteten, die Soldaten fotografierten oder Notizen und Reiseführer verglichen.

Es klopfte an der Tür. Jarrah fuhr herum. Dann faßte er sich und rief: »Herein!«

Die Klinke senkte sich, die Tür ging auf und eine arabische Putzfrau mit Besen, Eimer und Scheuerlappen stand im Türrahmen. Jarrah war so erleichtert, daß er sie am liebsten umarmt hätte.

»Was machen all die Soldaten da unten«, fragte er sie. »Was ist denn da los?«

»Ach, nichts Besonderes«, sagte sie schulterzuckend und stellte den Eimer ab. »Der König kommt heute nach Jerusalem. Und morgen kommen Besucher aus irgendeinem anderen Land. Ein Haufen Arbeit. Das ganze Haus ist in Aufregung. Kann ich Ihr Zimmer machen?«

Er trat auf den Korridor, wandte sich nach links zu dem überdachten Gang, der zum Hauptgebäude führte, kam an der Rezeption vorbei, wo zwei Offiziere der Arabischen Legion das Gästebuch überprüften, und ging um die Ecke zum Touristenbüro. Dem eleganten jungen Mann hinter dem Schreibtisch erklärte er seine Wünsche auf englisch. Er würde sich gern mit einer Reisegruppe durch das Mandelbaumtor nach Israel begeben – ob die Agentur seine Ausreisegenehmigung beschaffen könne. Der junge Mann erklärte ihm den Vorgang, half ihm beim Ausfüllen des Antragsformulars und bot ihm eine Menge Möglichkeiten, die achtundvierzigstündige Wartezeit angenehm zu verbringen: eine Rundfahrt durch die Altstadt, eine Busfahrt nach Jericho, eine Fahrt nach Bethlehem und Hebron oder ans Tote Meer und zu den Höhlen von Qumran. Idris Jarrah versprach, sich die Vorschläge zu überlegen. Er unterschrieb den Antrag mit seinem griechischen Namen, gab ihn zurück, lieferte seinen Paß ab, setzte eine Sonnenbrille auf und ging in den Garten.

Die Wachtposten am Eingang nahmen kaum Notiz von ihm. Ein Taxifahrer beschwerte sich lautstark, wurde abgewiesen und ging murrend davon. Eine ältere Witwe aus dem amerikanischen Mittelwesten fragte ihn, ob er mit der »Church of Apostolic Reform« reise. Jarrah erklärte ihr höflich, das sei leider nicht der Fall. Ob er schon das angebliche Grab Christi besichtigt habe, das General Golding entdeckt hätte? Von Echtheit könne natürlich nicht die Rede sein, aber es sei sehr schön und feierlich. Jarrah versicherte ihr, daß er es besuchen werde. Im Augenblick sei er müde von der Reise. Von wo er gekommen sei? Aus Athen. Die Dame war nie in Athen gewesen, aber auf der Rückreise wollte sie es besuchen. Ob er zufällig die Judsons kenne, das seien Freunde von ihr, die schon seit fünf Jahren – oder waren es sechs? – in Athen lebten. Es seien sehr nette Leute, und sie hätten sie gebeten, sich bei ihnen zu melden. Reisen mache doch viel mehr Spaß, wenn man überall Freunde hätte, die einem alles zeigten. Schließlich bat er die Dame, ihn freundlichst zu entschuldigen. Sie tat es, wenn auch zögernd. Er ging eine Weile über den Rasen spazieren und setzte sich dann auf eine Steinbank – ein unauffälliger kleiner Mann, so unverdächtig wie eine Eidechse, die auf einem Stein lag und sich sonnte.

Allmählich begann er die Anspannung zu spüren.

Die Jordanier waren bereits hinter ihm her. Die Syrer und die PLO würden sich der Jagd bald anschließen – wenn sie es nicht schon getan hatten. Alle würden andere Vermutungen über seine nächsten Schritte anstellen, aber früher oder später würden sie ihn finden. Achtundvierzig Stunden waren eine lange Zeit, um dazusitzen und seine Angst zu nähren. Er brauchte etwas, das ihn entspannte – entweder eine Beschäftigung oder eine Frau.

In Der Altstadt kannte er eine, die sich seiner sexuellen Nöte anzunehmen pflegte: eine diskrete Witwe, die eine Reihe von Marktständen im Bazar vermietete und nicht abgeneigt war, auch sich selbst zu vermieten, an ausgesuchte und großzügige Kunden. Aber sie tat das nur abends, und nur nach telefonischer Verabredung. Wenn er aber mit ihr telefonierte, mußte er sich als Idris Jarrah zu erkennen geben und damit seine Anwesenheit in Jerusalem verraten. Das schien ihm denn doch ein zu großes Risiko.

Eine Beschäftigung? Er dachte wieder einmal an die Fluchtroute für den Fall, daß alles andere schiefging: zu Fuß über das verminte und tückische Niemandsland zwischen Jordanien und Israel. Es würde nichts schaden, etwas eingehender darüber nachzudenken. Zwei Routen, das wußte er, standen ihm offen – eine südlich der Stadt bei Hebron, die andere im Norden bei Nablos. Jede stellte ihn vor das gleiche Problem. Das ganze Gebiet westlich des Jordans war voller Palästinenser, die nach ihm Ausschau halten würden, falls sie von der Organisation bereits alles über ihn erfahren hatten. Die Frage war, ob sie jetzt schon etwas wußten. Bestimmt wußten sie, daß die Jordanier ihn suchten. Aber die jordanische Polizei war der natürliche Feind der PLO, die niemals einen der Ihren an die Haschemiten verraten würde. Vielleicht wußten sie noch nicht, daß Idris Jarrah ein Verräter war und ein Dieb, der zehntausend Dollar aus ihrem Fonds gestohlen hatte. Aber wie ließ sich das mit Sicherheit feststellen? – Er saß auf der Steinbank und dachte darüber nach, während die Gruppe von der »Church of Apostolic Reform« und die Talisman-Tour-Mitglieder an ihm vorbeispazierten. Schließlich stand er auf, ging ins Hotel in eine Telefonzelle, wählte eine Nummer und sprach durch ein Taschentuch, das er über die Muschel gelegt hatte.

»Hier ist Weißer Kaffee.«

»Hier Schwarzer Kaffee. Bitte sprechen!«

»Allah! Wir hören nichts von euch. Unser Freund soll aus Damaskus mit Geld kommen. Er ist noch nicht da. Wir haben seltsame Sachen in der Zeitung gelesen.«

»Allah! Wir haben auch nichts gehört.«

»Wo ist der Kaffeeverkäufer?«

»Er ist heute morgen nach Damaskus gereist. Er hat eine Mitteilung von seinem Vater bekommen.«

»Wann ist er zurück?«

»Wann Allah es will – oder sein Vater ihn zurückschickt.«

»Wenn er kommt, sagen Sie ihm, daß Weißer Kaffee von ihm hören möchte.«

»Ich werde es ihm sagen, Khatrak!«

»Ma'assalameh!«

Er legte den Hörer auf, faltete das Taschentuch, fuhr sich damit über die Stirn und steckte es zurück in die Tasche. Soweit sah es nicht schlecht aus. Die PLO in Jerusalem hatte noch nichts von Idris Jarrahs Verrat erfahren. Die Männer in Kairo spielten ein vorsichtiges Spiel. Sie wollten die örtliche Organisation nicht durch Nachrichten über Verrat beunruhigen. Sie hatten den örtlichen Leiter der Organisation zu einer Konferenz nach Damaskus gerufen. Bis zu seiner Rückkehr oder bis er anrief, war Idris Jarrah unter seinesgleichen sicher. Nicht, daß er den Wunsch gehabt hätte, sich noch weiter mit ihnen zu befassen. Aber er konnte eine Fahrt mit dem Taxi riskieren oder später vielleicht sogar der Witwe einen kurzen Besuch abstatten. Für einen Mann, der sich ungefähr in der Mitte zwischen Tod und lebenslänglichem Reichtum befand, war jeder Aufschub eine besondere Gnade. Er ging zurück in sein Zimmer und nahm die Pistole und das Geld aus der Aktentasche. Das Geld hinterlegte er in einem versiegelten Umschlag im Hotelsafe. Die Pistole steckte er in seine Hosentasche. Dann ging er wieder in den Garten, winkte einem Taxi und sagte, dem Fahrer und dem Portier zuliebe auf englisch, er wolle die Touristenfahrt nach Bethlehem und Hebron machen.

Beirut

Für Omar Safreddin war Beirut ein permanentes Ärgernis. Es war für ihn eine derart schmierige Stadt, so fett und selbstzufrieden und voll fauler Kompromisse, daß sie ihn in hellen Zorn versetzte. Einst in den großen Tagen der Kalifen war sie ein Teil Syriens gewesen, einer Küstenprovinz des islamischen Reichs, das sich vom Atlantik bis zum Tal des Indus erstreckte und vom Kaspischen Meer bis zur Nubischen Wüste. Einst war der Ruf des Muezzin vom Minarett der Umayyad-Moschee in Damaskus der Sonne nach Westen gefolgt und hatte den Namen Allahs und seines Propheten in Tanger, in Cordoba und Toledo und bis hinauf in die Pyrenäen verkündet. Der Ruf wurde noch gehört, aber das Reich war längst korrumpiert und zerfallen, und nirgends war die Korruption sichtbarer als in dieser verkommenen Nation, die den fruchtbarsten Teil des »Fruchtbaren Halbmonds« bevölkerte, wo Mohammedaner und Juden, Christen und Drusen einem Dutzend Potentaten Lippendienste leisteten und in niederträchtiger Neutralität reich wurden.

Auf jedem Hügel, so fand er, verhöhnte das Christenkreuz den Halbmond. Der Staatspräsident war ein maronitischer Christ. Die Juden waren hier reicher als in Israel. Geld stank nicht für die Libanesen, ob es aus dem Sand in Kuwait gepumpt oder über die Grenze aus Syrien geschmuggelt wurde oder in Form von Rubinen und Saphiren aus Indien kam. Der Libanon war Mitglied der Arabischen Liga, aber treu ergeben waren die Libanesen einzig und allein der goldenen Allianz der Bankiers und Geschäftsleute.

Für Omar Safreddin, den Fanatiker, war Beirut eine gewaltige Hure, die auf ihrem Hügel hockte und den Handelsverkehr des gesamten Mittelmeers an sich reißen wollte. Für Safreddin den Staatsmann war sie der letzte Siegespreis, der einem neuen islamischen Weltreich nach der endgültigen Vernichtung der Juden in den Schoß fallen würde. Für Safreddin den Frommen war sie immer noch die

Stätte falscher Götter und ein Marktplatz verachtenswerter Geschäfte zwischen den Söhnen des Propheten und den Ungläubigen. Und alles Falsche und Üble verkörperte für ihn Nuri Chakry, der so anmaßend war seines Reichtums wegen und so fügsam, wenn man ihm drohte.

Chakry schien ihm das Symbol zu sein für die Krankheit der arabischen Welt: Sein einziger Glaube galt der Macht des Geldes. Seine einzige Brüderlichkeit war die der Börse. Die Einheit des Islams war für ihn eine Gefahr, da er sich an Uneinigkeit und Zwist mästete. Die Gelder, die er nach Europa und Amerika fließen ließ, konnten die Wüste erblühen lassen und Damaskus in die strahlende Stadt von einst verwandeln, die zu betreten selbst der Prophet zögerte, weil er ins Paradies nur einmal einziehen wollte. Aber Chakry träumte nur von Gewinn und Prozenten, von der Manipulierung, aber nie von der Erhebung der Menschen. Für ihn war die arabische Wiederauferstehung ein nutzloser Traum. Sein Mekka lag im Westen, wo die Sonne des Kapitalismus bereits niederging. Im Osten bemerkte er keine Morgenröte, er sah nur das Zwielicht vergangener Größe und hörte das Geschnatter eifersüchtiger Fürsten, deren Throne in einem bodenlosen Sumpf schwarzen Öls standen. Er würde jedes Glaubensbekenntnis annehmen, das man von ihm verlangte, vorausgesetzt, man ließ sein Geld in seinem Safe. Öffnete man die Straße von Tyrus nach Haifa, dann wäre er der erste, der mit den Taschen voll Aktien nach Israel führe und es gar nicht erwarten könnte, mit den Israelis, die ihn aus seinem Heimatland vertrieben hatten, Geschäfte zu machen. Wenn die Amerikaner Dollarmusik machten, würde er mit Vergnügen danach tanzen. Schlugen die Russen die Trommel, marschierte er mit, um dann beim ersten Schuß davonzulaufen. Er und seinesgleichen waren die ersten, die am Tag der Abrechnung ausgemerzt werden sollten. Bis dahin mußte man sie sich zunutze machen.

Safreddin saß in einer Ecke der Terrasse des *St.-George-Hotels* bei einem Kaffee und prüfte die Fotokopien, die Matheson ihm unwillig übergeben hatte. Es war erstaunlich, wie viel man aus zwei Reihen Zahlen über einen Mann erfahren konnte und was sich manchmal alles durch einfache Addition und Subtraktion ergab: die ganze Lebensgeschichte eines Mannes und mitunter auch noch ein Horoskop seiner Zukunft. Selim Fathalla zum Beispiel. Seine Geschichte begann mit einer Einzahlung von fünfundzwanzigtausend Pfund Sterling. Keine geringe Summe für einen Flüchtling aus dem Irak. Aber auch wieder nicht zuviel für einen erfolgreichen Händler aus dem Bazar auf der Rashidstraße. Außerdem hatte er einen Hintermann, was Safreddin neu war. Die Kontokarte trug einen Vermerk, daß die Società Intercommercio Bellarmino in Rom für einen laufenden Kredit in Höhe von fünfundzwanzigtausend Pfund Sterling – oder das Äquivalent in Dollar – haftete. Weshalb gewährte eine italienische Gesellschaft einem irakischen Kaufmann, der sich in Syrien niedergelassen hatte, finanzielle Unterstützung? Wo und wie hatte Selim Fathalla diese zuvorkommenden Leute kennengelernt? Interessante Fragen. Interessanter noch, wie sich Fathallas Antworten zu seinen Handelsbilanzen verhalten würden. Safreddin hoffte, beides würde übereinstimmen. Er mochte den Mann. Er besaß eine Härte und Hartnäckigkeit, die ihm Respekt abnötigten. Wenn er nur etwas mehr Ehrgeiz hätte, etwas bereitwilliger wäre, einen Gunstbeweis zu empfangen, dann wäre es einfacher, mit ihm auszukommen. Störend war der gelegentliche Anflug von Spott, die leise Verachtung des Mannes aus Bagdad für den Syrer. Vielleicht gab er sich jetzt, nach dem Tod des Wächters, etwas weniger arrogant.

Während Safreddin den dicken Aktenordner mit den Bankauszügen durchblätterte, beschäftigte ihn ein persönliches Problem. Sicherheit beruhte nicht zuletzt auf der exakten Auswertung von Akten. Ein moderner sozialistischer Staat brauchte eine große Anzahl ausgebildeter Verwaltungsbeamter, aber die waren fast überall in der arabischen Welt so selten wie die Eier des Vogels Rock. Politiker wuchsen heran wie Unkraut. Ein Mann aber, der eine Dienststelle errichten, seine Akten in Ordnung halten und seine Arbeit in angemessener Zeit erledigen konnte, war ein unbezahlbares Juwel. Aber schon jemand, der eine lesbare Handschrift hatte und wenigstens zwischen Frühstück und Mittagessen ein Aktenstück, das man suchte, finden konnte, war hochwillkommen.

Welchen Sinn hatte eine Grenzkontrolle, wenn man nicht wußte, wer die Grenze überschritten hatte, weil man das Gekritzel auf der Kontrolliste nicht lesen konnte? Wie sollte man das Telefonnetz überwachen, wenn die Telefonisten nicht einmal ihre Muttersprache korrekt beherrschten? Wenn die Steuereintreiber bestechlich waren und die Kaufleute schlecht rechnen konnten oder so taten, wie konnte man da zahlungsfähig bleiben? Und wie sollte man dann den Russen ihre Waffen, ihre Panzer und MIGs bezahlen? Und wenn sie bezahlt waren, was blieb übrig für Schulen und Universitäten? Erziehung war die einzige Möglichkeit, diese Schwierigkeiten zu beheben. Safreddin wußte das besser als die meisten anderen. Sein Problem war, daß Revolution und Unsicherheit dem Land nicht nur viel Geld kosteten, sondern auch die Intelligenz vertrieben.

Ein plärrendes Radio und ein redegewandter Fernsehsprecher waren kein Ersatz für das, was die Kinder in der Schule lernten und was gut ausgebildete Erzieher bewirken konnten. Aber wo fand man sie, und wie hielt man sie fest? Schickte man einen Mann zum Studium nach Beirut, dann war er nach seiner Rückkehr unzufrieden, weil er inzwischen Geschmack am leichten Leben gefunden hatte, das er sich in Syrien nicht leisten konnte. Schickte man ihn nach Kairo, dann kehrte er als Nasser-Anhänger wieder. In Moskau stopften sie ihn so voll mit marxistischer Dialektik, daß man ihm das erst gründlich wieder austreiben mußte, ehe man ihn für den Dienst am Islam und an der arabischen Wiederauferstehung verwenden konnte. In Amerika lehrte man ihn den Umgang mit Computern und Rechenmaschinen, und wenn er nach Hause kam, hatte er für Papier und Bleistift nur noch Verachtung übrig.

Wieder konzentrierte sich seine Erbitterung auf Nuri Chakry, den Verschwender, der ein Vermögen unter den Ungläubigen vergeudet hatte, statt mitzuhelfen, das neue Kalifat für die Gläubigen zu errichten. Er war auf das Unterstützungsangebot der Russen so schnell eingegangen, daß er in ziemlich großen Schwierigkeiten stecken mußte. Wenn er etwas dazu beitragen konnte, so dachte Safreddin, ihn schneller zu vernichten, dann würde er das mit größtem Vergnügen tun. Während er durch die reiche, aufgeblasene Stadt fuhr, ergötzte er sich an der Vorstellung, wie Nuri Chakry von allen Plagen Ägyptens heimgesucht wurde und eine Welt um Hilfe anflehte, die darüber nur lachte.

Nuri Chakry, der von alldem nichts ahnte, ging währenddessen in seinem sonnendurchfluteten Büro auf und ab und stritt geduldig mit Mark Matheson. Matheson war immer noch aufgebracht. Sein breites hübsches Gesicht war rot vor Zorn. Er sagte geradeheraus, was er dachte.

»Hören Sie, Nuri! Wir sitzen in der Tinte, Sie sagen, wir kämen im letzten Augenblick wieder 'raus, aber Sie sagen mir nicht, wie. Gut, ich akzeptiere das – aber eins scheinen Sie zu vergessen. Diese Krise hat uns geschadet und wird uns weiterhin schaden. Wir haben eine Menge Vertrauen verloren und viel von unserem guten Ruf eingebüßt. Wir werden noch mehr einbüßen, bevor wir aus allen Schwierigkeiten heraus sind. Sie erweisen uns mit diesem Vertrauensbruch keine Hilfe. Glauben Sie nicht, das würde nicht bekannt! Glauben Sie nicht, Safreddin würde unsere Schwäche nicht ausnützen! Er wird es tun! Und Mark Matheson wird monatelang herumlaufen müssen und versuchen, die Sache zu erklären.«

»Mark, mein Freund!« Chakry blieb mitten im Zimmer stehen und breitete die Arme aus. »Sie haben recht! Mit jedem Wort, das Sie sagen, haben Sie recht! Ich weiß, daß ich Ungewöhnliches von Ihnen verlange. Ich weiß, daß die Hälfte der Dinge, die ich von Ihnen verlange, in New York, in Zürich oder London keinen Sinn ergeben. Aber hier sind sie das einzig Mögliche. Wir brauchen einen westlichen Rahmen. Ohne ihn kommen wir nicht aus. Sie haben ihn uns gegeben, und ich bin Ihnen dafür dankbar. Ich habe versucht, Ihnen meine Dankbarkeit zu beweisen, das werden Sie zugeben, nicht wahr?«

»Natürlich, Nuri. Aber ...«

»Warten Sie! Warten Sie! Ich will versuchen, es Ihnen zu erklären. Wir sind nicht der Westen. Wir sind die Levante. Wir modifizieren, aber wir ändern nichts. Sie sind lange genug hier, um das erkannt zu haben. Aber Sie glauben immer noch, daß wir über Nacht etwas ändern können oder sollen. Wir wollen aber gar nichts ändern. Wir können es auch nicht. Glauben Sie, ein Stammesfürst gibt einfach seine Macht über Leben und Tod auf, bloß weil es diese Macht in Connecticut nicht gibt? Er denkt nicht daran! Sie haben etwas gegen Vorzugsanlagen. Sie meinen, der kleinste Bankkunde habe das gleiche Recht auf bevorzugte Behandlung wie der Mann, der im Cadillac mit einer Million im Kofferraum vorfährt? Kommen Sie, Mark! Der eine ist ein Fürst, der andere ein Bettler. Der Fürst verlangt, wie ein Fürst behandelt zu werden: Erstangebot neuer Aktien, den höchsten Nachlaß auf seine Rechnungen und Bankservice zu Vorzugspreisen. Glauben Sie etwa, bei der Chase Manhattan tun sie das nicht? Vielleicht nicht auf diese Weise. Aber sie tun es, kleiner Bruder. Sie tun es! Ich tu' es nur auf die arabische Weise.«

»Aber selbst Araber verlangen Verschwiegenheit und Vertrauenswürdigkeit.«

»Wollen Sie behaupten, in den Vereinigten Staaten sei es nicht möglich, über irgendeine Bank die Kreditwürdigkeit eines Mannes feststellen zu lassen?«

»Es ist eine Frage der Methode ...«

»Also reden wir von der Methode – und nicht vom Prinzip.«

»Nun ja – wenn Sie es so auffassen –«

»So fasse ich es auf, Mark. Sie und ich – wir beide müssen einander verstehen. Kennen Sie den wahren Grund für Safreddins Besuch?«

»Er wollte Informationen. Und er war verdammt scharf darauf, sie zu bekommen.«

»Er war so scharf darauf, daß er einen Riesenzirkus veranstaltete. Vergessen Sie nicht die arabische Mentalität, Mark. Was einer hier wirklich will, das verbirgt er.«

»Ja, und?«

»Wir haben Safreddin gegeben, was er angeblich wollte. Beide Seiten haben ihr Gesicht gewahrt. Was er wirklich wollte, war etwas ganz anderes.«

»Und was war es?«

Nuri Chakry blieb dicht vor Matheson stehen, stützte die Fäuste auf die Tischplatte und beugte sich vor. Mit gesenkter Stimme sagte er: »Das ist ein großes Geheimnis, Mark. Ich möchte Ihr Ehrenwort, daß Sie es für sich behalten.«

»Darum brauchen Sie nicht zu bitten.«

»Ich weiß. Verzeihen Sie, Mark.« Er setzte sich, legte die Beine auf den Schreibtisch und nahm seinen Talisman in die Hand. »Sie werden das alles erst verstehen, Mark, wenn Sie wissen, um was es geht. Safreddin ist, wie Sie wissen, ein mächtiger Mann. Er ist der eigentliche Herrscher in Syrien. Er zieht die Fäden, an denen die Politiker tanzen. Es ist seine Stimme, die aus ihnen spricht. Er möchte der Prophet der Wiederauferstehung sein. Aber er kann mit Nasser nicht konkurrieren. Das weiß er. Er hat nicht dessen Magie. Er hat kein Öl und keinen Suezkanal. Aber er kann organisieren und Komplotte schmieden. Sein geheimer Plan ist, eine Situation herbeizuführen, die die ganze arabische Welt gegen Israel vereint. Er will Krieg. Niemand sonst will das, besonders Nasser nicht – im Augenblick. Aber wenn Safreddin auch nur eine massive Konfrontation bewerkstelligen kann, ist er schon ein mächtigerer Mann, als es den Anschein hat. Er steht sich ausgezeichnet mit den Russen, die seine Rechnungen bezahlen. Ich glaube nicht, daß sie einen Krieg wollen. Aber sie wollen die Spannungen so weit treiben wie möglich – bis an den Rand eines Krieges. Die Russen unterscheiden immer genau zwischen dem Sprachrohr und der wirklichen Macht. Im Augenblick unterstützen sie Safreddin als den kommenden Mann der Panarabischen Bewegung ...«

»Ich verstehe immer noch nicht, was wir damit zu tun haben.«

»Das werden Sie gleich verstehen, Mark. Und dann wird Ihnen vieles klarwerden. Die Russen wollen die Phönizische Bank aufkaufen. Wenn Sie uns kaufen, kaufen sie den größten unabhängigen Aktienträger im Libanon. Und der Libanon ist der einzige demokratische Staat in der Arabischen Liga. Aber die Russen sind schlau. Sie wollen ihr Interesse nicht offen darlegen. Deshalb haben sie Safreddin vorgeschickt, um bei mir zu sondieren. Safreddin ist ebenfalls schlau. Er kann nicht als offenkundiger Agent der Kommunisten auftreten. Also hat er sich einen Grund ausgedacht, um nach Beirut zu kommen, und fährt mit einem Packen Fotokopien zurück, um zu beweisen, daß er irgendeine Angelegenheit im Rahmen des Staatssicherheitsdienstes erledigt hat –«

»Das ist ja allerhand!«

»Verstehen Sie jetzt, weshalb ich das Spiel mitspielen mußte, Mark?«

»Allerdings. Hat Safreddin ein konkretes Angebot gemacht?«

»Ein ziemlich konkretes. Aber selbstverständlich ohne Zahlen zu nennen. Er hat es so ausgedrückt: Wenn wir verkaufen wollen, sind die Russen bereit, mit uns darüber zu reden.«

»Mein Gott! Das ist Dynamit!«

»Das ist es in der Tat.«

»Was werden Sie tun?«

Chakry saß ein paar Minuten schweigend da und betrachtete das goldene Antlitz des Eroberers. Als er schließlich sprach, tat er es vage und zögernd. »Ich muß Ihnen gegenüber ehrlich sein, Mark; schließlich erwarte ich auch von Ihnen, daß Sie mir gegenüber ehrlich sind. Im Augenblick neige ich dazu, alle Angebote zu akzeptieren. Ich fühle mich betrogen – von Männern, die ich groß gemacht habe, von einem Land, für dessen Aufbau ich mehr getan habe als irgend jemand sonst. Ich muß nicht verkaufen. Das wissen Sie. Aber ich bin müde, Mark. Ich habe die Hintertreppenschlachten satt und die Dolche im Dunklen. Ich habe nichts dagegen, auszusteigen und Schluß zu machen. Ich weiß, es schockiert Sie, daß ich an die Russen verkaufen würde. Sie sind Amerikaner. Sie fühlen sich Ihrem Land verpflichtet. Ich habe dem Libanon gegenüber nicht die geringste Verpflichtung. Im Augenblick schon gar nicht. Ich bin libanesischer Staatsbürger, aber im Innersten bin ich immer noch ein Staatenloser. Und Leute wie Aziz und Taleb lassen mich das nie vergessen. Schön! Ich wäre ganz zufrieden, wenn ich mein Geld nehmen und mir irgendwo eine andere Staatsangehörigkeit kaufen könnte. Verstehen Sie das?«

»Sehr gut«, sagte Mark Matheson leise. »Ich mache Ihnen keinerlei Vorwürfe. Aber auch vom rein geschäftlichen Standpunkt aus wäre es doch besser für Sie, wenn Sie eine Auktion veranstalten würden.«

»Vielleicht. Aber ich weiß nicht, ob ich den ganzen Ärger in Kauf nehmen soll.«

»Würden Sie es mir überlassen, das zu organisieren?«

Chakry runzelte die Stirn und war offensichtlich unentschlossen. »Das ist nett von Ihnen, Mark. Aber mir ist nicht ganz klar, was Sie tun könnten.«

Mark wurde plötzlich eifrig. »Das ist eine politische Situation von größtem Interesse für das State Department. Wenn sie sich interessieren – und sie müssen daran interessiert sein, die Russen aus dem Bankgeschäft im Nahen Osten herauszuhalten –, dann könnten sie über Nacht tun, was wir in sechs Monaten nicht erreichen können. Es ist den Versuch wert. Wollen Sie mich nicht mit dem Botschafter sprechen lassen?«

»Ist es Ihnen so wichtig, Mark?«

Mark blickte ihn überrascht an. »Nun – ja. Ich glaube, es ist mir sehr wichtig.«

»Weshalb?«

»Ich bin Ihnen verpflichtet. Ich möchte, daß Sie keinen Verlust erleiden.«

»Aber das ist nicht der einzige Grund.«

»Nein. – Ich glaube, der andere ist, daß ich Amerikaner bin und auch meinem Land gegenüber Verpflichtungen habe – und die würde ich gern einhalten.«

»Was das betrifft, so tun Sie, was Sie für richtig halten. Aber mich lassen Sie im Augenblick bitte noch aus dem Spiel. Sie haben die Information. Machen Sie damit, was Sie wollen. Ich verhalte mich neutral.«

»Das ist fair. Ich werde nach dem Essen die Botschaft anrufen und eine Unterredung mit dem Botschafter vereinbaren. Gibt es sonst noch etwas?«

»Im Augenblick nicht, Mark – aber ich danke Ihnen.«

Als Mark Matheson gegangen war, lehnte sich Nuri Chakry in seinem Stuhl zurück und lachte zufrieden. Der alte Trick verfing doch immer wieder. Bot man einem Mann aus dem Westen eine erstklassige Frau zu einem anständigen Preis an, dann war er empört und bezeichnete einen als dreckigen Araber. Gab man ihm gedämpftes Licht dazu und leise Musik und den sogenannten Zauber des Orients, dann zahlte er bereitwillig den doppelten Preis für dieselbe Ware. Feilschte man mit ihm um ein Kupfertablett, dann war man ein Gauner und Betrüger. Bestellte man ihm einen Kaffee und gab ihm zu dem Tablett noch einen zusammengeleimten Skarabäus und ein Tonpferd aus irgendeiner Hinterhofbrennerei, dann war man ein anständiger Bursche – ganz so edel, wie er sich die Menschen aus den schwarzen Zelten vorstellte. Die Amerikaner wollten alle geliebt und geachtet werden; und wenn sie starben, wollten sie, in die Fahne gehüllt, unter Trompetengeschmetter begraben werden. Sie begriffen nie, daß Menschen, die in einer Lehmhütte geboren, die als kleine Kinder höchst unzureichend ernährt und die als Eselsjungen am Morgen aus dem Bett gejagt und abends in den Schlaf geprügelt worden waren, nur dem gegenüber Loyalität kannten, der ihnen die nächste Mahlzeit bot. Mark Matheson konnte sich den Luxus eines empfindlichen Gewissens leisten. Aber er war dabei nicht halb so ehrlich wie der erbärmlichste Bettler aus dem Bazar.

Damaskus

Am gleichen Morgen erhielt Selim Fathalla, der in seinem Büro saß und die Frachtbriefe für eine Lieferung nach Istanbul überprüfte, einen Telefonanruf.

Der Anrufer sprach Französisch mit starkem Akzent. »Hier ist Sergio Bellarmino aus Rom. Ich habe eine Reise wie in der komischen Oper hinter mir. Aber jetzt bin ich endlich in Damaskus. Wann können wir uns sehen?«

»Sofort, wenn Sie Zeit haben. Wo wohnen Sie?«

»Im *Hotel Des Caliphs*.«

»Ich bin in zehn Minuten dort. Ich habe sehr schöne Sachen für Sie. Neue Stoffe und Goldarbeiten, bei deren Anblick Ihnen die Augen übergehen werden.«

»Wunderbar! Ich warte auf Sie.«

Als er den Hörer auflegte, blickte Emilie von der Schreibmaschine auf und fragte: »Wer war das?«

»Einer unserer italienischen Kunden. Du wirst ihn beim Mittagessen kennenlernen. Kannst du Farida dazu bewegen, etwas Besonderes zu kochen?«

»Natürlich. Hast du ihn erwartet?«

»Ich dachte mir, daß wir dieser Tage von ihm hören würden. Er kommt von der Società Intercommercio Bellarmino. Du hast den Namen sicher schon auf unseren Rechnungen gelesen. Sei nett zu ihm. Er ist ein großer Kunde.«

»Wie wirst du ihm meine Anwesenheit erklären?«

»Die Italiener sind sehr kultivierte Leute, Emilie. Herzensdinge braucht man ihnen nicht zu erklären.«

Er sagte es lachend, aber als er zum Hotel fuhr, war er sicher, daß Bellarmino eine einleuchtende Erklärung von ihm verlangen würde.

Die Männer von Baratz' Nachrichtendienst G2 waren Leute vom Fach, die keinerlei Verständnis für Narren und Stümper hatten.

Sergio Bellarmino war ein ungemein gutaussehender junger

Mann Anfang Dreißig, der einen blauen Seidenanzug, schwarze Krokodillederschuhe und ein Hemd von Battistoni trug. Im Foyer des Hotels gab er sich zurückhaltend und ehrerbietig. Er freue sich wie ein Kind über seinen ersten Besuch in Syrien und habe eine ganze Aktentasche voll Pläne für den Ausbau weiterer Handelsbeziehungen mitgebracht. In Fathallas Haus wurde er plötzlich lebhaft und geschäftsmäßig. Er sprach Hebräisch mit dem Akzent der italienischen Rabbinatsschule.

»Sind wir hier sicher? Keine Abhörgeräte? Keine unzuverlässigen Bediensteten im Haus?«

»Heute ist alles in Ordnung«, sagte Fathalla grinsend. »Gestern hatten wir allerdings Schwierigkeiten.«

»Welcher Art?«

Fathalla schilderte sie ihm lange und ausführlich. Der junge Mann stellte ein paar kurze und sehr direkte Fragen. Was Emilie anging, so fällte er ein strenges Urteil.

»Ich glaube, Sie haben einen großen Fehler begangen. Aber jetzt ist es passiert. Sie müssen damit zurechtkommen. Wir auch.«

Fathalla war gereizt. »Baratz hat mich genommen, wie ich bin. Wenn er nicht zufrieden ist, soll er mich hier herausholen.«

»Vielleicht entschließt er sich dazu. Ich bin nur der Botenjunge. Ich habe das Geld mitgebracht.« Er griff in seine Aktentasche, holte ein dickes Bündel Geldscheine heraus und reichte es Fathalla. »Das ist so viel, wie Sie normalerweise für einen Monat brauchen.«

»Und was mache ich danach?«

»Wie oft verschiffen Sie Ware nach Aleppo?«

»Einmal im Monat geht ein Schiff nach Istanbul und den griechischen Häfen. Das benutzen wir im allgemeinen.«

»Wie oft fahren Sie selber nach Aleppo?«

»Alle sechs Wochen etwa.«

»Gehen Sie bitte zum Büro der Arkadia-Linie. Fragen Sie nach Mr. Calisthenes.«

»Ist er zuverlässig?«

»Völlig. Wo wollen Sie das Zeug übrigens aufbewahren?«

Fathalla zeigte ihm die Fayenceplatte, und der junge Mann nickte beifällig.

»Ausgezeichnet. Gute Arbeit.«

»Gelegentlich leisten wir ganz gute Arbeit«, sagte Fathalla trokken. »Und wir müssen unsere Entscheidungen selber treffen. In Tel Aviv ist das anders – in Rom auch.«

Sergio Bellarmino war noch zu jung, um nicht aus der Fassung zu geraten. Er errötete und brachte stockend eine Entschuldigung vor. »Ich wollte nicht versuchen, Sie etwa über Ihre Arbeit zu belehren.«

»Ja, das lassen Sie lieber bleiben«, sagte Fathalla kühl. »Und wenn mein Mädchen kommt, seien Sie nett zu ihr. Wir alle brauchen sie jetzt.«

»Ich habe mich entschuldigt und meinte es ernst damit. Reden wir jetzt über die Sicherheitsprobleme im allgemeinen und in Ihrem besonderen Fall.«

»Es ist schwierig, darüber etwas Genaues zu sagen. Wir arbeiten nach dem Dreiersystem, wie Sie wissen. Ein Glied in der Kette kann brechen, aber niemand kann das ganze Netzwerk über Nacht zerreißen. Außerdem glauben die kleinen Mitarbeiter, daß sie für eine syrische und nicht für eine israelische Organisation arbeiten. Am meisten gefährdet sind Bitar und ich –«

»Und das Mädchen?«

»Sie ist ein Stück von mir«, sagte Fathalla.

»Erzählen Sie mir von Bitar.«

»Ein Arzt. Ein sehr guter und aufopferungsvoller Arzt. Seine Stärke und zugleich seine Schwäche ist sein humanes und internationales Denken. Seine Frau ist tot. Sein einziges Kind, ein Sohn, wurde beim Überqueren der Straße von einem Militärlaster überfahren. Bitar war zu der Zeit im Libanon. Das Kind starb im Krankenhaus. Offenbar hat sich die Armee in dieser Sache ziemlich schweinisch benommen. Bitar hat ihr das nie verziehen.«

»Er ist Moslem, nicht wahr?«

»Ja, ein überzeugter.«

»Und wie vereinbart er das mit seiner Tätigkeit für uns?«

»Das ist schwierig zu erklären. Ich bin mir selbst nicht ganz klar darüber. Zum Teil mag es persönliche Rache an der Armee sein, die jetzt das Land beherrscht. Zum Teil ist es ein privater Kreuzzug gegen Armut und Krankheit. Alles Geld, das er von mir bekommt, steckt er in eine Privatklinik für arme Leute. Und der Rest – ich vermute, es liegt an der französischen Erziehung. Freiheit, Gleichheit, Brüderlichkeit – und die Isolierung durch einen neuen Nationalismus, an den er nicht glaubt. Das empfindet er als Schande. Er betrachtet den Frieden mit Israel als Weg, der arabischen Welt zu dauerhaften und nützlichen Beziehungen zum Westen zu verhelfen. Aber ...« Fathalla zuckte die Schultern und lächelte. »Es ist immer das gleiche mit den Moslems. Man geht mit ihnen fröhlich diskutierend dahin, und dann findet man sich plötzlich am Rand eines Abgrunds, und sie fordern einen auf, mit ihnen hinunterzuspringen.« Er lachte belustigt und fügte hinzu: »Natürlich empfinden die Moslems den Israelis gegenüber genauso.«

Bellarmino fand das gar nicht komisch. »Aber Sie vertrauen Bitar?«

»Ich würde ihm mein Leben anvertrauen und das Leben vieler anderer.«

»Klären Sie mich über Safreddin auf.«

Fathalla schüttelte den Kopf. »Ich versuche immer noch, mir über ihn klarzuwerden. Er steckt voller Überraschungen. Er benutzt jeden, traut niemandem und hat trotzdem ein kindliches Verlangen nach Bewunderung und sogar Liebe.«

»Und was will er?«

»Politisch? Er will, daß Syrien die führende Rolle in der Arabischen Liga spielt. Solange Nasser lebt, schafft er das nie. Deshalb spielt er sein großes Spiel und versucht, die Ägypter in einen Krieg gegen uns zu verwickeln.«

»Wie steht er mit den Russen?«

»Sehr gut, glaube ich. Sie verstehen diesen Typ.«

»Und mit den Irakis?«

»Die haben Angst vor ihm. Sie wissen, daß er ihnen jederzeit die Pipeline abschneiden kann. Sie mögen ihn nicht, aber sie versuchen, mit ihm auszukommen.«

»Haben Sie die letzten Fragen aus Tel Aviv erhalten?«

»Ja. Aber noch habe ich die Antworten nicht.«

»Wir brauchen sie dringend.«

»Wir tun, was wir können. Mit der Antwort auf die Frage nach den Flugzeugen rechne ich ziemlich bald. Einer unserer Agenten ist Lieferant für Armee und Luftwaffe. Er hat Zutritt zu Stützpunkten und Fliegerhorsten. Die Raketen? Eine schwierige Frage. Wenn sie hier sind – was ich bezweifle –, dann sind sie gut getarnt. Ganz sicher sind sie noch nicht in der Nähe irgendeiner Rollbahn installiert worden. Die Irakis? – Dazu müssen erst die Berichte ausgewertet werden, und das braucht seine Zeit. Wie Sie sich denken können, halte ich mich von den Irakis fern, denn ich möchte nicht jemandem begegnen, der die Rashidstraße besser kennt als ich.«

»Und Galiläa?«

»Unsere letzten Informationen über die dortige Kampfstärke sind vier Wochen alt. Seither hat nichts auf größere Veränderungen schließen lassen. Wir haben einen recht guten Agenten in Quneitra. Seine Angaben treffen meistens zu. Er befaßt sich gerade mit der Sache.«

»Kommen wir auf die Raketen zurück. Wir wissen, daß Ägypten welche hat. Woraus wollen Sie schließen, daß Syrien keine hat?«

»Erstens gibt es keinerlei Anhaltspunkte für eine derartige Vermutung. Zweitens ist die politische Situation hier wesentlich weniger stabil, als es den Anschein hat. Die Armee beherrscht das Land, aber die wirtschaftlichen Schwierigkeiten sind groß, und es herrscht einige Unzufriedenheit. Drittens sind die Russen stark interessiert und die Chinesen ebenfalls. Syrien hat mehr Delegationen in China und empfängt mehr Delegationen aus China als irgendein anderes arabisches Land. Syrien war klug genug, den Gegensatz zwischen Rußland und China auszunützen, ohne sich jemals auf eine Seite festzulegen. Aber die Russen wollen, daß es sich eindeutig zu ihnen bekennt. Und solange Syrien das nicht tut, werden sie wohl kaum kostbare Geschenke machen wie SAM-Raketen. Jedenfalls sehe ich das so an. Doch werden wir natürlich die gewünschten Erkundigungen einziehen.«

Bellarmino schien mit der Antwort zufrieden. Die Frage, die er als nächste stellen mußte, bereitete ihm offensichtlich Verlegenheit.

»Nun zu der jungen Dame, Fathalla. Was haben Sie für Pläne mit ihr?«

»Ich werde sie heiraten.«

»Hier? In Damaskus?«

»Natürlich nicht. Sie ist Christin. Von mir weiß jeder, daß ich Mohammedaner bin. Ich würde mein Gesicht verlieren und viele Freunde, wenn ich sie hier heiraten würde.«

»Und?«

»Sobald Baratz einen Ersatz für mich hat, möchte ich hier weg und Emilie mitnehmen.«

»Möchten Sie einen anderen Vorschlag hören?«

»Welchen?«

»Wir holen das Mädchen hier heraus und bringen sie, wohin Sie wollen. Wir werden uns um sie kümmern und für sie sorgen, und Sie bleiben noch – sagen wir – weitere zwölf Monate hier.«

»Stammt dieser Vorschlag von Baratz?«

»Nein. Er sagte, ich solle mich über Ihre persönliche Situation informieren und dann von mir aus Vorschläge machen.«

»Ich muß darüber nachdenken. Und mit Emilie sprechen. Auf den ersten Blick gefällt mir Ihr Vorschlag gar nicht. Ich glaube auch nicht, daß sie damit einverstanden sein wird.«

»Wenn Sie hier weggehen, Fathalla, müssen wir mit der ganzen Arbeit von vorn anfangen – und das gerade in einem Augenblick, in dem wir dringend eine gut funktionierende Organisation brauchen.«

»Wenn es etwas gibt, wovon ich nichts weiß«, sagte Fathalla langsam, »dann sagen Sie es mir lieber.«

»Für unsere derzeitige Situation gibt es eine Lesart, die wie folgt aussieht. Die Provokationen der PLO im Gazastreifen und in Westjordanien nehmen zu. Das gleiche gilt für die Provokation von syrischer Seite. Wir werden unvermeidlich in eine militärische Konfrontation gedrängt, die ebenso unvermeidlich Ägypten und höchstwahrscheinlich die ganze arabische Welt einschließen wird. Damaskus ist der beste Horchposten, den wir haben, um etwas über die Russen, die Chinesen, die Syrer, die Iraki und so fort zu erfahren. Wenn Sie aussteigen, ist das für uns ein harter Schlag zu einem kritischen Zeitpunkt. – Bei dieser Art Tätigkeit gibt es keinen Zwang. Das kann es nicht geben. Aber ...«

Er ließ den Gedanken unausgesprochen, aber Selim Fathalla wußte genau, was gemeint war. Man appellierte an seine Loyalität. Er hatte zu erklären, wem gegenüber er loyal war, an welchen Punkten seine Loyalitäten einander widersprachen und wie er zwischen widerstreitenden Interessen wählen würde. Sergio Bellarmino betrachtete ihn mit klugen kühlen Augen. Er war einer von den neuen Makkabäern: kritisch, genau kalkulierend und fest entschlossen, es nie mehr zuzulassen, daß die Juden wie Schafe ins Schlachthaus getrieben würden.

Ihm hätte die Stimme gehören können, die beim Eichmann-Prozeß geschrien hatte: »Weshalb habt ihr nichts getan?« Er verachtete den Gettomenschen. Er hatte kein Verständnis für ein geteiltes Herz. Fathalla beschloß, sich ihm gegenüber seine Unentschlossenheit nicht anmerken zu lassen, und sagte fast barsch: »Ich werde über das, was Sie gesagt haben, nachdenken und Baratz Bescheid geben.«

Bellarmino zuckte die Schultern. »Lassen Sie sich Zeit. Ich bin noch ein paar Tage hier.«

Fathalla sah ihn erschrocken an. »Ein paar Tage?«

Der junge Mann lächelte: »Warum nicht? Ich bin ein Kaufmann, der sich jederzeit legitimieren kann. Ich habe einen italienischen Paß. Ich sehe mich nach Geschäften um. Ich möchte mit den Leuten vom Wirtschaftsministerium reden.«

»Das könnte gefährlich werden. Sie machen sich damit verdächtig.«

»Es könnte noch gefährlicher werden, wenn ich mich nicht verdächtig machen würde. Sie sind ein Handelsvertreter der Regierung, und Intercommercio Bellarmino ist einer der großen Kunden in Ihren Büchern. – Ich erkundige mich eben überall nach den Möglichkeiten weiterer Geschäftsbeziehungen. Haben Sie übrigens Ihrem Mädchen etwas über mich gesagt?«

»Noch nicht.«

»Tun Sie es auch nicht.«

»Ist das ein Befehl?«

»Eine Bitte.«

»Sie werden das meiner Diskretion überlassen müssen.«

Bellarmino zuckte die Schultern. »Wie Sie meinen. – Ich habe noch eine persönliche Nachricht für Sie. Baratz hat mich gebeten, Ihnen zu sagen, daß über Ihre Scheidung am fünfundzwanzigsten verhandelt wird. Am Tag danach sind Sie frei.«

»Das ist eine gute Nachricht. Was gibt es zu Hause sonst Neues?«

»Die Wildersteinsche Bank macht Bankrott. Wir müssen zwei Schiffe verkaufen, weil uns der Unterhalt zuviel kostet. Die Zahl der Arbeitslosen steigt und dürfte in etwa einem Monat bei sechzig- bis achtzigtausend liegen. Das Geld ist knapp. Die Touristen geben weniger aus als früher. Wir brauchen etwas Aufregung, einen Anreiz, um den Markt zu beleben.«

»Safreddin tut, was er kann, um uns in dieser Hinsicht gefällig zu sein.«

»Ich würde ihn gern kennenlernen.«

»Wenn Sie ihm begegnen«, sagte Fathalla, »achten Sie auf jedes Wort. Und versuchen Sie nicht, besonders gescheit zu sein. Je dümmer Sie wirken, um so sicherer sind Sie. – Und wenn wir schon dabei sind, lassen Sie uns gleich darüber reden, was Sie ihm über meine Verbindung zur Intercommercio Bellarmino erzählen würden. Das wäre nämlich eine der ersten Fragen, die Safreddin Ihnen stellen würde.«

Über dieses Problem unterhielten sie sich immer noch, als Emilie kam, um sie zum Essen zu bitten. Sie hatte ihre Bürokleidung gegen ein Gewand aus damaszener Brokat getauscht, das in der Taille von einem Gürtel aus Goldfiligran gerafft wurde. Sie trug keinen Schmuck und hatte das Haar im Nacken zusammengebunden. Bellarmino war zuerst überrascht und machte ihr dann mit italienischer Beredsamkeit Komplimente, die sie so gelassen entgegennahm, daß er aus der Fassung zu geraten drohte. Sie aß nicht mit ihnen und beteiligte sich nicht an ihrer Unterhaltung. Sie bediente sie und hörte zu, und als der Kaffee gebracht wurde, wollte sie sich zurückziehen.

Fathalla bat sie zu bleiben. »Setz dich, Emilie. Wir müssen etwas besprechen.«

»Soll ich einen Notizblock holen?«

»Das ist nicht nötig. Es geht um private Dinge.«

Bellarmino warf ihm einen scharfen, warnenden Blick zu. Fathalla reagierte nicht darauf und fuhr fort: »Wie du weißt, kommt unser Freund aus Rom. Er gehört zu unseren bedeutenderen Kunden. Er will seine geschäftlichen Beziehungen zu uns und anderen Leuten in Damaskus erweitern. Er möchte ein paar von den wichtigeren Männern in der Regierung kennenlernen. Geh nach dem Essen mit ihm hinüber ins Lagerhaus, sieh die Listen mit ihm durch und hilf ihm beim Telefonieren. Er wird nur italienisch und französisch sprechen. Wenn er einen Dolmetscher braucht, gehst du mit ihm.«

»Das ist nicht nötig. Ich kann arabisch sprechen.«

»Es ist nötig.« Fathalla klang sehr bestimmt. »Sie sollten in dieser Stadt nicht arabisch sprechen. Sie sind der unwissende Europäer, der sich hier allein nicht zurechtfindet. Das ist viel sicherer für Sie – und für uns auch.« Er wandte sich an Emilie. »Du solltest wissen, daß Mr. Bellarmino ebenfalls ein Agent der israelischen Regierung ist. Er wird dir Fragen stellen wollen. Beantworte sie ihm, soweit du kannst.«

Der junge Mann war offensichtlich verärgert, aber er beherrschte sich. Er sagte nicht ohne Schärfe: »Vielleicht weiß Miß Ayub eine Antwort auf die Frage, die ich Ihnen gestellt habe.«

»Was meint er damit, Selim?«

»Ob du bereit wärst, das Land zu verlassen und an einem sicheren Ort ungefähr ein Jahr auf mich zu warten.«

»Ist das dein Wunsch, Selim?«

»Mr. Bellarmino meint, es wäre vielleicht ratsam.«

»Ich habe nicht die Absicht, Mr. Bellarmino zu heiraten. Ich bleibe, wo du bist. Ich werde mit dir gehen, wohin du mich mitnimmst.«

»Es kann sein, daß wir noch weitere zwölf Monate bleiben müssen.«

»Dann bleiben wir zusammen.«

Bellarmino unterbrach sie. Er sagte sehr förmlich: »Ich bedaure sehr, das sagen zu müssen, Miß Ayub, aber meiner Ansicht nach – und ich muß meine Ansicht in Tel Aviv bekanntgeben – sind Sie eine Gefahr für Fathalla und eine noch größere Gefahr für uns.«

»Dann schaffen Sie uns beide fort.« Sie war sehr kühl und sehr entschieden.

»Diese Entscheidung kann nur Tel Aviv treffen.«

»Nein!« sagte Fathalla scharf. »Die Entscheidung liegt bei uns. Ich werde sie jetzt treffen. Als Mann kann ich ohne Emilie nicht weiterleben. Sie glauben, wir sind eine zu große Gefahr für die Organisation, wenn wir in Damaskus bleiben. Dann entscheide ich hier und jetzt, daß wir aussteigen. Wir wollen zusammen überlegen, wie das Netzwerk aufrechterhalten und wie ein anderer Mann, der es kontrolliert, eingeschleust werden kann. Wir werden so lange bleiben, wie man uns hier braucht. Aber Tel Aviv hat unsere Kündigung.«

»Sie fühlen sich sicher sehr geschmeichelt, Miß Ayub«, sagte Bellarmino eisig. »Eine Frau steht gegen ein Land. Und die Frau gewinnt.«

»Sie sind ein Idiot!« sagte Fathalla ärgerlich. »Sie sind ein hirnloser Fanatiker. Wir bieten Ihnen zwei Menschenleben, und Sie schmeißen uns das Angebot ins Gesicht!« Bleich und zitternd stand er auf und sprach mit schneidender Stimme: »Sie leben in einer komfortablen Wohnung in Rom und tragen Botschaften in alle Mittelmeerländer. Was, zum Teufel, wissen Sie über einen Job wie meinen? Was wissen Sie von mir und wie ich mich fühle und was es bedeutet, als Jude völlig allein und nur unter Feinden zu leben? Als ich krank war, habe ich im Schlaf geredet. Emilie hat alles gehört und hätte mich in der nächsten Stunde verraten und für sich Sicherheit und lebenslanges Ansehen gewinnen können! Israel ist für sie nur ein Name auf der Landkarte. Für mich ist es ein Land, das ich liebe, in dem ich aber nicht leben kann. Ich bin jetzt ihr Land, und sie ist mein Land. Was wollen Sie sonst noch von uns? Wollen Sie, daß wir bis zum letzten Atemzug ausharren, wie die Belagerten von Masada?«

»Ich möchte wissen, was Sie tun würden, wenn man es von Ihnen verlangen würde«, sagte Sergio Bellarmino.

»Ich werde es Ihnen sagen«, erwiderte Emilie Ayub. »Wir werden die kleinen Tabletten nehmen, die Selim in der Geheimkammer aufbewahrt. Und dann werden wir uns schweigend schlafen legen. Haben die Verteidiger von Masada etwas anderes getan?«

Sergio Bellarmino gab keine Antwort. Er trank seinen Kaffee, stellte die Tasse zurück und griff nach den Zigaretten in der silbernen Dose. Selim Fathalla betrachtete die harten Linien in seinem Gesicht und wußte plötzlich, daß dieser Mann sehr gefährlich war.

Neuntes Kapitel

Jerusalem – Jordanien

Die Vorbereitungen, die Idris Jarrah für seine Flucht in das Gelobte Land der Anonymität und des Reichtums traf, waren sehr einfach. Er steckte Geld im Wert von zweihundert Dollar in die eine Hosentasche, in die andere eine Pistole und Munition. Den Rest der zehntausend Dollar band er in ein sauberes Taschentuch und klebte es sich mit Klebestreifen auf den Körper. Dann zog er sein Hemd an, knüpfte die Krawatte, steckte seinen italienischen Paß, das Gesundheitszertifikat und sein neues amerikanisches Scheckbuch in die Jakkentasche und machte sich auf den Weg.

Er hatte alles sehr sorgfältig überlegt. Sein Koffer und die Aktentasche würden in seinem Zimmer bleiben, denn er hatte nicht vor, das *Intercontinental-Hotel* offiziell zu verlassen. Wenn bei seinem Plan irgend etwas schiefging, konnte er jederzeit wiederkehren, seinen griechischen Paß zurückfordern und die Ausreisegenehmigung für die Überschreitung der Grenze am Mandelbaumtor bekommen. Und wenn er erst einmal in Israel war, würde er sich einen Koffer voll neuer Kleider kaufen, sich mit dem italienischen Paß als Tourist ausweisen und das Land über den Flughafen Lod verlassen. Etwas Sorge machte ihm lediglich die Tatsache, daß sein italienischer Paß keinen Stempel trug, mit dem er nachweisen konnte, daß er legal nach Israel eingereist war. Aber dann fiel ihm ein, daß die Israelis wegen des arabischen Boykotts Besucher auch ohne Eintragung in ihre Pässe ins Land ließen, damit sie später bei Aufenthalten in arabischen Ländern keine Schwierigkeiten bekämen. Er hatte also keinen Grund mehr, sich Sorgen zu machen. Israel war ein friedliches Land, und wer würde schon Anstoß an einem ehrbaren Mann nehmen, der am frühen Morgen einen Spaziergang durch die Vorstadtbezirke machte.

Er war so zufrieden mit sich selber, daß er am liebsten der Witwe in der Altstadt einen Besuch gemacht hätte. Er blickte noch einmal in den Spiegel und sah das gelassene runde Gesicht eines Mannes, der sicher noch mindestens zwanzig angenehme Jahre vor sich hatte. Dann verließ er das Hotel, rief ein Taxi und fuhr nach Bethlehem.

Als die Altstadt hinter ihm lag, spürte Idris Jarrah ein leises Bedauern. Er war mit diesem Land verwachsen. Jeder Stein, jede Blume, jeder Satz in seiner Muttersprache erweckte schmerzliche Erinnerungen und machte den Abschied schwer. Aber wenn man lange und weit genug reiste, dann wurde man wie die Beduinen. Man lebte ohne Ballast, liebte ohne Dauer und baute nichts auf, weil der Sand es am nächsten Tag sowieso unter sich begraben würde. Und nach einiger Zeit wurden die Erinnerungen, die einen an die Heimat banden, schwächer und dünner, und bald waren sie wie der Gesang eines Hirten in den Bergen, den man nur mit halbem Ohr hörte und gleich wieder vergaß.

Der alte Hamid, ein Kerzenzieher in Bethlehem, hatte einen Sohn, der einen Weg durch die trockene Schlucht kannte, in der es keine Minen gab und der Drahtzaun durchgeschnitten werden konnte. Wenn man vorsichtig zu Werke ging, konnte man in einer Stunde wohlbehalten im neuen Teil von Jerusalem sein. Man hatte ihm einmal von einem Tunnel erzählt, der auf der jordanischen Seite in einer Höhle beginnen und sich durch die Berge nach Israel winden sollte. Zwischen Bethlehem und Hebron gab es ein Dutzend Männer wie diese beiden, aber Idris Jarrah hatte mit ihnen immer nur über den Mann verhandelt, der den Decknamen »Weißer Kaffee« trug. Weißer Kaffee war der Anführer der Guerillas im Süden. Tagsüber war er in einem Dorf bei Hebron als Lehrer tätig, und nachts bildete er für die PLO Schützen und Sprengkommandos aus.

Weißer Kaffee war ein höflicher, gebildeter Mann mit guten Manieren und vielen Freunden unter den Armeniern und den orthodoxen und römischen Katholiken, die die christlichen Heiligtümer pflegten. Seinen eigenen Leuten lieh er Geld, schlichtete ihre Streitigkeiten und vermittelte ihre Ehen. Niemand hatte ihn jemals wütend gesehen. Aber abends beim Kerzenschein erzählte man sich flüsternd Geschichten von Verrätern, die zu Tode geprügelt, oder Feiglingen, die erstochen worden waren; und diese Geschichten bewirkten, daß sein Name gefürchtet und seine Autorität unbestritten war. Idris Jarrah hatte ihn als freundlichen und kenntnisreichen Kollegen in Erinnerung und hoffte jetzt bei ihm Hilfe für seine privaten Ziele zu finden. Aber zuerst würde er Fragen stellen. Er würde wissen wollen, weshalb Idris Jarrah bei einem Grenzübergang sein Leben riskieren wolle. Er hatte das nie zuvor getan. Weshalb tat er es jetzt? Und weshalb allein? Welches Ziel rechtfertigte das Risiko, daß ein Mann wie er den Israelis in die Hände fiel und möglicherweise wichtige Informationen über die PLO preisgab? Idris Jarrah würde die Fragen prompt und klar und so überzeugend beantworten müssen, daß kein Zweifel mehr an der Dringlichkeit und der Echtheit der Mission übrigblieb.

Zuerst würde er sich in einem Pilgerhotel in Bethlehem ein Zimmer mieten. Daß er dort nicht schlief, war unwichtig. Die Hauptsache war, daß er dort registriert wurde. Sein Versteck im *Intercontinental-Hotel* blieb ihm sicher. Zunächst würde er eine persönliche Begegnung mit Weißer Kaffee vermeiden und ihn von Bethlehem aus anrufen. Er würde für einen ungenannten Agenten, der in der gleichen Nacht in wichtiger Mission die Grenze überqueren mußte, um einen Führer *ersuchen*. Wenn Weißer Kaffee mehr wissen wollte, würde Idris Jarrah auf seinen Einfluß in Kairo pochen und damit drohen, die Gelder zurückzuhalten, die er, wie Weißer Kaffee wußte, bei sich trug. Wenn er noch mehr Einwände machte, würde er die Unterhaltung abbrechen und ins *Intercontinental-Hotel* zurückkehren.

Je mehr er darüber nachdachte, um so besser sah alles aus. Im günstigsten Fall war er vor Morgengrauen in Israel. Im schlimmsten Fall würde die PLO erfahren, daß er sich irgendwo in Westjordanien befand, was sie sicherlich sowieso vermutete.

Beirut

Der Botschafter der Vereinigten Staaten von Amerika in der Republik Libanon war von Natur aus ein sehr herzlicher Mann. Er lächelte bereitwillig, hörte geduldig zu und gab auch dem unbedeutendsten Besucher das Gefühl, eine wichtige Persönlichkeit zu sein. Er hatte viele Jahre in der arabischen Welt verbracht und beherrschte die

Technik des Ausweichens. Er sagte niemals ja und niemals nein. Er ermunterte andere zum Reden und tat es selbst kaum. Er wurde leicht unterschätzt, was mancher Kollege mit Unbehagen festgestellt hatte. Er war stets zu Gefälligkeiten bereit – besonders, wenn sie nichts kosteten. Wenn er eine diplomatische Exekution vollzog, tat er es mit so zartfühlendem Bedauern, daß das Opfer Mitleid mit dem Henker hatte und ihm alles Gute wünschte.

Für Mark Matheson empfand er beruflich Respekt. Privat hatte er seine Zweifel. Der Mann war ein tüchtiger Bankier. Er war gebildet und gut informiert. Er wußte, welche Rolle das Geld in der Politik spielte, auch wenn er sich, was speziell den Nahen Osten betraf, gelegentlich noch Illusionen machte. Er war gesellschaftlich gewandt und im privaten Bereich ausreichend diskret. Seine Loyalität gegenüber seinem Land war nie auf die Probe gestellt, aber auch nie bezweifelt worden. Seine privaten Zweifel waren mehr instinktiver Natur als verstandesmäßig begründet. Er fand, daß Mark Matheson schwunglos und vielleicht ziellos war. Man empfand seinen Charme, erhielt aber keine klare Vorstellung von seinem Charakter. Er weckte weder Abneigung noch besondere Sympathie, und auch die Frauen, mit denen er zu tun hatte – und das waren gar nicht so wenige –, schienen nicht sonderlich von ihm beeindruckt.

Heute wirkte er jedoch ganz anders. Er erzählte die Geschichte von dem Interesse der Russen an der Phönizischen Bank mit großer Lebhaftigkeit. Für die Übernahme der Bank durch Amerika trat er mit einer Leidenschaft ein, der eine Spur von Verzweiflung anzuhaften schien.

»Wir dürfen keinen Fehler machen, Sir. Wenn die Russen die Bank übernähmen, wären sie in der Lage, das Investierungsprogramm der Bank zu manipulieren, was ihnen enorme politische Vorteile einbrächte. Sie könnten die Institutionen kontrollieren, in die sie investieren. Sie könnten Verbindungen herstellen, die ihnen sonst unerreichbar wären. Sie könnten sich Freunde kaufen und gegen Feinde vorgehen. Sie könnten unverhältnismäßig großen Einfluß auf die Regierung im Libanon und die Ölpolitik ausüben. – Ich fände es äußerst bedauerlich, wenn es dazu käme.«

»Sind Sie wirklich überzeugt, Mark, daß es dazu kommen kann?« Der Botschafter stellte die Frage ohne Schärfe.

Matheson dachte einen Augenblick nach und beantwortete sie sehr präzise.

»Mir ist bekannt, daß die Russen heute vormittag ihr Angebot gemacht haben. Ich weiß, daß Mr. Chakry bereit ist, darüber zu verhandeln.«

»Wie ich gehört habe, steht er im Augenblick stark unter Druck.«

»Das ist vorbei. Er ist jedoch vom Verhalten derer, die er als seine Freunde betrachtet hatte, enttäuscht und ernüchtert. Ich glaube, er ist gewillt zu verkaufen.«

»Und Sie meinen, ein amerikanischer Interessent sollte die Bank kaufen?«

»Ja.«

»Aber die Regierung der Vereinigten Staaten ist kein Bankinstitut, sondern eine politische Institution. Ich sehe keine Möglichkeit, wie wir uns einmischen könnten oder sollten.«

»Das Interesse der Russen schafft eine politische Situation. Deshalb hielt ich es für angebracht, mit Ihnen darüber zu reden.«

»Ich bin sehr froh, daß Sie gekommen sind, Mark. Aber ich sehe nicht ganz, was ich in dieser Sache tun soll.«

»Genau weiß ich das auch nicht«, erwiderte Mark offen. »Ich dachte, Sie fänden es vielleicht richtig, den Sachverhalt dem State Department mitzuteilen. Das State Department könnte dann eine Überprüfung der Angelegenheit durch eine amerikanische Bankgesellschaft vorschlagen.«

Der Botschafter dachte ein paar Sekunden nach und schüttelte dann den Kopf. »Das ist bei einer Gesellschaft der freien Wirtschaft eine heikle Sache. Ich glaube nicht, daß sich jemand von unseren Leuten dazu bereitfinden wird.«

»Als Bankfachmann und als Bürger dieses Landes glaube ich, daß man ihnen wenigstens die Gelegenheit dazu geben sollte, sich die Sache anzusehen – unter politischen Gesichtspunkten.«

»Das ist eine gute Idee, Mark. Als Diplomat würde ich es jedoch anders formulieren. Ich würde sagen, wir sollten das State Department von dem russischen Interesse in Kenntnis setzen und es ihm überlassen, was es damit anfängt. Auf diese Weise umgehen wir eine persönliche Empfehlung, die sich unter Umständen am Ende als falsch erweisen könnte.«

»Das leuchtet mir ein. Vorausgesetzt, die Russen entscheiden sich schneller, als wir erwarten.«

»Wenn niemand mitbietet, gibt es eigentlich keinen Grund, weshalb sie sich nicht Zeit lassen sollten. Wie schnell ließe sich übrigens eine derartige Transaktion durchführen?«

»Sehr schnell. Die Zahlen der Bücherrevision liegen vor.«

»Würden die Russen sie akzeptieren?«

»Ich sehe keinen Grund, weshalb sie das nicht tun sollten. Sie werden vielleicht um den Kreditwert streiten.«

»Der im Augenblick ziemlich gering ist, nicht wahr?«

»In der Bilanz nicht. Man könnte höchstens sagen, daß er durch die derzeitige Politik etwas in Mitleidenschaft gezogen worden ist. Aber das würde sich bei einer endgültigen Verhandlung schnell klären lassen.«

»Weiß Chakry, daß Sie zu mir gekommen sind, Mark?«

»Ja, ich bat ihn um seine Erlaubnis. Ich mußte das tun.«

»Hatte er gegen die Idee etwas einzuwenden?«

»Nein. Sie schien ihn gleichgültig zu lassen.«

»Das ist etwas seltsam.«

»Wieso?«

»Ein Interesse von amerikanischer Seite würde bedeuten, daß es zu einer Auktion käme, die den Preis möglicherweise in die Höhe treiben würde. Daran müßte Chakry doch interessiert sein.«

»Das sagte ich ihm auch. Seine Antwort zeigt, in welcher Verfassung er im Augenblick ist. Er sagte etwa folgendes: ›Ich bin nicht so sicher, ob ich den ganzen Ärger will.‹«

»Und das haben Sie ihm geglaubt?«

»Ja. Und ich glaube es immer noch.«

»Das klingt ziemlich ungewöhnlich. Obwohl ich Mr. Chakry nicht so gut kenne wie Sie.«

»Einesteils ist es ungewöhnlich für ihn – andererseits wieder nicht. Chakry mußte sich seinen Weg nach oben erkämpfen, und er muß weiterkämpfen, um oben zu bleiben. Vielleicht hält er den Augenblick für gekommen, den Gewinn aus seiner Arbeit zu kassieren und ein angenehmes und ruhiges Leben zu führen.«

»Noch eine Frage, Mark. Wäre es nicht einfacher, sich direkt an eine amerikanische Bank zu wenden, ihr Interesse festzustellen und den politischen Aspekt ganz aus dem Spiel zu lassen.«

»Dazu bin ich nicht in der Lage, solange Chakry mich nicht damit beauftragt. Ich bin nur ein Angestellter der Bank. Ich habe ihn um Erlaubnis gebeten, mit Ihnen darüber zu sprechen, weil ich amerikanischer Staatsbürger bin und es für meine Pflicht hielt, Ihnen davon Mitteilung zu machen.«

»Und nun?«

»Nun haben Sie die Information, Herr Botschafter. Sie müssen entscheiden, was Sie damit anfangen.«

Der Botschafter lehnte sich in seinem Stuhl zurück und spielte mit einem silbernen Brieföffner. Zum erstenmal schien er sich unbehaglich zu fühlen und nicht zu wissen, was er sagen sollte.

»Sie haben mir offen geantwortet, Mark«, fuhr er schließlich fort. »Das spricht für Sie. Ich will versuchen, ebenso offen zu Ihnen zu sein. Chakry ist ein großer Mann mit einem schlechten Ruf. Je mehr wir von ihm hören, desto weniger gefällt er uns. Er betreibt zu vieles nebenher – Sachen, die mit dem Bankgeschäft nichts zu tun haben. In der letzten Woche bekamen wir einen überraschenden Bericht vom Geheimdienst, in dem sein Name eine große Rolle spielte. Ich möchte Sie darüber nicht befragen, weil Sie ein Angestellter in Vertrauensposition sind. Ich nehme nicht einmal an, daß Sie etwas darüber wissen. Aber ich möchte, daß Sie mir eine Frage beantworten, mit ja oder nein oder vielleicht. Trauen Sie Mr. Chakry bei der Arbeit, die Sie mit ihm und für ihn erledigen?«

»Ja, darin vertraue ich ihm.«

»Drücken wir es anders aus. Sie empfehlen, amerikanische Interessenten sollten die Phönizische Bank kaufen. Würden Sie raten, die Bank um jeden Preis zu kaufen, den Chakry nennt?«

»Wenn ich irgendeinem Käufer in einer Sache wie dieser raten sollte, würde ich sagen, lassen Sie die Bücher von einem unabhängigen Prüfer einsehen, ehe Sie unterschreiben. Das versteht sich doch von selbst.«

»Würden die Zahlen stimmen?«

»Was wollen Sie damit sagen, Sir?« Matheson war verärgert. »Wir sind solvent und machen Profit. Die Revisoren, die einer der bekanntesten Firmen der Welt angehören, haben die Aufstellung unterschrieben. Mehr kann ich nicht sagen.«

»Nein. Ich glaube nicht.« Der Botschafter stand auf und reichte ihm die Hand. »Ich danke Ihnen für die Information, Mark. Ich werde sie mit meinen Wirtschaftsleuten besprechen und dann ein Telegramm nach Washington schicken. Danach liegt die Sache nicht mehr in meinen Händen.«

Zwei Minuten später stand Mark Matheson vor den Toren der Botschaft in der Sonne und überlegte, ob er sich zum Narren gemacht hatte. Daß er zum Lügner geworden war, wußte er. Das Komische war, daß er sich dessen nicht schämte. Es ärgerte ihn lediglich, daß er gezwungen worden war, sich auf diese unmögliche und primitive Weise aus der Schlinge zu ziehen. Er haßte den Botschafter, der ihn seines Tugendmantels derart schnell entkleidet hatte. Er haßte Nuri Chakry, der ihn seit Jahren belog, aber immer so viel Wahrheit unter seine Lügen mischte, daß sie gerade noch schmackhaft waren. Er haßte den schäbigen, rückgratlosen Burschen in sich, der ihn zu kleinen unehrenhaften Dummheiten verführte, aber nie zu den großen einträglichen Wagnissen, wie sie sein Chef einging.

Ein lautes Hupen ließ ihn zusammenzucken. Er drehte sich wütend um und sah Lew Mortimers grinsendes Gesicht aus dem Fenster einer gewaltigen Limousine blicken.

»Hallo, Matheson! Steigen Sie ein. Ich fahre Sie zurück in die Stadt.«

»Großer Gott, Mortimer! Sie haben mich erschreckt!«

»Das war auch nötig. Sie sahen aus wie ein Schlafwandler. Kommen Sie, gehen wir einen trinken.«

Es fehlte ihm die Energie, abzulehnen, und außerdem wollte er sich nicht mit diesem unflätigen Freibeuter auf einen Streit einlassen. Er stieg in den Wagen.

Mortimer lachte in sich hinein. »Na, Mensch, die Lage wird unangenehm, was?«

»Nicht unangenehmer als sonst.«

»Ich habe anderes gehört. Soviel ich weiß, spielt Chakry jetzt Spion. Er verkauft Informationen – an die Kuwaitis und die Jordanier, soviel ich weiß.«

»Ich versteh' nicht, was Sie meinen.«

Mortimer warf ihm einen kurzen Blick zu. Dann nickte er. »Ich glaub' es Ihnen. Sie sind der Typ, der seine Arbeit erledigt und dann nach Hause geht. Aber Sie sollten mal die Zeitungen lesen. Sehr interessant. Ein ehemaliger Kunde von Ihnen ist auf der Flucht, weil Chakry ihn verraten hat. Sein Name ist Idris Jarrah. Er arbeitet für die PLO. Er hat Chakry Informationen über Operationen der PLO in Jordanien verkauft. Chakry hat ein Tonband und einen von Jarrah unterschriebenen Bericht verkauft, und wie es heißt, soll er einen ganz schönen Profit dabei gemacht haben.«

»Wo, zum Teufel, haben Sie das her?«

Mortimer lachte. »Die ganze Stadt weiß es. Die Presse weiß es – obwohl sie Chakrys Namen nicht genannt hat. Der CIA weiß es, und der Botschafter weiß es. Ich habe mit ihm gesprochen, bevor Sie kamen. Seltsam, daß er Ihnen nichts davon gesagt hat.«

»Er hat nichts erwähnt.«

»Ich wüßte gern, weshalb.«

»Woher soll ich das wissen? Über diese Sache wurde nicht gesprochen.«

»Haben Sie noch einmal über meinen Vorschlag nachgedacht?«

»Nein.«

»Ich glaube aber, das sollten Sie tun. Noch sind Sie sauber, mein Junge. Ich weiß es. Die meisten übrigen Leute wissen es auch. Aber wenn Sie zu lange dabeibleiben, dann bleibt etwas von dem Dreck an Ihnen kleben, und Ihr Wert sinkt – selbst im Libanon. Wenn man auch kaum behaupten wird, Sie seien korrupt, wird man doch sicher sagen, Sie seien blöd. Und das ist in unserem Beruf noch schlimmer.«

»Sie hören nie auf, was?«

»Wir waren uns bereits im klaren darüber, daß ich gut hassen kann. Sie sind ein guter Bankmann. Solange Sie noch sauber sind, kann ich Sie brauchen.«

»Ich brauche einen Drink«, sagte Matheson müde.

»Ich spendiere Ihnen einen«, sagte Mortimer lässig. »Und wenn Sie mich nicht unterbrechen, erzähle ich Ihnen Punkt für Punkt, was in den nächsten drei Wochen mit Nuri Chakry passieren wird.«

Und er erzählte es ihm. Er erzählte es ihm in der Bar des *Phönizischen Hotels* mit so viel überwältigenden Details und so viel eiskalter Logik, daß Matheson erstarrte. Zuletzt faßte er alles zusammen in einem Satz, der wie ein Todesurteil klang.

»... Deshalb bleibt Chakry nur übrig zu verschwinden. Er hat zwei Verstecke, beide in Südamerika, wo er genug Geld liegen hat, um angenehm leben zu können. Das eine Land weist ihn möglicherweise aus. Das andere kann das nicht. Ich weiß das, weil ich meine Anwälte auf die Sache angesetzt habe. Aber im Libanon, in Europa und in der arabischen Welt ist er erledigt. Dieser kleine Scherz mit Idris Jarrah hat das Faß zum Überlaufen gebracht. Und nun sagen Sie also, wohin gehen Sie nach der Beerdigung?«

»Nach dem, was Chakry sagt, wird es keine Beerdigung geben«, sagte Mark Matheson langsam.

»Und das glauben Sie?«

»Weshalb sollte er mich belügen?«

»Weil er Sie nötig hat. Er hat Sie nötig wie eine Leiche den Einbalsamierer, weil sie sonst stinkt. Er benötigt Ihr nettes ehrliches Gesicht im Vorzimmer, während er durch die Hintertür entwischt. Kommen Sie doch endlich zur Vernunft, Mark Matheson! Er braucht mindestens fünfzig Millionen, um über die Runden zu kommen.«

»Er sagt, er hat sie.«

»Wo und von wem?«

»Das weiß ich nicht.«

»Haben Sie ihn gefragt?«

»Ja. Er lachte nur und sagte, er habe sie. Und er würde im rechten Augenblick damit herausrücken.«

»Nichts als Geschwätz.«

»Vielleicht auch nicht.«

»Wollen Sie einen Beweis?«

»Natürlich will ich einen Beweis!«

»Dann machen Sie folgendes. Gehen Sie morgen früh in sein Büro und sagen Sie ihm, Sie hätten ein Angebot bekommen. Das ist die Wahrheit. Sagen Sie ihm, Sie möchten bei ihm bleiben, aber nur, wenn er Ihnen einwandfrei beweisen kann, daß Sie bei der Phönizischen Bank eine Zukunft haben. Sagen Sie ihm, Sie wollten mit eigenen Augen das Geld sehen. Und sagen Sie ihm noch etwas. Sagen Sie ihm, ich würde in sieben Tagen den vollen Gegenwert in Dollar auf seine Bank überweisen, falls seine Behauptung stimmt.«

»Das würden Sie tun?«

»Wenn ich die Kontrolle über die Anlage des Geldes bekomme – ja.«

»Darauf würde er nicht eingehen.«
»Natürlich nicht. Aber es gibt Ihnen die Möglichkeit, ihn zu testen. Es wird nicht ganz einfach sein. – Aber was haben Sie schon zu verlieren?«
»Nichts.«
»Na also, dann viel Glück.«
Mortimer grinste ihn über den Rand seiner Brille an. Aber Matheson wußte in seiner Verwirrung nicht, ob das Grinsen spöttisch oder ermutigend gemeint war.

Jerusalem – Israel

Der israelische Beobachtungsposten lag in einem Betonbunker einer kahlen Bergkuppe mit Blick über das Hebrontal. Nach Norden, Süden und Osten erstreckte sich die steinige Ebene mit den Spielzeugdörfern, die in der Hitze flimmerten. Auf der Plattform vor dem Bunker standen Jakov Baratz und der Stabschef mit ihren Adjutanten und beobachteten den Hubschrauber, der schwarz und brummend über den Himmel zog. Der Hubschrauber hatte einen Beobachter an Bord, der den Verkehr auf der Straße nach Hebron auswertete und seine verschlüsselten Angaben einem Funker mitteilte, der im Bunker saß. Sie hörten seine ausdruckslose Stimme und sahen, wie die Mitteilungen zu Zeichen auf einer Karte wurden.

Es war eine seltsam unbewegte Szene, wie die Beleuchtungsprobe auf einer leeren Bühne. Die Schauspieler standen schweigend und gelassen da und lauschten dem Geräusch des Hubschraubers und der Stimme des Beobachters. Die Ebene war verlassen und leer, bis auf einen Beduinenhirten in der Ferne, der wie eine kleine schwarze Statue auf seinen Stab gelehnt dastand und seine träge Herde betrachtete. Die Dörfer schienen ausgestorben zu sein. Der Luftraum war ein leuchtendes Vakuum, in dem der schwarze Brummer ungestört seine Bahnen zog. Die Theateratmosphäre war so stark, daß Jakov Baratz Mühe hatte, zur Wirklichkeit zurückzufinden.

Das Dorf war nicht ausgestorben. Es waren Kinder dort, die in einem Klassenzimmer saßen und lernten. Am Brunnen standen Frauen und wuschen Wäsche, und Männer bearbeiteten die schmalen Streifen fruchtbaren Lands in den Wadis. Auf der Polizeistation saßen Beamte, die den Hubschrauber beobachteten und versuchten, seinen scheinbar ziellosen Flug zu deuten. Es waren auch bewaffnete Männer in dem Dorf, heruntergekommene Freischärler, die sich geschworen hatten, Israel zu vernichten und ihr Land zurückzuerobern. Weiter westlich hinter den Bergen standen Kampfflugzeuge auf geheimen Startbahnen. Ingenieure überprüften die Maschinen, Lastwagen brachten Truppen für eine Operation, die das kahle Tal in Flammen hüllen und einen Donnerschlag auslösen sollte, den die ganze Welt hören würde.

Baratz blickte über die Schulter des Offiziers, der die Zahlen eintrug, die der Beobachter aus der Luft ihm zurief. Es gab keine Anzeichen dafür, daß sich an der Stärke und Verteilung der Truppen etwas geändert hätte. Und wenn innerhalb der nächsten dreißig Stunden keine Veränderung eintrat, dann waren sie verpflichtet, die Operation stattfinden zu lassen. Er war froh darüber, verpflichtet und gebunden zu sein. Er war froh, daß Streit und Auseinandersetzungen vorbei waren, daß er wieder ein Mann war, der für eine ordentlich ausgeführte Arbeit seinen Lohn in Empfang nehmen und anschließend ruhig schlafen konnte. Er war dankbar, daß er wieder die einfache und bedingungslose Kameradschaft der Männer teilen konnte, die Wache hielten auf den Bergen Judäas.

Der Stabschef stellte ihm eine Frage. »Gibt es etwas Neues, Jakov?«

»Nichts Wichtiges. Gleichbleibende Konvoibewegungen. Der Rest ist ziviler und Touristenverkehr. Keine Veränderung in der Stärke des Flugverkehrs.«

»Gut. Rufen wir den Hubschrauber runter. Morgen früh und morgen nachmittag das Ganze noch einmal.«

Der Funker gab den Befehl weiter, und ein paar Minuten später drehte der Hubschrauber ab. Sie besprachen weitere zehn Minuten die Eintragungen auf der Karte, dann gingen Jakov Baratz und der Stabschef den Berg hinunter zu ihrem Fahrzeug.

Baratz sagte: »Ich komme morgen mit zum Sammelplatz, Chaim. Dann fahre ich zurück nach Tel Aviv. Es sei denn, es gibt was Besonderes. Morgen nachmittag komme ich wieder hierher.«

»Das ist nicht nötig, Jakov. Die Sache liegt jetzt in den Händen des Operationsstabs.«

»Ich wäre aber gerne dabei.«
»Wie Sie meinen.«
Während sie durch den felsigen Engpaß zu der Sammelstelle fuhren, fragte der Stabschef: »Wie fühlen Sie sich jetzt, Jakov?«
»Besser. Ich habe kaum mehr etwas damit zu tun.«
»Aber überzeugt sind Sie noch immer nicht?«
»Nein.«
»Es ist zu einfach, nicht wahr?«
»Viel zu einfach.«
»Ich denke immer daran, wie ganz anders alles wäre, wenn wir beschlossen hätten, die Syrer von den Bergen in Galiläa zu vertreiben. Das wäre eine blutige Schlacht geworden.«
»Sie steht uns wahrscheinlich noch bevor – vielleicht eher, als wir denken.«
»Ich weiß.«
»Ich habe diese Gegend noch einmal überprüft. Wir haben unseren Agenten in Damaskus beauftragt, weitere Informationen zu beschaffen. Über die Truppenstärke hat er uns ziemlich genau unterrichtet, doch wir besitzen keine detaillierten Angaben über die syrischen Bergbefestigungen. Wir wissen nur, daß russische Ingenieure und Spezialisten dort oben gearbeitet haben, aber wir haben keine Pläne. Normalerweise können die Syrer so etwas schlecht geheimhalten, aber diesmal sind ihre Sicherheitsmaßnahmen undurchdringlich.«
»Aber wir haben doch unseren eigenen Schlachtplan.«
»Der auf Flächenbombardement und Napalm basiert. Aber ich glaube nicht, daß das ausreicht. Die erste Infanteriewelle könnte große Verluste erleiden.«
»Kann Ihr Agent uns nicht helfen?«
»Dieses Problem steht auf der Liste seiner Projekte. Ich weiß, daß er daran arbeitet. Ich weiß auch, daß es Zeit kosten wird. Ich habe ihn noch nicht gedrängt, weil wir Zeit hatten, Zeit zu haben schienen. Jetzt bin ich nicht mehr so sicher.«
»Ich auch nicht, Jakov. Ich glaube, es ist besser, wenn das syrische Projekt vordringlich bearbeitet wird. Lassen Sie uns hier kurz anhalten.«
Sie befanden sich auf dem Sattel eines hohen Bergkamms, der steil

in ein weites, mit jungen Föhren bewachsenes Tal abfiel. Nach dem Anblick der kahlen Wüstenberge war das Grün ein Labsal für Augen und Geist – bis man nach dem ersten Augenblick der Freude und Überraschung sah, daß der Wald voll Leben war. Unter den Bäumen biwakierten Soldaten und auf jeder Lichtung standen Panzer und Schützenpanzerwagen.

»Eindrucksvoll, nicht wahr, Jakov?«

»Eine Dampfwalze, um eine Mücke zu zerquetschen«, erwiderte Baratz. »Haben wir die Presse eingeladen?«

»Nein. Maximale Sicherheit – maximale Überraschung. Die Presse kann kommen, wenn alles vorbei ist, und aus der Sache machen, was sie will.«

Baratz hob das Fernglas an die Augen und blickte über das Tal.

»Ausgezeichneter Aufmarsch. An ein paar Stellen ist die Tarnung etwas nachlässig. Sind das alle Truppen?«

»Nein. Der Rest kommt nach Einbruch der Nacht. Fahren wir runter und reden wir mit Zakkai und seinen Männern.«

»Noch etwas, Chaim ...«

»Ja?«

»Eine persönliche Sache, von der ich Ihnen erzählen möchte.«

»Nur zu.«

»Unser Agent in Damaskus läßt sich scheiden. Seine Frau ist einverstanden. Ich habe den Fall mit dem Rabbinat geklärt. Er ist in ein Mädchen in Damaskus verliebt.«

»Keine gute Nachricht von unserem Standpunkt aus, Jakov.«

»Nein. Aber wenn wir ihn nicht sofort abziehen – was ich nicht möchte –, dann müssen wir uns damit abfinden und sehen, wie es funktioniert.«

»Sie sprachen von einer persönlichen Angelegenheit, Jakov.«

»Ja. Die Scheidung betrifft mich persönlich. Ich liebe seine Frau.«

»Oh!« sagte der Stabschef überrascht und schwieg. Dann sagte er: »Und was ist mit Hannah?«

»Nichts weiter. Ich dachte, Sie sollten es wissen.«

»Danke für Ihr Vertrauen. Eine schwierige Sache. Tut mir leid. Aber das ändert nicht das geringste an unserer Beziehung – weder persönlich noch beruflich.«

»Für mich hat es einiges verändert«, sagte Baratz ruhig. »Beruflich hat sich dadurch etwas verändert.«

»Wieso?«

»Sie fragten mich nach den Befestigungsplänen. Ich habe unseren Agenten nicht gedrängt, weil ich noch einen weiteren Grund hatte, es nicht zu tun.«

»Und der war?«

Mit leiser, bitterer Stimme zitierte Jakov Baratz die Worte des Propheten Samuel:

» ›Des Morgens schrieb David einen Brief an Joab ... Er schrieb in den Brief: Stellet Uria in den Streit, wo er am härtesten ist, und wendet euch hinter ihm ab, daß er erschlagen werde und sterbe ... Und Uria, der Hethiter, starb ... Da Bathseba ausgetrauert hatte, sandte David hin und ließ sie in sein Haus holen, und sie ward sein Weib ...‹ Das konnte ich einfach nicht riskieren.«

»Können Sie es jetzt?«

»Ja. Er hat um die Scheidung gebeten. Yehudith hat damit nichts zu tun. Und noch ist sie nicht meine Frau – oder meine Geliebte.«

»Das ist eine zweischneidige Moral, nicht wahr?«

»Das ist richtig.«

Baratz hob den Arm und zeigte hinunter in das Tal.

»Und es gibt keine Propheten mehr, die uns den Willen Jahwes verkünden.«

»Ich mache Ihnen keine Vorwürfe, mein Freund«, sagte der Stabschef gütig. »Sie brauchen sich nicht vor mir zu rechtfertigen.«

»Vor wem dann?«

»Nur vor sich selber. Aber jetzt müssen wir uns um die militärischen Dinge kümmern.«

»Ja, das müssen wir.«

Sie gingen zurück zum Wagen und fuhren im Schatten der jungen Föhren zum Truppensammelplatz.

Damaskus

Am Abend seiner Rückkehr aus Beirut präsidierte Omar Safreddin einer Versammlung des Hunafa-Clubs. Als Thema seines Vortrags hatte er den Text der Sure gewählt, die den Titel *Al-Mujâdilah* oder *Die Streitende* trägt.

»O ihr Gläubigen, wenn ihr vertraulich miteinander redet, dann redet nicht von Ungerechtigkeit, Feindschaft und Ungehorsam gegen den Gesandten, sondern sprecht nur von Gerechtigkeit und Frömmigkeit und fürchtet Allah, zu dem ihr einst versammelt werdet...«

Er las den Text zweimal, um ihn ihnen fest einzuprägen. Dann begann er mit der Auslegung. Seine Stimme klang hart und leidenschaftlich.

»Im Namen Allahs, des Mildtätigen, des Allbarmherzigen... Ihr werdet gemerkt haben, meine Brüder, daß der Prophet in dieser Offenbarung einen deutlichen Unterschied zwischen den beiden Arten der Verschwörung macht. Er sagt nicht, daß die Verschwörung an sich böse ist. Im Gegenteil, er befiehlt sie, wenn sie zu einem guten Ende führt. Wir hier sind Verschwörer, weil wir uns heimlich treffen und diskutieren, was öffentlich ausgesprochen zu Mißtrauen und Uneinigkeit führen könnte. Wir sind es, zu denen der Prophet sagt: ›Oh, ihr Gläubigen‹, denn wir glauben. Wir glauben an den Islam. Wir glauben an die vereinigende Botschaft des Islams. Wir glauben an die Baath-Partei als das politische Instrument dieser Vereinigung. Wir glauben an das Recht des Erleuchteten, Rat zu geben, an das Recht des Starken, zu führen. Die Verschwörung, der wir angehören, ist eine Verschwörung der Erleuchtung, eine Verschwörung, die unsere Stärke heimlich prüft, ehe wir gerufen werden, sie öffentlich zu beweisen. Aber es gibt andere – hier und anderswo –, deren Verschwörung auf Ungerechtigkeit und Feindschaft zielt. Wir müssen sie vernichten, ehe sie eine Plage werden in unserem Land. – Beim letztenmal habe ich euch eine Frage gestellt: Angenommen, es gibt einen neuen israelischen Spion in Damaskus; wie und wo würdet ihr nach ihm zu suchen beginnen? Wenn ihr in der Zwischenzeit Antworten gefunden habt, so möchte ich sie jetzt gern hören.«

Es entstand eine kurze unbehagliche Pause, die Safreddin ungeduldig machte.

»Sprecht in der Reihenfolge, die Rang und Alter gebieten. Sie, Major, fangen an!«

Der Major war ein kleiner stämmiger Mann mit dem Körperbau eines Ringkämpfers. Seine Stimme war tief und ruhig. »Ich würde in den unteren Regionen nach ihm suchen. Eli Cohen lebte glanzvoll und auffällig. Ein neuer Agent würde sicher sehr bescheiden auftreten. Er würde mit einfachen Leuten zusammenarbeiten.«

»Und wie bekäme er Informationen über wichtige Angelegenheiten, Major?«

»Von den Leuten, von denen ich sprach – von Bürodienern oder Sekretären, von Funktionären, die ihr Gehalt aufbessern wollen, von einem Kellner, der in einer Botschaft arbeitet, von einem Fahrer in der Armee. – Diese Leute sehen und hören gewöhnlich mehr, als wir ahnen.«

»Würde er diese Leute persönlich kennen?«

»Nein. Er wird immer im Hintergrund bleiben. Er wird aus Cohens Fehlern gelernt haben. Cohen hatte direkten Kontakt zu seinen Quellen.«

»Er braucht also ein Netzwerk.«

»Richtig.«

»Wie kontrolliert er es?«

»Durch das Gruppensystem – Gruppen von drei oder fünf Leuten.«

»Und wo findet er die Gruppenchefs?«

»Er sucht nach Männern, die Geld brauchen, oder einen Freund. Nach jemandem, der haßerfüllt ist, oder nach einer Frau, die einen Liebhaber sucht. Er tritt nie persönlich mit ihnen in Kontakt, sondern immer über einen anderen.«

»Wie sieht dieser andere aus?«

»Es wird jemand sein, der Gefälligkeiten erweisen kann: ein Beamter, der Lizenzen erteilt, ein Geschäftsmann, der Kredit gibt, ein Arzt, ein Steuerberater...«

»Können Sie mir ein Porträt unseres Spions entwerfen?«

»Nein, das kann ich nicht.«

»Hauptmann Shabibi?«

Shabibi war ein jüngerer Mann, schlank und beflissen und etwas nervös unter dem forschenden Blick des großen Safreddin.

»Ich glaube nicht, daß ein Porträt uns helfen würde, Herr Oberst. Ein Gesicht kann man in zehn Minuten verändern. Es hilft wenig, zu wissen, ob unser Mann groß oder klein ist. Ich glaube, wir kommen der Sache näher, wenn wir uns fragen, wie er seine Informationen an seine Auftraggeber weitergibt.«

»Gut!« Safreddin nickte kühl. »Fahren Sie fort, Hauptmann.«

»Er wird die Post nur selten benutzen, weil sie zensiert wird und

—«, er zögerte einen Augenblick, »in Syrien bedauerlicherweise nicht sehr zuverlässig ist.«

Einige der Anwesenden lachten, aber Safreddins Stirnrunzeln ließ sie sofort verstummen.

Der junge Hauptmann fuhr fort: »Eli Cohen arbeitete zeitweise mit Kurieren. Aber das bedeutet ständigen Wechsel von Personen und Kontakten. Ein Agent muß jedoch regelmäßig Informationen weitergeben. Manchmal wird es sehr dringlich sein. Dann muß er ein Funkgerät benutzen. Wir haben ein Abhörsystem. Wir haben auch ein Funkpeilgerät. Ich habe beides untersucht. Die Geräte sind nicht die besten, und das Personal ist nicht sehr gut ausgebildet.«

Diesmal lachte niemand, nur Safreddin lächelte. »Könnten Sie das deutlicher erklären, Hauptmann?«

»Das kann ich. Gestern abend war ich in der Abhörzentrale. Wir entdeckten eine unbekannte Funkstation, die Zahlengruppen funkte. Wir riefen die Peilstation an. Das eine Gerät war außer Betrieb, und ehe das andere uns einen Vektor nennen konnte, war die Funkstation bereits wieder still. Das einzige, was wir bekamen, waren dreißig Zahlengruppen – zum Dechiffrieren völlig nutzlos. Sie finden eine Abschrift und meinen Bericht auf Ihrem Schreibtisch.«

»Ich habe sie bereits gesehen, Hauptmann. Sehr klar, sehr prägnant. Mein Kompliment.«

»Danke, Herr Oberst.«

»Und ab morgen haben wir für das Gebiet um Damaskus vier Peilgeräte. – Sie wollten noch etwas sagen, Hauptmann Kasem?«

»Das Geld, Herr Oberst. Ein Spionagenetz muß jederzeit eine Menge Geld zur Verfügung haben. Das bedeutet, daß eine Reihe von Leuten über Bargeld verfügen muß, für das sie keinen Nachweis erbringen können. – Vielleicht könnte uns das einen Hinweis geben.«

»Aber wir haben noch keinen bekommen.«

»Nein, Herr Oberst.«

»Haben Sie darüber nachgedacht, weshalb nicht?«

»Ja. Das Geld, das das Land verläßt, wird kontrolliert. Aber das Geld, das ins Land kommt, nicht. Unter der neuen – unter unserer Regierung sind die Banken mißtrauisch geworden. Die Leute horten Bargeld, um sich nicht verdächtig zu machen.«

»Halten Sie unsere Politik für falsch, Hauptmann?«
»Nein, das nicht, Herr Oberst, aber ...«
»Dann sollten Sie wie ein kluger und einsichtiger Bruder reden. Wenn irgendwo Mängel auftauchen, sollten wir versuchen, sie durch brüderliche Kritik zu beseitigen. Was wollten Sie sagen?«
»Daß wir in Hinblick auf die Abwehr durch unsere eigenen Einschränkungen des Geldverkehrs gehandikapt sind.«
»Das stimmt. Aber wir haben auch noch andere Probleme. Die Arbeit der Abwehr ist nur eine kleine Funktion innerhalb des gesamten nationalen Lebens. Wenn wir anfangen, an der Grenze von jedermann eine Erklärung über den Geldbetrag, den er bei sich trägt, zu verlangen, verlieren wir die Touristen. Sie werden mit Recht sagen, daß sie nicht auch noch belästigt werden wollen, wenn sie sich schon entschlossen haben, ihr Geld nach Syrien zu tragen.« Safreddin ging kurz auf und ab und setzte sich dann auf ein Lederkissen zwischen die Männer. »Aber der Gedanke ist nicht schlecht. Heute morgen erst habe ich die Konten der Leute überprüft, die mit ausländischen Banken zusammenarbeiten. Dabei sind einige interessante Fakten zutage getreten. Zwei angesehene Bürger haben die Regierung betrogen, indem sie ausländisches Geld im Ausland ließen, statt es einzuführen, wie das Gesetz es vorschreibt. Sie sind keine Spione. Aber sie sind Verbrecher. Sie werden ihre Strafe bekommen. Ein dritter Mann – und das kann unter Umständen noch sehr interessant werden – hat nichts Illegales getan; aber ich habe festgestellt, daß er von einer italienischen Firma durch ein Darlehen finanziert wird. Durch puren Zufall geriet mir heute die Liste der Personen in die Hand, die in den letzten beiden Tagen per Flugzeug nach Damaskus gekommen sind. Diese Liste enthielt unter anderen den Namen dieses zuvorkommenden italienischen Finanziers. Weitere Untersuchungen haben ergeben, daß er im *Hotel Des Caliphs* wohnt und in Syrien Geschäftsbeziehungen anknüpfen will. Daran ist nichts Verdächtiges – im Gegenteil, wir freuen uns über ausländische Investitionen, vorausgesetzt, es sind keine ausländischen Ausbeuter, die dahinterstehen. Wir haben also einen ausländischen Besucher und einen Mann, dem er bereits Geld geliehen hat. Aber der Mann, dem er das Geld geliehen hat, ist ein Iraki, der unter anderem die Regierung beliefert. Deshalb möchte ich mehr über diese Verbindung wissen. Meine Frage ist: Wie gehe ich vor?«

»Befragung des Iraki.« Diesen Vorschlag machte ein junger Offizier, der am äußeren Rand des Kreises um Safreddin saß.

Safreddin nickte ihm wohlwollend zu. »Ich kenne den Mann. Ich habe eine vollständige Akte über ihn. Er wird mir meine Fragen beantworten, die Schultern zucken und erklären, daß ich die Leute nicht verängstigen sollte, wenn ich will, daß Syriens Geschäfte gedeihen. Und damit hat er recht. – Ich glaube, wir brauchen noch etwas Besseres.«

»Wenn Sie gestatten, Herr Oberst«, meldete sich der eifrige Shabibi wieder, »ich befürchte, daß wir auch hier nichts erreichen werden. Es gibt keinen normalen Weg, um einen freundlichen Besucher oder einen interessierten Kaufmann so weit in unsere Gesellschaft einzubeziehen, daß wir ihn wirklich kennenlernen können.«

»Es gibt solche Wege, Hauptmann. Wir lassen es unseren Besuchern gegenüber nicht an Diplomatie und Zuvorkommenheit in geschäftlichen Dingen fehlen.«

»Aber das ist nicht genug, Herr Oberst. Diese Wege sind mit Formalitäten gepflastert. Jeder trägt da ein offizielles Gesicht zur Schau und verbirgt das private. In dieser Hinsicht werden wir allmählich wie die Russen und die Chinesen, die großen Einfluß in unserem Land haben.«

Die Anwesenden waren verblüfft und erschrocken. Alle Augen wandten sich dem ungewöhnlichen Mann zu, der eine derart gewagte Ansicht in aller Öffentlichkeit zu äußern wagte. Safreddin saß unbeweglich und mit ausdruckslosem Gesicht da und betrachtete den jungen Mann. Er hätte stolz auf ihn sein sollen, aber Eifersucht verminderte den Stolz. Er hätte ihn loben sollen, aber er verspürte die starke Versuchung, ihn für diese Taktlosigkeit zu tadeln. Ein Abgrund tat sich unter seinen Füßen auf, in den er leicht hinabstürzen konnte, wenn es ihm nicht gelang, seine persönliche Eitelkeit und seine ständige Angst vor etwaigen Rivalen zu bezwingen. Hauptmann Shabibi sah ihn wartend an. Schließlich begann Safreddin zu sprechen.

»Setzen Sie sich bitte, Hauptmann«, sagte er leise und ruhig. »Zuerst möchte ich Ihnen sagen, daß mir Ihre Offenheit gefällt. Es ist nicht ganz leicht, eine unpopuläre Ansicht zu äußern, nicht einmal hier in unserem Kreis. Ich sähe nichts lieber, als daß wir in der

Lage wären, uns groß und stark unter den Nationen zu präsentieren, so daß jeder Fremde es als Ehre empfände, unser Haus betreten und unser Leben teilen zu dürfen. Aber Syrien war lange Zeit krank. Wir haben die Krankheit ausgetrieben, aber der Patient ist noch in der Rekonvaleszenz. Da ist immer noch die Krankenhausatmosphäre und das erniedrigende Gefühl, auf andere angewiesen zu sein. Noch klammern wir uns an unsere stärkeren Freunde, die unter der gleichen Krankheit gelitten und die gleiche bittere Medizin der Revolution geschluckt haben und bereit sind, zu unserer Genesung beizutragen, indem sie uns Waffen und Geld geben und uns wirtschaftlich und politisch unterstützen. Sie haben uns gleichsam Blut gespendet. Sie helfen uns, Kräfte zu sammeln für den Tag, an dem die letzte Schlacht stattfindet. Verstehen Sie mich?«

»Ich verstehe Sie, Herr Oberst, aber ...«

»Lassen Sie mich an Ihrer Stelle dieses ›Aber‹ interpretieren, Hauptmann, für Sie und für alle Anwesenden. Uns gefällt nicht alles, was unsere Freunde tun. Wir teilen nicht alle ihre Ansichten und Absichten. Genausowenig wie wir die Pläne der Ägypter teilten, als wir mit ihnen ein gemeinsames Kommando hatten. Aber deswegen geben wir unsere Freunde noch lange nicht auf. Wir sind klüger. Wir beugen uns dem Wind wie das Schilfrohr des Tigris. Wenn der Wind sich legt, stehen wir wieder gerade. Wir lassen uns von den Russen Organisation und Regieführung lehren. Von den Chinesen lernen wir, wie man in ständigem Kampf die politische Einheit wahrt. Aber immer bleiben wir uns selber treu – verwurzelt im Islam, verwurzelt in diesem Land, das einst der Thron des Islams war. So –«, er hielt inne und betrachtete seine Zuhörer bewegt und gebieterisch, »– und nun wollen wir zu der Frage zurückkehren, die Sie teilweise beantwortet haben, aber noch nicht ganz. Wie fangen wir unseren Spion und zerreißen sein Netz? Wie erwischen wir die Ratte, die an den Kornsäcken nagt? Ich will es Ihnen sagen. Ein Spion arbeitet für eine einzige Sache – für Informationen. Wie locken wir ihn aus seinem Versteck? Mit dem Köder der Information! Sagen Sie, Hauptmann Shabibi – wenn Sie ein israelischer Spion wären, was würden Sie vor allem über uns wissen wollen?«

Selim Fathalla hatte einen schlechten Tag hinter sich. Seit dem Mittagessen ärgerte er sich über seinen Streit mit Sergio Bellarmino – einen Streit, der eine Situation, die bereits gefährlich genug war, noch gefahrvoller gemacht hatte. Emilie hatte das Gefühl, durch die Auseinandersetzung beleidigt worden zu sein, und war den ganzen Nachmittag den Tränen nahe gewesen, so daß er sie früher nach Hause geschickt hatte. Bellarmino hatte sie als Führer und Dolmetscher abgelehnt. Statt dessen war er allein losgegangen, auf der Suche nach Kontakten mit Geschäftsleuten und Beamten des Wirtschaftsministeriums. Der Mann, so dachte Fathalla, war entweder ein absoluter Idiot oder er spielte auf Geheiß von Tel Aviv ein persönliches Spiel. – Aber das sah Baratz nicht im geringsten ähnlich. Baratz suchte seine Leute sehr sorgfältig aus, hatte dann volles Vertrauen zu ihnen, half ihnen über ihre Krisen hinweg und nahm die letzte Verantwortung auf seine eigene Kappe. Jedem Kurier vermittelte er das Gefühl, etwas Wichtiges zu leisten. Aber dieser Bursche war nicht damit zufrieden, ein Bote zu sein, er benahm sich außerdem noch wie ein Aufseher. Er fällte moralische Urteile – ein kostspieliger Luxus in einem von Grund auf amoralischen Geschäft. Er geriet zu schnell in Zorn und war zu starr von seiner Rechtschaffenheit überzeugt, als daß man ihn unter Menschen lassen durfte, die für ihre Geschmeidigkeit und Listigkeit bekannt waren.

Er war jetzt seit dem frühen Nachmittag unterwegs. Er hatte einmal angerufen, um mitzuteilen, daß ein Beamter des Wirtschaftsministeriums ihn und Fathalla für den nächsten Tag zum Abendessen eingeladen hatte. Das war alles. In seiner Verzweiflung war Fathalla um neun Uhr abends zum Hotel gefahren, wo man ihm sagte, der betreffende Herr habe ein Auto gemietet, um nach Aleppo zu fahren, und werde erst am nächsten Tag zurückerwartet. Fathalla fand keine Erklärung für dieses Unternehmen, es sei denn ... Eine neue Idee kam ihm, und er dachte lange darüber nach, während Emilie sich neben ihm unruhig im Schlaf wälzte und stöhnte.

Der israelische Geheimdienst unterstand nicht nur einer Organisation. Es gab den militärischen Geheimdienst G2, den Jakov Baratz leitete. Dann gab es noch eine Abteilung für Nachforschung und Untersuchung im Auswärtigen Amt. Und eine dritte Dienststelle, die direkt dem Premierminister unterstellt war, befaßte sich mit Spionageabwehr. Wie überall in Israel arbeiteten die drei Organisationen manchmal harmonisch zusammen, dann aber wieder eher gegeneinander. Es war nicht ausgeschlossen, daß Baratz aus Ärger über seine Einbeziehung Emilies einen Mann von der Abwehr damit beauftragt hatte, ihn zu überprüfen. Das war eine unangenehme Vorstellung, aber sie erklärte zumindest das außergewöhnlich schroffe Benehmen Sergio Bellarminos und seine offenkundige Absicht, ihn und Emilie in die Defensive zu drängen. Es gab nur eine Möglichkeit, die Wahrheit zu erfahren: Er mußte Baratz fragen. Er blickte auf die Uhr. Es war Viertel vor elf. Fünf Minuten nach halb eins mußte er sich in Tel Aviv melden. Er schloß die Tür des Schlafzimmers ab, öffnete die Fayenceplatte und setzte sich nieder, um seinen Bericht abzufassen und zu verschlüsseln.

Er saß seit etwa zwanzig Minuten am Schreibtisch, als die Hausglocke läutete. Das Geräusch erschreckte ihn. Nächtliche Besucher waren in Damaskus selten. Er verschloß die Fayenceplatte und zog seinen Morgenrock an. Die Glocke läutete wieder, diesmal länger und ungeduldiger. Er eilte die Treppe hinunter und riegelte die schwere Holztür auf. Draußen parkte ein mit Gemüse beladener Lastwagen, und der Fahrer, der nach Schnaps stank, stand auf der Türschwelle. In den Armen hielt er Sergio Bellarmino. Seine Kleider waren zerrissen und verdreckt, sein Gesicht war verkratzt und sein Kopf mit einem schmutzigen Verband umwickelt, durch den Blut sickerte.

»Allah!« fluchte der Fahrer ärgerlich. »Ich dachte schon, Sie kämen überhaupt nicht.«

»Was ist geschehen?«

»Ein Unfall. Sechzig Kilometer nördlich wurde ein Taxi von einem Lastwagen angefahren. Der Taxifahrer ist tot. Der hier wurde aus dem Wagen geschleudert. Zuerst schien ihm nichts zu fehlen. Er nannte Ihren Namen. Ich hab' ihn zurückgebracht. Unterwegs brach er zusammen. Die Polizei wird ihn morgen sehen wollen. – Allah! Nehmen Sie ihn mir ab, bitte! Und außerdem bekomme ich noch Geld.«

»Helfen Sie mir erst, ihn ins Haus zu schaffen.«

Sie trugen Bellarmino die Treppe hinauf und legten ihn auf das Sofa im Schlafzimmer. Er war nicht voll bei Bewußtsein, murmelte unverständliche Sätze und schlug um sich, während blutiger Schaum auf seine Lippen trat. Emilie erwachte, setzte sich auf, zog die Bettdecke bis ans Kinn und starrte die Männer mit weit aufgerissenen Augen an. Der Fahrer betrachtete sie mit betrunkenem Wohlgefallen. Fathalla drückte ihm ein Bündel Scheine in die Hand, führte ihn aus dem Haus und verriegelte die Tür hinter ihm.

Als er wieder ins Schlafzimmer kam, hatte Emilie bereits warmes Wasser und Handtücher geholt. »Es geht ihm schlecht«, sagte sie. »Du mußt sofort Doktor Bitar anrufen.«

Fathalla wählte Bitars Nummer und wartete. Endlich meldete sich Bitar verschlafen und gereizt. Fathalla erzählte ihm, was passiert war.

»Ein Geschäftsfreund von mir, der heute nach Damaskus gekommen ist, hatte einen Unfall. Schwere Kopfverletzung. Es sieht ernst aus. Ich möchte, daß Sie ihn sich ansehen.«

»Am besten rufen Sie einen Krankenwagen und schaffen ihn ins Krankenhaus. Ich sehe ihn mir dort an.«

»Ich glaube nicht, daß er transportfähig ist.«

»Dann bin ich in fünfzehn Minuten bei Ihnen.«

Bellarmino war jetzt ruhiger geworden. Sie konnten ihn säubern, ihm sein zerrissenes Jackett ausziehen und ihn in eine Decke wickeln. Während Emilie neben ihm saß, durchsuchte Fathalla seine Taschen. Er fand etwas Kleingeld, ein blutiges Taschentuch, einen italienischen Paß, ein internationales Gesundheitszeugnis, eine Brieftasche voll syrischer Banknoten und ein Heft mit Reiseschecks auf fünfzig und hundert Dollar. Außerdem sieben Visitenkarten, die Sergio Bellarmino als Beauftragten der Intercommercio Bellarmino, Rom, auswiesen, ein Notizbuch voll Adressen und Telefonnummern und, ins Futter eingenäht, einen kleinen harten rechteckigen Gegenstand. Fathalla schnitt die Naht auf und zog das Ding heraus. Es war eine goldene Platte, in die der Davidstern eingraviert war. Auf der anderen Seite trug sie in hebräischen Buchstaben die Namen der europäischen Konzentrationslager, und unter jedem Namen stand die Zahl der Opfer, die dort den Tod gefunden hatten. Fathalla fluchte unterdrückt.

Emilie blickte erschrocken auf. »Was hast du gefunden, Selim?«

»Genug, um uns alle ins Jenseits zu befördern. Bellarmino ist nicht nur ein Fanatiker, sondern auch ein Narr. Einen Talisman wie diesen mit sich zu tragen widerspricht in unserem Beruf allen Vorschriften und ist wider jede Vernunft. Ein Wunder, daß er das Ding nicht um den Hals trug.«

Er blätterte das Notizbuch durch. Gott allein wußte, was die Adressen alles verraten konnten. Jetzt war keine Zeit, sie durchzusehen. Er versteckte das Notizbuch und den Talisman hinter der Fayenceplatte und schob die Brieftasche und die Ausweise wieder in das Jackett.

Emilie fühlte Bellarminos Puls. »Er ist sehr schwach.«

»Hoffentlich stirbt er.«

»Bitte, sag so etwas nicht, Selim!«

»Entschuldige.«

»Was ist ihm passiert?«

»Ich weiß nur, was der Fahrer des Lastwagens mir erzählt hat. Ein Unfall. Offensichtlich war Bellarmino zunächst noch bei Verstand und konnte dafür sorgen, daß ihn jemand hierherbrachte. Unterwegs ist er dann zusammengebrochen. Allah! Wenn sie ihn ins Krankenhaus gebracht hätten ...!«

»Bitte sei still, Selim. Doktor Bitar wird uns sagen, was wir tun sollen.«

»Morgen früh haben wir die Polizei auf dem Hals.«

»Das ist morgen. Erst haben wir einmal die Nacht vor uns.«

Bellarmino begann wieder, sich zu bewegen und zu sprechen. Diesmal waren seine Worte deutlich zu verstehen. Es waren vier Worte, die er ständig wiederholte.

Barukh attà Adonai elohenu – Barukh attà Adonai elohenu – Barukh attà Adonai ...

Emilie sah Fathalla an. Sein Gesicht war hart und angespannt. »Was sagt er?«

»Er spricht hebräisch. Die ersten Worte des Gebets ›Gelobt seist du, o Herr, unser Gott!‹ Weshalb, zum Teufel, hält er nicht den Mund!«

Es läutete. Fathalla drehte sich um und lief die Treppe hinunter. Bellarminos Kopf rollte von einer Seite auf die andere, und die Worte: *Barukh attà Adonai elohenu – Barukh attà ...* kamen unaufhörlich und monoton wie ein Wasserfall aus seinem Mund. Einen Augenblick später trat Dr. Bitar mit Fathalla hinter sich ins Zimmer.

Er fühlte den Puls und horchte Bellarmino ab. Er untersuchte seine Augen, die Ohren, die Nasenöffnungen, entfernte den blutigen Verband und tastete den Kopf ab. Dann richtete er sich auf und sagte: »Schädelfraktur und innere Blutungen. Hier können wir nichts für ihn tun. Rufen Sie einen Krankenwagen, und dann telefoniere ich mit dem Krankenhaus und lasse alles vorbereiten.«

»Warten Sie!« sagte Fathalla mit rauher Stimme. »Wie lange wird er so weiterreden?«

Bitar zuckte die Schultern. »Bis der Druck in seinem Kopf, der entweder durch die Fraktur oder durch die Blutungen entstanden ist, aufhört.«

»Wird er danach vielleicht wieder reden?«

»Kann sein. Das weiß niemand im voraus.«

»Verstehen Sie, was er sagt?«

Bitar lauschte einen Augenblick. »Es klingt wie Arabisch, ist es aber nicht.«

»Es ist ein hebräisches Gebet. Wir können es nicht riskieren, ihn ins Krankenhaus zu schaffen.«

»Wir können es auch nicht riskieren, ihn hier zu lassen«, sagte Dr. Bitar fest. »Er würde uns unter den Händen sterben. Vielleicht stirbt er sowieso.«

»Dann töten Sie ihn!« sagte Selim Fathalla. »Töten Sie ihn sofort!«

Sie starrten ihn sprachlos an. Das einzige Geräusch im Zimmer war die tonlose Stimme Sergio Bellarminos, der wieder und wieder den Anfang des Gebetes sprach.

»Sie können es tun.« Fathallas Stimme klang fern und unpersönlich. »Adrenalin direkt ins Herz – eine große Dosis. Sie müssen es tun. Drei Leben, zwanzig, fünfzig – gegen eins. Tun Sie es!«

Wortlos und langsam bückte sich Dr. Bitar und holte aus seiner Medikamententasche eine große Spritze, eine lange Nadel in einer sterilen Plastikhülle und eine Ampulle mit farbloser Flüssigkeit. Er setzte die Nadel ein, füllte die Spritze und reichte sie Fathalla. Seine Hände zitterten nicht, und seine Stimme klang klar und deutlich.

»Sie tun es, Selim. Ich zeige Ihnen, wo Sie spritzen müssen. Er ist Jude. Sie haben familiäre Rechte. Ich bin Araber. Wenn alles, was ich tue und wage, einen Sinn haben soll, dann den, daß ein Araber keinen Juden töten soll. Hier müssen Sie einstechen.«

Er öffnete Bellarminos Hemd und legte den Zeigefinger auf die Stelle.

Jerusalem – Jordanien

Die alte Straße von Jerusalem nach Jericho war schon vor langer Zeit stillgelegt worden und jetzt auf beiden Seiten der Waffenstillstandslinie vermint. Die neue Straße machte einen Umweg von fünfzehn Kilometern. Sie führte an Bethany und Bethphage und dem Festungsturm der Königin Melisande vorbei zu Tal, mitten durch die alten Grabstätten, unter denen sich auch die Ruhestätte König Davids befinden soll, obwohl noch nie jemand sie gefunden hat. Von dort erklomm sie den *Berg des bösen Rates*, auf dem – Ironie oder Zufall – der Leiter der UNO-Waffenstillstandskommission residierte. Dann führte sie wieder talwärts, und hinter Sur Bahir stieg sie einen Bergkamm hinauf, von dem aus man die Kirchturmspitzen von Bethlehem sehen konnte und weiter östlich am Rand der Wüste das gewaltige Grabmal des Herodes, der nach der Ankunft der drei Könige aus dem Morgenland die Ermordung aller neugeborenen Knaben befohlen hatte.

Idris Jarrah hatte das alles schon hundertmal gesehen. Er interessierte sich nicht im geringsten für die Geschichten von den Hirten und Engeln, vom christlichen Messias und den Kreuzrittern, die in seinem Namen gemordet hatten. Er war ganz mit einem neuen Erlebnis beschäftigt, einer Gefühlserregung, die in ihrer Intensität und Befriedigung fast sexuell war. Diese Erregung hatte in dem Augenblick eingesetzt, als er nach dem Verlassen des Hotels wieder der Gefahr ausgesetzt war wie in den Tagen, da er in den judäischen Bergen gegen die Israelis gekämpft hatte.

Vom reinen Vernunftstandpunkt aus war diese Taxifahrt in das Gebiet der PLO schierer Wahnsinn. Er setzte sein Leben aufs Spiel, bloß weil er annahm, daß die palästinensischen Guerillas noch nichts von seinem Verrat wüßten und in den nächsten zwölf Stunden vermutlich auch nichts davon erfahren würden. Aber wenn diese Annahme richtig war und sie ihn immer noch als Anführer anerkannten, dann war sein Wort für sie Gesetz, und er konnte sich von ihnen noch vor Morgengrauen über die Grenze nach Israel bringen lassen.

Als sie nach Bethlehem kamen, entließ Idris Jarrah den Fahrer, nachdem er ihm den doppelten Fahrpreis gezahlt hatte, ging in die Geburtskirche, setzte sich wie ein frommer Christ in eine dunkle Ecke und meditierte. Das beruhigte ihn und brachte ihm eine Reihe von nüchternen Erkenntnissen. Es war gefährlich, die teuflische Schlauheit Safreddins, den Scharfsinn des Namenlosen in Kairo und die Gerissenheit des »Kaffeeverkäufers« zu unterschätzen; und es war sicherer, man hielt sich so lange wie möglich zwei Fluchtwege offen.

Er verließ die Kirche und ging über den staubigen Platz zu der engen Gasse, die zu dem Pilgerhotel führte. Da er kein Gepäck hatte, noch einen Paß vorwies, wollte man ihn zuerst nicht aufnehmen, aber als er den Mietpreis für zwei Tage gezahlt und erklärt hatte, bis zum Abend Gepäck und Paß vorzulegen, gab man ihm ein Zimmer. Er kritzelte eine unleserliche Unterschrift in das Gästebuch und ging zum Postamt.

Es dauerte eine halbe Stunde, bis er »Weißen Kaffee« in Hebron erreichte, und weitere zehn Minuten, bis er sich identifiziert und seine Wünsche in der Geheimsprache der Guerillas mitgeteilt hatte. Aber – Allah sei gepriesen! – Weißer Kaffee war freundlich und hilfsbereit. Er glaubte Jarrahs Geschichte sofort und bedauerte sehr, nicht in der Lage zu sein, die Operation selbst zu leiten. Er müsse noch nach Nablos, aber er wolle sofort alle Vorbereitungen treffen. Der Reisende möge sich eine Stunde vor Mitternacht im Haus des Kerzenziehers Hamid einfinden. Von dort würde er von Hand zu Hand weitergereicht und noch vor Tagesanbruch nach Israel gebracht werden. Weißer Kaffee erkundigte sich diskret nach der Gesundheit seines Bruders, Jarrah versicherte ihm, die Gesundheit seines Bruders sei trotz der Hitze ausgezeichnet. Weißer Kaffee lachte und äußerte die Hoffnung, seinen Bruder bald zu treffen. Er brauche Geld. Jarrah lachte ebenfalls und erklärte, daß sein Bruder nur auf eine passende Gelegenheit warte, um all seine Schulden zu zahlen. Dann wünschten sie sich gegenseitig alles erdenklich Gute, und die Sache war erledigt – keine Fragen, keine Probleme, eine Routineangelegenheit.

Idris Jarrah stand in der schwülen Telefonzelle und lachte, bis sich die Gläser seiner Sonnenbrille beschlugen. Als er ein Taschentuch hervorzog, um sie abzuwischen, zitterten seine Hände so heftig, daß ihm die Brille zu Boden fiel. Es war ein Glück, daß sie nicht zerbrach. Ohne sie wäre er sich sehr nackt vorgekommen.

Das Haus von Hamid dem Kerzenzieher lag in einer Gasse, die für ein Kamel breit genug, für ein Auto aber zu schmal war. Um diese Zeit waren alle Fensterläden geschlossen, und das einzige Licht kam von den Sternen und dem schwachen Schimmer der gelblichen Lampen hinter den Holzläden. Idris Jarrah ging langsam an den Häusern vorbei und blieb dann vor einer niedrigen Tür stehen, zu der zwei Stufen hinaufführten. In der Tür befand sich ein kleines Fenster, das von innen verhängt war; außen befanden sich rostige Eisenstäbe. Jarrah klopfte an die Tür. Einmal, zweimal und wieder zweimal. Der Vorhang vor dem Guckfenster wurde beiseite gezogen, und zwei alte Augen blickten ihn an. Dann fiel der Vorhang wieder, schwere Riegel wurden beiseite geschoben, und die Tür ging auf. Er ging drei Stufen hinab in einen kellerähnlichen Raum, in dem es nach Wachs und Weihrauch, nach türkischem Tabak und abgestandenem Kaffee roch.

Der Raum war vom Boden bis zur Decke mit Kerzen angefüllt: dünne weiße und gelbe Kerzen, gedrungene viereckige, mit Bildern byzantinischer Heiliger, lange rote und grüne Spiralkerzen, weiße Osterkerzen, Kerzen mit den drei Königen, deren Kronen in Baumwolldochte ausliefen, Kerzen, die in grellen Kinderfarben bemalt und so groß waren wie Säulen.

Inmitten dieser Pracht stand Hamid – knorrig wie ein alter Ölbaum und weißhaarig wie ein biblischer Prophet. Er legte zum Gruß die Hände zusammen und fragte: »Sind Sie der Mann, der erwartet wird?«

»Der bin ich. Du kennst mich doch, Hamid, oder?«

»Meine Aufgabe ist es nicht, Sie zu kennen. Ich soll Sie auf den Weg bringen.«

Er klatschte in die Hände. Der Vorhang im Hintergrund des Raums teilte sich, und ein junger Mann in Sandalen, Hose und einem schmierigen Pullover trat vor. Der alte Mann sagte: »Das ist Yussaf. Er wird Sie mitnehmen.«

»Wohin gehen wir?«

»Zuerst nach Hebron«, erwiderte Yussaf. »Ich habe einen Lastwagen. Ich transportiere Häute für die Gerber.«

»Und dann?«

»Dort werden sich andere Leute um Sie kümmern.«

»Wieviel bin ich Ihnen schuldig?«

»Nichts. Hebron bezahlt uns. Sie müssen dort abrechnen.«

»Gehen wir also. Vielen Dank, Hamid.«

»Tikram ... Gern geschehen.« Der alte Mann wandte sich gleichgültig ab.

Jarrah folgte seinem Führer durch den Vorhang in den Hinterhof, wo eine lange Reihe von Waschbottichen unter einem Blechdach stand. Am Ende des Hofes war ein Tor, das auf eine andere Gasse führte, die breiter war als die vordere, aber entsetzlich nach frisch abgezogenen Häuten stank. Die Quelle des Gestanks war ein verbeulter Lastwagen, der bis oben hin mit Schaf- und Ziegenfellen beladen war. Jarrah hustete und spuckte.

Der junge Mann lachte. »Nach einer Weile gewöhnt man sich daran. Seien Sie froh, daß Sie sich nicht unter den Häuten verstecken müssen. Das ist schon manchem passiert.«

Jarrah kletterte auf den Beifahrersitz. Sein Führer setzte sich neben ihn, ließ den Motor an und fuhr in halsbrecherischem Tempo los. In den Kurven neigte sich das altersschwache Fahrzeug so stark zur Seite, daß es schien, als würde es jeden Augenblick umstürzen. Entgegenkommenden Wagen wich er erst im allerletzten Moment aus; aber als Jarrah protestierte, lachte Yussaf nur und sagte: »Wenn wir langsam fahren, stinkt es. Wenn wir schnell fahren, merken wir den Gestank nicht. Was ist Ihnen lieber?«

Jarrah entschied sich gegen den Gestank und ertrug schweigend den Rest der Mark und Bein erschütternden Fahrt. Schließlich bogen sie von der Hauptstraße ab und fuhren über einen ausgefahrenen Weg hinunter ins Hebrontal. Sie kamen an einer Ortschaft vorbei, dann an einer zweiten und hielten schließlich hundert Meter vor den Randbezirken einer größeren Siedlung.

Der junge Mann zeigte durch die zerbrochene Windschutzscheibe nach vorn. »Ich verlasse Sie hier. Gehen Sie geradeaus weiter. Beim fünften Haus auf der rechten Seite klopfen Sie viermal.«

»Weshalb bringen Sie mich nicht hin?«

»Ich muß das Zeug abliefern. Haben Sie eine Zigarette für mich?«
»Ich bin Nichtraucher.«

Er stieg aus dem Lastwagen und lockerte seine verkrampften Muskeln. Der junge Mann fuhr in einem großen Bogen um ihn herum und kehrte dann zurück auf die Hauptstraße. Idris Jarrah ging auf den Ort zu. Das Licht war spärlich. Niemand war zu sehen. Seine Schritte klangen unangenehm laut in der Stille. Als er an dem ersten Haus vorbeiging, bellte ein Hund. Idris Jarrah zählte die Häuser. Vor dem fünften blieb er stehen. Es war dunkel und still. Er trat an die Tür und klopfte viermal kurz hintereinander.

Lange Zeit geschah nichts. Dann ging die Tür auf. Eine Stimme sagte: »Treten Sie ein, mein Freund.«

Er machte einen Schritt vorwärts in die Dunkelheit.

Zehntes Kapitel

Beirut

Viertel nach zehn Uhr vormittags bekam Nuri Chakry einen Telefonanruf vom Geschäftsführer einer Schweizer Bank in Beirut. Es war eine Geste der Höflichkeit, Mr. Chakry mitzuteilen, daß die Schweizer einen nachdatierten Scheck über fünfzehn Millionen Dollar erhalten hatten, den sie vom Konto eines Saudiarabers bei der Phönizischen Bank einziehen sollten. Die Zahlung wäre in zehn Tagen fällig. Nuri Chakry nahm diese höfliche Geste mit entsprechender Dankbarkeit zur Kenntnis und versicherte seinem Kollegen, daß der Scheck pünktlich eingelöst werden würde. Halb elf bekam er einen ähnlichen Anruf von einer britischen Bankfiliale. Sie würde innerhalb von zehn Tagen in kuwaitischem Auftrag drei Schecks in der Gesamthöhe von dreizehn Millionen Dollar einreichen. Nuri Chakry sicherte wiederum prompte Bezahlung zu und legte den Hörer auf.

Seine Hände waren feucht. Seine Magenwände zogen sich zusammen. Er war nicht überrascht. Das war die Art, wie man in der Welt des Geldes die Hinrichtung verkündete. Man verschickte Einladungen zum Fest und gab einem ausreichend Zeit, die Alpträume auch richtig auszukosten, ehe man daranging, dem Verurteilten das Herz herauszuschneiden. Sie waren nicht brutal, nicht einmal unfreundlich. Sie waren in allem ganz präzise und genau. Ein Scheck mußte umgehend ausgezahlt werden. Bei höheren Beträgen war es üblich, eine siebentägige Frist einzuräumen. Ihm gaben sie sogar zehn Tage. Also hatten sie keinen Grund, sich schuldig zu fühlen. Und er hatte keinen Grund, sich aufzuregen.

Er würde natürlich zahlen. Er war immer noch zu dreieinhalb Prozent liquid. Aber noch eine Auszahlung in dieser Höhe, und er war bankrott – und er konnte mit Sicherheit damit rechnen, daß es bei diesen Anrufen nicht blieb, denn welcher vernünftige Mensch würde weiterhin sein Geld einem Mann anvertrauen, der bereits das Zeichen des Todes auf der Stirn trug. Wenn die Regierung nicht einsprang, würde er in zehn Tagen die Türen schließen müssen, und Tausende von kleinen Sparern würden nach ihrem Geld schreien. Dann war es sinnlos, ihnen zu erklären, daß ihre Ersparnisse vorübergehend in einen Wolkenkratzer in Manhattan, in eine Schiffswerft und eine Fluglinie gesteckt worden seien, ferner in ein Dutzend Hotels und hundert andere eindrucksvolle, aber nicht eßbare Unternehmen. Er hatte mit diesen Leuten einen Vertrag geschlossen, den er nicht halten konnte. In dem Vertrag hieß es, daß sie ihr Geld jederzeit zurückhaben könnten. Wenn er ihnen ihr Geld nicht geben konnte, würden sie seinen Kopf verlangen – und es sprach alles dafür, daß sie ihn bekommen würden.

Seit langer Zeit hatte er mit Gewalttätigkeiten nichts mehr zu tun gehabt, aber jetzt erwachte wieder die Erinnerung daran, die Erinnerung an die blutigen Tage der Massaker in Westjordanien. Er hatte gesehen, was der Mob mit Ziegelsteinen und Benzinflaschen anrichten konnte. Er hörte schon die wütenden Schreie und das Splittern der großen Glasscheiben des Palastes, den er mit ihrem Geld errichtet hatte.

Plötzlich erkannte er, daß allein schon in der Androhung von Gewalttätigkeit seine Rettung liegen konnte. Wenn öffentliche Unruhe entstand, wenn das Vertrauen der Bevölkerung zerstört wurde und der Libanon Gefahr lief, seinen Ruf als sicherer Geldhort und Touristenparadies zu verlieren, dann mußten das Finanzministerium und die Zentralbank ihm helfen. Auch wenn sie es noch so ungern taten, mußten sie ihn schützen. Die Spannung in ihm ließ nach. Er trocknete seine feuchten Hände ab, wischte sich die Stirn und atmete tief. Sein Pulsschlag beruhigte sich. Dann wählte er eine Nummer auf seinem privaten Telefon und sprach mit Taleb.

»Taleb? Hier ist Chakry. Ich hatte damit gerechnet, etwas von Ihnen oder vom Ministerium zu hören. Bis jetzt hat sich noch niemand gemeldet.«

»Es ist noch nichts entschieden.« Taleb war kurz angebunden und ziemlich unfreundlich. »Der Minister ist erst seit ein paar Tagen zurück und sehr beschäftigt.«

»Hat man ihm unser Problem vorgelegt?«

»Ich bin nicht sicher. Ich müßte in den Akten nachsehen.«

»Lassen Sie sich Zeit«, sagte Chakry freundlich. »Ich weiß, daß Sie alle viel zu tun haben. Aber ich dachte, es wäre besser, Sie wüßten Bescheid. In zehn Tagen müssen wir achtundzwanzig Millionen Dollar auszahlen. Danach sind wir aus dem Geschäft.«

»Was?« Taleb kreischte wie ein aufgeregter Papagei. »Sie haben doch gesagt ... Wir dachten ...«

»Ihr denkt überhaupt nicht!« sagte Nuri Chakry. »Ihr seid so damit beschäftigt, das Messer für mich zu wetzen, daß ihr euch nicht im geringsten darum gekümmert habt, was sonst noch passiert. Tja, kleiner Bruder, in zehn Tagen ist es soweit. Wir sind solvent, aber haben kein Bargeld mehr. Keinen Pfennig. So, jetzt laßt euch was einfallen.«

»Moment!« rief Taleb verzweifelt. »Wenn Sie uns die Zahlen schicken könnten ...«

»Ihr habt sie gehabt. Sie sind sicher bei den Akten. Was euch fehlt, ist der Entschluß. Ich schlage vor, daß ihr möglichst bald eine Entscheidung trefft.«

»Das wird ein paar Tage dauern.«

»Laßt euch so viel Zeit, wie ihr wollt. Wir machen in zehn Tagen dicht.«

Taleb redete immer noch wirres Zeug, als er den Hörer auflegte.

Chakry nahm seinen goldenen Talisman in die Hand, warf ihn in die Luft, fing ihn auf und sprach zu ihm wie zu einem lebenden Wesen: »Die begreifen nie, nicht wahr? Zeigt man ihnen die juwelenbesetzten Tempel auf der anderen Seite des Flusses, dann jammern sie, weil das Wasser so kalt ist. Knurre sie an, und sie werden zu Schakalen. Es sind Aasfresser, die mit Königen speisen wollen! Aber jetzt haben wir sie! In einem Monat verkaufen sie uns ihre Töchter und Schwestern, um uns zu zeigen, was für gute Freunde sie sind.«

Der goldene Eroberer starrte ihn schweigend an mit göttergleichem Auge. Nuri Chakry stellte ihn auf den Schreibtisch, ging ans Fenster und betrachtete die Hauptstadt seines bedrohten Imperiums. Er war jetzt ganz ruhig; ruhig und gestärkt und voller Verachtung für die Machenschaften seiner Feinde. Er stand am Vorabend der letzten Schlacht. Nach Talebs Entsetzen zu urteilen, hatte er alle

Chancen, sie zu gewinnen. Aber selbst wenn er verlor, würde er überleben. Doch von jetzt an war alles, was er tat und sagte, von großer Wichtigkeit. Eine falsche Bewegung, und die Schakale würden ihn umkreisen und nach dem Geruch der Angst schnuppern. Jede Handlung mußte darauf abgestellt sein, Verwirrung unter denen zu stiften, die ihn unter Druck hielten und trotzdem fürchteten, daß er sie schließlich doch übers Ohr hauen würde.

Es war wie beim Roulett. Man spielte am besten, wenn man wußte, daß man das Kasino entweder als Fürst oder als Bettler verlassen würde. Und man empfand heftige Abneigung gegenüber denen, die sich anschmeichelten, wenn man gewonnen, und die einem einen Schluck Wasser verweigerten, wenn man verloren hatte. Ohne Übergang dachte er plötzlich an Idris Jarrah, den sie jagten und der sich verstecken mußte. Jarrah war von der gleichen Sorte wie er, ein guter Spieler, der alle gegen sich hatte. Er hätte gern gewußt, wie es ihm ging. Matheson? – Matheson war eine Null, einen Mann wie ihn konnte man überall finden. Er würde jedem, der ihm genügend zahlte, so dienen, wie er ihm diente, ohne besondere Leistung und ohne besonderen Einsatz. Sein großer Wert bestand darin, daß man ihm immer vertrauen konnte und nie gezwungen war, Rücksicht auf ihn zu nehmen.

Matheson wollte ihn um elf Uhr sprechen und von seiner Unterredung mit dem amerikanischen Botschafter berichten. Außerdem wollte er »eine persönliche Angelegenheit von einiger Wichtigkeit« mit ihm besprechen. Das bedeutete, daß seine Federn zerzaust worden waren und er eine starke, freundliche Hand brauchte, die sie wieder glättete. Das konnte er haben. Chakry war zu allem bereit, wenn er nur noch vierzehn Tage bei der Stange blieb.

Matheson hatte sich eingehend auf diese Unterredung vorbereitet. Zuerst wiederholte er sein Gespräch mit dem amerikanischen Botschafter. Er verschwieg nichts. Über seine Verlegenheit angesichts der Fragen, die zu beantworten er gezwungen worden war, und die Tapferkeit, mit der er seinen Chef verteidigt hatte, ließ er sich besonders lange aus. Dann erklärte er, daß sich die Amerikaner nicht im geringsten für eine Übernahme der Bank interessierten, solange die Russen kein klares und eindeutiges Angebot machten.

Chakry nickte lächelnd. »Selbstverständlich, Mark. Das wußte ich von Anfang an. Aber Sie schienen so besorgt um Ihr gutes Gewissen, daß ich Sie tun ließ, was Sie wollten. Wie ich Ihnen gestern schon sagte, scheren mich die Amerikaner keinen Deut. Sie haben Ihre Pflicht getan. Vergessen Sie's. Sie wollten noch eine persönliche Angelegenheit mit mir besprechen?«

Für diesen Teil der Unterredung war Matheson besonders gut gerüstet. Er sprach fließend und vertrauensvoll. Lew Mortimer habe ihm einen Job angeboten. Die Bezahlung sei besser als seine jetzige. Aber er fühle sich der Phönizischen Bank und Nuri Chakry gegenüber persönlich verpflichtet. Er würde gern bleiben, wo er sei, wenn Chakry ihm beweisen könne, daß die Bank im Geschäft bleiben würde. Lew Mortimer habe das Gegenteil behauptet. Die Bank müsse in einem Monat schließen. Niemand könne das verhindern, weder Chakry noch das Finanzministerium noch irgendein Bankier der Welt. Natürlich sei Mortimer ein geschworener Feind, aber er, Matheson, müsse schließlich an seine Zukunft denken, was ihm niemand übelnehmen könne.

Chakry hörte ihm freundlich zu und stellte genau die richtigen Fragen, um Matheson verlegen zu machen. Gleichzeitig schien er aufrichtig um ihn besorgt, so daß Matheson das Gefühl hatte, wert und geschätzt zu sein. Als Matheson fertig war, schwieg er eine Weile, um zu betonen, welche Bedeutung er seinen Ausführungen beimesse. Schließlich beugte er sich vor und sprach ernsthaft und ruhig auf ihn ein.

»Ich will Ihnen etwas sagen, Mark. Ich würde Ihnen nicht den geringsten Vorwurf machen, wenn Sie Mortimers Angebot annähmen. Sie haben so viel Treue und Mut bewiesen, wie das in unserem Beruf leider nur selten vorkommt. Wenn Sie gehen wollen, haben Sie meinen Segen – und außerdem bekommen Sie eine Prämie. Aber ich werde mich gekränkt fühlen, das sage ich Ihnen ganz offen. Ihr Weggang wird mich schädigen. Er käme überdies genau im verkehrtesten Augenblick. Es wird lange dauern, bis ich einen Ersatz für Sie gefunden habe. Aber ich mache Ihnen keinen Vorwurf.«

»Ich will ja gar nicht gehen.« Matheson war ganz unglücklich. »Aber Sie müssen verstehen, daß ich klarere und eindeutigere Beweise brauche, als ich bis jetzt bekommen habe.«

»Das stimmt. Und heute bin ich in der Lage, sie Ihnen zu geben.

Fangen wir mit den unangenehmsten Neuigkeiten an, und dann zeige ich Ihnen, welchen Vorteil sie für uns haben. Die Schweizer haben angerufen – und die Briten. In zehn Tagen ziehen die Saudis und Kuwaitis ihr Geld ein. Theoretisch können wir am Tag darauf schließen. Praktisch wird es dazu nicht kommen. Ich habe Taleb vom Finanzministerium erklärt, wenn man uns nicht hilft, gibt es einen Sturm auf die Bank. Davor hat Taleb Angst. Davor haben sie alle Angst. Und das ist genau das, was wir brauchen. Ich vermute, daß Taleb in diesem Augenblick dem Minister sein Herz ausschüttet. Heute ist Dienstag. Bis Donnerstag in einer Woche haben wir Zeit. Das bedeutet, daß sie bis spätestens Montag zu einem Entschluß gekommen sein müssen, sonst können wir in der nächsten Woche die Regierungsgehälter nicht auszahlen. Wenn ich mich also nicht sehr irre, werden sie sich noch Montag vor Geschäftsschluß mit uns in Verbindung setzen. Bis dahin werden sie uns allerdings schwitzen lassen.«

»Aber Sie sagten mir doch, daß Sie nicht vom Finanzministerium abhängig sind.«

»Das habe ich Ihnen gesagt, Mark, aber denen nicht. Ich möchte, daß sie sich mir gegenüber festlegen. Und das erreiche ich auf diese Weise besser.«

»Aber wenn sie sich nicht festlegen wollen?«

»Dann passiert folgendes. Ich fahre morgen nach Paris. Vergangene Nacht habe ich mit Moskau gesprochen. Sie meinen es ernst mit ihrem Angebot. Sie schicken zwei Männer, die ich in Paris treffe. Ich habe ihnen gesagt, daß sie achtundvierzig Stunden Zeit haben, sich generell für den Kauf zu entscheiden. In diesen achtundvierzig Stunden werde ich die Vorbereitungen für eine Finanzierung in Höhe von fünfzig Millionen Dollar durch eine französische Versicherungsgesellschaft treffen. Das ist die eine Seite des Marktes, die ich in aller Ruhe auf eigene Rechnung erforscht habe.«

»Wie heißt die Gesellschaft?«

»Es ist die Société Anonyme des Assurances Commerciales. Die Vereinbarung sieht so aus, daß die Versicherungsgesellschaft unser festliegendes Kapital für den Betrag von fünfundzwanzig Millionen erwirbt und uns gleichzeitig ein Darlehen von weiteren fünfundzwanzig Millionen gibt, das mit sechs Prozent innerhalb von drei Jahren zurückgezahlt werden muß.«

»Wie, zum Teufel, haben Sie das geschafft?«

»Indem ich ihnen versprochen habe, alle neuen Versicherungen und alle Versicherungen, die erneuert werden müssen, mit ihnen abzuschließen.«

»Sie sind ein Genie, Nuri!« Mathesons Erleichterung war schon fast komisch. Chakry lächelte zufrieden. »Man soll den Tiger nie am Schwanz ziehen, Mark, sonst beißt er. Die ganze Komödie läuft folgendermaßen ab: Ich fahre morgen, wie gesagt, nach Paris. Sie bleiben hier und kümmern sich um Taleb und die anderen. Am Montag rufe ich Sie kurz vor Bankschluß an. Wenn das Finanzministerium sich bis dahin einverstanden erklärt hat – gut und schön. Wenn nicht, dann unterschreibe ich noch vor fünf Uhr entweder den Vertrag mit den Russen oder mit der Versicherung, und am Dienstagmorgen bin ich wieder in Beirut. Dann werden wir sehen, was die Leute für ein Gesicht machen.«

»Noch eine Frage. Angenommen, die Russen übernehmen die Bank – was wird dann aus mir?«

»Sie werden Sie entweder behalten oder Sie aus Ihrem Vertrag auslösen. Ich vermute, sie werden Sie behalten wollen, weil sie sicher Wert darauf legen, an der derzeitigen Handhabung der Geschäfte nichts zu ändern.«

»Damit wäre ich einverstanden. Wie soll ich Taleb Ihre Abwesenheit erklären?«

»Gar nicht. Ich bin geschäftlich nach Paris geflogen und komme Dienstag früh zurück. Das wird ihm weiteres Kopfzerbrechen bereiten. Sonst noch was?«

»Ja, da wäre noch etwas. Ich wollte es erst nicht erwähnen, weil ich dachte, Mortimer wolle damit nur beweisen, daß Sie bluffen. Er sagte, wenn Sie das Geld, das Sie brauchen, beschaffen könnten, dann würde er den gleichen Betrag Dollar für Dollar bei Ihnen einzahlen, vorausgesetzt, daß er die Kontrolle über die Anlage des Geldes bekäme. Meinen Sie, ich soll ihm irgend etwas mitteilen? Ich muß ihm heute abend Bescheid geben.«

»Sagen Sie ihm, er kann mich kreuzweise«, sagte Nuri Chakry.

»Mit Vergnügen«, erwiderte Mark Matheson.

»Und erwähnen Sie nichts von den Assurances Commerciales.«

»Selbstverständlich nicht!«

Hebron – Jordanien

Idris Jarrah, der Mondgesichtige, hing zwischen Himmel und Hölle. Der Himmel war ein kleiner Schlitz hoch über seinem Kopf, durch den Tageslicht fiel. Die Hölle war eine schwarze bodenlose Grube unter seinen baumelnden Füßen. Er wußte, daß er noch lebte, weil jede Faser seines Körpers vor Schmerz brannte. Und er wußte, daß er bald tot sein würde, weil er in der vergangenen Nacht in eine Falle gegangen war – im fünften Haus auf der rechten Seite der Straße hatten ihn zehn bewaffnete Männer erwartet. Weißer Kaffee war auch dagewesen, allerdings unbewaffnet. Er hatte lächelnd auf dem Richterstuhl gesessen und seinen treulosen Bruder willkommen geheißen.

Zuerst war es gar nicht so schlimm gewesen. Sie hatten ihm seine Sachen ausgezogen, die Pistole weggenommen, die zehntausend Dollar von seiner Brust gerissen, ihn nackt auf einen Stuhl gesetzt und ihm einen Revolver ins Genick gedrückt. Dann hatten sie ihm die Geschichte seines Irrtums erzählt. Als er vom *Intercontinental-Hotel* mit Schwarzer Kaffee telefoniert hatte, saß Weißer Kaffee bei ihm im gleichen Zimmer, und beide überlegten, wie sie am besten dem Befehl aus Kairo nachkommen und Idris Jarrah fangen und töten könnten. Nach dem Telefongespräch war alles ganz einfach gewesen. Wenn er nicht Kontakt mit der Organisation aufgenommen hätte, dann hätten sie ihn im Hotel umgebracht oder in einem Taxi auf dem Weg zum Mandelbaumtor erschossen. Sie würden ihn natürlich auch jetzt töten, aber wenn er angenehm sterben wollte, mußte er dafür bezahlen. Er sollte ihnen einen Scheck über den Betrag ausschreiben, den er unter seinem Namen bei einer amerikanischen Bank deponiert hatte.

Idris Jarrah hatte sich geweigert. Er überlegte, daß es ihm mit Geduld und Ausdauer vielleicht gelingen könnte, sie zu einem Geschäft zu überreden: fünfzigtausend Dollar für sein Leben und fünfzigtausend für ihn, damit er ein neues Leben anfangen konnte. Weißer Kaffee dachte ganz anders: Wenn man Zeit hat und findig genug ist, kann man jeden Menschen brechen. Er war ganz sicher, daß er Idris Jarrah brechen würde, dessen zitternder weißer Körper offenbar sehr empfindlich auf Schmerzen reagierte. Sie hatten ihn geschlagen, mit glühenden Zigaretten gebrannt und alle möglichen qualvollen Spiele mit ihm getrieben, bis er schließlich kurz vor Morgengrauen zusammengebrochen war. Dann hatten sie ihn verschnürt wie ein Bündel, ihm einen schmutzigen Lappen in den Mund gestopft, ein Seil unter seinen Armen durchgezogen und ihn in einen alten Silo gehängt, in dem die Römer vor zweitausend Jahren ihr Korn gespeichert hatten. Den Silo hatten sie mit einem Brett zugedeckt.

Dort hing er immer noch und pendelte wie ein Bleigewicht hin und her. Manchmal war er bei Bewußtsein, manchmal nicht. Er stöhnte vor Schmerz. Er hatte jedes Zeitgefühl verloren. Er wußte nur, daß es Tag war, denn wenn er Kraft genug fand, seinen Kopf zu heben, sah er den Streifen Sonnenlicht über sich. Außerdem wurde es immer wärmer. Er spürte, wie sein Körper austrocknete, und er wußte, daß er bei Einbruch der Nacht vor Durst halb wahnsinnig und am Ende eines weiteren Tages tot sein würde.

Eine Zeitlang gebärdete er sich wie toll, würgte an dem Knebel und versuchte, seinen gepeinigten Körper gegen die Wände des Silos zu schwingen, um sich auf diese Weise selbst zu töten. Aber der Raum war zu breit, und nach einer Weile vertrieb der Schmerz die Tollheit.

Dann sah er sich plötzlich selber, nicht einmal, sondern zweimal, dreimal. Ein Jarrah hing wie eine Fledermaus an der Wand und betrachtete das blutige Bündel in der unbewegten, verbrauchten Luft. Dann vereinigte sich die Fledermaus Jarrah mit dem leidenden Jarrah und beide schrien ihre unerträglichen Schmerzen gen Himmel, bis er den dritten Jarrah sah: der schlief mit zahllosen Frauen zugleich, zählte Berge von Banknoten, lag auf Seidenbetten und erwachte von himmlischer Musik ... Und dann gab es überhaupt keinen Jarrah mehr, und den Schmerz überflutete schwarzes Nichts.

Damaskus

Oberst Omar Safreddin machte eine neue Erfahrung: Er schloß Freundschaft mit einem intelligenten und gutaussehenden jungen Mann. Innerhalb einer Nacht und eines Tages war Hauptmann Shabibi eine bedeutende Person in seinem Leben geworden. Alle anderen verblaßten neben ihm. In einer Nacht und an einem Tag hatte Safreddin entdeckt, daß sein privates Leben allzu lange arm und unbefriedigend gewesen war. Er hatte sich so ausschließlich seinem Ehrgeiz gewidmet, daß ihm das Sterile seiner Existenz kaum noch bewußt war. Und er hatte sich so abgekapselt, daß er es als Vergnügen empfand, festzustellen, daß er für Zuneigung noch empfänglich war. Er hatte spät geheiratet – und so konventionell, daß selbst seine nächsten Freunde sich gefragt hatten, wie sich ein Mann der Öffentlichkeit wie er mit einer derart hausbackenen Frau zufriedengeben konnte. Doch er war zufrieden, weil sie ihm alles gab, was er von einer Frau erwartete: Fürsorglichkeit, einen gesunden, kräftigen Körper, Treue, die Annehmlichkeit eines geordneten Haushalts und Ruhe, wie sie Männer, die fortschrittlichere Frauen geheiratet hatten, selten fanden. Sie hatte ihm einen Sohn geschenkt, einen Spiegel seiner selbst, in dem sich eines Tages, wie er glaubte, seine Kraft erneuern würde. Ihre Unterwürfigkeit erhöhte ihn. Ihre Hochachtung machte ihn freundlich, ihre Dankbarkeit großzügig und nachsichtig gegenüber ihren offenkundigen Mängeln.

Aber immer häufiger gab es Augenblicke, in denen er sich seltsam allein und der Bosheit seiner vielen Feinde ungeschützt ausgesetzt fühlte. Dann erkannte er deutlich, wie verschwenderisch er mit seiner Kraft und Intelligenz umging und wie schwer es war, sie zu erneuern. Wenn er mit seinem kleinen Sohn spielte, wünschte er oft, er könnte über Nacht erwachsen werden und an seiner Arbeit teilnehmen und sie später fortsetzen. In diesen Stunden spürte Safreddin, wie die gefährliche Spannung in ihm wuchs und zugleich die geheime, schreckliche Grausamkeit.

Der Hunafa-Club lockerte die Spannung. Die Übungen zur körperlichen Ertüchtigung vertrieben wenigstens zeitweilig die Angst, die ihn sonst vielleicht vergiftet hätte. Die offenkundige Bewunderung seiner Schüler vermittelte ihm zum Teil die Illusion einer väterlichen Beziehung zu ihnen. Das half ihm, den einmal gewählten Kurs beizubehalten. Aber es reichte nie aus, seine Einsamkeit aufzuheben oder endgültig jene Angst zu überwinden, die er spürte, wenn er allein war: Angst vor heimlichem Haß und Angst vor offener Verachtung, wenn seine Kräfte versagen sollten.

Das alles hatte sich also über Nacht geändert. Nach der Versammlung des Hunafa-Clubs war er mit dem jungen Hauptmann im Garten spazierengegangen. Er war freundschaftlich und gütig zu ihm gewesen – ein beglückter Lehrer mit einem brillanten und eifrigen Schüler. Er hatte ihn von seinen Hoffnungen sprechen lassen, von seinen Unsicherheiten, seinen Karriereplänen und seinen persönlichen Neigungen, die sich seit langem ganz auf Safreddin konzentriert zu haben schienen. Er hatte ihm klug und behutsam Ratschläge gegeben, die der junge Mann mit rührender Dankbarkeit entgegengenommen hatte. Er hatte ihm angeboten, als sein persönlicher Assistent zu arbeiten, und die leidenschaftliche Art, wie er seine Ergebenheit ausdrückte, hatte ihn tief bewegt. Er hatte seinen Arm um die Schultern des jungen Mannes gelegt und bei dieser körperlichen Berührung nicht Widerwillen gespürt, sondern eine eigenartige Erleichterung und Leichtigkeit. Sie hatten sich erst spät getrennt, und er hatte sich leer, aber glücklich gefühlt, als habe er einen Akt der Vereinigung vollzogen. Am nächsten Morgen hatten sie sich noch vor der Ankunft der anderen getroffen, und die Harmonie des Abends blieb während der ganzen Arbeitszeit erhalten, so daß selbst die dunkle Angelegenheit, mit der sie sich befaßten, zu einem gemeinsamen Abenteuer wurde.

Hauptmann Shabibi äußerte seine Ansichten ruhig und bescheiden und begründete sie mit zurückhaltendem Scharfsinn und großem Respekt. Seine Art zu denken und Schlüsse zu ziehen erweckte Safreddins Bewunderung.

Um drei Uhr nachmittags hatten sie eine enorme Menge Arbeit erledigt und ihre Diskussion auf drei Punkte eingeengt: die vermutliche Existenz eines israelischen Spionagenetzes, das illegale Funkgerät und die seltsame Geschichte des Sergio Bellarmino, den die Ambulanz ins Krankenhaus gebracht hatte und der kurz vor seiner Ankunft gestorben war.

Hauptmann Shabibi war überzeugt, daß die beiden ersten Punkte zusammen betrachtet werden mußten. »... Ich schließe das aus unserer eigenen Tätigkeit. Wir haben eine offene Grenze zum Libanon, und bis zu der Affäre von Rumtha hatten wir eine offene Grenze zu Jordanien. Wir haben telegrafischen und Telefonverkehr mit diesen Ländern und mit Ägypten und dem Irak. Unsere Agenten dort können sich ohne große Schwierigkeiten mit uns in Verbindung setzen. Nicht aber die in Israel. Sie müssen mit Funk arbeiten. Wir wissen, daß es irgendwo in Damaskus ein Sendegerät gibt, das auf verschiedenen Frequenzen und zu ständig wechselnden Zeiten arbeitet. In der vergangenen Nacht, dreiundvierzig Minuten nach Mitternacht, haben unsere Abhörgeräte die neue Wellenlänge entdeckt. Wieder Zahlengruppen. Diesmal bekamen wir nur elf Gruppen mit, dann verstummte der Sender. Die Zeit war zu kurz, als daß die Peilgeräte etwas hätten feststellen können. Wenig später fingen wir eine ausländische Station ein, die ebenfalls Zahlengruppen sendete. Wir bekamen insgesamt fast hundert Gruppen. Ich vermute, daß das eine Antwort an den Burschen hier in Damaskus war – wer immer das sein mag.«

»Ich bin ganz Ihrer Meinung, Hauptmann. Wir bleiben also an der Arbeit, bis wir Glück haben und die Peilgeräte den Sender ausfindig machen. Ich habe die Russen gebeten, uns bei der Dechiffrierung zu helfen. Sie haben auf dem Gebiet wesentlich mehr Erfahrung als wir. Wir werden ihnen alles zuschicken, was wir auffangen. Was mich aber noch mehr interessiert, ist Ihr Vorschlag von gestern abend, daß wir einen Köder benutzen sollten, um unseren israelischen Freund aus seinem Versteck zu locken. Wir haben noch nicht besprochen, wie der Köder aussehen soll und wo wir ihn aussetzen sollen.«

»Das ›Wo‹ ist, glaube ich, kein Problem. Wir müssen von der Annahme ausgehen, daß die Informationen von unzufriedenen oder von bestechlichen Angestellten in unseren Ministerien weitergegeben beziehungsweise verkauft werden. Was den Köder betrifft ...« Er öffnete den großen Umschlag, den er auf dem Schoß hielt, und entnahm ihm einen Stapel Pläne. »Ich schlage vor, wir nehmen diese hier. Das waren die ersten Entwürfe der Pläne für die Stellungen auf den Bergen von Galiläa. Sie sind dann so weitgehend abgeändert worden, daß wir kaum etwas riskieren, wenn sie in falsche Hände geraten. Aber sie haben den Vorteil, daß es echte Dokumente sind. Normalerweise liegt so etwas im Safe. Ich bin neu hier. Ich schlage vor, daß ich sie – zu ›Studienzwecken‹ – ein paar Tage behalte. Ich werde sehr sorglos mit ihnen umgehen, sie auf dem Schreibtisch herumliegen lassen oder in meiner Schublade, die kein Schloß hat. Wenn da eine Maus auf Lauer liegt, locken wir sie damit vielleicht aus ihrem Loch. Das heißt: wenn Sie damit einverstanden sind.«

Safreddin war einverstanden. Aber er hatte noch eine Frage: »Und was geschieht, wenn Sie die Maus hervorgelockt haben?«

Hauptmann Shabibi steckte die Pläne wieder in den Umschlag und zeigte, wie man ihn mit einer Metallklammer verschloß. »Die Dokumente wurden mir so ausgehändigt, und ich gebe sie genauso zurück. Keine unbefugte Person darf den Umschlag öffnen. Wir behandeln die Pläne mit einem bestimmten Puder, der von den Russen und vermutlich auch von den Amerikanern verwendet wird. Der Puder ist rötlichbraun. Wenn er mit menschlicher Haut in Berührung kommt, reagiert er auf die Aminosäuren und färbt die Haut blaurot. Die Verfärbung läßt sich nicht abwaschen, und bis sie von selbst verschwindet, vergehen mindestens vier Tage. Jeder, der diese Dokumente anrührt, ist demnach mühelos zu identifizieren.«

»Sie beruhigen mich, Hauptmann!« Safreddin lachte glücklich. »Sie beweisen, daß meine Arbeit nicht umsonst ist! Wir beide, Sie und ich, werden große Dinge zusammen tun! Reden wir jetzt über den verstorbenen Mr. Bellarmino.« Er öffnete einen Aktenordner auf seinem Schreibtisch und reichte Shabibi nacheinander mehrere Schriftstücke. »Das ist der polizeiliche Bericht über den Unfall. Wie Sie sehen, habe ich am Rand vermerkt, daß gegen die beiden Polizisten ein Disziplinarverfahren eingeleitet werden sollte. Sie ließen zu, daß ein schwerverletzter Mann in einem Lastwagen nach Damaskus zurückgebracht wurde, statt direkt ins Krankenhaus eingeliefert zu werden. Wahrscheinlich hat er ihnen Geld gegeben.«

»Weshalb?«

»Die Erklärung könnte das sein, was hier geschrieben steht: Der Mann hatte einen Schock erlitten, er war betäubt und hatte Angst. Stellen Sie sich vor: Er befindet sich in einem fremden Land. Er vertraut nur dem Freund, den er kennt. Ehe sich die Polizisten mit ihm herumzanken, lassen sie ihn gehen, da sie wissen, daß sie ihn am nächsten Tag immer noch holen können. Er wird in Fathallas Haus gebracht. Fathallas Aussage stimmt mit der des Lastwagenfahrers überein. Fathalla ruft Dr. Bitar. Bitar untersucht den Verletzten und ruft einen Krankenwagen, der den Patienten sofort ins Krankenhaus bringen soll. Ehe der Krankenwagen kommt, verschlechtert sich der Zustand des Patienten. Bitar gibt ihm eine Herzspritze. Der Patient reagiert nicht darauf. Er stirbt. Bitars Aussage wird von dem Bericht des Chirurgen bestätigt, der die Autopsie vornahm. Das klingt alles klar und einleuchtend – bis man anfängt, Fragen zu stellen und

Antworten bekommt, die nicht passen. Bellarmino und Fathalla waren Geschäftsfreunde. Sie kannten sich so gut, daß Bellarmino nach dem Unfall nur daran dachte, in Fathallas Haus zu kommen. Aber im *Hotel des Caliphs* sagte man uns, Fathalla sei gestern abend um neun Uhr dagewesen, um mit Bellarmino zu sprechen. Bellarmino war jedoch nach Aleppo gefahren, ohne ihm etwas davon zu sagen. Fathalla behauptet, Bellarmino habe nur Italienisch und Französisch gesprochen. Die Polizeibeamten – die nur Arabisch sprechen – sagen, Bellarmino habe sich ganz gut in ihrer Sprache ausgedrückt. Bellarminos Firma garantiert Fathalla einen ständigen Kredit in Höhe von fünfundzwanzigtausend Pfund Sterling, aber Fathallas Bücher weisen nur einen durchschnittlichen Jahresumsatz mit Intercommercio in Höhe von etwas weniger als achtzehntausend Pfund nach. Fathalla sagte, Bellarmino sei aus Rom gekommen. Bellarminos Flugticket ist zu entnehmen, daß er mit der BEA nach Athen flog, dort einen Tag blieb, dann nach Cypern flog, wo er ebenfalls einen Tag Aufenthalt hatte, und von dort nach Beirut und vier Stunden später nach Damaskus flog. Das Ticket gilt nur für den Hinflug. Seltsam, daß ein Geschäftsmann nicht die verbilligte Hin- und Rückflugkarte genommen hat. Noch zwei Dinge. Die Polizei holte Bellarminos Sachen aus dem Taxi: eine Reisetasche aus Nylon, die ein paar Kleidungsstücke und Toilettsachen enthielt; eine Aktentasche mit zwei Bestellblocks, etwas Firmenpapier und ein paar Kataloge der Waren, mit denen die Intercommercio handelt. Fathalla gab der Polizei eine Brieftasche, Reiseschecks, einen Paß und ein Gesundheitszeugnis, die er in Bellarminos Taschen gefunden hatte.« Safreddin breitete die Gegenstände auf seinem Schreibtisch aus. Er sah seinen Schüler mit einem Lächeln voller Zuneigung an.

»Jetzt sagen Sie mir, was hier fehlt!«

Hauptmann Shabibi betrachtete die Gegenstände eine volle Minute lang, dann schüttelte er den Kopf. »Ich weiß es nicht.«

»Denken Sie nach«, sagte Safreddin wohlwollend. »Wir wollen sehen, ob Sie zu dem gleichen Ergebnis kommen wie ich. Noch eine Frage: Was halten Sie von den Widersprüchen, die ich Ihnen eben aufgezählt habe?«

Shabibi runzelte die Stirn und schüttelte den Kopf. »Es müssen nicht unbedingt Widersprüche sein, Herr Oberst. Bellarmino war vielleicht nur ein verschlossener Mensch. Und im Geschäftsleben ist es ein alter Trick, die Kenntnis einer Sprache zu verheimlichen und den anderen zu zwingen, in einer fremden Sprache zu sprechen. Das Flugticket sagt nicht sehr viel. Bellarmino kann Fathalla gegenüber geäußert haben, er sei aus Rom gekommen, ohne ihm Näheres über Flugroute und Zwischenstationen gesagt zu haben. Der hohe Kredit ist vielleicht nur zur Sicherheit für Notfälle gedacht. Gibt es irgendwelche Hinweise dafür, daß Fathalla das Geld zu privaten Zwecken benutzte?«

»Noch nicht. Wir überprüfen noch seine Bücher.«

»Was stört Sie dann an Fathalla?«

»Die Antworten, die Sie mir eben gegeben haben, hätten aus Fathallas Mund kommen können. Ich höre ihn förmlich, wie er genauso argumentiert wie Sie. Ich hatte in letzter Zeit mit ihm zu tun. Er ist einfach nicht zu erschüttern. Ich habe alles versucht. Ich mag ihn, aber er irritiert mich immer – und ich würde zu gern sehen, daß er etwas aus der Fassung gerät –.« Er brach ab, stand auf und begann auf und ab zu gehen, während der junge Mann schweigend dasaß und wartete. Plötzlich blieb Safreddin stehen, drehte sich um und sah seinen Schüler an. Seine eingefallenen Backen hatten sich vor Aufregung gerötet. »Ja – das ist es! Sagte ich nicht, Sie seien gut für mich? Das sind Sie wirklich! Jetzt weiß ich, was mich an Fathalla stört! Er reagiert wie ein Professioneller.«

»Ein Professioneller welcher Art?«

»Ein Professioneller wie Sie und ich! Ein Mann, der die Antworten weiß, weil er sich überlegt hat, wie die Fragen aussehen werden.«

Hauptmann Shabibi dachte eine Weile nach und meinte dann: »Wenn Sie damit sagen wollen, daß er ein Agent ist, dann ist das aber eine sehr weit hergeholte Schlußfolgerung. Wenn Sie keinen Beweis für diese Annahme haben, können Sie kaum etwas gegen ihn unternehmen.«

»Hier ist der Beweis!« Safreddin kehrte zu seinem Schreibtisch zurück und verschob die Gegenstände, die Bellarmino gehört hatten, so daß die Brieftasche und das Scheckbuch nebeneinander lagen und ein deutlicher Zwischenraum zwischen den beiden Gegenständen und dem Paß entstand. »Ein Mann, der sich auf Reisen begibt, um Geschäfte – irgendwelche Geschäfte – zu machen – was braucht er vor allen Dingen?«

»Kontakte.«

»Und das bedeutet: Namen, Adressen, Telefonnummern. So was behält niemand im Kopf. Wo sind sie? Hier nicht. Auch nicht in seiner Aktentasche. Die Polizei hat am Unfallort nichts weiter gefunden als das, was auf dieser Liste aufgeführt wird. Was schließen Sie daraus?«

Hauptmann Shabibi zögerte noch immer. »Ich möchte noch keine Schlüsse ziehen. Wir haben noch zu viele Fragen zu beantworten. Wenn Bellarmino wirklich ein Geschäftsmann war – und das läßt sich über unsere Kontakte in Rom leicht feststellen –, dann hat sein Adreßbuch für niemanden außer ihm Bedeutung. Weshalb sollte Fathalla es zurückhalten?«

»Wo ist es dann?«

»Bellarmino könnte es verlegt haben. Er könnte es verloren haben, als er in der Hitze seinen Mantel auszog. Es gäbe zwanzig verschiedene Erklärungen.«

»Dann wollen wir sie alle durchgehen, mein Freund. Und während wir das tun, wollen wir nicht die andere Frage vergessen, die wir bis jetzt noch nicht beantworten konnten: Wer verriet den Israelis den Namen des Majors Khalil, der daraufhin am Tag der Rumtha-Affäre in Amman verhaftet wurde? Wir wissen, daß die Jordanier den Namen aus Tel Aviv haben. Aber woher hat ihn Tel Aviv? Fathalla war auch in diese Geschichte verwickelt.«

»Aber Sie haben ihn verhört und nichts erfahren.«

»Wir haben in seinem Haus ein Mikrofon installiert. Es hat nicht funktioniert. Entweder war es defekt oder er hat es gefunden und entfernt.«

»Und wenn er es gefunden hat?«

»Macht ihn das doppelt verdächtig.«

»Dann verhören Sie ihn noch einmal.«

»Nein! Nicht jetzt!« Safreddin lehnte sich zurück und lächelte. »Diesmal lassen wir ihn in dem Glauben, wir wollten nichts mehr von ihm. Wir werden ihn bitten, Bellarminos Beerdigung zu arrangieren und seine Geschäfte zu erledigen. Danach lassen wir ihn in Ruhe. Wir beobachten ihn, bis wir jede Einzelheit über ihn wissen und eine Landkarte seiner Träume zeichnen können.«

»Das kann ich jetzt schon«, sagte Shabibi leicht verächtlich. »Die Irakis sind große Frauenhelden.«

»Sind Sie ein Frauenheld, Hauptmann?« Die Frage klang beiläufig und gutmütig.

Shabibi lachte. »Das kann ich mir nicht leisten, Herr Oberst.«

»Sie sind ein gescheiter junger Mann. Ich setze große Hoffnungen auf Sie. Essen Sie heute mit mir zu Abend – und dann gehen wir für zwei oder drei Stunden in die Abhörzentrale. Vielleicht funkt unser gesprächiger Freund wieder.«

»Gern, Herr Oberst. Sehr gern.«

»Du hast ihn getötet«, sagte Emilie Ayub.

»Davon weißt du nichts«, sagte Selim Fathalla. »Du bist ohnmächtig geworden, erinnerst du dich? Als du wieder zu dir kamst, war er tot.«

Sie saßen im Garten, wo die letzten späten Rosen ihren Duft verströmten und der steinerne Löwe seine traurige Wassermusik machte. Sie tranken eisgekühlte Limonade und genossen die letzte Wärme des Tages, bevor die Kälte aus der Wüste über die Stadt kam. Eine große Ruhe hatte sich über die beiden gelegt, und ihr Gespräch war wie der Dialog von Schauspielern, die der Wirklichkeit weit entrückt waren.

»Weshalb hast du ihn getötet?«

»Weshalb fragst du, Mädchen?«

»Ich muß mit dir leben, Selim. Ich muß deine Hand auf meiner Brust und auf meinem Bauch spüren. Ich muß es gern haben. Ich will dich lieben.«

»Ich bin Kaufmann. Das war ich mein Leben lang. Ich rechne. In meiner rechten Hand liegt ein Leben. In meiner linken liegen – wie viele? Deins, meins, Bitars – das Leben aller unserer Mitarbeiter in Syrien. Ich höre, wie ein schwerverletzter Mann das Todesurteil über uns alle lallt. Was soll ich da tun?«

»Ich mache dir keinen Vorwurf, Selim. Glaube das bitte niemals. Aber das letzte, an das ich mich erinnere, war, daß Bitar dich haßte.«

»Er hat mich nicht gehaßt, Emilie. Er hat mich auf die Probe gestellt. Er wollte wissen, ob ich den Mut hätte, zu tun, was ich von ihm verlangte. Er dient mir, um seiner eigenen Sache zu dienen. Er kann das nur tun, wenn er mich respektieren kann.«

»Also hast du einen Menschen getötet, um Respekt zu gewinnen?«

»Ich habe einen Toten auf dem Gewissen, weil ich die Lebenden retten wollte.«

»War das recht oder unrecht, Selim?«

»Ich bin kein Christ. Ich weiß das nicht so genau.«

»Es gibt doch auch bei den Juden Recht und Unrecht, oder nicht?«

»Gewiß, Mädchen. Sechs Millionen Tote – das ist Unrecht. Ja? Zweidreiviertel Millionen Lebende – das ist Recht. Oder? Ein Toter – wieviel Unrecht ist das ihnen gegenüber? Rechne du es aus. Ich kann nicht. Ich bin zu müde.«

»Bitar würde keinen Menschen töten.«

»Wirklich nicht?«

»Darauf lief doch das hinaus, was er sagte. Es ist das letzte, an das ich mich erinnere.«

»Er sagte, er würde keinen Juden töten. Aber ein Jude ist ein Mensch. Und ein Moslem ist ein Mensch. Und du, eine Christin, bist ein Mensch. Weißt du, was Bitar zu mir sagte, als es geschehen war? Er sagte: ›Jetzt weiß ich, daß Sie mein Bruder sind, Selim. Jetzt weiß ich, daß wir in Frieden leben können – alle Semiten, alle, die an den Einen glauben, den Allbarmherzigen!‹ Er nahm meine Hand und küßte sie, und Tränen standen in seinen Augen. Er sagte: ›Sie haben einen Juden getötet, um einen Moslem zu retten!‹ Das klang alles etwas sentimental und verrückt, aber in gewisser Weise stimmte es. Ich hatte ihn von etwas freigesprochen. Er war dankbar. Er wußte, daß er mich nicht freisprechen konnte. Und trotzdem wollte er es. Kannst du nicht das gleiche tun? Du bist meine Frau! Kannst du nicht versuchen, mir zu verzeihen?«

»Ich versuche mir selber zu verzeihen, Selim. Du brauchtest mich, und ich war nicht da. Ich bin geflohen.«

»Was hättest du getan?«

»Ich weiß es nicht. Eine Frau hat eigentlich keine Heimat. Und keine Religion. Sie ist die Lebensspenderin und Lebensretterin. Das ist das einzige, wovon sie etwas versteht. Ich will ein Kind von dir, Selim. Heute nacht. Hier, jetzt, wenn du willst.«

»Heute nacht bin ich ein toter Mann, Emilie.«

»Ich kann dich wieder lebendig machen.«

»Wirklich?« Sein Gesicht wirkte abgehärmt. »Letzte Nacht, als du bereits schliefst, habe ich eine Mitteilung von Baratz aus Tel Aviv bekommen. Er wird nach der Scheidung meine Frau heiraten. Er ist so ehrlich, daß ich bei jedem Wort merke, was es ihn gekostet hat. Er will die Pläne von den Stellungen in Galiläa. Es liegt Krieg in der Luft, und er will sie möglichst bald. Er kennt das Risiko. Auch darin ist er ehrlich. Er überläßt mir die Entscheidung. Wenn ich den Auftrag nicht erledigen kann, holt er mich heraus – uns beide – sofort. Ich muß ihm heute abend Antwort geben.«

»Und was wirst du antworten, Selim?«

»Was soll ich ihm sagen, Mädchen?«

»Was sagt dein Herz, Selim?«

»Mein Herz? Großer Gott! Mein Herz sagt: Pack deine Sachen und geh. Noch heute abend! Über die Berge in den Libanon und von dort am nächsten Morgen mit dem ersten Flugzeug nach Cypern. Wir könnten das tun. Ich habe den Plan hundertmal durchdacht. Und trotzdem...«

»Sag es ganz offen, Selim. Ganz offen.«

»Ich kann es nicht in Worte fassen.«

»Versuche es.«

»Weshalb willst du mich nicht allein hier lassen?«

»Ich kann nicht. Ich bin du, Selim, du bist ich. Getrennt sind wir Blätter im Wind.«

»Dann höre mir zu, Emilie. Irgendwann, früher oder später, wird es Krieg zwischen Israel und den Arabern geben. Unsere Männer werden die galiläischen Berge ersteigen, um die Geschütze zum Schweigen zu bringen, die seit Jahren ihre Höfe beschießen. Wenn sie nicht wissen, was ich ihnen vielleicht mitteilen kann, werden sie sterben, und ihr Blut wird sich über die Felsen ergießen. Viele Männer, Emilie, viele...«

»Und wenn sie es wissen, Selim, dann werden syrische Männer neben ihren Geschützen sterben – viele, sehr viele.«

»Man kämpft mit seinen Brüdern«, sagte Selim Fathalla rauh. »Wen kennt man sonst?«

»Wenn du mit mir schläfst, fragst du dann, wer ich bin? Als ich gestern abend aufwachte und Bellarmino auf dem Bett liegen sah, war er bloß ein toter Mann. Ob Araber oder Jude – wen interessierte das? Wen interessiert es jetzt?«

»Mußt du mich unbedingt quälen?«

»Wenn wir sterben müssen, Liebster, sollten wir da nicht fragen, weshalb?«

Und dann ging die Sonne unter, und sie hörten, wie der Muezzin allen verkündete, die hören wollten: »Es gibt keinen Gott außer Gott ...«

Sein Ruf war kaum verhallt, als die alte Farida mit Dr. Bitar in den Garten kam. Für einen Mann, der gewöhnlich zur Melancholie neigte, war er erstaunlich heiter. Er leerte ein Glas eisgekühlten Tee, streckte seine langen Beine aus und hielt eine kleine Rede.

»Es kommt immer alles dreifach – ob gut oder schlecht. Ich sollte heute eigentlich früh zu Bett gehen, heute nacht werde ich mit Sicherheit zu einer Frau gerufen, die in den Wehen liegt. Sie wird das Kind frühestens in zehn Stunden zur Welt bringen, aber nach Mitternacht werde ich bei ihr sitzen und ihre Hand halten müssen. Trotzdem gehe ich heute nicht schlafen. Ich bin so glücklich, daß ich am liebsten singen würde. Die letzte Nacht war schlimm, Selim. Die Polizei heute morgen war auch nicht angenehm. Aber jetzt sieht alles anders aus. Hört zu. Es kommt immer alles dreifach, wie gesagt. Bevor ich von zu Hause fortging, um euch zu besuchen, rief mich der Polizeiarzt an. Er ist ein alter Freund von mir. Ich habe ein paar Sachen, die er verpfuscht hat, wieder in Ordnung gebracht und nie was dafür verlangt. Er sagte mir, der Fall Bellarmino sei abgeschlossen. Der Tod sei einwandfrei als Folge des Unfalls eingetreten. Alle weiteren Nachforschungen wurden eingestellt. Gut, wie?«

»Sehr gut,« Fathalla war skeptisch. »Bis jetzt. Die Polizei ist nicht der Sicherheitsdienst. Das sind zwei ganz verschiedene Behörden. Wir dürfen nicht allzu zuversichtlich sein. Unser Freund Safreddin wird weiter in den Akten wühlen wie eine Ratte in einem Sack Reis.«

»Nein, Selim. Safreddin hatte die Akten, das ist klar. Aber er hat sie zurückgeschickt. Das hat er selber gesagt. Und das ist die Nummer eins der drei guten Dinge. Für Nummer zwei müssen Sie zahlen.«

»Wieviel?«

»Etwas mehr als sonst. Aber ich glaube, es ist das Geld wert.« Er suchte in seiner Tasche und holte ein schmieriges Stück Papier heraus, das mit arabischer Schrift bedeckt war. Er reichte es Fathalla. »Das ist die Abschrift eines Briefes, der heute im Außenministerium eintraf.«

»Authentisch?«

»Absolut. Wir hatten mit diesem Mann noch nie Schwierigkeiten. Deshalb möchte ich ihn gut bezahlen. Lesen Sie, was da steht, und dann streichen Sie die Frage von Ihrer Liste.«

Fathalla überflog den Brief hastig und las ihn dann noch einmal langsam, um die falschen Töne und die leeren Phrasen zu entdecken. Aber er fand keine. Der Inhalt des Briefs war eindrucksvoll und von großer Wichtigkeit. Die Irakis erklärten sich zu militärischer Zusammenarbeit mit den Syrern bereit und erhielten dafür die einjährige Garantie, daß ihr Öl ohne Komplikationen und zu einem festen Preis über die syrischen Pipelines transportiert werden konnte. Die Einzelheiten der militärischen Zusammenarbeit waren genau festgelegt. Die Vereinbarung sollte geheimgehalten werden. Ein offizieller Vertrag war nicht vorgesehen. Der Einsatz irakischer Truppen und Waffen war für den Fall vorgesehen, daß Israel einen direkten Angriff auf syrisches oder ägyptisches Gebiet unternahm, beziehungsweise, daß Syrien und Ägypten gemeinsame Verteidigungsmaßnahmen ergriffen. Die Vereinbarung trat vom Datum des Briefs an in Kraft.

»Nun?« Bitar füllte sich noch ein Glas mit Tee und trank es mit Genuß. »Ist der Brief sein Geld wert, Selim?«

»Ja. Ich gebe es Ihnen, bevor Sie gehen.« Er lächelte Emilie zu. »Das wird Baratz freuen. Jetzt wird er endlich das Gefühl haben, daß er anständig bedient wird. Ich hoffe, die Nummer drei ist ebenso gut, Doktor.«

»Nicht ganz so gut, Selim. Deshalb brauchen Sie auch nicht soviel zu zahlen. Die Information kommt aus dritter Hand von dem Mann, der die Protokolle der Sitzungen im Verteidigungsministerium vervielfältigt, über seine Freundin an den Liebhaber, den sie nebenbei hat und der zufällig für uns arbeitet. Am Wochenende fahren zwanzig syrische Techniker nach Rußland, wo sie an Bodenraketen ausgebildet werden.«

»Also bekommen sie die Raketen – wenn sie sie nicht schon haben.«

»Es sieht so aus. Sind Sie jetzt glücklicher?«

»Wir sind wieder im Geschäft. Das macht mich immer glücklich.«

»Bekomme ich jetzt das Baby?« Emilie wirkte plötzlich wie ein eigensinniges Schulmädchen. »Jede Frau braucht ein Baby, nicht wahr, Doktor?«

»Aber selbstverständlich.« Bitar faltete seine schmalen Hände vor der Brust. »Warum erfüllen Sie ihr nicht den Wunsch, Selim? Sie ist gesund und kräftig. Ich werde die Entbindung persönlich vornehmen – kostenlos natürlich.«
»Ich werde euch beide statt dessen zum Essen einladen.«
»Essen wir hier, Selim. Ich werde etwas zubereiten. Hier ist es gemütlich. Weshalb sollen wir weggehen.«
»Ich möchte mal wieder ausgehen, Mädchen. Ich habe das Leben in diesem Loch hier satt. Seit einer Woche sind wir nicht weg gewesen, das bekommt uns nicht.«
»Der Meinung bin ich auch.« Bitar war von der Idee entzückt. »Gehen wir zu Abu Nowas. Sein Essen ist nicht hervorragend, aber immer noch das beste, das man in Damaskus bekommt. Machen Sie sich hübsch, junge Frau, ich sorge schon dafür, daß Sie zu Ihrem Baby kommen. Und wenn ich mich persönlich dafür ins Zeug legen muß.«
Als Emilie gegangen war, drehte Bitar sich zu Fathalla um und lachte. »Na, was werden Sie jetzt tun, Selim? Wenn Frauen sich so was in den Kopf gesetzt haben, bleibt einem kaum eine andere Wahl.«
»Sie sind heute abend sehr lustig, Doktor.«
»Wissen Sie, weshalb?« Bitar beugte sich vor. »Ich habe mich dem Propheten widersetzt. Ich bin ein bißchen betrunken – von zwei Gläsern Whisky.«
»Noch eins – und es könnte gefährlich werden, Doktor.«
»Ich weiß. Aber manchmal braucht man etwas, das einen hinüber in den nächsten Tag hebt. Ich habe noch eine Neuigkeit, aber ich wollte nicht, daß Ihr Mädchen sie hört.«
»Gut oder schlecht?«
»Schlecht. Ein Patient von mir kam heute zu mir. Ich behandle ihn wegen Herzschwäche. Heute wollte er eine Bescheinigung, die ihn von nächtlicher Arbeit freistellt.«
»Und –?«
»Er erzählte mir, wie seine nächtliche Arbeit aussah. Er ist mit einem Funkwagen durch die Straßen gefahren und hat nach einem illegalen Sender gesucht.«
Fathalla sagte ein ziemlich schmutziges Wort.

Jerusalem – Israel

Eine Stunde nach Sonnenuntergang erhielt Jakov Baratz den letzten Geheimdienstbericht dieses Tages: Der König von Jordanien und die zu Besuch weilenden Würdenträger hatten Jerusalem verlassen und fuhren zurück nach Amman. An den Stellungen der Arabischen Legion hatte sich nichts Wesentliches geändert, die Truppenverteilung im Gebiet von Hebron war ebenfalls unverändert.

Der Bericht enttäuschte ihn. Er hatte sich an die Hoffnung geklammert, daß im letzten Augenblick Veränderungen eintreten würden und die Operation mit all ihren zweifelhaften Konsequenzen abgeblasen werden müßte. Noch war natürlich Zeit – fünf Stunden bis Mitternacht; aber die Hoffnung war gleich Null. Das Mandelbaumtor war geschlossen. Auch der wachsamste Beobachter in den Bergen konnte bei Nacht kleinere Truppenbewegungen nicht rekognoszieren. Die Sache war also entschieden.

Der Stabschef konferierte gerade mit dem Gefechtskommandanten. Baratz gab telefonisch seinen Bericht, kündigte sich für fünf Uhr morgens auf dem Beobachtungsposten bei Hebron an und fuhr anschließend zu dem weißen Haus auf dem Har Zion, um mit Yehudith Ronen zu Abend zu essen. Er war tief deprimiert. Seine Welt war eine Landschaft, die abwartend unter den Wolken eines nahenden Unwetters lag.

Die Nachrichten aus Damaskus waren schlecht. Ein Schlüsselagent und sein komplettes Netzwerk waren wegen der Unbesonnenheit eines Kuriers in Gefahr. Der Kurier war tot, von seinem eigenen Kollegen getötet. In dem Augenblick, in dem Selim Fathalla wichtige strategische Informationen beibringen sollte, war er gezwungen, sich so weit als möglich zurückzuhalten, um sich und die gesamte Organisation zu schützen. Wenn die Organisation durch Zufall oder Mißgeschick aufflog, dann hatten die Syrer die großartige Propagandamöglichkeit, sie als Beweis für die aggressiven Absichten Israels hinzustellen.

Als er in Yehudiths Haus ankam, rief er sein Büro an und erklärte, wo er im Notfall zu erreichen sei. Dann gingen sie zusammen in den Garten und betrachteten den Himmel, an dem der Neumond über den Mauern der Altstadt aufzog. Jakov Baratz war immer noch bedrückt und schweigsam, und Yehudith versuchte, ihn mit kleinen Geschichten aus ihrem Alltag aufzuheitern. Sie erzählte ihm von ihren Plänen für eine Ausstellung, von dem neuen Werk, an dem sie zu arbeiten begonnen hatte und das den Beginn eines neuen Lebens für sie beide darstellen sollte, von ihrem Plan, das alte Haus in Jerusalem beizubehalten, auch wenn sie sich in Tel Aviv niederließen, und von einem jungen Maler aus Mali, der mit einem Stipendium in Jerusalem studierte.

Baratz fühlte sich in eine Welt versetzt, die ihm fremd war. Als Soldat und erst recht als Soldat im Sicherheitsdienst war man Mitglied einer kleinen isolierten Bruderschaft, die ihre eigene Sprache sprach, seltsame Maße und Gewichte benutzte und in Krisen- und Katastrophen-Währungen rechnete. Man vergaß sehr schnell die einfachen Dinge des alltäglichen Lebens – Freundschaften und Hochzeiten und die Bauchschmerzen der Kinder, die Männer, die fischen gingen, die Mädchen, die Taschentücher bestickten und zufriedene Ehefrauen, die um den Preis von Äpfeln feilschten.

Es lag eine große Gefahr in der esoterischen Existenz des Spezialisten. Nach einer Weile hatte man nur noch Geringschätzung für die Unwissenheit der Menge übrig. Man verachtete die Unschuld derer, die keine Ahnung von der menschlichen Ungerechtigkeit hatten. Die Muttersprache wurde einem fremd, und man wurde schließlich wie ein Säulenheiliger, der sich in der Wüste suchend umblickte und sich fragte, wo die Menschen geblieben seien. Er hatte nicht gemerkt, daß er diese Gedanken ausgesprochen hatte, und war daher erschrocken, als Yehudith sagte: »Gehört das nicht zum Sinn der Ehe, Jakov? Zwei Türen zu zwei Welten und ein ständiges Kommen und Gehen zwischen beiden? Ist das nicht der Grund, weshalb wir die Ehe brauchen – oder das, was man statt dessen bekommen kann? Man würde verrückt, wenn man immer nur mit sich selber in einem Zimmer voller Spiegel eingeschlossen wäre.«

»Ja, ich glaube, du hast recht. Wenn ich zurückblicke, bin ich sicher, daß das mein Fehler mit Hannah war. Ich zwang sie, gleichsam ein Einzimmerleben zu führen. Ich schloß sie in meine Welt ein. Die einzige Möglichkeit zu entkommen war für sie die Flucht in die Vergangenheit. Ich kann mir das nie verzeihen.«

»Du mußt es dir verzeihen, Jakov. Sonst wird es auch für uns beide kein Glück geben.«

Sie sagte es so heftig, daß er erschrak. Er drehte sich zu ihr um und sah, daß ihre Züge gespannt waren wie das Fell einer Trommel. Er antwortete leichthin: »Komm, Liebling, beruhige dich. In zwei Wochen ist die Vergangenheit tot, und wir beginnen von vorn.«

»Nein, Jakov. Das ist es ja gerade. Die Vergangenheit stirbt nicht. Sie bleibt in uns. Sie ist ein Teil von uns. Wir müssen sie akzeptieren und versuchen, dankbar dafür zu sein – wenn wir können. Wenn wir das nicht tun, wird sie zu Gift, das in uns arbeitet! Ich habe neulich mit Franz Liebermann darüber gesprochen. Er sagte das gleiche, nur auf eine andere Weise.«

»Weshalb hast du mit Franz gesprochen?« Er war plötzlich ärgerlich und befremdet.

»Weil er ein weiser alter Mann ist. Weil ich Hilfe brauchte.«

»Wofür?«

»Für mich und dich. Er hat mich zu Hannah geführt. Ich habe geweint, Jakov. Sie ist so verändert! So armselig und schwach. Franz war sehr nett zu mir. Er brachte mich in sein Büro, trank mit mir Kaffee und sprach lange mit mir – über mich und Golda und Adom – und auch über dich, Jakov. Er hat mir keine Predigt gehalten. Er hat keine Urteile gefällt. Er hat die Dinge nur erklärt. Er sagte, man könne nur menschlich bleiben, wenn man drei Dinge sage: ›Ich bin schuldig. Es tut mir leid. Ich möchte wiedergutmachen.‹ Dann lachte er und fügte hinzu: ›Natürlich wissen wir alle, daß wir nur halb und halb schuldig sind und daß es uns meist nur halb und halb leid tut und daß wir einen zerbrochenen Topf bestenfalls leimen und ins Regal stellen können. Aber auch das ist ein neuer Anfang – oder nicht?‹ Er hat recht, Jakov. Es ist ein Anfang. Es hält dich davon ab, andere Menschen zu hassen. Es hält dich davon ab, dich selber zu hassen.«

»Aber wir gehen trotzdem hin und zerbrechen weiter Geschirr. Oder? Ich muß dir etwas sagen, Yehudith. Ich habe Adom einen Auftrag gegeben, der ihn möglicherweise in Lebensgefahr bringt. Ich habe ihm angeboten, auszusteigen, wenn er will. Aber ich glaube nicht, daß er es tun wird.«

»Fühlst du dich deshalb schuldig?«

»Etwas, ja. Ich habe ihm von uns berichtet. Er hat das Recht, es zu wissen. Wenn er meint, ich verlange zuviel, dann hole ich ihn und sein Mädchen sofort aus Damaskus heraus.«

»Hättest du mehr tun können?«
»Ich glaube nicht.«
»Weshalb fühlst du dich dann schuldig?«
»Weil ich hier bin, in Sicherheit und bei dir, während er in Damaskus sitzt und von allen Seiten bedroht wird.«
»Geht es ihm gut?«
»Im Augenblick hat er Schwierigkeiten, aber es geht ihm nicht schlecht.«
»Ich möchte wissen, was er tun wird, wenn das alles vorbei ist.«
»Interessiert es dich?«
»Aber natürlich! Er ist meine Vergangenheit, so wie Hannah deine Vergangenheit ist. Und durch Golda gehört er auch zu meiner Gegenwart. Wir sitzen im selben Boot, du und ich, Jakov. Deshalb müssen wir aufeinander achtgeben. – Wollen wir vor dem Essen etwas trinken?«
»Gern. Aber nicht zuviel. Ich muß morgen um vier Uhr aufstehen.«
Sie küßte ihn flüchtig auf die Lippen und ging ins Haus. Er war jetzt ruhiger. Er hatte ausgesprochen, was ihn bedrückte, und er hatte den üblichen Rat bekommen: »Beruhige dich, mein Freund. Wir sitzen alle im gleichen Kahn. Wir versuchen und versagen. Wir können verzeihen und Verzeihung erlangen. Sei gütig zu mir, dann bin ich es auch zu dir. Gott weiß das alles – auch wenn Er zu beschäftigt ist, es uns zu sagen. Es scheint dir nicht genug? Es ist alles, was du haben kannst, mein Freund! Finde dich damit ab oder bring dich um.« Und so würde er heute abend mit einer Frau, die ihn liebte, essen und trinken und ein wenig glücklich sein. Und morgen würde er zusehen, wie ein Dorf vernichtet wurde. Wer kümmerte sich wohl um die armen Teufel, die morgen abend in den Höhlen und Felsnischen im Tal von Hebron schlafen würden?

Elftes Kapitel

Beirut

Nuri Chakry hatte diesen Abend sorgfältig vorbereitet. Es konnte der letzte sein, den er in Beirut verbrachte, es konnte aber auch das Vorspiel zu einer triumphalen Rückkehr werden. In jedem Fall war es ein besonderer Abend.

Kurz vor Geschäftsschluß hob er das Geld ab, das er bei der Phönizischen Bank auf seinem Privatkonto hatte. Er mußte eine Menge Dinge zurücklassen – Grundbesitz, Möbel, Autos, ein Motorboot, Kleidung und ein paar angenehme Frauen. Aber er dachte nicht daran, auch nur einen Pfennig Bargeld zurückzulassen. Dann ließ er sich seine Safekassette kommen, leerte sie und schickte sie zurück in den Tresorraum. Er stopfte das Geld und die Dokumente in die Aktentasche, legte den goldenen Eroberer obenauf und fuhr in seine Wohnung.

Dort gab es kaum noch etwas zu tun. Sein Koffer war gepackt. Das halbe Dutzend wertvolle Bilder war aus den Rahmen genommen und in Papprollen gesteckt worden, die die Aufschrift »Architekturzeichnungen« trugen. In den Rahmen befanden sich teure Drucke, so daß die Zimmer immer noch bewohnt wirkten. Er badete, rasierte sich und telefonierte mit Heinrich Müller in Byblos. Dann machte er sich einen Drink und ging noch einmal alle Reisevorbereitungen durch.

Seine Sekretärin hatte alles erledigt, wie immer, er hatte diesmal nur besonders eingehend mit ihr gesprochen, um ihr jede Einzelheit einzuprägen. Er würde um acht Uhr morgens nach Paris fliegen, wo im *Lancaster Hotel* ein Appartement für ihn reserviert war. Sein Rückflug am kommenden Dienstag war ebenfalls bereits gebucht. Damit war für alle Fälle bewiesen, daß er eine Geschäftsreise unternahm und die Absicht hatte, zu einem festgesetzten Zeitpunkt zu seinen Pflichten zurückzukehren. Keine Rede von Veruntreuung, Vortäuschung oder Flucht.

Heinrich Müller hatte für alles übrige gesorgt: für einen neuen Paß, ein neues Impfzeugnis und die Fahrkarte von Paris nach Brasilien. Bei Bankschluß am Montagnachmittag würden Nuri Chakry demnach zwei Wege offenstehen: zurück nach Beirut, wenn das Finanzministerium und die Zentralbank bereit waren zu helfen, oder über den Atlantik in ein neues Leben mit einem neuen Start.

Damit blieben ihm noch ein Abend und eine Nacht, und er war entschlossen, beides zu genießen. Er würde auf einen Drink zu Heinrich Müller fahren, der auch schon alles für die Abfahrt vorbereitet hatte. Dann würde er die Verschickung seiner persönlichen Dokumente und Heinrich Müllers Sammlung wertvoller Fälschungen arrangieren und anschließend ins Kasino fahren, ein paar Runden spielen und mit der langbeinigen Sängerin, die ihm ihren Job und das Appartement in Djouni verdankte, zu Abend essen. Nach dem Abendessen würde er mit ihr nach Hause gehen und am Morgen gleich von ihrer Wohnung aus zum Flughafen fahren.

Einerseits würde er gern nach Beirut zurückkehren. Das war der Ort, an dem aus dem Eselsjungen der Handelsfürst geworden war. Aber die Untertanen wurden mit der Zeit neidisch, und für den Fürsten kam irgendwann der Zeitpunkt, wo er sie alle am liebsten aufgehängt hätte. Andererseits belebte ihn die Aussicht auf ein neues Abenteuer, denn in nicht allzu ferner Zukunft würde seine Lebenskraft abbauen und sein Herz nach Ruhe verlangen. Was auch immer kommen mochte, eins stand fest: Er würde nie wieder ein Eseltreiber werden. Und damit leerte er sein Glas, trug das Gepäck in den Lift, sperrte die Wohnung ab und fuhr hinunter in die Garage.

Die Straße am Meer war vom abendlichen Verkehr verstopft, und er brauchte fast vierzig Minuten bis zu Müllers Haus. Müller saß auf der Veranda. Auf dem Tisch vor ihm standen sein Fernglas und ein Krug mit kaltem Bier. Er bot Chakry einen Stuhl an, machte ihm einen Drink und sagte: »So – der Tag wäre gekommen, ja? Viel Glück, mein Freund!«

»Noch ist der Tag nicht da.« Chakry grinste. »Erst Montag. Ich warte in Paris die Nachrichten ab. Sind sie gut, komme ich zurück. Sind sie schlecht ... Hast du alles fertig?«

Müller stellte den Bierkrug ab und wischte sich die Lippen. »Alles. Der Paß ist ausgezeichnet gelungen. Ich bin stolz auf mich.«

»Und du, Heinrich? Bist du reisefertig?«

»Ich fahre nicht, Nuri.«

Chakry sah ihn überrascht und ärgerlich an. »Was, zum Teufel, soll das heißen? Wir hatten doch vereinbart ...«

»Ich habe es mir anders überlegt«, sagte Heinrich Müller ruhig. »Ich hab' eine Transportfirma beauftragt, meine Sachen anzusehen und mir einen Kostenvoranschlag für Verpackung und Verschiffung zu machen. Anschließend bin ich hierher auf die Veranda gegangen, hab' über das Meer geschaut und über das Dorf und mich gefragt, wieso ich eigentlich um die halbe Welt reisen soll, bloß weil mein Freund Nuri Chakry sich ein neues Imperium aufbauen möchte. Ich habe mich gefragt, was ich in Brasilien soll, wo es von alten Kameraden wimmelt, mit denen ich nichts mehr zu schaffen haben will. Geld? Ich habe genug Geld und außerdem das Haus und ringsum haufenweise schöne Dinge, die nur darauf warten, daß man sie ausgräbt. Gleich da drüben im zweiten Haus auf der rechten Seite wohnt ein Mädchen, das sich jeden Abend mir zuliebe vor ihrem Fenster entkleidet. Sie weiß, daß ich sie beobachte. Sie will sogar, daß ich sie beobachte. – Ich fühle mich hier zu Hause. Ich bin hier zu Hause, Nuri. Ich mag nicht weg.«

»Aber wir haben doch immer zusammen Geld gemacht, Heinrich. Ich brauche dich.«

»Das weiß ich, Nuri.« Er füllte seinen Bierkrug auf und blies den Schaum ab. »Aber du brauchst mich nicht so sehr, daß du nicht auch ohne mich auskommen könntest. Das einzige, was du brauchst, ist jemand, der hinter der Schaukel steht und dich anschiebt. Das ist ein einseitiges Spiel. Ich mach' dir keine Vorwürfe. Aber ich beneide dich auch nicht. Nach dem Krieg mußte ich mich klein machen. In der Zwischenzeit habe ich gelernt, daß es viel für sich hat, nicht oben, sondern weiter unten zu stehen. Das ist so, als ob man einem Mädchen vom Fuß der Leiter aus unter den Rock schaut. Man hat eine hübsche Aussicht, und man bezieht keine Ohrfeigen. Sei nicht verärgert, Nuri. Wenn du irgendwelche Dokumente brauchst, kannst du immer auf mich zählen. Wir werden uns doch nicht streiten?«

»Du hast recht.« Nuri Chakry breitete resignierend die Hände aus. Dann grinste er. »Aber wer wird mir beibringen, was für Antiquitäten es in Südamerika gibt?«

Heinrich Müller warf den Kopf zurück und lachte. »Das wirst du schon lernen. Befreunde dich mit Museumskuratoren und mach keine illegalen Sachen. Auf diese Weise sparst du die Kommissionen an Gauner wie mich – und wirst in der halben Zeit doppelt so reich.«

»Ich liebe die Gauner, Heinrich. Das gehört zu meinem Vergnügen.«

»Ich weiß, Nuri. Und deshalb bekomme ich auch zwanzigtausend Dollar von dir.«

»Du machst Witze!«

Heinrich Müller betrachtete ihn liebevoll. »Nein, Nuri. Für einen Stapel einwandfreier Obligationen mit einem Nennwert von anderthalb Millionen Dollar, für einen wunderschönen Paß und strengste Geheimhaltung ist das ein sehr bescheidener Preis. Außerdem weiß ich, daß du ihn zahlen kannst.«

»Du bist ein gottverdammter Schweinehund, Heinrich.«

»Ich weiß – und ich schäme mich ja auch jeden Tag. Aber was soll ich machen?«

»Sag zehntausend, und ich gebe dir auf der Stelle einen Scheck.«

»Ich sag' zwanzigtausend und nehme nur Bargeld. Du hast genug davon bei dir.«

»Also fünfzehn.«

»Zwanzig.«

»Siebzehntausendfünfhundert. Und das ist mein letztes Angebot.«

»Achtzehntausend.« Müller lachte. »Hol du das Geld, ich hole die Papiere. Und obendrein spendiere ich dir noch einen Drink.«

»Du wirst mir fehlen, Heinrich.«

»Du mir auch, Nuri. Schick mir ein paar unanständige Postkarten aus Brasilien.«

Hebron – Jordanien

Spät am Abend, als die einfachen Leute bei Tisch saßen oder schon schlafen gingen, zogen sie Idris Jarrah aus dem Silo und trugen ihn in das Haus, in dem Weißer Kaffee wartete. Jarrah war in schlechtem Zustand. Er fieberte und war nicht bei Bewußtsein. Sie nahmen ihm die Fesseln ab, legten ihn auf ein Bett und flößten ihm Wasser mit

Arrak in die ausgedörrte Kehle. Daraufhin kam er zu sich, sah die Gesichter, die sich über ihn beugten, und wurde erneut ohnmächtig. Sie gaben ihm mehr Wasser und noch etwas Alkohol, und als er wiederum erwachte, saß nur Weißer Kaffee freundlich lächelnd auf der Bettkante neben ihm. Jarrah wandte den Kopf ab und sah, daß die anderen an einem Tisch saßen und Karten spielten. Er versuchte zu sprechen, aber es war, als sei die Zunge zu groß für seinen Mund. Die Worte wurden ein dumpfes Krächzen. »Wie spät ist es?«

Weißer Kaffee blickte auf seine Armbanduhr. »Es ist zwanzig Minuten nach neun. Das war ein langer Tag, was?«

Jarrah versuchte zu nicken, aber seine Halsmuskeln waren steif. Er schloß die Augen.

»Die Nacht wird vielleicht noch länger. Und morgen wird es noch schlimmer. Ich habe Männer erlebt, die es drei Tage im Silo aushielten. Möchtest du noch etwas zu trinken?«

»Bitte.«

Weißer Kaffee half ihm hoch und hielt ihm eine Tasse an die Lippen. Jeder Muskel seines Körpers schmerzte, als er die Flüssigkeit hinunterwürgte. Dann ließ er sich erschöpft und schweißgebadet zurückfallen.

Weißer Kaffee sprach weiter freundlich auf ihn ein. »Wenn du willst, lassen wir dich eine Weile schlafen. Im Augenblick brächtest du sowieso keine leserliche Unterschrift zustande. Aber später wirst du sie uns geben. Bist du einverstanden?«

»Ja.«

»Das macht alles viel einfacher, Bruder Jarrah. Einfacher für uns und einfacher für dich. Schlaf jetzt. Wir werden dich in etwa einer Stunde wecken.«

Wie ein dankbares Kind schloß er die Augen und versuchte, die Schmerzen zu vergessen. Der Tod wäre eine Gnade, ein Licht am Ende eines langen Tunnels, das sich, wenn man es erreicht hatte, von selbst ausschaltete und damit den Schmerz und die Angst und die Stimmen und die anklagenden Augen und auch den Traum vom Reichtum, der so jäh zu Ende gegangen war. Er konnte das Licht sehen. Es war noch weit, weit weg, ein Lichtpunkt, der winzige, aufleuchtende Mittelpunkt eines dunklen Ziels. Das Ziel, so kam es ihm nun vor, war die Brust eines Mannes. Der Zielpunkt war das

Herz. Man zielte auf das Herz. Man drückte ab. Die Kugel drang ins Herz. Und der Mann starb sofort. Sofort. Das war das erlösende Wort. Kein Warten mehr, keine Empfindungen, kein Nachher. Oder gab es ein Nachher? Gab es wirklich ein Eblis, den Ort der Ankläger, und würden sie die gleichen Züge tragen wie die Männer, die ihn hier anklagten? Und gab es wirklich ein Paradies? Es wäre gut, das zu wissen. Das kleine Licht schimmerte, und er ging darauf zu. Oder stürzte er zurück in den Silo? Er fiel endlos tief und wartete auf den Ruck, mit dem das Seil seinen Sturz bremste. Aber es gab kein Seil, und das Licht fiel mit ihm und wurde ein Feuer, ein Feuertier, das ihn verfolgte. Er schrie – lautlos und ohnmächtig –, und als er aufwachte, sah er, daß Weißer Kaffee sich lächelnd über ihn beugte.

»Hast du dich ausgeruht, Bruder Jarrah? Bist du jetzt bereit?«
»Ich glaube, ja.«

Als sie ihn aus dem Bett hoben und an den Tisch brachten, hatte er einen kurzen wilden Augenblick das Gefühl, doch noch mit ihnen fertig werden zu können. Aber er wußte, daß sein Körper weiteren Qualen nicht gewachsen war, und schob den sinnlosen Gedanken beiseite. Sie setzten ihn auf einen Stuhl und legten einen Federhalter und ein Blatt Papier vor ihn auf den Tisch. Neben ihm lag ein Brief, den er in den Tagen, als er noch Autorität besaß, an die Organisation geschrieben hatte. Er trug seine persönliche Unterschrift.

Weißer Kaffee beugte sich über seine Schulter und deutete auf die Unterschrift. »Hast du der Bank diese Unterschrift gegeben?«
»Ja.«
»Dann schreib sie noch mal – hier auf das leere Stück Papier.«

Er versuchte es ein dutzendmal, aber seine Hand zitterte so sehr, daß es nur ein Gekritzel wurde.

Weißer Kaffee hatte Geduld. Er betrachtete das Blatt Papier und nickte. »Es wird immer besser. In einer Stunde kannst du wieder richtig schreiben. Willst du etwas essen?«
»Ja.«

Sie brachten ihm altes Brot und harten Käse und einen Apfel und eine Flasche mit lauwarmem Sodawasser. Sie standen um ihn herum und sahen zu, wie er aß, als sei er ein Tier in einem Käfig. Beim ersten Bissen hätte er sich beinahe erbrochen, und Weißer Kaffee mußte ihn ermahnen, vorsichtiger zu sein.

»Laß dir Zeit, kleiner Bruder. Iß langsam und kau gut. Dann behält dein Magen das Zeug bei sich.«

Während er das kärgliche Essen vertilgte, spürte er, wie seine Kräfte ein wenig zurückkehrten und mit ihnen ein leiser Anflug von Hoffnung. Erst wenn sie seinen Scheck bei der Bank eingelöst hatten, konnten sie absolut sicher sein, daß er ihnen die richtige Unterschrift gegeben hatte. Im Augenblick war er für sie erledigt, und jeder von ihnen hätte ihn gern erschossen. Jeder – nur Weißer Kaffee nicht. Weißer Kaffee wußte über Schecks und Banken Bescheid. Und er kannte die Menschen. Hunderttausend Dollar würde er nicht aufs Spiel setzen. Weißer Kaffee sprach wieder. Idris Jarrah hob müßsam den Kopf und versuchte, ihm respektvoll zuzuhören.

»Sag uns, weshalb du uns verlassen hast, Bruder Jarrah. Weshalb hast du versucht, unser Geld zu stehlen? Weshalb hast du uns für noch mehr Geld verkauft? Sind wir Kamele oder Esel, daß du glaubst, uns verschachern zu können? Ich begreife das nicht. Ich würde es gern verstehen. Weshalb hast du das getan?«

Jarrah ließ den Kopf sinken. »Ist das jetzt noch wichtig?«

Weißer Kaffee packte ihn an den Haaren und riß seinen Kopf hoch. »Es ist wichtig, kleiner Bruder. Sag es uns! Weshalb?«

Der plötzliche Schmerz gab ihm neue Kraft. Die Worte kamen langsam und voller Verachtung. »Weil wir Kamele und Esel sind. Palästina ist so tot wie Babylon. Wir werden niemals zurückkehren. Aber die Ägypter und die Syrer geben uns Geld, damit wir weiter dran glauben. Wir sind Leute ohne Land. Glaubt ihr, sie werden uns unser Land je zurückgeben? Niemals! Die Juden haben eine Klagemauer. Wir sind die Klagemauer für die Araber, aber wenn sie ausgeklagt haben, werden sie uns zum Teufel jagen!«

»Genug!« Weißer Kaffee schleuderte seinen Kopf auf die Tischplatte. Ein Schwarm Bienen begann in seinem Hirn zu summen. Als die Bienen verschwanden, richtete er sich wieder auf.

»Ihr wollt das Geld? Bringt mir das Scheckbuch, ich unterschreibe. Und dann macht endlich Schluß mit diesem ekelhaften Spiel und bringt mich um.«

Weißer Kaffee legte das Scheckbuch auf den Tisch, schob ihm den Federhalter in die Hand und legte den Brief mit der Unterschrift neben ihn. »Schreib!«

Er brachte eine einigermaßen lesbare Unterschrift zustande.
»Noch mal.«
Die Schrift war eine Spur fester.
»So, jetzt noch sechs weitere Unterschriften.«

Als er fertig war, warf er den Federhalter auf den Tisch, lehnte sich zurück und sah seine Henker an. Er blickte einem nach dem anderen ins Gesicht. »Ihr habt mir einen schnellen Tod versprochen. Erledigt das endlich.«

»Noch nicht, Bruder Jarrah.« Weißer Kaffee war wieder freundlich. »Du mußt dich noch eine Weile gedulden. Wenn du vernünftig bist, kannst du heute nacht hier schlafen – natürlich gefesselt. Am Morgen fliege ich mit der ersten Maschine nach Beirut und löse deinen Scheck ein. Wenn deine Unterschrift in Ordnung ist, wird dein Wunsch erfüllt. Wenn nicht...«

»Die Unterschrift ist einwandfrei.«

»Dessen bin ich fast sicher. Aber morgen weiß ich es ganz genau.«

Dann fesselten sie ihn an das Bett und ließen zwei Männer zu seiner Bewachung zurück, während die anderen schlafen gingen. Als sie das Zimmer verließen, blieb jeder der Männer kurz neben dem Bett stehen und spuckte Idris Jarrah ins Gesicht.

Damaskus

Im Pavillon von Abu Nowas, der etwas übertrieben behauptete, seine Küche sei die beste östlich von Paris, saßen Omar Safreddin und Hauptmann Shabibi, tranken Kaffee und führten nachdenkliche und weitläufige Gespräche. Safreddin war bei seinem Lieblingsthema.

»... Laß dir eins sagen, mein Lieber, verwechsle niemals die Mittel, die wir anwenden, mit den Zielen, die wir anstreben. Wenn du das tust, dann bist du wie der Gärtner, der Unkraut jätet und sich einbildet, damit bereits einen Rosengarten schaffen zu können. Die Arbeit des Sicherheitsdienstes – diese Jagd auf Spione und auf Unzufriedene – ist wie das Ausjäten von Unkraut und Disteln. Selbst der Krieg, auf den wir uns vorbereiten, bedeutet nur ein Umpflügen des Ackers für die Aussaat der neuen Ernte. Ich will dir etwas sagen...«
Er legte seine kräftige Hand auf Shabibis Schulter. »Ich will dir etwas

verraten! Ich könnte ebensogut ein Jude sein wie ein Araber. Meine Vorfahren stammen aus dem Gebiet der großen Flüsse, genau wie die Vorfahren Abrahams. Wir sind alle Semiten. Wir glauben an den einen Gott. Wir haben jahrhundertelang miteinander gelebt. Wir sind mehr wie die Juden als wie die Ägypter, die sich seit den Tagen der Pharaonen mit allen möglichen Völkern vermischt haben. Wir sind mit den Juden mehr verwandt als mit den blaugesichtigen Tuaregs oder den schwarzen Sklaven, die aus dem Innern Afrikas nach Norden gekommen sind. Und trotzdem sind wir Feinde. Weshalb? Ich will es dir sagen. Der Jude ist ein Einzelgänger. Er gibt nur den Seinen. Von den anderen nimmt er. Von Anfang an nahm er und hielt, was er hatte; und als es verlorengegangen war, kam er wieder, um sich's zurückzuholen. Er gibt nicht einmal seinen Gott her, während wir Allah an die ganze Welt austeilen möchten wie ein Almosen. Wir kommen auch ohne das Stück Land aus, in dem die Juden leben. Aber wir kommen nicht mit den Juden aus, diesem Stamm für sich mit seinem Gott für sich. Verstehst du?«

»Ja, ich glaube, ich verstehe«, sagte Hauptmann Shabibi vorsichtig. »Aber ich bin nicht sicher. Schön – wir rotten die Juden aus. Wir gründen ein neues Palästina. Oder ein erneuertes, größeres Syrien. Aber was dann? Wir sind immer noch verschiedene Stämme. Aufeinander sind wir in jeder Hinsicht neidischer als auf die Juden. Nehmen wir die Irakis und uns. Was passierte denn damals, zur Zeit des gemeinsamen Kommandos mit Ägypten? Oder nehmen wir die Kuwaitis – und die Dinge, die im Jemen geschehen.«

»Gib mir deine Hand!«

Shabibi streckte seine Hand aus. Safreddin hielt sie einen Augenblick fest. Dann legte er sie mit der Innenfläche nach oben und gestreckten Fingern auf den Tisch. Er nahm ein Messer, setzte die Spitze in die Mitte der Innenfläche und drückte sie leicht in die Haut. Sogleich schlossen sich Shabibis Finger um die Klinge. Safreddin lachte.

Dann erklärte er:

»Verstehst du jetzt? Erst waren es nur fünf Finger und jetzt ist es eine gegen die Gefahr geballte Faust. Das ist die Bedeutung, die Israel für uns hat. Es ist die Messerspitze, die sich in unsere Hand bohrt.«

»Aber was geschieht hinterher?« Shabibi war ein sehr hartnäckiger junger Mann. »Was geschieht, wenn das Messer herausgezogen ist? Was vereint uns dann?«

»Hinterher?« sagte Safreddin mit einiger Schärfe. »Hinterher kommt der Islam. Der Islam mit dem Buch und dem Schwert. Ein neuer, lebendiger Islam – neue Männer, die ihn lehren ...«

»Guten Abend.«

Er blickte auf und sah zu seiner Überraschung Selim Fathalla mit Bitar und Emilie Ayub an seinem Tisch stehen. Er brauchte nur eine Sekunde, um sich zu fassen.

»Meine Herren, Miß Ayub – das ist mein neuer Assistent, Hauptmann Shabibi.« Nach der gegenseitigen Begrüßung wandte er sich an Fathalla: »Ich war sehr betroffen, als ich von dem unerwarteten Tod Herrn Bellarminos hörte. Das muß ein großer Schock für Sie gewesen sein.«

»Ja, das war es.«

»Er starb in Ihrem Haus, wie ich hörte?«

»Ja.«

»Wie unangenehm. Ich nehme an, Sie hatten heute eine Menge Formalitäten zu erledigen.«

»Mir reichte es. Es werden noch einige mehr werden, wenn wir ihn beerdigen.«

»Wenn Sie irgendwelche Probleme haben, zögern Sie nicht, mich anzurufen«, sagte Safreddin. »Ich bin sicher, daß wir Ihnen behilflich sein können.«

»Das ist sehr freundlich von Ihnen.«

»Keineswegs. Ich hoffe, es geht Ihnen gut, Doktor.«

»Danke, ja. Nur etwas überarbeitet, wie gewöhnlich.«

»Ich glaube, Sie werden bald gute Nachricht erhalten.«

»So?«

»Ich wurde gebeten, eine gewisse Empfehlung für einen hohen Posten im Gesundheitsministerium zu unterstützen. Ich habe es sehr gern getan.«

»Ich danke Ihnen.«

»Viel Vergnügen beim Essen. Ich empfehle Ihnen die gefüllten Paprikaschoten.«

Er blickte ihnen nach, während sie weitergingen und sich weit entfernt in einer Nische niederließen. Als er sich wieder Shabibi zuwandte, war seine Stirn gerunzelt. »Das ist seltsam«, sagte er.

»Was?«

»Diese drei. Gestern waren sie zusammen, als jemand starb. Heute gehen sie zusammen essen.«

»Ist das bedeutsam?«

Safreddin lehnte sich zurück. »Vermutlich nicht. Aber es lohnt sich immer, dumme Fragen zu stellen. Worüber hatten wir gesprochen?«

»Über den Islam und die neuen Männer, die ihn lehren. Das interessiert mich. Wo sind diese neuen Lehrer? Doch wohl nicht in der Ulema in Damaskus. In Kairo? Wenn sie dort sein sollten, spüren wir jedenfalls nichts von ihrem Einfluß. Aber wir sollten ihn spüren, so wie wir Ihren Einfluß im Hunafa-Club spüren –«

»Man muß eins wissen...« Safreddin wurde lebhaft. Der Intrigenspieler wich dem Fanatiker. »Einmal, und vielleicht nur einmal, bindet jede große Religion ihre Anhänger so fest aneinander, daß sie wie Brüder marschieren oder sterben. Die Christen haben auf diese Weise das Römische Reich überwunden. Der Islam hatte in seiner Blütezeit diese Wirkung. Mit dem Buddhismus war es ähnlich. Für den Marxismus gilt das gleiche in unserer Zeit – wenn auch nicht mehr in eurer. Es ist die explosive Kraft einer neuen Idee, die Magie einer neuen Vision vom besseren Menschen. Bis die Vision hinter Wolken verschwindet und die Philosophen erscheinen, die Theologen, die Interpreten und die Haarspalter, die eine Lehre zwei-, drei- und vierteilen, um eine Doktrin zu beweisen. Wenn du fragst, was ein Moslem ist, bekommst du zwanzig verschiedene Antworten von ebenso vielen Sekten. Die Christen sind gespalten. Die Juden sind geteilt. Auch die Marxisten sind zersplittert. Und niemand wird sie wieder vereinigen können.«

»Was bleibt aber dann?«

»Man muß zu dem zurückkehren, was allen Propheten gemeinsam war: zu der großen Einfachheit. Jeder Mann, der sagt: ›Es gibt keinen Gott außer Gott und Mohammed ist sein Prophet‹, ist ein Moslem. Jeder, der Christus verehrt, ist ein Christ. Was hat Ben Gurion in Israel gemacht? Er ist ein Genie, ohne Zweifel. Er hat alle Juden, die kamen, sofort zu Staatsbürgern gemacht, ob sie einen Kaftan trugen oder einen Pullover. So müssen wir es auch machen! Die einfache Formel, der große kraftvolle Appell – und das Banner des Halbmonds entfaltet sich wieder über der Welt.«

»Das klingt so einfach – und doch ...«

»Ich weiß.« Safreddin war noch ganz hingerissen vom Glanz seiner eigenen Prophetie. »Und doch ist es nicht genug – etwas fehlt immer noch. Was? Sag du es mir – du, den ich in diesem Augenblick als meinen Sohn sehe – sag mir, was noch fehlt.«

»Blut an der Fahne«, sagte Hauptmann Shabibi.

Selim Fathallas Einladung zum Abendessen erwies sich als nicht sehr glücklich. Die Anwesenheit Safreddins erinnerte alle ständig an die Gefahr, in der sie lebten. Das Essen war nicht besonders, und die Kellner schienen allesamt vom Sicherheitsdienst als Spitzel rekrutiert worden zu sein. Bitar war wieder nüchtern und wurde nun müde. Emilie versuchte fröhlich zu wirken. Fathalla war schwermütig und ganz mit dem neuen und dringenden Problem beschäftigt, mit dem ihn Bitar so beiläufig konfrontiert hatte. Sie gingen bald. Bitar verabschiedete sich. Fathalla und Emilie fuhren aus der Stadt hinaus an den Rand der Wüste und hörten die Nachtmusik von Radio Damaskus. Sie schwiegen lange. Jeder hatte sich in seine eigene Welt zurückgezogen. Sie zögerten sogar, sich zu umarmen, da jeder fürchtete, der andere sei dazu vielleicht nicht bereit.

Schließlich fragte Emilie: »Was ist dir, Selim? Was bedrückt dich?«

»Alles wird plötzlich gefährlich und bedrohlich. Das ist der Zeitpunkt, an dem man untertauchen müßte. Aber das können wir nicht. Ich bin nicht sicher, ob wir Baratz nicht doch beim Wort nehmen und verschwinden sollten.«

»Zusammen?«

»Natürlich.«

»Dann tun wir es doch, Selim – so schnell wie möglich.«

»Laß mich nachdenken. Wenn wir das Netz intakt halten und einem neuen Mann übergeben könnten, wäre mir wesentlich wohler. Wenn Bellarmino nur nicht ein so hirnloser Idiot gewesen wäre! Ein Notizbuch voller Namen – und diese verrückte Fahrt nach Aleppo! Ich würde mir gern einmal den Mann vorknöpfen, der ihn ausgebildet hat. Na ja, jetzt ist er tot, und ich muß ihn begraben – und das bedeutet, daß ich schon wieder Kontakt mit der Polizei aufnehmen muß. Dabei wäre es mir am liebsten, sie würde mich für eine Weile vergessen. Ich muß Baratz Mitteilung machen – und damit taucht ein weiteres Problem auf, für das ich noch keine Lösung weiß.«

Er erklärte ihr, daß nach einem illegalen Sender gefandet werde, und welches Risiko das für sie bedeutete.

»Es scheint mir für die nächste Zeit zu gefährlich, vom Haus oder von Bitars Wohnung aus zu senden. Ich habe zwei Möglichkeiten. Entweder montiere ich den Sender im Wagen und setze ihn in Bewegung, oder ich funke von der Kirche der Märtyrer aus. Beides ist gefährlich. Wenn mein Wagen durchsucht würde oder wenn ich einen Unfall hätte wie Bellarmino, dann wäre ich erledigt. Wenn sie andererseits die Kirche umzingeln, während ich drinnen bin, sitze ich in der Falle. Der Bergpfad ist eine Sackgasse, und es gibt keine andere Stelle, wo ich den Wagen parken könnte. Und trotzdem muß ich irgendwie mit Tel Aviv Verbindung aufnehmen.«

»Ich könnte dich zur Kirche fahren, dich dort lassen und später zurückkommen. Dann müßtest du dir keine Sorgen um den Wagen machen.«

»Aber wenn sie hinter mir her sind, könnten sie dich auf der Straße abfangen. Nein, warte!« Er nahm sein Notizbuch und begann zu rechnen. »Nehmen wir den schlimmsten Fall an. Mein längster Funkspruch dauert zehn Minuten. Die Kirche der Märtyrer ist sieben bis acht Minuten von der Stadt entfernt. Angenommen, sie entdecken mich sofort bei Beginn der Sendung – bis sie die Polizei gerufen haben und mit der Suche beginnen können, habe ich mindestens noch fünf Minuten, um alles zu verschließen und mich in die Berge zurückzuziehen.«

»Aber das kannst du doch nicht jedesmal machen!«

»Ich denke nicht an später. Nur an heute abend. Wie spät ist es?«

»Dreiundzwanzig Minuten nach elf.«

»Gut. Fahr mich zur Kirche. Ich fange sofort an, den Text aufzusetzen. Um zwölf Uhr fünfzig beginne ich mit der Sendung. Gegen drei werde ich wieder zu Hause sein – vielleicht auch später, falls ich Schwierigkeiten bekomme.«

»Ich habe Angst, Selim.«

»Eine Nacht – nur eine Nacht! Wenn wir Glück haben, ist es das letztemal. Dann kann ich wieder Adom Ronen sein.«

»Bekomme ich dann mein Kind?«

»Das verspreche ich dir.«

Sie küßten sich, und Fathalla fuhr den Wagen zurück auf die Straße nach Rumtha. Als sie die Abzweigung erreichten, stieg er aus und sah Emilie nach, bis sie um die nächste Kurve verschwunden war. Dann stieg er den Felsenpfad zur Kirche der Märtyrer hinauf. Seine Schritte klangen laut in der Stille. Daran mußte er denken: Geräusche waren in den Bergen weit und deutlich zu hören. Ein Stein oder ein Felsbrocken, der einen Abhang hinunterrollte, konnte ihn sofort verraten. Ein verstauchter Knöchel kam einem Todesurteil gleich. Er ging an der Friedhofsmauer entlang und kletterte auf den kleinen felsigen Hügel hinter der Kirche. Von der anderen Seite des Hügels führte ein schmaler Pfad zu dem trockenen Flußbett, das sich vor einem mächtigen Felsblock teilte. Der eine Flußarm führte nach Norden, zurück in die Stadt. Ihn würde er für den Rückweg wählen. Der andere wandte sich nach Westen zu den Hügeln des Antilibanon, der dreißig Kilometer entfernt war. Hinter dem Felsblock gab es Hunderte von Höhlen und Schlupfwinkeln; ein Mann, der sich dort versteckte, war nur mit Hilfe von Hunden zu finden. Aber die Berge waren grausam. Im Sommer waren alle Wadis ausgetrocknet, und ein Wasserloch war so selten wie ein Diamant. Tagsüber röstete man in der Sonne, und nachts erfror man fast; und die Beduinen erzählten Schauergeschichten von den Dschinnen, den Geistern, die auf dem Wind über die zerklüfteten Gipfel ritten.

Er hörte ein Geräusch hinter sich und drehte sich blitzschnell um. Eine bärtige schwarze Ziege blökte und galoppierte davon. Er lachte unsicher und kehrte zurück zu der weißen Kirche inmitten der Gräber.

Beirut

»Hören Sie zu, mein Junge!« Lew Mortimer saß mit Mark Matheson in der Bar des *Phönizischen Hotels* beim fünften Drink und schüttete ihm sein Herz aus. »Sie sind Amerikaner, nicht wahr? Sie glauben an Gott, Sie glauben an ehrliche Buchprüfer und so weiter. Stimmt's? Was, zum Teufel, machen Sie hier unter all diesen Affen? Oh, ich weiß. Das Leben hier gefällt Ihnen. Mir auch. Sie möchten anerkannt sein und Geld verdienen, ohne daß Onkel Sam den Rahm abschöpft. Ich auch. Aber mein Gott, so müssen Sie es nun auch wieder nicht machen. Was zahlt Ihnen Chakry? Dreißigtausend? Fünfunddreißig?«

»Vierzig.«

»Sagen wir fünfzig, wenn Sie für mich arbeiten. Das sind zehntausend mehr, und Sie haben nicht ständig irgendeinen verdammten Araber um sich, der jedesmal nach Ihnen grapscht, wenn Sie vergessen haben, den Reißverschluß zuzumachen.«

»Das Angebot ist verlockend«, sagte Mark Matheson. »Ich würde gern wieder für eine amerikanische Firma arbeiten. Aber Sie wissen, wie es ist. Wenn man etwas aufbaut, möchte man auch gern dabeibleiben und zusehen, wie es wächst.«

»Allerdings«, sagte Mortimer. »Sie können mit Recht sagen, das hab' ich gebaut – denn Sie haben den Mörtel gemischt, die Steine verfugt und die Dachbalken auf Ihren Schultern herangeschleppt. Und Sie haben gut gebaut, mein Junge. Aber eins will ich Ihnen sagen. Dieses verdammte Volk hier denkt nicht so wie wir. Die Leute pressen das Letzte aus Ihnen heraus und schicken Sie dann zum Teufel. Was dein ist, ist mein, und was mein ist, gehört mir, und jetzt verschwinde – das ist ihre Parole. Sehen Sie sich Chakry an. Mann, was hat der Sie herumgejagt. Geh in die Schweiz, red mal mit den Juden – als ob die ihm einen Heller leihen würden! Sieh doch mal nach, was das State Department denkt. Ja, Scheiße! Das ist doch allerhand. Keine anständige Bank würde das je von Ihnen verlangen. – Aber Chakry tut es.«

»Ich weiß nicht, Lew. Ich mag den Burschen. Er ist unverschämt, aber er hat auch Mut. Das bewundere ich. Jemand, der einfach nach Paris fliegt und den Russen ein Ultimatum stellt ...«

»Den Russen? Mensch, Mark! Das haben Sie ihm abgekauft? Sie glauben, die Russen haben so viel Valuta, daß sie hundertfünfzig bis hundertsiebzig Millionen für ein Kartenhaus im Libanon zahlen? Glauben Sie, so was ginge bei denen so schnell? Bis das Zentralkomitee seine Zustimmung zum Export einer Schiffsladung Heftklammern gibt, ist das Modell veraltet.«

»Er ist sich aber völlig sicher, Lew.«

»Chakry ist sich immer sicher gewesen, seit er seine erste Dreidollarnote an eine alte Hure losgeworden ist. Er macht Sie zum Hanswurst, Mark. Merken Sie das nicht?«

»Lew, Sie kennen den Mann nicht so gut wie ich. Er besitzt wirklich so was wie eine magische Kraft.«

»Das sind doch bloß Taschenspielertricks – ich kenne sie alle.«

»Das ist leicht gesagt! Aber nun denken Sie doch mal nach. Wir können in zehn Tagen zumachen, und er fliegt morgen nach Paris, und wenn die Russen nicht zahlen, kommt er am Dienstag mit einem Darlehen von fünfzig Millionen zurück.«

»Sagen Sie das noch einmal.«

»Er fliegt morgen nach Paris.«

»Das hab' ich verstanden. Und mit was kommt er zurück?«

»Mit einem Darlehen von fünfzig Millionen.«

»Wer gibt es ihm?«

»Ich weiß es, aber ich darf es Ihnen nicht sagen.«

»Französisches Geld?«

»Ja.«

»Das glaube ich nicht. Die Franzosen sind so knapp bei Kasse, daß sie bereits Großmutters Sparstrumpf angreifen. Ich hab' ständig mit ihnen zu tun. Glauben Sie mir, Mark.«

»Ich sag' Ihnen, er hat das Geld.«

»Sie nehmen mich auf den Arm.«

»Weshalb sollte ich? Er zahlt mir vierzig. Sie bieten mir fünfzig. Sollte ich Sie deshalb auf den Arm nehmen?«

»Woher kommt das Geld, Mark? Ist es Bankgeld?«

»Nein.«

»Kommt es aus Fonds?«

»Nein.«

»Versicherungsgeld?«

»Ja.«

»Jetzt bin ich völlig sicher, daß es nicht stimmt.«

»Er hat mir den Namen der Versicherung genannt und die Bedingungen.«

»Ich glaube, ich brauche noch einen Drink. Sie auch?«

»Warum nicht?«

Mortimer winkte einen Kellner heran, gab die Bestellung auf, lehnte sich zurück, streckte die Beine von sich und schob beide Daumen unter die Jackettaufschläge. Sein runzliges walnußbraunes Gesicht strahlte. »Mark, ich liebe Sie. Ich liebe Sie, weil Sie so ehrlich sind wie ein puritanischer Geistlicher und so unschuldig, daß ich unaufhörlich leide, wenn ich mit Ihnen spreche. Ich kenne jeden gottverdammten französischen Versicherungsmenschen vom Elsaß bis zum Midi. Wenn Sie auch nur einem von ihnen im Augenblick mehr als zwei Millionen Dollar entlocken können, sind Sie ein besserer Bankier als ich. Chakry belügt Sie, Mark. Er flieht vor dem Kittchen. Und wenn die Zentralbank ihn am nächsten Montag nicht auslöst – was sie nicht tun wird –, dann zieht er nach Westen, Bruder. Weit nach Westen! Sie glauben mir nicht?«

»Ich möchte Ihnen glauben – und dann auch wieder nicht, Lew. Es würde sich lohnen für mich, wenn ich Ihnen glaubte, aber ...«

»Aber was?«

»Ich weiß nicht.«

»Dann will ich es Ihnen sagen.« Mortimer beugte sich vor. »Sie sind ein netter Kerl, Mark, aber Sie sind ein Baby. Jemand bietet Ihnen eine weiche warme Brust, und Sie wollen sie nicht loslassen. Werden Sie endlich erwachsen, Mann! Mami knöpft ihr Kleid zu und geht wieder auf die Straße.«

»Hören Sie auf, Lew.«

»Tut mir leid – ich wollte nicht Ihre Gefühle verletzen. Aber ich möchte auch nicht, daß Sie Chakrys Suppe auslöffeln müssen. Eine Frage – die Antwort wird beweisen, ob ich recht habe oder nicht. Wie heißt die Versicherungsgesellschaft?«

»Tut mir leid, Lew.«

»Natürlich. Aber es wird Ihnen noch viel mehr leid tun, wenn das Finanzministerium Sie wegen betrügerischen Einvernehmens unter Anklage stellt, um damit zu verschleiern, daß der Libanon kein anständiges Bankgesetz hat.«

»Das würden sie nicht tun. Das könnten sie gar nicht!«

»Es geht um Ihren Hals, mein Junge – nicht um meinen.«

Es war komisch, wie leicht einem der Verrat gemacht wurde. Alle Entschuldigungen waren bereits ausgesprochen. Er zögerte gerade lange genug, um sein Gesicht zu wahren. Dann gab er die Antwort.

»Aber das bleibt unter uns, Lew.«

»Natürlich – selbstverständlich!«

»Es ist die Société Anonyme des Assurances Commerciales.«

»Das darf doch nicht wahr sein!« Mortimer gluckste vor Überraschung und Entzücken. »Oh, dieser schlaue Hund! Wenn ich einen Hut hätte, ich würde ihn vor ihm ziehen! Die Gesellschaft gehört ihm selber – und jede höhere Forderung würde sie ruinieren.«

»Sie meinen ...?«

»Ich meine, Sie sollten morgen Ihren Abschied nehmen, Mark. Es wird höchste Zeit. Ab nächstem Monat stehen Sie auf meiner Gehaltsliste. Fünfzig im Jahr – einverstanden?«

»Einverstanden, Lew. Ich kann Ihnen nicht sagen, wie dankbar ich Ihnen bin.«

»Lassen Sie nur. Leisten Sie gute Arbeit, dann bin ich zufrieden. Ich gehe jetzt ins Kasino und spiel' ein paar Sätze. Kommen Sie mit?«

»Nein, danke. Ich hab' eine Verabredung zum Abendessen.«

»Ist sie das wert?«

»Und ob! Sie redet bloß zuviel.«

»Dagegen gibt es ein gutes Mittel. Und Spaß macht es obendrein.«

Worauf Mark so übermäßig lachte, daß er sich verschluckte und der Kellner ihm auf den Rücken klopfen mußte. Als er wieder zu sich kam, hatte Lew Mortimer bereits die Rechnung bezahlt und war gegangen.

Im *Casino de Liban*, das wie ein Monument zu Ehren König Midas' auf der Klippe thronte, waren die Schafe bereits von den Böcken getrennt. Die Schafe waren die Touristen, denen zu überbezahlten Gerichten ein extravagantes Schauspiel mit Taschenspielern, Akrobaten, tanzenden Knaben, singenden Mädchen und einem Ballett der nackten Brüste geliefert wurde. Die Böcke waren in dem privaten Spielsalon versammelt, wo angesichts des Gottes Mammon alle gleich waren – vorausgesetzt, sie hatten Geld.

Nuri Chakry war unter den Spielern, weil seine Sängerin noch zwei Nummern und ein großes Finale absolvieren mußte und er keine Lust hatte, sich das langweilige Zeug noch einmal anzuhören. Außerdem war er selber etwas wie ein Schauspieler und hatte das Bedürfnis, eine letzte öffentliche Vorstellung zu geben, ehe er sich endgültig davonmachte. Er spielte gern, aber immer in kleinem Rahmen und nur bis zu einem gewissen Betrag. Er hatte keine Angst vor dem Risiko, zuviel zu verlieren; er wußte nur, daß das Haus letzten Endes immer gewann, und damit war der Reiz für ihn dahin. Was ihm gefiel, war die Atmosphäre, der Geruch von Parfüm, Rauch und erregten Menschen, die Gesichter an den grünen Tischen, die Papageienschreie der Croupiers, das Klicken der Kugeln und das suggestive Surren des Rouletts.

Er ging lächelnd und mit überaus zuversichtlicher Miene im Saal herum und wechselte gelegentlich ein Wort oder ein Lächeln mit Bekannten. Er wußte, daß er beobachtet wurde. Fast konnte er die Fragen hören, die man sich stellte, die man freilich ihm gegenüber an diesem Ort, an dem jeder als reich galt, solange er die Mitgliedskarte besaß, niemals ausgesprochen hätte. Einige waren seine Feinde, ein paar seine Freunde; abgesehen von den wenigen Fremden war seine Anwesenheit niemandem gleichgültig. Jeder wußte, daß er zum Bau des *Casinos* beigetragen hatte. Jeder wußte, daß Nuri Chakry noch immer die Rolle der unbekannten Größe spielte, die im Endergebnis – wie immer man auch die Gleichung aufstellte – ebensogut Null wie Unendlich heißen konnte.

Er kaufte sich schließlich eine Handvoll Chips, suchte sich einen Platz am Ende eines Roulettisches und ließ sich nieder, um zu spielen. Er hatte kein System, sondern spielte auf gut Glück. Fünfzehn Minuten lang verlor er. Dann gewann er mit der Sieben. Er ließ den Gewinn liegen und schob alles auf die Siebzehn. Wieder gewann er, schob alles auf Siebenundzwanzig und gewann wieder. Der Croupier lächelte und sagte: »Noch mal, Monsieur?«

Chakry schüttelte den Kopf. Der Croupier schob das Geld vom Tisch. Chakry gab ihm ein Trinkgeld und steckte seinen Gewinn ein.

»Sie wollen doch nicht mauern, Nuri?« sagte Lew Mortimer hinter seinem Stuhl.

»Möchten Sie meinen Platz?« Chakry war von eisiger Höflichkeit.

»Sie mauern!« sagte Mortimer. »Weshalb spielen Sie nicht weiter? Vielleicht haben Sie nie wieder so viel Glück.«

Chakry ignorierte ihn, steckte die restlichen Chips in die Tasche und verließ den Tisch.

Lew Mortimers massiver Körper verstellte ihm den Weg. Er schwankte, sein Gesicht war gerötet, und seine Augen quollen blutunterlaufen aus den Höhlen. »Gehen Sie noch nicht, Nuri. Ich möchte mit Ihnen reden.«

»Entschuldigen Sie mich bitte.«

»Nur eine kurze Unterredung, Nuri. Und einen Drink für unterwegs.«

»Ich ziehe es vor, nicht mit Ihnen zu reden. Und ganz gewiß werde ich nicht mit Ihnen trinken. Lassen Sie mich bitte vorbei.« Es herrschte plötzlich Stille in dem großen Saal. Die Aufseher näherten sich behutsam.

Lew Mortimer streckte die Hand aus und packte Chakry am Hemd. »Schieb mich nicht einfach beiseite, kleiner Mann! Das kannst du dir nicht mehr leisten. Du kannst es dir nicht mehr leisten, irgend jemanden beiseite zu schieben.«

»Bitte, mein Herr!« Ein athletischer, sehr höflicher junger Mann erschien neben Mortimer. »Wenn Sie etwas zu besprechen haben, würden Sie das bitte draußen tun? Und lassen Sie bitte den Herrn los.«

»Kümmern Sie sich um Ihre eigenen gottverdammten Angelegenheiten!« Mortimer war wütend und unbeherrscht. »Wissen Sie, wer das ist? Das ist Nuri Chakry. Er ist ein Geschäftsfreund von mir. Er möchte mit mir trinken. Nicht wahr, Nuri?«

»Das möchte ich nicht.«

Dann waren es drei junge Männer, die Mortimer fortzogen und festhielten, während Chakry sein Hemd glättete und zum Geldschalter ging. Aber auch die drei konnten Mortimer nicht daran hindern zu schreien, und sein betrunkenes Geschrei hallte durch den Saal.

»Sie hauen ab, was, Nuri? Sie verschwinden nach Südamerika! Wer wird den Sparern ihr Geld geben? Wer wird für die ganze Schweinerei geradestehen? Seht ihn euch an! Er macht seine Chips zu Geld. Aber was wird aus eurem Geld? Sag es ihnen, Nuri – erzähl ihnen die Geschichte von dem großen Versicherungsdarlehen, das du nie bekommst. Sag ihnen, daß du nächste Woche pleite bist!«

Dann hatten sie Mortimer endlich durch den Dienstboteneingang weggeschafft, und an allen Tischen forderten die Croupiers auf, das Spiel zu machen. Aber alle blickten Nuri Chakry nach, der sein Geld zählte, die Scheine in die Brieftasche steckte und langsam über den Läufer zur Tür ging.

Es war kein schlechter Abgang. Es war sogar fast ein Triumph. Er war öffentlich beleidigt worden, aber er hielt sie noch immer in Schach. Sein Lächeln strafte die Beschimpfungen des Betrunkenen Lügen. Seine Verachtung schüchterte selbst seine ärgsten Feinde ein. Er verließ sie wie ein Fürst mit einer ironischen Abschiedsgeste.

Keiner von ihnen würde jemals erfahren, wie leicht es gewesen wäre, ihn zwischen Geldschalter und Ausgang wieder zum Eselstreiber zu machen.

Zwölftes Kapitel

Damaskus

In der Abhörzentrale saßen vier Techniker mit Empfängern und Kopfhörern und suchten langsam das Kurzwellenband nach einem Sender ab, der in Gruppen von fünf Zahlen funkte. Vier weitere Techniker fuhren im Auto durch die Stadt. Sie standen mit der Abhörzentrale in Verbindung. Sobald der Geheimsender zu hören war, hatten sie die Peilgeräte, die sie bei sich führten, auf den Sender anzusetzen. Die Arbeit am Kurzwellenband erforderte empfindliche Ohren und feinfühlige Hände, denn die Kanäle lagen so dicht nebeneinander, daß die Töne häufig ineinander übergingen.

Hauptmann Shabibi hatte seine Männer lange und gut geschult. Jedem von ihnen hatte er einen bestimmten Kurzwellenbereich zugewiesen, den sie ohne Unterlaß überprüfen mußten. Mit den Männern in den Wagen stand er in ständiger Verbindung. Er achtete darauf, daß sie jederzeit weit genug voneinander entfernt waren, um vier verschiedene Vektoren des Senders angeben zu können – falls er in dieser Nacht arbeitete und sie ihn ausfindig machten.

Omar Safreddin saß in einem Stuhl und rauchte eine Zigarette nach der anderen. Seine Aufmerksamkeit galt gleichermaßen den technischen Details, wie dem jungen Manne, der die Operation leitete. Wenn man Shabibi in einem gewissen Licht betrachtete, sagte er sich, so war man versucht, ihn auf der Stelle niederzumachen, ehe er zu groß wurde. Er war der perfekte Streber, gelehrig, intelligent, gut informiert und bewandert in der Kunst zu schmeicheln. Sah man ihn aber in einem anderen Licht, dann waren plötzlich alle Hoffnungen gerechtfertigt: die Hoffnung auf eine korrekte Verwaltung, auf industriellen Fortschritt und politische Reife. Seine starke Hand würde Türme bauen und den Halbmond hissen und die Fahne mit dem eigenen Blut besprengen, um ihr Glorie zu verleihen. Sah man ihn im Licht der Nacht, dann empfand man eine seltsame Mischung von väterlichen, brüderlichen und kameradschaftlichen Gefühlen, die alle edel waren, aber alle nicht ganz frei von dem Wunsch nach körperlichem Kontakt. Nein, dieser Wunsch hatte nichts Unedles: Die großen Dichter der Kalifenzeit hatten ihn oft in ihren Liedern besungen. Aber für einen Mann, der gerade eine Revolution durchgeführt hatte und damit beschäftigt war, ihr Dauer zu verleihen, mischte sich Angst auch in das edelste Gefühl. Kein Bad bot Sicherheit vor dem Dolch des Mörders, in jedem Wein konnte Gift sein, und schon mancher Jüngling hatte seinem liebevollen Gönner den Tod gewünscht.

Das war seine persönliche Schwäche, gegen die er noch kein Mittel gefunden hatte. Solange er hassen konnte, konnte er auch allein sein; nie durfte er sich in die gefährdete Situation des Liebhabers oder auch nur des gleichgesinnten Freundes begeben. Im Augenblick der Hingabe würde er sich zurückziehen. Er würde sich dafür verachten und seiner Selbstverachtung in Grausamkeiten gegen die geliebte Person Luft machen. In dieser Nacht wünschte er, Shabibi möchte gewinnen. Morgen würde er ihn demütigen und verletzen. Und wenn er sein Blut geschmeckt hatte, würde er wieder großmütig sein und voller Toleranz und Mitempfinden.

Er sah, wie sich einer der Techniker aufrichtete und die Kopfhörer fester an die Ohren preßte. Dann drehte er sich plötzlich um und rief aufgeregt: »Ich hab' ihn, Herr Hauptmann! Unten auf dem Band – vier Punkt zwei – vier Punkt drei ...«

»Schaltet euch ein und schreibt mit«, befahl Shabibi den anderen hastig.

Dann rief er die Männer an den Peilgeräten, die sofort ihre Geräte auf die angegebene Wellenlänge ansetzten und ihm kurze Zeit später die Vektoren durchgaben. Shabibi notierte sie und gab sie an einen jüngeren Offizier weiter, der sie auf den Stadtplan übertrug. Die Vektorlinien liefen über die Karte hinaus, und Safreddin fluchte ärgerlich, bis jemand das Anschlußstück brachte. Die Linien liefen an einem Punkt südlich der Stadt nahe der Straße nach Rumtha zusammen.

Drei Minuten waren vergangen; weitere fünf dauerte es, bis die Polizei und der diensthabende Offizier im Gebäude des Sicherheitsdienstes alarmiert waren. Die Straße nach Rumtha sollte nördlich und südlich der Stelle, an der der Sender entdeckt war, blockiert werden, ein bewaffnetes Polizeikommando sollte das Gebiet umstellen, und die Wagen mit den Peilgeräten wurden in Richtung Rumtha geschickt. Dann eilten Safreddin und Shabibi hinunter, weckten den Fahrer und brausten davon.

Als sie den Stadtrand erreichten, wo die Berge begannen und die Straße einen weiten Bogen machte, stießen sie auf die erste Blockade. Auch die vier Peilwagen waren bereits da und parkten am Straßenrand. Safreddin und Shabibi fuhren langsam weiter und hielten Ausschau nach einer Abzweigung, die in die Berge führte. Als sie sie gefunden hatten, war das Polizeikommando bereits hinter ihnen. Zusammen fuhren sie den holprigen Weg entlang, der zur Kirche der Märtyrer führte.

Safreddin war jetzt ganz in seinem Element. Er verteilte die Polizisten rings um die Friedhofsmauer. Von dort schlichen sie vorsichtig zwischen den Gräbern hindurch bis an die Mauer der Kirche. Die Tür war abgeschlossen. Sie sprengten das verrostete Schloß und traten ins Innere. Safreddin befahl den Polizisten, an der Tür stehenzubleiben, und leuchtete mit einer Taschenlampe den Boden des Kirchenschiffs ab. In der dicken Staubschicht waren deutliche Fußspuren sichtbar. Safreddin kniete nieder und betrachtete sie. Dann winkte er Shabibi zu sich. Mit dem Zeigefinger fuhr er die Linien von zwei Abdrücken entlang.

»Ein Mann und eine Frau. Der Mann ist häufiger hier gegangen als die Frau. Wir müssen die Spuren aufnehmen. Die Polizisten sollen an der Wand entlanggehen und aufpassen, daß sie die Spuren nicht verwischen.«

Safreddin ging voran in die Gruft. Im Schein der Taschenlampe entdeckte er die Brunnenöffnung, die Grabnische und zahlreiche Fußspuren.

Lange Zeit blieb er schweigend und nachdenklich stehen. Dann wandte er sich wieder an Shabibi.

»Die Fotografen und Spurensicherer sollen sofort herkommen, ehe wir etwas verwischen. Sie sollen den Brunnen ausloten, das Grab da drüben öffnen und den Boden und die Wände abklopfen. Wir sind nicht gut genug ausgerüstet, es könnte uns etwas Wichtiges entgehen. Die Polizisten sollen das umliegende Gebiet absuchen. Ich rechne nicht damit, daß sie unseren Mann finden, aber wir wollen nichts unversucht lassen. Sie sollen in einer Stunde zurückkommen und Bericht erstatten. Eine Wache von vier Mann bleibt bei der Kirche.«

Nach der ersten Aufregung hatten diese Maßnahmen für Shabibi etwas Ernüchterndes. Er wollte eine Bemerkung machen, unterließ es aber nach einem Blick in Safreddins Gesicht. Er führte die Polizisten hinaus und schickte sie in verschiedene Richtungen auf die Suche. Dann rief er über Funk die Polizeispezialisten herbei und wartete, neben dem Wagen stehend, auf Safreddin.

Es vergingen fast fünf Minuten, bis er aus der Kirche trat und über den Friedhof kam. Den Kopf hielt er gesenkt, als kehre er gerade von einer Beerdigung zurück.

Shabibi berichtete knapp: »Der Suchtrupp ist unterwegs; die angeforderten Leute kommen jeden Augenblick.«

»Ich konnte den Schlüssel nicht finden«, sagte Safreddin abwesend.

»Wie bitte?«

»Ich kenne diesen Ort.« Safreddin sprach völlig teilnahmslos. »Ich kenne ihn. Ich glaube mich auch zu erinnern, woher ...«

»Ich verstehe Sie nicht.«

Safreddin sah ihn mit einem kalten ironischen Lächeln an. »Sie sind ein sehr gescheiter junger Mann, Hauptmann. In dieser Nacht sind Sie der Beförderung zehn Schritte nähergekommen.«

»Und Sie, Oberst?«

Safreddin legte den Arm um seine Schultern. »Man wartet jahrelang. Man wartet und arbeitet wie ein Geizhals, der ein Vermögen anhäuft, von dem er nie etwas haben wird. Dann tritt eines Tages jemand in dein Leben, dem du alles schenken möchtest. Für mich bist du dieser Jemand. Wir machen jetzt hier Schluß. Wir warten noch auf die Experten und zeigen ihnen, was sie zu tun haben. Dann will ich dir zeigen, was man mit Geduld und einem guten Gedächtnis erreichen kann.«

Selim Fathalla hatte, während er einen felsigen Engpaß hinaufkletterte, das Geräusch von Fahrzeugen auf der Straße nach Rumtha gehört und zunächst angenommen, es handele sich um einen Militärkonvoi, der nach Süden zur Grenze fuhr, oder um Lastwagen, die nach Norden zum Markt von Damaskus wollten. Dann hörte er einen vereinzelten Gewehrschuß, dessen Echo von den Bergen widerhallte. Er rannte weiter, bis er stolperte und sich das Schienbein an einem Felsvorsprung verletzte. Der Schmerz brachte ihn augenblicklich zur Vernunft. Noch eine Unachtsamkeit, und er brach sich möglicherweise einen Knöchel. Vorsichtig ging er weiter und blieb nur gelegentlich kurz im Schatten einer Felswand stehen, um Atem zu schöpfen und in das Schweigen zu horchen, das dem Schuß gefolgt war.

Er hatte sich in die Öffnung einer niedrigen Höhle verkrochen, als er erneut Geräusche vernahm, die von weither kamen, aber in dieser trockenen Luft deutlich vernehmbar waren. Er hörte, wie schwere Stiefel auf lockeres Gestein traten, und kurz darauf vernahm er die Stimmen von Männern, die den Berg von der anderen Seite erklommen und in das Wadi hinter der Höhle hinabstiegen. Eine neue Angst drohte ihn zu ersticken. Er klammerte sich an das Gestein und kämpfte verzweifelt gegen die Panik, die in ihm aufstieg. Es dauerte eine Weile, bis er sich beruhigt hatte und die Höhle verließ.

Er hatte jedes Zeitgefühl verloren. Einzig der Wille zu überleben beherrschte ihn. Die Stimmen seiner Verfolger klangen ferner. Ihre Schritte hörte er nicht mehr. Der Engpaß wurde weiter, und bald würde er die Berge hinter sich haben und die Außenbezirke der Stadt erreichen.

Eine neue Angst überfiel ihn: Was sollte er tun, wenn sie versuchten, ihn am Ende des Engpasses abzufangen? Wenn er dort hinaufkletterte, konnte er die Straße nach Norden zur Stadt und nach Süden bis zu den ersten Kurven in den Bergen überblicken. Die Felswand auf dieser Seite war steil. Langsam und behutsam arbeitete er sich im Zickzack nach oben. Der scharfe Granit schnitt ihm in die Hände und zerriß seine Kleider, und ein paarmal hing er hilflos im Mondlicht und wäre für jeden Schützen ein leichtes Ziel gewesen. Er war schweißgebadet, und sein Herz pochte laut, als er sich die letzten Meter zum Gipfel hinaufzog. Erschöpft und keuchend lag er eine volle Minute auf dem Plateau. Dann kroch er in eine Felsspalte und blickte hinunter.

Vier Funkwagen parkten unten auf der Straße am Fuß der Berge.

Die Besatzung stand herum und rauchte. Zwei Streifenwagen blokkierten die Fahrbahn. Zwanzig Meter weiter standen zwei Männer mit Taschenlampen und stoppten den Verkehr.

Der Rückweg in die Stadt war ihm versperrt. Er war zu müde, um zu versuchen, über die Berge nach Westen zu entkommen. Er konnte nichts tun als dasitzen und warten und hoffen, daß die Suche vor Tagesanbruch abgebrochen würde. Er mußte überlegen, was zu tun war, um sich und die gesamte Organisation zu retten. Sie hatten mit Sicherheit die Kirche gefunden und vermutlich auch den Sender. Fingerabdrücke würden sie nicht entdecken, denn er hatte nach der Sendung alle Instrumente abgewischt. Dafür würden sie Fußspuren finden; aber die zu identifizieren würde schwierig sein, solange er in Freiheit war.

Ein kleiner Fehler machte ihm Sorgen. Er hatte die Kirchentür abgeschlossen und den Schlüssel an den gewohnten Platz unter dem Stein auf der Grabplatte gelegt. Ein findiger Untersuchungsbeamter konnte auf die Idee verfallen, über den Schlüssel den Besitzer der Kirche ausfindig zu machen. Er würde den Patriarchen fragen, wer den Schlüssel habe. Der Patriarch würde ihm mitteilen, daß die Kirche schon seit langer Zeit nicht mehr benützt und schließlich verkauft worden war. Wenn er sich nicht an den Namen des Käufers erinnerte – was wahrscheinlich war, da er alt war und ausschließlich damit beschäftigt, eine kleine angstvolle Christengemeinde in einem mohammedanischen Land zusammenzuhalten –, würde er in den Akten nachsehen, und in den Akten stand, daß der derzeitige Besitzer der Kirche ein gewisser Selim Fathalla war. An das, was danach kam, wagte er gar nicht zu denken. Und so faßte er einen Entschluß.

Sobald die Straßenblockade aufgehoben war, würde er nach Hause eilen, Bitar warnen, Emilie in den Wagen packen und auf Seitenstraßen zur libanesischen Grenze fahren. Vor Tagesanbruch würden sie den Wagen stehenlassen, den Tag über in den Bergen bleiben und in der Nacht versuchen, die nur mäßig bewachte Grenze zu überqueren. Wenn sie Glück hatten, waren sie vor Anbruch des nächsten Tages im Tal des Antilibanon.

Eine plötzliche Bewegung auf der Straße weckte ihn aus seinen Träumen. Er blickte hinunter und sah, daß die Streifenwagen zur Seite fuhren und Platz machten für einen Stabswagen und einen

Lastwagen mit Polizisten, die von Süden heraufkamen. Die beiden Fahrzeuge hielten hinter der Kurve an und fuhren an den Straßenrand. Er sah, wie Safreddin und Shabibi aus dem Stabswagen ausstiegen und die Polizisten und Fahrer zusammenriefen. Er lauschte angestrengt, aber ihre Stimmen erreichten ihn nur als fernes Murmeln. Ein paar Augenblicke später eilten die Männer zu ihren Fahrzeugen, ließen die Motoren an und fuhren davon. Nach drei Minuten war die Straße leer.

Fathalla wartete noch zehn Minuten. Dann kroch er aus seinem Versteck, stieg den Berg hinunter und begann zurück in die Stadt zu gehen.

Es war ein nervenzermürbendes Unternehmen. Einmal mußte er in eine Seitengasse ausweichen, um einem patrouillierenden Polizisten zu entgehen, der ihn, ohne Papiere und schmutzig und zerfetzt, wie er war, sofort festgenommen hätte. Als er an einem Brunnen stehenblieb, um zu trinken, wurde er fast von einem Streifenwagen überrascht. In dem Gewirr von Seiten- und Nebengassen rings um den Bazar verfolgten ihn zwei Raufbolde. Nach hundert Metern drehte er sich um, warf eine Handvoll Geldscheine auf die Straße und lief davon, während sie sich nach den Scheinen bückten. Ein Bettler, der vor einem Strohballen saß, streckte ein Bein aus, als er an ihm vorbeikam. Er stolperte und stürzte gegen die Hauswand auf der anderen Straßenseite. Als er sich fluchend aufrichtete, sah er ein Messer aufblitzen. Er trat zu, und das Messer flog in die Luft, während der Bettler vor Schmerz aufbrüllte. Er rannte weiter, bis er ans Ende der Gasse kam, die in seine Straße einmündete. Im Schatten eines Torbogens blieb er, nach Atem ringend, stehen, um sich für die Begegnung mit Emilie zu wappnen.

Dann kamen drei Wagen mit quietschenden Reifen um die Ecke und hielten fast gleichzeitig vor seinem Haus. Er preßte sich flach an die Wand und sah, wie Safreddin und Shabibi zur Tür gingen und läuteten, während die Polizeieskorte mit schußbereiten Waffen das Haus umstellte. Er sah, wie die Tür aufging und Emilie totenbleich hinaustrat. Er sah, wie die beiden Männer sie ins Haus zurück drängten und die Tür hinter sich zuschlugen. Dann drehte er sich um, vor Verzweiflung fast ohnmächtig, und verschwand wieder im dunklen Gewirr der Gassen.

Er brauchte zehn Minuten bis ins Zentrum der Stadt und zu den öffentlichen Telefonzellen in der Hauptpost. Das Risiko war groß, aber er mußte es wagen. Er suchte in den Taschen nach Kleingeld und wählte Bitars Nummer. Es klingelte und klingelte, und erst nach geraumer Zeit meldete sich eine fremde Stimme.
»Hier bei Doktor Bitar. Wer spricht bitte?«
Er legte den Hörer auf. Sie hatten also auch Bitar, und sicherlich suchte die Polizei mittlerweile schon die ganze Stadt nach Selim Fathalla ab. Er verließ das Postgebäude und tauchte wieder in den dunklen Nebengassen unter. Er fühlte sich plötzlich restlos erschöpft. Der unfaßbare Zusammenbruch aller seiner Berechnungen lähmte ihn wie ein Schock. Der Gedanke, daß Emilie brutal behandelt werden könnte, während er hilflos in seinem Versteck stand, trieb ihm Schamröte ins Gesicht. Wenn in diesem Augenblick ein Polizist vorbeigekommen wäre, hätte er sich ohne Widerstand ergeben und gebeten, zu ihr geführt zu werden.

Das Geräusch eines sich nähernden Fahrzeugs riß ihn hoch, und er versteckte sich hinter einem Schuppen, bis das Geräusch in der Ferne erstarb. Er blickte auf die Uhr. Es war fast halb vier. Spätestens in einer Stunde begann die Morgendämmerung. Bei Tageslicht und unter Menschen wäre er ungeschützter und hilfloser als jetzt. Emilie und Bitar waren bereits so gut wie tot. Er konnte nichts tun, um die Qualen zu erleichtern, die ihrem Sterben vorangehen würden, und er wußte, daß es ihn zum Wahnsinn treiben würde, wenn er noch länger darüber nachdachte.

Er nahm seine letzten Kräfte zusammen und stolperte durch die nachtschwarzen Straßen in Richtung der westlichen Berge.

»Es tut mir leid, daß wir Ihre Nachtruhe stören mußten, Doktor.« Safreddin war ungemein höflich. »Aber wie Sie sehen, haben wir einen Patienten, der dringend Ihrer Hilfe bedarf.«

Dr. Bitar stand mit seiner kleinen schwarzen Tasche in der Tür und blickte in Fathallas Schlafzimmer. Alle Schubladen waren durchstöbert worden. Die Fayenceplatte war von der Wand gerissen und das Versteck entdeckt. Emilie Ayub saß zusammengesunken auf einem Stuhl. Ihr Kleid war zerrissen, ihr Gesicht und ihre Brüste bluteten. Sie hatten kurzen Prozeß mit ihr gemacht, ehe sie überhaupt recht wußte, worum es ging. Offensichtlich war sie unter dem Schock zusammengebrochen und hatte gesagt, was sie wußte.

Zwei Männer standen hinter ihrem Stuhl, zwei andere hatten neben Safreddin und Shabibi in der Fensternische Aufstellung genommen und zwei weitere standen zwischen Bitar und dem Ausgang.

Bitar wandte sich langsam an Safreddin. In seiner tiefen Stimme lagen Bitterkeit, innere Abscheu und müde Verachtung. »Ihr seid Barbaren.«

Safreddin lächelte. »Wecken Sie sie bitte auf, Doktor. Wir haben ihr noch mehr Fragen zu stellen.«

»Legt sie auf das Bett.«

Die beiden Männer hoben den schlaffen Körper des Mädchens und legten ihn auf das Bett. Bitar setzte sich neben sie und öffnete seine Tasche.

Shabibi trat hastig vor und nahm ihm die Tasche ab. »Darf ich bitte sehen, Doktor?«

Bitar ignorierte ihn und hob Emilies Handgelenk, um den Puls zu fühlen. Er streckte die Hand nach der Tasche aus, und Shabibi gab sie ihm wortlos zurück. Bitar suchte in den Innentaschen und holte zwei kleine durchsichtige Kapseln heraus. Er hielt sie hoch.

»Das sind Nitroglyzerin-Inhalatoren. Das einzige Herzanregungsmittel, das ich bei mir habe.«

»Nehmen Sie sie«, sagte Safreddin.

»Bevor ich das tue, bitte ich Sie um eins: Quälen Sie sie nicht weiter.«

»Ich glaube, Doktor, Sie überschätzen Ihre Situation. Wir haben auch an Sie einige Fragen zu stellen. Fragen über ein Adreßbuch, das in Ihrer Anwesenheit einem Sterbenden aus der Tasche genommen wurde. Viele, viele Fragen über Ihre Beziehung zu Selim Fathalla und über sein derzeitiges Versteck.«

Bitar blickte müde, aber ungerührt zu ihm auf. »Sie kennen die Antworten, weshalb wollen Sie noch fragen? Außerdem sind Sie mir eine Gegenleistung schuldig. Heute beanspruche ich Sie.«

»Ich schulde Ihnen nichts!« sagte Safreddin, und seine Augen funkelten zornig. »Für Verrat gibt es keine Belohnung.«

Zum erstenmal verzog sich Bitars langes melancholisches Gesicht zu einem spöttischen Lächeln. »Ein edler Araber, der so spricht und für ein Leben nicht mit einem Leben zahlen will! Fathalla, der Jude, war ehrenhafter.«

Einen Augenblick lang war Safreddin von seiner Wut wie gelähmt. Shabibi und die anderen starrten entsetzt in sein verzerrtes Gesicht. Dann stürzte er mit erhobener Hand auf das Bett zu.

Im gleichen Augenblick zerdrückte Bitar eine der Kapseln unter Emilies Nase und die andere unter seiner eigenen. Zwei Sekunden später waren sie tot, und in Fathallas Schlafzimmer verbreitete sich der schwache Duft von Bittermandelöl.

Hebron

Um fünf Uhr morgens ging die Sonne auf, und goldene, rote und rosafarbene Wellen zogen über das Land. Es war der kurze wunderbare Augenblick der Verklärung, in dem, wie die Legende berichtet, der Engel mit dem Flammenschwert die Tore öffnete und den Menschen einen Blick in das verlorene Paradies gönnte. Dann wichen die Wellen zurück, und das Land der Wunder wurde wieder eine Wüste unter den brennenden Strahlen des harten Lichts.

Im Bereitstellungsgebiet im Tal der Föhren kehrten die Soldaten Abfälle zusammen, überprüften Waffen und Maschinen und warteten auf den Befehl zum Abmarsch. Vierzig Kilometer weiter wurden die Mystères aufgetankt und beladen, während die Piloten darauf warteten, zur letzten Flugbesprechung gerufen zu werden. Es gab kaum Nervosität. Die Witze hatten einen bitteren Beigeschmack; es war, als hätte man die Löwen von Juda aufgefordert, gegen Kaninchen zu kämpfen.

Auf dem Beobachtungsposten über dem Hebrontal saß Jakov Baratz mit dem Stabschef beim Frühstück und wartete. Sie waren jetzt gelassen und fast heiter – zwei fähige Techniker, die das mechanische Gehirn mit allen ihnen zur Verfügung stehenden Fakten gefüttert hatten und jetzt nur noch darauf warten konnten, daß es die erwartete Lösung auch wirklich lieferte. Ihre Verantwortung war auf ein Minimum reduziert.

Der Hebron-Plan war im Grunde sehr einfach und ließ wenig

Raum für Fehler. Um sechs Uhr würden die Flugzeuge aufsteigen und die Bodentruppen die jordanische Grenze erreichen. Sie würden fünf Kilometer weit in jordanisches Gebiet vordringen und den Ort umstellen. Die Dorfbewohner würden evakuiert werden. Anschließend würden Infanterie und Pioniere den Ort besetzen, nach zurückgebliebenen Bewohnern suchen und an Häusern und öffentlichen Gebäuden Sprengladungen anbringen. Dann würden die Sprengladungen zur Explosion gebracht werden, die Truppen würden sich zurückziehen, und die Operation war beendet. Die Panzer waren aufgeboten, um die Infanterie zu schützen, um die Stärke der israelischen Armee zu demonstrieren und um die Straße gegen eventuell anrückende Truppen der Arabischen Legion zu sichern. Doch mit Gegenwehr war voraussichtlich allenfalls von bewaffneten Verbänden der Palästinensischen Befreiungsorganisation zu rechnen.

Der Stabschef wandte sich an Baratz und lächelte. »Sie hätten ruhig im Bett bleiben können, Jakov. Hier gibt es nichts für Sie zu tun.«

»Sie haben recht, Chaim. Nur bin ich schon um drei von einer Nachricht aus Damaskus geweckt worden. Und danach war es zwecklos, sich nochmals hinzulegen.«

»Haben Sie etwas Neues erfahren?«

»Ja, einiges. Der Irak hat sich bereiterklärt, an militärischen Operationen mitzuwirken, die von Syrien und Ägypten auf Grund ihres Verteidigungspaktes vorgenommen werden. Dafür dürfen sie ihr Öl jetzt ungehindert durch syrisches Gebiet leiten.«

»Das bedeutet, daß Jordanien jetzt eingeschlossen wäre.«

»Geographisch gesehen, ja. Sie haben Hussein in der Falle.«

»Sonst noch was?«

»Ein syrisches Raketenteam ist zur Ausbildung nach Rußland geschickt worden. Sie bekommen die Dinger also schon sehr bald.«

»Und nichts über die Befestigungsanlagen in Galiläa?«

»Nichts. Und wahrscheinlich müssen wir noch eine Weile warten, ehe wir etwas erfahren. Fathalla nimmt an, daß er in Gefahr ist. Er will, daß wir ihn und das Mädchen rausholen. Er ist zwar bereit, noch zu bleiben, bis ein Nachfolger kommt, aber ich bin anderer Meinung. Wenn ich nach Tel Aviv zurückkomme, werde ich sofort alles tun, was möglich ist.«

»Also war die Sache mit dem Mädchen ein Fehler.«

»Wir haben auch einen Fehler gemacht, Chaim. Wir haben ihm aus Rom einen schlechten Kontaktmann geschickt. Der Bursche war ein Idiot. Er ist jetzt tot. Er hat ein paar schwere Dummheiten gemacht.«

»Was denn?«

»Streit mit Fathalla wegen des Mädchens. Eine Fahrt nach Aleppo, ohne Fathallas Zustimmung, um mit unserer Auszahlungsstelle Kontakt aufzunehmen. Dazu hatte er kein Recht. Unterwegs hatte er einen Autounfall, und bald darauf ist er gestorben.«

»Und das ist die wahre Geschichte?«

»Die bequemste«, sagte Baratz. »Und ich akzeptiere sie nur zu gern.«

Der Stabschef schwieg ein paar Minuten, dann wechselte er das Thema. »Wenn dieser Jagdausflug vorbei ist, sollten wir uns über die Möglichkeit einer Mobilmachung unterhalten und vor Beginn des Winters den Abu-Agheila-Plan noch einmal probieren.«

»Es gibt noch andere Dinge, über die wir reden müssen, Chaim. Zum Beispiel über das Vorratsproblem. Wir haben im Augenblick nicht einmal Reserven für sechs Monate. Das macht mir große Sorgen.«

»Mir auch, Jakov. Ich werde mit dem Minister darüber sprechen, wenn ich ihn heute treffe. Was, glauben Sie, wird als nächstes passieren – und wann?«

»Ich treibe ungern solche Ratespiele, Chaim. Aber eins steht fest. Die Syrer werden in Galiläa so lange auf uns herumhacken, bis wir gezwungen sind, etwas zu unternehmen. Dann werden sie die Ägypter um Hilfe anrufen. Und wenn die Ägypter in Sinai aufmarschieren, geht es los. Wann das sein wird? Wer weiß das? Und woher soll man es auch wissen? Lesen Sie die Akten. Lesen Sie die täglichen Nachrichten. Es ist eine verrückte Welt – ein Turm von Babel wird gebaut, und wir alle reden unser eigenes Kauderwelsch und sterben, ohne den anderen zu verstehen.«

»Na, wie fühlst du dich, kleiner Bruder?« Weißer Kaffee stand neben dem Bett und betrachtete Idris Jarrah. »Wie fühlst du dich an deinem letzten Morgen?«

»Ich muß pinkeln.«

»Bindet ihn los und führt ihn hinaus.«

Sie lösten seine Fesseln und rissen ihn hoch, und als er stolperte und zu Boden fiel, lachten sie und ließen ihn liegen und warteten, bis er Kraft genug fand, sich selber zu erheben. Dann führten sie ihn hinaus in einen ummauerten Hof und richteten ihre Gewehre auf ihn, während er sich an der Mauer erleichterte. Sogleich trieben sie ihn wieder zurück ins Haus, befahlen ihm, sich an den Tisch zu setzen, und gaben ihm einen Becher lauwarmes Wasser und ein Stück Brot. Weißer Kaffee nahm am anderen Ende des Tisches Platz und spielte mit einer geladenen Pistole. Er war mürrisch und unfreundlich.

»Ich habe vergangene Nacht von dir geträumt, kleiner Bruder. Ich habe geträumt, daß du uns verlassen hast und über die Grenze gegangen bist. Ich hab' dich bei den Israelis sitzen sehen und gehört, wie du ihnen alle unsere Geheimnisse verraten hast und dafür noch mehr Geld bekamst. Dann bin ich aufgewacht; deshalb weiß ich nicht, wie der Traum endete. Ich würde es gern wissen.«

Jarrah sah ihn aus blutunterlaufenen Augen an. Irgend etwas stimmte nicht, aber er war nicht imstande zu überlegen, was es sein konnte.

»Ich weiß nicht, was Sie meinen. Ich habe alles gesagt. Heute mittag haben Sie das Geld. Was wollen Sie noch?«

»Wer war dein Kontaktmann in Israel?«

»Ich hatte keinen Kontaktmann.«

»Du lügst.«

»Weshalb sollte ich jetzt noch lügen?«

»Darum ging es ja in meinem Traum, Bruder Jarrah. Erkläre es mir.«

»Es gibt nichts zu erklären. Ich hatte Geld und Pässe. Ich wollte zum Flughafen und nach Paris fliegen.«

»Aber du hattest einiges, was du den Israelis verkaufen konntest, nicht wahr? Viel mehr, als du an Chakry im Libanon verkauft hast. Du hättest ihnen eine komplette Aufstellung über unsere Organisation in Westjordanien verkaufen können. Du hättest eine Liste mit Namen verkaufen können und unsere Waffenverstecke und die Plätze, an denen unser Geld liegt. Sobald die Israelis das alles wußten, hätten sie mit den Haschemiten verhandeln und uns in einem Monat fertigmachen können!«

»Weshalb hätte ich dann all diese Informationen nicht an die Jordanier verkauft?«

»Weil die Jordanier dir nicht mal eine Handvoll Kameldung dafür gegeben hätten, kleiner Bruder. Sie hätten dich in einen Keller gesperrt und in vierundzwanzig Stunden alles aus dir herausgeprügelt, was sie wissen wollten. Deshalb hast du mit den Israelis Kontakt aufgenommen.«

»Das ist nicht wahr! Wie hätte ich das machen sollen?«

»Weißt du, was meinen Traum unterbrochen hat?« Weißer Kaffee hielt die Pistole mit beiden Händen und zielte über den Tisch auf Jarrahs Brust. »Es war ein Anruf vom Kaffeeverkäufer. Um vier Uhr heute morgen hat Safreddin aus Damaskus ihn angerufen. Die Syrer haben letzte Nacht einen israelischen Spionagering gesprengt. Safreddin ist der Ansicht, daß du was damit zu tun hattest. Er glaubt, daß du den Israelis von Rumtha und der Palastrevolution und von Major Khalil und von vielen anderen Dingen erzählt hast. Na, kleiner Bruder, was sagst du nun?«

»Ich wußte nicht mal, daß es so einen Spionagering gab. Wie soll ich den Juden also was erzählt haben?«

»Versuchen wir es mal mit ein paar Namen – Selim Fathalla?«

»Kenn' ich nicht.«

»Eine Frau namens Emilie Ayub?«

»Auch nicht.«

»Doktor Bitar?«

»Nie gehört.«

»Du lügst.«

»Was habe ich noch zu gewinnen?«

»Zeit! Du bist für die Israelis wertvoll. Du hoffst, daß sie dich aus deiner derzeitigen Lage, die recht unangenehm ist, befreien.«

»Nein.«

»Ich habe heute morgen keine Zeit zu verschwenden, kleiner Bruder. Das Flugzeug nach Beirut geht um acht. Du hast noch zwei Sekunden zum Nachdenken, und dann ...« Er brach ab und lauschte dem höchst bedrohlichen Lärm nahender Flugzeuge. Er stieß seinen Stuhl zurück und schrie: »Ihr zwei – paßt auf ihn auf!« Dann rannte er mit seinen übrigen Leuten hinaus.

Jarrah saß mit dem Kopf in den Händen da, während die Flugzeuge über das Haus donnerten. Er war vollkommen verwirrt. Er sah keine Möglichkeit, ihnen zu beweisen, daß die neuen Anschuldigungen nicht stimmten, keine Möglichkeit, weiteren Qualen zu entgehen. In ihrer Wut über seinen angeblichen Verrat würden sie ihn langsam zu Tode quälen. Dann hörte er laute Stimmen vor dem Haus. Männer brüllten, Frauen schrien und Kinder weinten. Im nächsten Augenblick trat Weißer Kaffee in das Zimmer. Er packte Jarrah bei den Haaren, riß ihn hoch und schleuderte ihn an die Wand.

»Die Israelis kommen! Mit Panzern und Flugzeugen! Sie kommen deinetwegen, nicht wahr? So wichtig bist du für sie! Alles andere war nur ein Trick, wie? Jetzt geht das große Schießen los, was?«

Endlich verstand Idris Jarrah, und er lachte seinen Peinigern schallend ins Gesicht.

Vom Beobachtungsposten aus wirkte das ganze Schaustück wie ein Ameisenmanöver.

Zuerst rollten zwei Panzerkolonnen über die Ebene. Sie wirbelten gewaltige Staubwolken auf und erschütterten die Luft mit dem Dröhnen ihrer Motoren und dem Rasseln ihrer Ketten. Von verschiedenen Punkten aus drangen sie gegen das Spielzeugdorf vor. Als die Dorfbewohner sie kommen sahen, flohen sie in panischer Angst mit ihren Kindern und einem Teil ihrer Habe in die nahen Berghöhlen.

Hinter den Panzern kam auf Lastwagen und Schützenpanzerwagen die Infanterie: Für die Beobachter sahen sie aus wie lauter Puppen mit Pilzköpfen und gen Himmel gerichteten Spielzeuggewehren. Die Kolonnen hatten jetzt das Dorf erreicht. Die Spitzen bogen zur Seite ab und bildeten einen Ring von Panzern und bewaffneten Männern um den Ort. Kurz bevor sich der Ring schloß, hielten sie an. Die Panzer richteten ihre Rohre auf die Häuser. Die Infanteristen verließen die Lastwagen und liefen geduckt in Deckung, unter den Schutz der stählernen Ungeheuer. Alles war still. Die Staubwolken setzten sich. Dann hörte man das Krachen von Gewehrschüssen; und als das Echo aus den Bergen verhallt war, rief eine laute Stimme den Dorfbewohnern zu – falls welche zurückgeblieben waren –, sie sollten ihre Häuser verlassen und ihren Nachbarn in die Höhlen folgen.

Niemand werde etwas geschehen, versprach die Stimme, aber jeder, der einen Schuß abgäbe oder im Besitz einer Schußwaffe angetroffen werde, würde auf der Stelle erschossen. Die Stimme wiederholte, was sie gesagt hatte, einmal, zweimal und dann noch einmal. Endlich verließen die letzten verängstigten Bewohner ihre Häuser und flohen unter den wachsamen Blicken der Soldaten in die Höhlen. Nun schloß sich der Panzerring um die leeren Häuser. Soldaten drangen in das Dorf ein, um die Zerstörung vorzubereiten.

Hoch oben am grellblauen Himmel stellten zwei israelische Mystères drei jordanische Jäger. Es wurde ein ungleicher Kampf. Die Männer auf dem Beobachtungsposten sahen davon nicht viel mehr als das Aufblitzen von Metall in der Sonne und weiße Kondensstreifen, und nur von ferne hörten sie das Feuern der Bordwaffen. Es endete damit, daß eine der Maschinen vom Himmel fiel, hinter sich eine Fahne aus Rauch. Dann flohen zwei Jäger in niedriger Höhe über die jordanischen Berge, woraufhin die beiden israelischen Mystères mit heulenden Motoren nach Hause abdrehten.

Der Stabschef packte Baratz erregt am Arm und zeigte über das Tal: »Sehen Sie sich das an, Jakov!«

Baratz nahm sein Fernglas und sah auf der Straße nach Hebron einen Konvoi offener Lastwagen voller Soldaten der Arabischen Legion. Er ärgerte sich und fluchte. »Großer Gott! Die sind wohl wahnsinnig! Offene Wagen und Infanterie! Hoffentlich hält sich Zakkai genau an seine Befehle. Wenn er die angreift, gibt es eine Massenschlächterei!«

Die Worte waren kaum ausgesprochen, als die Panzer eine Barriere von Sperrfeuer über die Straße legten. Die Lastwagen hielten, die Männer sprangen heraus und gingen an der Böschung in Deckung.

Baratz seufzte erleichtert: »Bravo, Zakkai!«

Die Panzer feuerten erneut, vernichteten die leeren Lastwagen und legten das Sperrfeuer entlang der Bergstraße. Sie schossen noch, als die ersten Sprengladungen losgingen und Wolken von Rauch und Staub über dem Ort aufstiegen. Zwanzig Minuten dauerte das Durcheinander von feuernden Panzern, rennenden Männern und Häusern, aus denen Flammen schossen oder die in einer Staubwolke zusammenfielen. Dann ragte nur noch eine kleine weiße Moschee aus den Trümmern, und während die Panzer die arabischen Soldaten in Schach hielten, bestieg die israelische Infanterie ihre Fahrzeuge und fuhr zurück zur Grenze. Die Panzer feuerten eine letzte Salve, machten kehrt und setzten sich an die Spitze der heimkehrenden Truppen.

»Das wär's also«, sagte der Stabschef mürrisch. »Sehr anständig. Sehr wirkungsvoll. Gehen wir nach Hause und machen wir die Abrechnung.«

»Die letzte Rechnung«, sagte Baratz, »liegt noch nicht vor.«

Jerusalem – Israel

Gegen fünf Uhr nachmittags nahmen die Berichte und Schätzungen langsam Form an. Der Premierminister hatte bereits seine eigene Bestandsaufnahme gemacht und war mit dem Ergebnis alles andere als zufrieden.

»Ich muß sagen, Chaim, ich bin von der Zahl der Opfer ziemlich überrascht. Die Jordanier sprechen von dreiundvierzig Toten. Sagen wir, es waren zwanzig oder dreißig – das ist immer noch sehr viel. Sie haben uns versprochen ...«

»Wir haben nichts versprochen.« Der Stabschef war erschöpft und zu Höflichkeiten nicht aufgelegt. »Wir haben Ihnen die Risiken genannt. Sie haben sie akzeptiert. Ich möchte nicht, daß man uns jetzt zum Sündenbock macht.«

Der Premierminister zog sofort die Fühler ein wie eine Schnecke. Er räusperte sich und sagte schließlich: »Ich suche nicht nach Sündenböcken, Chaim. Ich bitte um eine Erklärung.«

Der Stabschef gab sie ihm in knappen Worten. »Wir wissen niemals bis in alle Einzelheiten, was auf der anderen Seite der Grenze vorgeht. Wir vermuten, daß kurz nach Beginn des Angriffs die Arabische Legion zu Hilfe gerufen wurde. Die Soldaten der Arabischen Legion sind intelligent und gut ausgebildet. Keiner ihrer Kommandanten wäre auch nur im Traum darauf verfallen, leichte Infanterie in offenen Lastwagen gegen Panzer einzusetzen. Daher nehmen wir an, daß der Polizeiposten, der sie um Hilfe rief, ihnen nichts davon sagte, daß wir mit Panzern angriffen. Mangelhafte Berichterstattung ist der Ruin jedes Kommandanten. Als die Jordanier schließlich kamen, hätten wir jeden ihrer verdammten Lastwagen mit Leichtigkeit in die Luft jagen können. Das wäre ein richtiges Massaker geworden. Aber wir haben es nicht getan. Wir legten Sperrfeuer über die Straße und ließen ihnen Zeit, zu verschwinden. Aber wir mußten sie schließlich vom Dorf fernhalten. Das erklärt die Todesfälle.«

»Da ist ein Fall, der eine ausführlichere Erklärung verlangt«, ließ sich der Verteidigungsminister vernehmen. »Radio Amman berichtet von einem Mann, der geschlagen und gefoltert und anschließend in die Brust geschossen worden ist. Seine Leiche wurde in einem der Häuser gefunden, die nicht zerstört waren. Die Jordanier erklärten, sie würden in den morgigen Zeitungen Fotos veröffentlichen und den ganzen Fall der UNO unterbreiten.«

Jakov Baratz antwortete entschieden und aggressiv: »Wenn das wahr ist – und ich müßte erst einmal die Leiche sehen, um das glauben zu können –, dann hatten wir nichts damit zu tun. Einen Mann zu foltern dauert im übrigen ziemlich lange, und unsere Leute waren viel zu sehr mit den Sprengladungen beschäftigt, als daß sie Zeit für derartigen Unsinn gehabt hätten. Wenn er nur erschossen worden wäre – nun ja, ich kann nicht für jeden Mann in der Armee garantieren. Aber Folterung? Noch dazu in dieser kurzen Zeit? Völlig ausgeschlossen.«

»Noch eine Frage an Sie, Jakov.« Der Außenminister war etwas höflicher. »Wir haben zwei unvollständige Berichte aus Damaskus über die Sprengung eines israelischen Spionagerings in Syrien bekommen. Wissen Sie irgend etwas Näheres?«

»Ich wünschte, ich wüßte etwas. Unser Mann hat uns nach Mitternacht Nachricht gegeben. Er schickte wichtige Informationen und bat dann, ihn herauszuholen, weil er befürchtete, daß er entdeckt worden war. Seither haben wir nichts mehr gehört. Ich habe die Zeitungsberichte gelesen. Sie könnten stimmen. Aber ich vermute, daß sie unseren Mann noch nicht haben. Ich kann mich natürlich irren. Wir versuchen, durch unsere anderen Quellen Genaueres zu erfahren.«

»Das gibt herrliches Propagandamaterial, Aron.« Der Außenminister sah seinen Vorgesetzten mit einem traurigen Lächeln an. »Eine Vergeltungsaktion mit zwanzig bis vierzig Toten. Ein Spionageskandal in Damaskus. Ein Araber, der nach unserem Abzug erschossen in dem Dorf gefunden wurde und der gefoltert worden ist. Vor meinem nächsten Besuch bei den Vereinten Nationen werde ich das doppelte Gehalt fordern.«

Der Premierminister stellte eine weitere unangenehme Frage. »Wie hat die Presse reagiert?«

Der Außenminister beantwortete auch diese Frage mit einem Anflug von schwarzem Humor. »Alles, was wir bis jetzt gesehen haben, ist schlecht für uns. Jüdischer Goliath schlägt arabischen David. Brutale und sinnlose Demonstration der Stärke. Einschüchterungstaktik. Aufreizung zu Feindseligkeiten. Böse Verschlimmerung der Schwierigkeiten einer anständigen Regierung – gemeint ist Jordanien. Gegen Ende werden die Artikel etwas freundlicher. Aber die Überschriften sind alle gegen uns.«

»Und die Diplomaten?«

»Konsterniert. Und die meisten nicht sehr glücklich.«

»Wie werden die Vereinten Nationen reagieren?«

»Das ist im Augenblick schwer zu sagen. Bestenfalls bekommen wir ein Tadelsvotum. Ziemlich einstimmig, nehme ich an. Im schlimmsten Fall wird eine knappe Mehrheit unser Vorgehen gänzlich verurteilen.«

»Beides nicht sehr angenehm.«

»Wir sitzen mit einer Leiche da, Aron. Wir sollten sie so schnell wie möglich begraben und den Sarg nicht etwa noch mit Schießscharten versehen.«

Für einen flüchtigen Augenblick erschien ein schwaches Lächeln in den melancholischen Augen des Premierministers. »Aber vielleicht sollten wir die Leiche vor der Beerdigung ein wenig herrichten. Was meinen Sie? Unsere Feinde behaupten, wir hätten die beste Propagandamaschinerie der Welt. Ließe es sich nicht einrichten, daß sie etwas Nettes über Israel sagt?«

Dreizehntes Kapitel

Tel Aviv

Jakov Baratz fuhr in der einbrechenden Dunkelheit nach Tel Aviv zurück und ärgerte sich über die gewundenen Wege der Politiker. Sie alle verlangten Unmögliches – Ziegel ohne Lehm, Schlachten ohne Blutvergießen, Diplomatie ohne Hinterlist. Daß sie das Unmögliche nie bekamen, machte ihnen nichts aus; die Hauptsache war, daß alle Welt von ihren edlen Absichten erfuhr und daß geduldige Esel zur Stelle waren, die die Folgen ihrer Irrtümer auf sich nahmen. Ein Soldat war immer ein brauchbarer Sündenbock: Alle ihre historischen Sünden luden sie ihm auf und schickten ihn in die Wüste; am Ende mußte er in der Schlacht für ihre Fehler büßen. Wenn er gewann, führten sie ihn blumengeschmückt durch Triumphbogen. Wenn er verlor, blieb von ihm nichts als eine Fußnote in der Chronik ruhmreicherer Ereignisse. Sie beschäftigten sich mit den Zahlen der Opfer, aber der einzelne, der verblutete, interessierte sie kaum. Ein Spionageskandal in Damaskus brachte Spott und Hohn in der Versammlung der Nationen ein und Schadenfreude von seiten der Kollegen. Aber wer sprach ein Wort, wer sprach ein Gebet für die unbekannten Soldaten, die ihr Leben ließen in der internationalen Unterwelt?

Aber während sein Ärger langsam nachließ, erkannte er, daß die Widersprüchlichkeiten im politischen Leben nur einen Aspekt des größeren Widerspruchs darstellten, der ihn mit zunehmendem Alter immer mehr quälte: die hoffnungslose Sinnlosigkeit der Gewalt und der ständige Drang der Menschen, Gewalt anzuwenden; die Sehnsucht des vereinsamten Menschen nach Kommunikation und die fruchtlosen Gespräche, in denen mit den gleichen Worten eine Lüge und auch eine Wahrheit ausgesprochen wurde.

Vielleicht hatte der alte Franz Liebermann recht, wenn er davon sprach, daß das Böse in der Welt auch seine positive Wirkung habe, und von dem ewigen Kampf um das Gleichgewicht zwischen Böse und Gut.

Aber wie sollte dieses Gleichgewicht in der Welt erreicht werden, wenn es schon für den einzelnen so schwierig war, es in seinem Leben herzustellen! An diesem Abend hatte Jakov Baratz sich gezwungen, Jerusalem zu verlassen, weil er sonst mit der Frau eines Mannes geschlafen hätte, der in Bedrängnis war oder gar in einem Keller in Damaskus zu Tode gefoltert wurde. Vielleicht wäre es nur eine geringfügige Schuld gewesen – den Umständen nach eigentlich gar keine –, aber trotzdem hatte er Angst, den Fehlern, die er in seinem Leben gemacht hatte, einen weiteren hinzuzufügen. Er hatte Yehudith nicht einmal angerufen und ihr von den Berichten aus Damaskus erzählt. Er würde sie von Tel Aviv aus benachrichtigen, sobald er Näheres erfahren hatte.

Es gab andere Dinge, die ihn beschäftigten. Nach der Hebron-Affäre würde wahrscheinlich alle Welt den Arabern recht geben und die israelischen Maßnahmen verdammen. Und die Araber würden ihren Vorteil sofort erkennen und wahrnehmen. Die Syrer würden am lautesten nach Vergeltung schreien, nach Blut für Blut, nach Abwehrmaßnahmen gegen nicht näher erläuterte Bedrohungen. Sie würden mit neuen Aktionen in Galiläa beginnen, und wenn ihr Feuer erwidert wurde, würden sie schreien, sie seien angegriffen worden. Und wenn Israel einmal verurteilt worden war, würden sie mit Sicherheit davon ausgehen, daß man den Israelis auch diesmal die Schuld zuschieben konnte. Und so würde alles wieder von vorn anfangen, das Rad würde sich schneller und schneller drehen, bis es eines Tages in todbringende Stahlsplitter explodierte. Und Jakov Baratz wurde dafür bezahlt, auf diesen Tag vorbereitet zu sein.

Als er in sein Büro kam, ließ er sich erst eine Tasse Kaffee bringen. Dann setzte er sich an seinen Schreibtisch und begann die Schriftstücke zu lesen, die sich während seiner Abwesenheit angesammelt hatten. Die Nachrichten aus Damaskus waren immer noch unklar. Zwei Agenten, eine Frau und ein Mann, beide als »syrische Verräter im Dienst der Israelis« bezeichnet, seien festgenommen worden. Die Untersuchungen würden fortgesetzt. Mit weiteren Verhaftungen sei bald zu rechnen. Geheime Sender seien aufgespürt worden, zusammen mit belastenden Dokumenten, die später veröffentlicht werden würden. Danach kam das übliche Kampfgeschrei und der Ruf nach ständiger Wachsamkeit. Der diensthabende Offizier hatte eine Notiz hinterlegt, in der er mitteilte, daß der Fathalla-Code aus dem Verkehr gezogen worden war, da man annehmen mußte, daß die andere Seite ihn entschlüsselt hatte.

Befreundete Botschaften hatten ein paar Sonderinformationen mitgeteilt. Die beiden Agenten in Damaskus seien angeblich tot. Alle Abteilungen der syrischen Regierung würden überprüft, und außerdem gäbe es Anzeichen für eine großangelegte Jagd nach einem Iraki namens Selim Fathalla. Ein Agent auf der Flucht war nun zwar sehr viel besser als ein gebrochener Mann, der im Licht greller Lampen alles verriet, was er wußte – aber das Netzwerk war dahin, und es gab keine Möglichkeit, es in einem Augenblick, da es dringend benötigt wurde, schnell wieder aufzubauen. Jakov Baratz dachte einen Augenblick daran, Yehudith anzurufen, aber dann überlegte er es sich anders. Es hatte keinen Sinn, ihr eine schlaflose Nacht zu bereiten. Morgen erfuhr sie die Nachricht noch früh genug.

Dann begann er, Spekulationen über Fathallas Fluchtroute anzustellen. Er trug die Kaffeetasse zu der Landkarte und versuchte herauszufinden, wie ein Mann aus der streng bewachten Enklave ausbrechen konnte, die Syrien seit der Machtübernahme der Baathisten geworden war. Es war ein fruchtloses Unterfangen, und er gab es bald wieder auf. Er wußte nicht, ob Fathalla Geld und Ausweise hatte, ob er verwundet war oder gesund, ob er an der Grenze Freunde oder persönliche Kontakte hatte oder nicht. Er wußte nur, daß Fathalla mit den Bedingungen einverstanden gewesen war, als er den Vertrag unterzeichnet hatte. »Wenn du siegst, bekommst du keine Belohnung. Wenn du verlierst, hilft dir niemand. Ob du ein Patriot bist oder ein Abenteurer, wir nehmen dich, wie du bist; du kannst überleben und du kannst umkommen – das ist dein Risiko.« Und damit hätte Jakov Baratz das Problem Fathalla zu den Akten legen können. Aber er konnte es nicht. Er blieb vor der Landkarte stehen, auf der – für den, der Augen hatte, zu lesen – alles geschrieben stand: die Vergangenheit, die Gegenwart und zumindest ein Teil der Zukunft. Die Struktur eines Landes bedingte seine Geschichte und prägte die Menschen, die eine Weile in ihm lebten und dann in seiner Erde begraben wurden. Veränderte man die Umrisse, dann veränderte man die Menschen und ihre Geschichte. Man veränderte ihre Kulte, ihre Mythen, ihre Visionen und sogar ihre Götter.

Als Abraham auszog aus Ur in Chaldäa, nahm er seine Familie und seine Herden mit, seinen Gott und das Versprechen, das dieser Gott ihm gegeben hatte. »Alles Land, das du siehst, will ich dir geben und deinem Stamm ewiglich«, lautete das Versprechen klar und eindeutig. Aber auf die Könige in Kanaan machte das keinen Eindruck, da sie den Gott, der es gegeben hatte, nicht anerkannten. Und das Israel des zwanzigsten Jahrhunderts, das das Erbe seiner Väter beanspruchte, wurde in der gleichen Weise und an den gleichen Orten bedroht wie damals.

Die Reiche der Assyrer, Babylonier, Phönizier und Syrer waren groß geworden und untergegangen. Aber in neuer Gestalt drohten sie auch jetzt wieder; und Ägypten, das neu erstanden war, auch wenn die sieben fruchtbaren Jahre noch nicht ins Land gezogen waren, träumte bereits wieder imperialistische Träume. Wenn sie marschierten, würden sie über die gleichen Straßen ziehen, über die ihre Vorväter gekommen waren, und unter ihren Fahnen die Menschen versammeln, die Israel aus dem Land vertrieben hatte, das ihm verheißen war.

Wie ihre Vorväter verkündeten sie jedem, der es hören wollte, der Gott Israels sei ein eifersüchtiger Gott, der nicht gewillt sei, in Frieden mit Baal und Dagon und Astaroth zu leben und einem sehr toleranten und zivilisierten Allah. Wie damals hieß es, die Juden seien zwar anpassungsfähig im fremden Land, im eigenen aber starr wie eine Zeder, die Schatten nur den Ihren spende. Als Unterworfene waren sie ihnen willkommen, doch als Gleichberechtigte kamen sie ihnen zu gefährlich vor.

Eine schreckliche Ironie der Geschichte war, daß man sah, wie alles sich wiederholte, weil die Struktur des Landes den Lauf der Dinge unerbittlich vorzuschreiben schien. Die Flußufer waren noch so fruchtbar wie damals, als Josua gegen die Mauern von Jericho anrannte. Wasser war in dem ausgedörrten Land immer noch so kostbar wie Rubine. Das Tote Meer barg Salz, und unter dem Wüstensand lag schwarzes Gold. Hafenstädte waren immer noch eine willkommene Beute, und die Menschen waren immer noch eifersüchtig auf sie.

Es war seltsam, dachte Baratz, und fast wie ein Hohn, aber das Land selbst schien Eifersucht und Haß zu nähren, denn in den lebenden Fels war die Geschichte uralter Auseinandersetzungen gemeißelt. Dort, wo einst Salomo seinen Tempel baute, knieten jetzt die Mohammedaner und nicht die Juden. Hier kreuzigte man Christus, und jahrhundertelang stritten sich Christen im Schatten der ewigen Gnade. Hier, in Yad Vashem, gedenken wir der sechs Millionen Toten. Dort hinter dem Stacheldraht liegen die Elendshütten der Verbannten, die die Schulden zahlen, denen Europa sich entzogen hat. Hier ist das Museum, das wir gebaut haben, um zu zeigen, wie der Mensch in diesem auserwählten Landstrich aus dem Steinzeitalter ins Zeitalter der Raumschiffe gelangte. Und dort drüben in der Wüste steht einer dieser Atomreaktoren, die vielleicht eines Tages die Sprengköpfe liefern werden, mit denen der Mensch vernichtet wird.

All das stand auf dieser Karte – so deutlich und beredt, daß Baratz versucht war, mit der Hand darüber zu fahren, um den Sand zu spüren und die Steine und das Leben, das aus ihnen wuchs und über sie dahinging.

Auch wie das Morgen aussah, stand dort zu lesen – aber nicht ganz. Nur die Grundlinien waren klar. Klar war, wie die Panzer – wenn der Feind kam – nach Süden vorstoßen und über Gaza und El Arish bis zu den Bitterseen vordringen würden; wie sie durch den Paß von Abu Agheila brechen, die Wüsten im Süden durchmessen und nach Osten bis zum Golf von Akaba rollen würden; wie die Zange um Jerusalem sich schließen würde und wie die Sturmtruppen die galiläischen Berge nehmen und die Flugzeuge den Himmel reinfegen und dann heimkehren würden wie Adler im Morgenwind. All das stand auf dieser Karte.

Aber was danach kam, war noch nicht zu erkennen. Es gab keine Propheten, die davon kündeten, keine Psalmisten, die davon sangen. Jahwe Elohim thronte schweigend in einem schweigenden Himmel. So lang und so beredt hatte er gesprochen – war er nun vielleicht müde? Gab es ihn überhaupt? Hatte es ihn je gegeben? Wie, wenn der Alte Bund nur eine große schöne Illusion war, die ein ruheloses Genie seinem immer größer werdenden Stamm aufdrängte, um ihn zusammenzuhalten für zehntausend Jahre trügerischer Hoffnung und unendlicher Leiden? Wozu dann die lange Nachtwache und die späteren Schlachten und Rachels Klage um die verlorenen Kinder?

Geh nach Hause, Baratz. Es ist spät geworden. Morgen ist wieder ein Tag. Stets sauber rasiert, frisch gekleidet und pünktlich zur Stelle. – Die Briten haben dir das beigebracht. Sieh dir an, was aus ihnen geworden ist!

Libanon

Selim Fathalla erwachte vom Klang der Glocken. Es war ein langsames und angenehmes Erwachen, ohne Angst und ohne Trauer. Seine Glieder waren schwer, doch seine langsamen Bewegungen schmerzten nicht. Als er die Augen aufschlug, sah er weiße Wände, ein rundbogiges Fenster, durch das die Sonne fiel, und einen Nachttisch, auf dem eine Glocke und ein Plastikbecher voll Wasser standen. An dem Glas lehnte ein Zettel mit arabischen Schriftzeichen. Er wollte den Zettel lesen, fand es aber gleich wieder zu anstrengend. Er schloß die Augen und zählte die Glockenschläge.

Er hatte keine Angst vor der Zukunft, vor *seiner* Zukunft und eine seltsam deutliche Vorstellung von seiner Vergangenheit. Er sah sie vor sich, als säße er in einem Kino und sähe einen sonderbar kaleidoskopischen Film, der jedoch seine Gefühlswelt nicht berührte.

In diesem Film war Selim Fathalla verrückt. Adom Ronen war ebenfalls verrückt. Sie führten muntere Gespräche über ihre Beziehung zueinander und dieses oder jenes Mißgeschick. Adom Ronen sprach hebräisch, Fathalla erzählte seine wirren Geschichten auf arabisch. Wenn der eine lachte, war der andere betrübt. Wenn der eine truimphierte, hatte der andere Angst. Sie spielten dieses Spiegelspiel in zahllosen Variationen, und plötzlich war es nicht mehr nur ein Spiegel mit zwei Männern, sondern es waren tausend Spiegel und zehntausend Männer, teils auseinanderquellend, teils in die Länge gezogen, teils in viele Teile zerlegt und dann wieder ein lachendes Ganzes.

Auch die Zeit war eine Dimension ihres Irrsinns. Der Tag war dunkel, die Nacht erschreckend hell. Vergangenheit und Gegenwart gerieten durcheinander, einzelne Augenblicke erstarrten wie auf ewig. Die Erde wurde einbezogen, Berge wurden zu Tälern, Trauben wuchsen auf Dornenbüschen, Feigenbäume sproßten aus nacktem Fels, und Ebenen wölbten sich zu gigantischen Gebirgen oder öffneten sich vor ihren Füßen zu schwarzen Abgründen.

In dieser verrückten Landschaft lebten Ungeheuer, die aber eher Mitleid mit harmlosen Irren zu haben schienen. Eine alte Frau mit einem großen Buckel bot ihnen Trauben an und den Segen Allahs. Ein einäugiger Riese mit einem Stab und von zottigen Schafen umgeben, schenkte ihnen Wasser und Käse und erzählte ihnen erstaunliche Geschichten von den Heldentaten aus seiner Jugend. Da waren die zerzausten Mädchen, die die beiden an einem Wasserloch fanden und in ihr Zelt aus Fellen führten. Da war der zwergenhafte Kerl, der völlig betrunken war und sie anbrüllte und auf eine Ladung Kohlköpfe setzte und über die Berge in eine Stadt an einem See fuhr. Und hinter all diesen Gestalten stand Emilie, blaß wie der Tod, und blickte sie unaufhörlich anklagend an.

In der Stadt, unter den fremden Menschen, verloren sie sich ständig aus den Augen. Selim suchte nach Adom, und Adom wollte verzweifelt seinen Zwilling finden, ohne den er sterben würde; und beide suchten gleichzeitig nach Emilie, die sie auf einmal endgültig zurückgewiesen hatte.

Zuletzt fanden sie sich in einem Olivenhain in den Bergen. Sie aßen grüne Oliven und bekamen Leibschmerzen und legten sich unter die Bäume, um zu schlafen. Hier brach der Traum ab. Und er hatte mit der weißwandigen Wirklichkeit so wenig gemein, daß Selim Fathalla nicht neugierig war, zu erfahren, wie es weitergehen würde. Er merkte, daß die Glocken nicht mehr läuteten, und schlief wieder ein.

Als er aufwachte, war die Schwere in seinen Gliedern vergangen. Er griff nach dem Becher, trank einen Schluck Wasser und las den Zettel. *Läuten Sie, wenn Sie etwas brauchen,* stand darauf. Er nahm die Glocke vom Nachttisch und läutete. Er war neugierig und auch besorgt. Wenige Augenblicke später trat ein kleiner bärtiger Mann in einer schwarzen Kutte in das Zimmer. Er schien zufrieden mit dem, was er sah.

»Guten Morgen«, sagte er auf arabisch. »Wie fühlen Sie sich?«
»Noch müde. Aber sonst gut. Vielen Dank. Wo bin ich?«
»In einem Kloster.«

»Oh!« Er war noch einigermaßen immun gegen Überraschungen.

»Es ist das Kloster *Unsere Herrin von Ephesus*. Den Namen hat es von einem Bild, das wir besitzen.«

»Ich verstehe.« Er verstand gar nichts. Aber es war für ihn einfacher, diese Erklärung, die er sehr eigenartig fand, stillschweigend hinzunehmen.

»Es ist ein Maronitenkloster.«

»Wo?«

»Im Libanon. Nicht weit von Beirut.«

»Wie bin ich hierhergekommen?«

»Wir haben Sie hergebracht. Die Brüder fanden Sie auf unserem Feld unter den Olivenbäumen.«

»Seit wann bin ich hier?«

»Seit zwei Tagen. Der Arzt hat Sie schlafen lassen. Er sagte, das sei das beste.«

»Welcher Arzt?«

»Er kommt bald zu Ihnen. Ein angenehmer Mann. Möchten Sie etwas frühstücken? Kaffee, frisches Brot und Honig? Wir gewinnen den Honig selber.«

»Gern. Vielen Dank.«

»Es dauert nicht lange.«

Er ging hinaus. Fathalla legte sich wieder zurück und dachte über die Worte des Mönchs nach. Sie waren beruhigend und enthielten keine Drohung. Er warf die Bettdecke zurück und setzte sich auf die Bettkante. Dann sah er, daß seine Füße verbunden waren. Er stellte sie auf den Boden und stand behutsam auf. Es tat weh, aber nicht sehr. Er humpelte ans Fenster und blickte in einen kleinen Klosterhof mit Orangenbäumen und Oleanderbüschen. Ein alter Mönch ging auf und ab und las ein Buch. Fathalla ging vorsichtig zur Tür und drückte die Klinke. Die Tür war nicht abgeschlossen. Er öffnete sie und blickte in einen weißgekalkten langen Flur. An einem Ende hing eine Ikone über einem kleinen Tisch mit Blumen und einer blauen Lampe. Die Türen, die auf den Flur gingen, sahen alle genauso aus wie die seines Zimmers. Er ging zurück ins Bett.

Wenig später erschien der Mönch mit einem Tablett, auf dem Weißbrot, Butter, Honig und Kaffee standen. Er segnete die Speise, wünschte Fathalla guten Appetit und ging hinaus. Fathalla aß langsam und genußvoll. Die Mattigkeit ließ nach, und neue Kräfte strömten in seinen Körper. Wieder ging die Tür auf, und ein hochgewachsener schlanker Mann in einem blauen Seidenanzug betrat das Zimmer.

»Guten Morgen, Herr Ronen. Ich bin Doktor Silver. Schmeckt Ihnen das Frühstück?«

»Sehr gut. Vielen Dank. Ich werde langsam wieder wach.«

»Gut. Aber lassen Sie sich Zeit. Sie haben schwere Beruhigungsmittel bekommen.« Er setzte sich ans Fußende des Bettes und betrachtete seinen Patienten forschend. »Falls Sie sich Gedanken machen«, sagte er schließlich, »ich bin Amerikaner. Ich unterrichte an der amerikanischen Universität in Beirut. Ich habe ein Haus gleich unterhalb des Klosters. Die Mönche rufen mich, wenn sie einen Arzt brauchen.«

Plötzlich merkte Fathalla, daß sie Hebräisch miteinander gesprochen hatten. Mißtrauen erwachte in ihm und zeigte sich in seinen Augen. »Wieso sprechen Sie hebräisch? Und weshalb nennen Sie mich Ronen?« fragte er.

Dr. Silver lachte. »Ich bin Jude, was ich im Libanon jedoch nicht besonders zu betonen pflege. Ich bin in Los Angeles zur Schule gegangen. Ihr Name? Sie nannten ihn mir nach der ersten Spritze. Sie sprachen mit mir hebräisch. Haben Sie einen anderen Namen?«

»Ja.«

»Und sprechen Sie eine andere Sprache?«

»Ja.«

»Sie haben eine mühsame Reise hinter sich. Sie sind weit gegangen. Und offensichtlich haben Sie in dieser Zeit nicht ausreichend gegessen.«

»Ich kann mich nicht erinnern.«

»Das kommt schon. Es ist wichtig, daß Sie sich erinnern. Ich spreche natürlich vom medizinischen Standpunkt. Es wäre nicht gut, wenn Sie unangenehme Erinnerungen verdrängten – besonders jetzt nicht. Die Wirkung des Beruhigungsmittels läßt nach. Die Angst wird zurückkommen. Wenn Sie darauf vorbereitet sind, werden Sie mit ihr fertig.« Er öffnete seine Tasche und entnahm ihr eine zusammengefaltete arabische Zeitung. Er bot sie Fathalla nicht an, sondern legte sie auf seinen Schoß und sprach in aller Ruhe weiter. »Ich bin

Jude. Die Mönche sind verschwiegen und haben keine Lust, wegen eines Aktes der Nächstenliebe in Schwierigkeiten mit der Polizei zu geraten. In der syrischen und libanesischen Presse wird von einem bestimmten – Ereignis in Damaskus berichtet. Aus dem, was Sie sagten, als Sie herkamen, und aus dem, was ich gelesen habe, schließe ich, daß Sie daran beteiligt waren.«

»Und wenn das stimmte?«

»Dann möchten Sie natürlich so schnell wie möglich zurück nach Israel«, sagte Dr. Silver freundlich.

»Das wäre die natürliche Schlußfolgerung – falls die erste Annahme zuträfe.«

»Aber Sie haben kein Geld und keine Papiere.«

»Ich habe Geld bei der Phönizischen Bank in Beirut.«

»Es könnte gefährlich sein, das abzuheben, besonders jetzt.«

»Daran habe ich nicht gedacht.«

»Wie geht es Ihren Füßen?«

»Sie schmerzen noch etwas. Aber nicht allzu sehr.«

»Sie werden neue Schuhe brauchen. Die anderen waren völlig zerfetzt. Ich bringe Ihnen heute nachmittag ein Paar.«

»Sie sind sehr freundlich.«

»Trinken Sie Ihren Kaffee aus, und dann möchte ich Sie anschauen.«

Als die Untersuchung beendet war, erklärte Dr. Silver, das Befinden seines Patienten sei zufriedenstellend. Aber er warnte ihn.

»Übernehmen Sie sich nicht. Machen Sie lange Urlaub. Bei psychischen Traumata dauert es seine Zeit, bis sie abgeklungen sind.«

»Ja.«

»Medizinisch gesehen sind Sie reisefähig. Ich denke, wir sollten Sie heute abend nach Hause bringen.«

»Wie?«

»Gehen Sie gern fischen?«

»Ich habe es noch nie versucht.«

»Ich habe ein Motorboot in Sur liegen. Wir fahren heute nachmittag hinüber und tuckern mit dem Boot ein paar Kilometer hinaus. Dabei kann es leicht passieren, daß wir zu weit nach Süden kommen und von einem israelischen Patrouillenboot abgefangen werden. Wie denken Sie darüber?«

»Das klingt so einfach, daß es mir unwahrscheinlich vorkommt.«

»Ich komme also gegen drei wieder und bringe Ihnen ein paar neue Kleidungsstücke mit. In Ihren alten können Sie sich nicht mal tot sehen lassen.«

»Ich war verdammt nahe daran«, sagte Selim Fathalla. Und dann begann er, ohne jeden Anlaß, leise und verzweifelt zu weinen wie ein verlorengegangenes Kind.

Jerusalem – Israel

»Er wird genesen«, sagte Franz Liebermann. »Er wird Narben davontragen wie alle, die dem schwarzen Engel begegnet sind, aber mit der Zeit wird er genesen.«

»Nicht ohne sie«, sagte Jakov Baratz melancholisch.

»Nein. Nicht ohne sie.«

Sie saßen unter dem Feigenbaum in Yehudiths Garten bei einem eisgekühlten Tee und warteten auf ihre Rückkehr. Sie war im Haus, an Adom Ronens Bett. Ein Alptraum hatte ihn aus dem Schlaf geschreckt, und er hatte Angst davor, auch nur einen Augenblick allein zu sein. Das Erlebnis hatte Jakov Baratz sehr erschüttert. Noch nie hatte er einen Menschen gesehen, den Schuld so niederdrückte, den Grausamkeit und Tod so entsetzlich quälten. Ronen hatte geweint und geschrien und war in lange unzusammenhängende Klagemonologe über Emilie und Bitar und die namenlosen Opfer seines Versagens ausgebrochen. Wie ein Baby hatte er sich an Yehudith geklammert, seinen Kopf an ihrer Brust, und sie angefleht, ihn nicht zu hassen und nicht zuzulassen, daß sein Kind ihn verachte.

Franz Liebermann hatte zugesehen und geduldig auf den unausbleiblichen Augenblick der Erschöpfung gewartet, das traurige Vorspiel zu Verzweiflung oder Genesung. Endlich war er gekommen: Ein erschöpfter Mann fiel zurück in die Kissen und wartete auf die Gnade des Schlafs. Yehudith, blaß und mit feuchten Augen, hatte sie aus dem Zimmer geschickt.

»Was soll ich jetzt sagen, Jakov?« fragte Franz Liebermann. »Daß sie ihn nicht lieben kann? Daß sie nur eine Pflicht erfüllt, bis er wieder gesund ist, und dann zu dir zurückkehren wird?«

»Und wäre es richtig, wenn du das sagtest, oder falsch?«

»Falsch«, sagte Franz Liebermann prompt. »Sie weiß es selber noch nicht. Aber wir wissen es. Der Held ist heimgekehrt. Da gibt es Wunden, die man beweinen kann, Sünden, die zu vergeben sind, und sein Verlangen nach Liebe, das ihr hilft, sich wieder ganz als Frau zu fühlen und den ersten Schiffbruch mit ihm zu vergessen. Verstehst du das nicht?«

»Ich habe sie geliebt, Franz. Ich liebe sie immer noch und dachte, sie liebte mich auch.«

»Das hat sie getan. Und sie liebt dich noch immer. In einem Monat wird sie dir, wenn du es darauf anlegst, jeden Beweis dafür liefern, den du verlangst. Und Ronen würde weder dir noch ihr einen Vorwurf machen. Er würde es hinnehmen als Buße für den Tod seines Mädchens in Damaskus. Aber Yehudith würde immer wieder zu ihm und zu Golda zurückkehren.«

»Weshalb, Franz? Weshalb?«

»Wenn man erwachsen ist – und das ist doch wohl klar: die Hälfte aller Menschen wird nie erwachsen –, erfährt man, daß man immer dafür zahlen muß, daß man geboren ist. Niemand kann diese Rechnung auf einmal begleichen, deshalb zahlt man in Raten. Wir alle geraten einmal einen Monat oder zwei oder ein oder zwei Jahre in Rückstand, aber wir sind erst wieder froh und zufrieden, wenn die Bilanz ausgeglichen ist. Du hast Hannah gegenüber Schulden; Yehudith hat sie gegenüber Adom. Im übrigen – wenn wir schon davon reden – sind wir alle ihm etwas schuldig. Und dann gehst du hin und verliebst dich; und jeden Morgen, wenn du aus dem Bett steigst, haßt du dich ein wenig mehr. Manche halten das ziemlich lange aus. Ich glaube aber nicht, daß du das könntest, genausowenig wie ich glaube, daß Yehudith es könnte.«

»Und wer zahlt uns etwas, Franz? Sag mir, wer um alles in der Welt zahlt uns für das, was wir ausgeben und nicht wiederbekommen?«

»Niemand, Jakov. Wir werden im voraus bezahlt.«

»Womit?«

»Mit dem Leben!« Plötzlich erschien Feuer in den weisen alten Augen. »Einfach mit dem Leben – ob lang oder kurz, glücklich oder unglücklich, spielt keine Rolle. Atmen und die Sonne sehen, das

Lächeln eines Kindes, ein Bissen vom Apfel der Erkenntnis, auch wenn er in deinem Mund zu Staub und Asche wird – zähl das alles zusammen, Mann, und sag mir dann, ob du behaupten kannst, du seiest betrogen worden!«

Lange Zeit schwieg Baratz. Dann blickte er auf und lächelte müde. »Du bist ein alter Fuchs, Franz. Ich hätte mir was Besseres einfallen lassen sollen, als mit dir zu reden.«

»Für diesen Rat bekomme ich von Privatpatienten hundert israelische Pfund«, sagte Franz Liebermann lächelnd. »Aber du bist ja Soldat. Du kriegst ihn umsonst. Nimm ihn wenigstens an. Und jetzt verabschiede dich von dem Mädchen und bring mich zurück in die Klinik.«

Er ging hinaus, um Yehudith Lebewohl zu sagen. Golda saß in einer Ecke und spielte. Sie sagten sich banale Dinge, in denen Bedauern lag und eine Spur Erleichterung und sehr viel Zärtlichkeit. Sie küßten sich zum Abschied auf die Wange, wie gute Freunde, und gingen Hand in Hand zur Tür.

»Wirst du uns einmal besuchen, Jakov?«
»Ja, später. Und wenn ich etwas für dich tun kann ...«
»Ich werde es dir sagen.«
»Schalom, Onkel Jakov.«
»Schalom, Kleine.«
»Schalom, Jakov.«

Danach blieb nur noch der übliche Besuch bei Hannah und die Fahrt zurück nach Tel Aviv, zurück zu den langen arbeitsreichen Tagen und den unruhigen, einsamen Nächten.

Als sie in die Klinik kamen, führte Franz Liebermann ihn schweigend über den Flur in den Gemeinschaftssaal, wo er Hannah bei seinem ersten Besuch vorgefunden hatte. Wieder saßen die gleichen Gruppen bei den gleichen kindlichen Spielen. Auch die Schwestern waren noch die gleichen. Hannah war dabei – man hatte es geschafft, sie aus ihrer Ecke zu locken, und jetzt saß sie an einem Tisch und sah zu, wie eine Schwester Blumen in eine Vase steckte.

Sie machte immer noch einen abwesenden und teilnahmslosen Eindruck, aber sie sah doch zu, und als die Schwester ihr eine Blume reichte, nahm sie sie und behielt sie in der Hand. Als man ihr die

Blume abnahm, zeigte sie keine Reaktion, aber als man ihr eine andere gab, nahm sie auch diese. Franz Liebermann betrachtete schweigend die Szene.

»Seit wann tut sie das?« fragte Jakov Baratz.

»Seit heute morgen.«

»Und was geschieht jetzt?«

»Sie wird das Spiel ständig wiederholen. Sie wird dann jeden Tag darauf warten. Wenn es aus irgendeinem Grund ausfällt, wird sie sich betrogen fühlen und sich wieder zurückziehen. Sie hat einen kleinen Finger ausgestreckt und die Wirklichkeit berührt. Vielleicht macht sie dabei halt; es kann aber auch sein, daß sie den Finger etwas weiter ausstreckt, ein wenig mit der Blume spielt, sie ins Licht hält oder sogar in die Vase steckt. Wir wissen es nicht.«

»Darf ich mit ihr sprechen?«

»Heute noch nicht«, entgegnete Liebermann. »Sie hat gerade angefangen, die Wirklichkeit wiederzuentdecken, und wenn sie jetzt auch nur das fernste Echo derjenigen Wirklichkeit vernimmt, vor der sie geflohen ist, kann es sein, daß sie sich sofort wieder verkriecht. Man braucht sehr viel Geduld, um auch nur das elementarste Zutrauen zu wecken. Das können nur Fachleute.«

»Aber wird das nicht endlos lange dauern, Franz?«

Franz Liebermann zuckte die Schultern und lächelte melancholisch. »Nur wir haben ein Gefühl für die Zeit. Sie nicht. Für sie zählt nur der Augenblick, in dem sie die Blume hält und dabei ein unklares, aber angenehmes Gefühl empfindet. Wenn wir es zuließen, würde sie die Blume den ganzen Tag festhalten. Erst wenn sie traurig ist, weil man ihr die Blume weggenommen hat, und selber nach ihr greift, beginnt die Gesundung. So parodox es klingt: Schmerz kann Heilung sein, das weißt du ja, Jakov.«

»Ich fange an, es zu begreifen.«

»Braves Mädchen!« sagte Liebermann leise, als die Schwester die Blume hinlegte und Hannah bat, sie ihr zu geben. Aber Hannah starrte die Blume nur an und rührte sich nicht. Liebermann seufzte und sagte: »Nun ja – dann versuchen wir es morgen wieder.«

»Gibt es Hoffnung, Franz?«

»Wenig – aber immerhin: du kannst hoffen. Wer von uns kann mehr verlangen?«

»Niemand«, sagte Jakov Baratz leise.

Masada – Januar 1967

Der Hubschrauber stieg in einer gewaltigen Staubwolke aus dem Wüstensand in den Himmel. Er wandte sich nach Westen, flog über die Wüste Zin und bog dann nach Süden ab, in Richtung auf das Maktesh-Ramon-Gebirge. Unten röstete die Wüste in der Nachmittagssonne – ein erbarmungsloser Landstrich für den Fremden, aber für den Wissenden, der geduldig war und stark, ein Land der Verheißung und der Erinnerung an vergangenen Ruhm.

In den felsigen Bergen gab es Höhlen, in denen Jahrtausende vor den Patriarchen bereits Menschen gelebt hatten. Hier entlang zog Abraham, und der Weg, den seine Herden nahmen, war jetzt eine asphaltierte Straße, die von Beersheba nach Eilat führte. Hier zogen Salomos Karawanen, beladen mit Kupfer aus Etzion Geber und Handelsgütern aus Eilat. Hier hatten die Nabatäer gelebt, ihre Städte erbaut und die Wüste fruchtbar gemacht mit dem Wasser, das sie während der Winterregen aufgespeichert hatten. Hier hatten die Byzantiner Abde und Subaita errichtet, um sie später den Eidechsen und Skorpionen zu überlassen. Hier lebten jetzt die härtesten und zähesten unter den Israelis, pflanzten Orangenbäume in den Sand, suchten in der ausgedörrten Erde Mineralien und schoben ihre vordersten Siedlungen immer weiter ostwärts in die Wüste vor.

Morgen würde das Land ein Schlachtfeld sein. Die feurigen Ameisen waren wieder unterwegs. Sie kamen die Straße von Sede Boqer entlang, um den Paß von Mitspe Ramon zu nehmen. Hoch oben in der Luft beobachteten Baratz und der Stabschef ihr Näherkommen. Seit zehn Jahren fand dieses Manöver, Unternehmen Makkabäer genannt, Jahr für Jahr mit den gleichen Einheiten statt, um die Soldaten auf den Tag vorzubereiten, an dem das Spiel blutige Wirklichkeit wurde und es galt, einen anderen Paß zu stürmen.

Dieser andere Paß war der Paß von Abu Agheila, das Tor zur Sinai-Wüste, wo Israel 1956 bei einem Sturmangriff auf stark befestigte Artilleriestellungen empfindliche Verluste erlitten hatte. Sollte es so kommen, daß der Sinai-Feldzug noch einmal geführt werden mußte – und alles deutete darauf hin, daß es so kommen würde –, dann mußte der Paß von Abu Agheila genommen werden, und diesmal mußten die Verluste so gering wie irgend möglich sein, denn in Israel war jedes Leben kostbar. Ohne Menschen würde die Wüste zurückkehren und die Weiden, die Bäume und die Zisternen wieder unter ihrem Sand begraben.

Daher war das Unternehmen Makkabäer kein übliches Manöver, sondern eine lebenswichtige Operation, und der Stabschef leitete es mit beharrlicher Gründlichkeit, während Baratz den Plan peinlich genau auf Fehler überprüfte. An diesem Tag wurde ihnen deutlicher als sonst bewußt, was ihnen anvertraut war: ein Volk von zweidreiviertel Millionen Menschen aus der ganzen Welt, das ein schmales Stück Land bewohnte und seinen Nachbarn an Zahl millionenfach unterlegen war; ein Land wie ein Kind inmitten von Riesen, die schrecklich waren mit ihrer schweren Bewaffnung.

Fast eine Stunde blieben sie in der Luft. Dann machten die Truppen halt, um Verpflegung und Wasser entgegenzunehmen, und der Stabschef schrie in das Dröhnen des Hubschraubers: »Machen wir eine Pause, Jakov!«

»Wie Sie meinen, Chaim. Wo wollen Sie landen?«

Der Stabschef dachte einen Augenblick nach und sagte dann etwas zögernd: »Haben Sie was gegen eine sentimentale Reise?«

Baratz grinste und schrie zurück: »Nicht im geringsten.«

Der Stabschef tippte dem Piloten auf die Schulter und gab ihm den Kurs an. Sie flogen nach Norden bis zu der Ortschaft Oron und folgten dann der geteerten Straße, die zwischen dem Hagadol und dem Haqatan-Gebirge verlief, bis sie in die Straße von Beersheba zum Toten Meer einmündete. Hier drehten sie nach Osten ab, und bald darauf sahen sie den großen Salzsee, der wie ein silberner Schild in der Sonne glänzte. Sodom lag jetzt unter ihnen, am Ufer des Sees, und hinter der Aschenstadt ragten weiße, bräunliche und gelbe Felsen auf. Wieder änderten sie den Kurs und flogen über den See nach Norden, bis sie das große flache Felsmassiv von Masada auftauchen sahen.

»Umkreisen!« sagte der Stabschef zu dem Piloten. »Und dann setzen Sie uns ab.«

Der Hubschrauber legte sich schräg und begann das große Plateau zu umkreisen. Die beiden Männer schwiegen angesichts der monströsen Majestät des Felsengebirges und der Erinnerungen, die sich damit verbanden: glorreich und blutig und geheiligt und schrecklich.

Vor zweitausendzweihundert Jahren hatte Jonathan Makkabäus eine Festung auf dem Felsplateau erbaut. Hundert Jahre später hatte Herodes der Große dort einen Palast errichtet, ein phantastisches Gebäude mit Badehäusern und Kornspeichern und Waffenarsenalen und riesigen Zisternen, die Wasser für eine ganze Armee enthielten, und mit stuckverzierten Zimmern und Lustsälen für den Monarchen und seinen Hofstaat. Als die Parther Jerusalem eroberten, zog er sich in die Wüste zurück und verbarrikadierte sich hinter einer Mauer mit siebenunddreißig Wachttürmen, denen nichts entging, was sich dem Plateau näherte. Das war nicht glorreich; es war die prunkvolle Schaustellung eines Verrückten.

Dann kam der Tag, an dem Titus einen Graben um Jerusalem ziehen ließ, die Stadt belagerte, Flüchtende kreuzigte und die Stadt aushungerte, bis sie sich ergab; nun machte er sie dem Erdboden gleich und die Überlebenden zu Sklaven. Damals erinnerte man sich wieder an Masada. Eliezer ben Yair sammelte Männer, Frauen und Kinder um sich – an die tausend Menschen – und zog mit ihnen in die Wüste Zin und weiter westlich zu der verlassenen Festung. Sie kampierten auf dem nackten Felsplateau im Wüstenwind und bauten Herodes' Mauern mit bloßen Händen wieder auf. Sie öffneten die Vorratshäuser und die Waffenarsenale und fanden alles Notwendige. Und sie warteten –

Als der Hubschrauber in geringer Höhe über das Plateau flog, konnte Baratz die Mauern des Palastes, der Kornspeicher und Kasematten und die Zisternen sehen. Er sah den steilen Pfad, den Eliezers Leute erklommen, und die zerklüfteten Felsen, die sie überwunden hatten.

Und dann kamen die Römer, voller Zorn über diese Handvoll Menschen, die ihren Legionen Trotz boten. Sie kamen mit zehntausend Mann unter der Führung von Flavius Silva. Am Fuß des Felsens schlug er sein Lager auf und ließ eine Mauer ringsherum bauen. Seine Legionäre richteten sich auf eine längere Belagerung ein. Sie holten sich jüdische Sklaven als Arbeiter und Diener und warteten, während der große Silva über das Problem nachdachte. Sie konnten es sich leisten zu warten, denn Rom war groß und ewig, und das Römische Reich reichte vom Lande der Parther bis zu den Säulen des Herkules.

Der Stabschef zeigte nach unten, wo die Spuren der acht Lager des Flavius noch deutlich zu erkennen waren. Baratz nickte. Der Hubschrauber machte solchen Lärm, daß er den Gedanken, der ihm bei diesem Anblick kam, nicht aussprach. Dieses Felsenmassiv war ein Symbol für das neue Israel, das umzingelt war von kriegerischen Rivalen, samt Boykott und Blockade. Zwar würde es ihnen so nicht gelingen, Israel auszuhungern, bis es sich ergab, aber sie konnten es immer mehr schwächen, ihm die Lebensadern, die der Handel darstellte, abschneiden und jeden erpressen, der Geschäfte mit ihm machen wollte. Sie konnten das nicht nur, sie taten es auch, und sie zwangen Israel obendrein, sein Kapital in Waffen anzulegen. Und trotzdem hielt Israel ihnen stand – wie die tausend Männer, Frauen und Kinder von Masada, die der Belagerung von zehntausend Römern drei Jahre lang standgehalten hatten –

Flavius Silva faßte schließlich einen Entschluß. Mit Hilfe der jüdischen Sklaven baute er aus Fels und Erde eine riesige Rampe von der Talsohle bis an die Mauern der Zitadelle. Er ließ seine Rammböcke und Katapulte die Rampe hinaufschleppen und bombardierte die Festung mit mächtigen Steinen, die vorher geschwärzt worden waren, damit die Verteidiger sie nicht sehen sollten. Als die Steinmauer brach, bauten die Eingeschlossenen eine neue Mauer aus Holz und Erde, die unter dem Ansturm der Rammböcke schwankte. Aber sie zerbrach nicht. Dann ließ Flavius Silva Feuer an die Holzmauer legen, aber der Wüstenwind trieb das Feuer auf die Römer zu, und sie zogen sich zurück, denn sie wußten, daß sie die Festung am nächsten Morgen nun endlich ohne weitere Schwierigkeiten einnehmen konnten.

An diesem Tag blies der Wüstenwind nicht, und der Pilot konnte den Hubschrauber mühelos am nördlichen Ende des Felsens aufsetzen. Sie stiegen aus und gingen zusammen zu der Stelle, wo vor neunzehnhundert Jahren die römischen Feuer durch die Nacht geleuchtet hatten, durch eine Nacht voller Grauen und Größe. Keiner sprach, denn es bedurfte keiner Worte. Zu beiden sprachen die gleichen Stimmen aus der Vergangenheit, die Stimme Eliezers ben Yair, der seine verlorene Armee zu einer letzten Heldentat aufforderte, und die Stimme des abtrünnigen Chronisten, der über das Ende berichtete:

»... Laßt uns also lieber sterben, als daß wir Sklaven unserer Feinde werden, laßt uns in Freiheit mit unseren Frauen und Kindern aus der Welt gehen. Es ist das, was unsere Gesetze uns gebieten; es ist das, was unsere Frauen und Kinder von uns erflehen. Gott hat uns diese Not auferlegt. Laßt uns ein Beispiel geben, welches das Staunen der Römer über unseren Tod erwecken wird und Bewunderung für unsere Kühnheit ...

... Und so legten sie alle ihre Habe auf einen Haufen und steckten ihn in Brand. Dann wählten sie durch das Los zehn Männer aus ihren Reihen, die die anderen erschlagen sollten. Die übrigen legten sich zu ihren Frauen und Kindern auf den Boden, umarmten sie und boten ihren Nacken den Streichen derer dar, die das Los zu dieser traurigen Aufgabe bestimmt hatte. Und als diese zehn, ohne zu zittern, alle erschlagen hatten, da losten sie untereinander, und der, auf den das Los fiel, sollte die übrigen neun und dann sich selber töten ...

... Und so hielten die neun ihm ihren Nacken hin, und er, der letzte von allen, sah nach den anderen Leichen, ob vielleicht noch der eine oder andere unter ihnen war, der seiner Hilfe bedurfte, um vollends zu sterben. Und als er sah, daß alle erschlagen waren, da legte er Feuer an den Palast und stieß sich mit aller Kraft das Schwert in den Leib und fiel tot neben seinen Angehörigen nieder. Und so starben sie alle, weil sie nicht wollten, daß auch nur einer von ihnen den Römern lebend in die Hände fiel und zum Sklaven werde ...

... Die Römer erwarteten am nächsten Morgen Widerstand und legten ihre Rüstungen an und stürmten die Festung. Aber sie sahen keinen Feind, nur schreckliche Einsamkeit überall, und ein Feuer brannte in der Festung, und alles war vollkommen still ...«

Der Stabschef steckte die Hand in seine Manteltasche und zog ein kleines, mit hebräischen Buchstaben beschriebenes Tontäfelchen hervor. Er lächelte und reichte es Baratz. Baratz nickte und zog einen ähnlichen Scherben hervor. Die Archäologen nennen diese kleinen Tontafeln »Ostraka«. Sie hatten den Verteidigern von Masada als Ausweise gedient, auf die sie ihre Essensrationen bekommen hatten, und vielleicht als Lose bei der letzten Todeslotterie. Sie waren wie die letzten Antworten auf die letzten Fragen. Die Zeichen, die sie trugen, schienen inmitten der babylonischen Verwirrung, der politischen und der menschlichen, das einzige zu sein, das einen Sinn ergab.

Früher oder später mußte jeder hier, gläubig oder nicht, seinen Flecken Erde finden, auf dem er stehen konnte, und der Welt nicht achten. Früher oder später mußte er sagen: »Das ist alles, was ich vermag. Es ist nicht genug, aber mehr kann ich nicht tun.« Früher oder später mußte er seinen eigenen kleinen Scherben Wahrheit in die Hand nehmen, seinen Namen darauf schreiben, ihn in einen Topf werfen und, wie das Schicksal auch entschied, bereit sein, zu leben oder zu sterben.

»Der Kreis schließt sich«, sagte Jakov Baratz. »Zwanzig Jahre sind vergangen, und wir sind wieder hier.«

»Erinnern Sie sich an die Worte, Jakov?«

»Ich erinnere mich.«

Sie reichten sich die Hände, in denen die Tontäfelchen lagen, und sprachen den alten Schwur der Haganah, der ihren Bund mit dem neuen Israel besiegelt hatte.

»Masada wird nicht wieder fallen.«